Das Buch

Commissario Cozzoli braucht Entspannung. Findet zumindest sein bester Freund Gigi und lädt ihn zu einem Weinseminar ein. Höhepunkt ist der letzte Abend auf dem Gut einer jungen Winzerin, deren Weine zu den »stillen Stars« des Salento zählen, die seit Kurzem international rasant an Renommee gewinnen. Ausgerechnet ein französischer Sommelier darf als Gastreferent sein aufgeblasenes Urteil abgeben - am nächsten Morgen liegt seine Leiche im Weinkeller.

Ein Fall, der sich für Commissario Cozzoli kompliziert entwickelt, denn Gigi zählt zu den Verdächtigen. Da kann sich Gigis Nichte, die Hamburger Journalistin Elena von Eschenburg, nicht aus den Ermittlungen heraushalten.

Die Spuren führen das ungewöhnliche Ermittlerteam in das Geschäft mit europäischem Wein, in die noble Familie der Gastgeberin und in die jüngere, fast schon vergessene Geschichte Süditaliens, die noch immer ihre Schatten wirft.

Die Autorin

Kirsten Wulf, geboren 1963 in Hamburg, arbeitete als Journalistin in Mittel- und Südamerika, Portugal und Israel. Seit 2003 lebt und arbeitet sie in Italien.

Weitere Romane bei Kiepenheuer & Witsch

»Aller Anfang ist Apulien«, 2013, KiWi 1313; »Tanz der Tarantel«, 2014, KiWi 1378

KiWi

1433

Kirsten Wulf

Vino mortale

Ein Apulien-Krimi

Kiepenheuer & Witsch

MIX
Papier aus verantwortungsvollen Quellen
FSC® C083411

Verlag Kiepenheuer & Witsch, FSC® N001512

1. Auflage 2015

Umschlaggestaltung: Barbara Thoben, Köln
Umschlagmotiv: © Cosimo Calabrese/Getty Images
Autorenfoto: © Roman Krahne
Gesetzt aus der ITC Legacy
Satz: Buch-Werkstatt GmbH, Bad Aibling
Druck und Bindung: CPI books GmbH, Leck
ISBN 978-3-462-04766-0

Meiner mutigen,
inspirierenden Freundin Petra

1

Ein Hotel über den Wolken, nur für eine Nacht.

Elena lenkte ihren Wagen durch die Berge hinter Neapel. Der Vesuv zeichnete sich schwarz und elegant gegen den leuchtend blauen Himmel ab. Vor Jahren hatte Elena aus dem Flugzeugfenster in den Krater geblickt, hinein in diesen Schlund, der sich wie eine offene Wunde in die Erde fraß.

Das Monster schlief nur. In aller Schönheit. Doch es konnte jederzeit wieder explodieren. Die Lava würde nicht gemächlich über den Kraterrand kriechen. Nein, der Vesuv würde mit einem gigantischen Knall bersten und in wenigen Sekunden alles Leben um sich herum begraben. In Pompeji hatte der glühende Ascheregen die Bewohner im Gespräch, in einer Geste überrascht.

Elenas Gedanken flogen dahin. Gestern erst hatte sie Hamburg verlassen, war einfach gefahren, bis in die Nacht. Heute Morgen war sie in einem Bergdorf aufgewacht und hatte die Fahrt fortgesetzt. Sie mochte das. Lange Strecken allein zurücklegen. Eine Art bewegter Meditation.

Als die Autobahn sich von der Küste ins Hinterland zog und durch die wilden Berge Kampaniens schlängelte, tauchte dieses Bild auf: ein Hotel über den Wolken, nur für eine Nacht. Irgendwo da oben, in einem dieser eingemauerten Dörfer, die sich auf den Gipfeln festkrallten. Ungeplant die Rückkehr nach Lecce hinauszögern. Nur so. Es gab niemanden, der sie dort dringend erwartete.

Elena nahm die nächste Autobahnabfahrt.

Ihr Handy klingelte, kaum hatte sie die Mautstation passiert. Vor ihr teilte sich die Straße, in der Mitte eine Wand aus Hinweisschildern. Sie rollte darauf zu, fischte nach dem Handy, während sie versuchte, sich im Schilderwald zu orientieren, »*Pronto?*«, meldete sie sich. Wo könnte ihr Hotel über den Wolken liegen? Eher links oder rechts? Links oder ...

»Commissario Cozzoli hier, *buona sera!*«, bellte es aus dem Telefon. »Fahren Sie gerade?«

»*Buona sera,* Commissario!«, rief Elena ins Telefon. »*Come va? Tutto bene?*«

»*Bene, bene.* Halten Sie mal einen Moment an.«

Cozzoli konnte mit seinen dicken Brillengläsern wohl von Lecce aus bis zu ihr ins neapolitanische Hinterland spähen. Sie rollte an den Straßenrand.

»Verteilen Sie aus der Ferne Strafzettel?«, scherzte sie.

»Nicht mein Fachgebiet. Stehen Sie jetzt endlich?«

Pazienza, Commissario, Elena hatte selbst schon erlebt, wie Cozzoli am Steuer in sein telefonino gebrüllt hatte, um seiner Gurkentruppe Dampf zu machen. Aber sie sparte sich weitere Bemerkungen, der Commissario konnte sehr humorlos sein.

»Wann kommen Sie zurück?«, ohne weiteres Geplänkel kam Cozzoli zur Sache. Er war ein guter Freund von ihrem Onkel Gigi, aber mit Elena pflegte Cozzoli das Sie. Nur Gigi duzte er – und seine Untergebenen, das beruhte allerdings auf Einseitigkeit. Seit wann interessierte sich Cozzoli dafür, wo und wann Elena auftauchte? Es sei denn ...

»Ist etwas mit meinem Onkel?«

»Nicht direkt«, wand sich Cozzoli, »aber es wäre gut, wenn Sie morgen wieder hier wären, Elena.«

War das der Stil, in dem der Commissario die Angehörigen seiner Opfer auf die schlechte Nachricht vorbereitete? Einfühlsam wie ein Vorschlaghammer.

»Cozzoli, was ist los?«, drängte Elena, »ist Gigi etwas zugestoßen?«

»Nicht direkt«, wiederholte der Commissario seine Floskel für tragische Momente, »sagen wir mal so: Ein französischer Sommelier ist ihm zugestoßen.«

Elena seufzte erleichtert. Nur das Weinseminar, dem Himmel sei Dank. Am Vormittag hatte es anfangen sollen.

Das Seminar war eine von Gigis famosen Überraschungen gewesen. Diesmal hatte es seinen Freund Pantaleo Cozzoli getroffen. Der Onkel hatte Elena am Telefon davon erzählt. Nein, nicht einfach am Telefon, am Computer. Beim ersten Skype-Gespräch in Gigis Leben, was für ein Spektakel! Mit bewegten Bildern von Elena und vor allem von Ben, ihrem siebenjährigen Sohn im fernen, kalten Hamburg, während Gigi auf der Dachterrasse seines barocken Palazzo in Lecce gesessen hatte, tief im sonnigen Süden Apuliens, und Schwärme von Mauerseglern über den orangeroten Abendhimmel gefegt waren. Elenas Freund Michele hatte dem Onkel einen Laptop eingerichtet. Eine Kiste voller Wunder! »*Fantastico,* Elena!«, Gigi war hingerissen gewesen.

In dieser Bestlaune hatte er von dem Seminar über die neuen apulischen Weine erzählt, zu dem er sich und seinen Freund Pantaleo angemeldet hatte. Ausgerechnet Gigi wollte noch etwas über Weine lernen? Noch dazu über die Weine aus seiner Heimat, kurz: über sein Lieblingsthema?

Gigi redete doch auch ohne Seminar bereits wie Bacchus persönlich über Lagen und Jahrgänge, Vanille- und Waldbeeraromen, zu viele Tannine und zu flache Strukturen im Wein. Wenn Cozzoli dazukam – und in der richtigen Stimmung war –, wurde es unerträglich. Die beiden zusammen in einem Kurs – halleluja! Kein Dozent der Welt würde das überleben.

Es sei eine spontane Idee gewesen, hatte Gigi frohlockt. Er wollte die gemeinsame Liebe der Freunde zum Wein vertiefen und Cozzoli auch etwas Gutes tun.

»*Bella mia*, Pantaleo hat mich im August wieder auf meinem Landsitz besucht. Er lag in der Hängematte und war tiefenentspannt, sah richtig erholt aus. Wenn er sich jetzt wieder in seinen alten Mafiageschichten und den Lecceser Kleinkram verheddert, ist er bald wieder grau. Er braucht Ablenkung. Man muss ihn schützen, vor sich selbst.«

Elena wollte nicht wissen, ob Gigi auch seinem Geliebten Ettore so begeistert von dieser Jahrhundert-Idee vorgeschwärmt hatte. Denn Ettore, der Opernsänger, der glücklicherweise in Genua lebte, konnte ziemlich schnell ziemlich eifersüchtig sein. Dabei ging von Cozzoli nun wirklich keine Gefahr aus.

»Glaub mir, dieses Seminar rettet seine Entspannung mindestens bis Weihnachten.«

An Gigi war eine italienische Mamma verloren gegangen. Doch Elena hatte bereits geahnt, dass dieses Weinseminar Blödsinn war. Und nach dem, was Cozzoli ihr erzählte, während sie am Straßenrand parkte, war alles noch schlimmer gekommen, als sie es sich ausgemalt hatte. Viel schlimmer.

2

Was tat er hier eigentlich, hatte sich Cozzoli gefragt, als er mit Gigi den eleganten Speisesaal eines frisch restaurierten Luxushotels in der Altstadt von Lecce betrat. Normalerweise besuchte er solche Etablissements nur für Befragungen oder mit Durchsuchungsbefehl. Nun sollte er hier also Spaß haben.

Drei Wochenenden Weinseminar an unterschiedlichen Orten. Rund fünfzehn Teilnehmer, fast ausschließlich Männer, registrierte Cozzoli und wurde schon begrüßt: zwei Anwälte - gleich zwei! Unangenehmes Lächeln, weicher Händedruck, sie behandelten den Commissario wie einen alten Freund.

In weiser Voraussicht, dachte Cozzoli.

Gigi scherzte derweil mit seinem Zahnarzt, ein geschäftstüchtiger Architekt steckte einem schwedischen Ehepaar, das gerade eine sonnige Ruine auf dem Land erworben hatte, seine Karte zu. Ein britischer Professor und seine Gattin hörten höflich einem pensionierten Lehrer zu, der bereits vor dem ersten Schluck die Etiketten der Weinflaschen überschwänglich kommentierte - Cozzoli war das alles zu schwatzhaft.

Er setzte sich an einen der kleinen Tische, die mit Wein- und Wassergläsern gedeckt waren, schloss die Augen und stellte sich vor, er baumele in einer Hängematte.

Irgendwann rüttelte Gigi ihn an der Schulter, und die

Stimme des Veranstalters Riccardo Lanzilotto drang zu ihm durch.

»... sind auf der Suche nach einer Orientierung in der Welt der Weine«, Cozzoli öffnete die Augen. Zwischen den Tischen bewegte sich ein schmaler Mann, lässig gekleidet in hellem Hemd mit aufgekrempelten Ärmeln und cremefarbener Hose, Hobby-Winzer sei er und Sommelier aus Leidenschaft. Zusammen mit dem Weinhändler Luca Pellegrino habe er dieses Seminar organisiert, das nicht nur die Tür zu einer Schatzkammer öffnen, sondern auch eine Hilfestellung sein solle »bei der Suche nach Worten für das überschwängliche Bouquet der Duft- und Geschmacksnoten, die die salentinischen Weine heute bieten. Tabak und Kakao, Vanille und Waldbeeren, die Ahnung von Meersalz und Mineralien«. Ein Schwätzer, dachte Cozzoli, aber amüsant.

Launig umriss Lanzilotto einige Themen des Seminars für die angehenden Hobby-Sommeliers, vom richtigen Korkenzieher und der Kunst, lautlos eine Flasche zu öffnen, über den tatsächlichen oder eingebildeten Unterschied zwischen namenlosem Wein aus dem Tetrapack und einer dreißig Jahre alten Riserva bis zu den »Geheimnissen des *Terroir*«. Damit leitete er zu seinem französischen Gast über.

»Wer, wenn nicht ein unvoreingenommener Spezialist und Kenner großer Weine, könnte die neuen Weine Apuliens besser würdigen? Insbesondere die Weine aus dem Süden Apuliens, aus unserem Salento, die dank sachverständiger Önologen in den vergangenen Jahren ihre unglaubliche Kraft entfaltet haben.«

Cozzoli schaute auf die Uhr und entdeckte vor sich ein Glas Wein. Wann war das gefüllt worden? Er nippte schon mal zur Entspannung. Lanzilotto kam zum Ende.

»Bitte, George, ich will dir nicht vorgreifen! Freuen Sie sich auf George Lille, Sommelier und Weinjournalist aus Frankreich, eine der bedeutendsten Stimmen aus der Welt des Weins.«

Nun prosteten die Fast-schon-Weinexperten George Lille zu. Auch Gigi. Ein etwas aus der Form geratener Mann Mitte fünfzig erhob sich mit einem feinen Lächeln. Er dankte in holperigem Italienisch seinem Gastgeber Riccardo Lanzilotto, in dessen »charmantem Schlösschen« er seinen Urlaub verbringen dürfe und der ihn durch die apulischen Weinkeller geführt habe.

Dann begann Lille einen gedämpft schmeichelhaften Vortrag über die salentinischen Weine. Ausbaufähig, sicher, aber ohne ins Detail gehen zu wollen, der Zucker, den müssten die Önologen etwas eleganter unter Kontrolle halten. Zu viel der Sonne sei zu viel des Guten, und von Weißweinen möge man doch bitte hier unten die Finger lassen. Chardonnay, wie man am Klang schon hören könne, sei beileibe keine süditalienische Traube.

Er gab ein kurzes selbstzufriedenes Lachen von sich und schaute in die Runde, als warte er auf Zustimmung. Alle lächelten etwas irritiert, nur Gigi nicht. Der grummelte und trommelte mit den Fingern auf die Stuhllehne. Cozzoli hörte entspannt zu, er war nicht patriotisch, wiegte sich in seiner mentalen Hängematte und wusste ansonsten selbst, was ein guter Wein war.

Die Rosé-Weine, traditionell eine Domäne des Salento, befand George Lille für zufriedenstellend. Im Vergleich mit französischen Produkten jedoch ..., er wiegte zweifelnd den Kopf. Gigi sprang auf und rief: »Monsieur, erzählen Sie uns doch bitte nichts über Rosato! In Ihrem hochgeschätzten Weinland firmiert Rosato doch unter dem Begriff *›Bois-*

son aromatique‹! Zumindest stand das auf dem Etikett eines Weins, den ich irrtümlich für Rosato hielt: ›Aromatisierte Suppe‹, so würde ich das Zeug wohlwollend nennen. Das einzige, was vage an Rosato erinnerte, war die Farbe!«

Cozzoli zog seinen Freund zurück auf den Stuhl. »*Ehi*, Gigi, lass Monsieur Lille ausreden.«

George Lille ließ sich nichts anmerken. Er flanierte weiterhin durch den Raum, zwirbelte seine Lesebrille zwischen Daumen und Zeigefinger und bewahrte sein feines Lächeln.

»Rosato ist sehr *en vogue* in Frankreich, darunter gibt es natürlich diese und jene Qualitäten. Generell verkaufen sich Rosé-Weine hervorragend«, und süffisant setzte er mit einem Blick auf Gigi hinzu, »über den salentinischen Marktanteil bin ich im Detail allerdings nicht informiert.«

Gigi zischte: »Was bildet der sich eigentlich ein, dieser arrogante ...«

»Entspann dich, Gigi. So sind sie, die Franzosen«, versuchte Cozzoli ihn zu beruhigen.

Lille fuhr ungerührt fort, »Aber grundsätzlich gilt doch: Zu jedem großen Wein, insbesondere Rotwein, ist es ein langer Weg. Über Generationen hinweg!«

Gigi grummelte: »Hier bei uns wurde schon Wein gemacht, da wussten die Franzmänner noch nicht mal, was eine Weintraube ist.«

»Potenzial!«, erhob George Lille nun seine Stimme und wedelte mahnend mit seiner Brille. »Zweifellos haben die salentinischen Weine Potenzial. Doch das allein garantiert noch keine großen Weine. Große Weine ...«, er legte Pathos in seine Stimme, »tragen Tradition in sich, Generationen harter Arbeit.«

Er machte eine theatralische Pause, senkte seine Stimme.

»Bevor ich hierhergekommen bin, hörte und las ich viel von der sogenannten ›geheimen Schatzkammer im Süden Italiens‹. Nun, lassen Sie mich ehrlich sein: Die Begeisterung einiger Kollegen halte ich für etwas frühreif. Für übertrieben, für einen Hype!«

Gigi schlug mit der Hand auf die Tischplatte. »Gigi«, murmelte Cozzoli und legte seinen Arm betonschwer auf die Schulter seines Freundes, »lass ihn ausreden.«

»Wir wissen doch alle, wie so ein Hype entsteht«, versuchte Lille zu beschwichtigen, »wie gesagt, ich sehe Potenzial in einigen Weinen, aber lassen wir diesen Weinen doch ihre Zeit und«, er setzte zum finalen Scherz an, »lagern sie derweil in französischen Eichenfässern.«

Er ließ wieder sein kurzes Lachen hören, erhob sein Glas, doch bevor er den angehenden Experten zuprosten konnte, klatschte ihm ein Schwung Wein ins Gesicht. Gigis Glas flog hinterher und zersprang klirrend auf dem Boden. Ein roter Fleck breitete sich auf dem weißen Hemd des Franzosen aus. Cozzoli konnte gerade noch Gigis Arm festhalten, bevor der nach weiteren Gläsern und der Flasche griff.

»Wir gehen jetzt besser«, herrschte Cozzoli ihn an, aber Gigi tobte wie ein wütender Stier.

»Ohne unseren Wein, unseren Rotwein aus dem Salento, hättet ihr euren feinen Bordeaux als Limonade verkaufen können! In Eisenbahnwaggons habt ihr unseren Wein rübergeschafft, damit eure Traubensäftchen nach irgendetwas aussehen und schmecken. Von wegen Potenzial, harte Arbeit – Blödsinn! Nichts als Panscherei! Genauso kippt ihr euren Coca-Cola-Rosato zusammen, aber uns Lektionen erteilen wollen!«

3

»Also, wann kommen Sie, Elena?«, fragte Cozzoli erneut.

Nun, da klar war, dass Gigi keinen Totalschaden erlitten hatte, sondern nur über einen französischen Schnösel gestolpert war, entspannte sich Elena und versuchte ihr Hotel über den Wolken noch zu retten.

»Wenn jemand seinen Salento beleidigt, versteht Gigi keinen Spaß«, wandte sie ein, »nörgeln darf nur er selbst.«

»Ihr Onkel war nicht nörgelig, er stand vollkommen neben sich«, widersprach Cozzoli. »Dieser George Lille war tatsächlich unerträglich, aber so einen näselnden Heißluftballon muss man doch nicht ernst nehmen. Aber Gigi hat gepöbelt und gedroht, Lille könne was erleben, wenn er seinen Blödsinn in der internationalen Weinpresse breittreten würde – anscheinend zählt Lilles Urteil etwas in der Szene.«

»Das mag ja alles sein, Cozzoli, aber was hat das mit mir zu tun? Ich suche gerade ein Hotel und ...«

»Wo sind Sie denn?«, fuhr Cozzoli dazwischen.

»Irgendwo hinter Neapel in den Bergen.«

»Sehr gut, dann können Sie zum Abendessen hier sein«, bestimmte der Commissario, »morgen geht das Seminar weiter, und Gigi sollte nicht allein hingehen. Er sollte eigentlich gar nicht hingehen, solange Lille noch hier herumläuft.«

»Aber Sie sind doch da und passen bestens auf meinen Onkel auf«, wandte Elena ein.

»Morgen bin ich eben *nicht* da«, antwortete Cozzoli mit beherrschter Stimme. »Muss nach Rom. Zwei Tage.« Die Tonlage klang nach Commissario. Kurz, bestimmt, keine Nachfragen.

Das Übliche, vermutete Elena. Alte Geschichten, Mafia, Drogen, Geldwäsche. Aber da hatte noch etwas anderes in Cozzolis Stimme gelegen, das spürte sie. Etwas, das dem Commissario auch persönlich an die Nieren ging.

Elena schwieg. Cozzoli ebenfalls. Plötzlich drang leise »Beerdigung. Ein Kollege« an Elenas Ohr. Das war so unerwartet persönlich, dass sie erschrak.

»Das tut mir leid«, sagte Elena.

»Scheißgeschichte«, presste Cozzoli hervor. Der Commissario hatte ihr gerade sein Herz ausgeschüttet. Es blieb still.

»*Va bene,* Cozzoli«, sagte Elena. »Ich bin heute Abend zu Hause.«

Ihr Hotel über den Wolken hatte sich aufgelöst.

4

Der Anruf aus Rom war nicht unerwartet gewesen. Doch der Tod schnappt am Ende immer überraschend zu.

Der Boden, auf dem Pantaleo Cozzoli sich gerade leidlich entspannt bewegt hatte, bebte. *Porca misera,* fluchte er, es war wieder so weit. Die Nachricht aus Rom hatte die Dinge wieder an den richtigen Platz gerückt. Vielleicht nicht an den richtigen, zumindest aber an den gewohnten. Hatte ihn zurückkatapultiert in sein altes Leben.

Commissario Pantaleo Cozzoli, Ex-Anti-Mafia, hatte Dinge gesehen, die er niemandem, wirklich niemandem erzählen konnte. In der normalen Welt mit ihren normalen Sorgen und Freuden fühlte er sich wie ein Alien. In den Katakomben des organisierten Verbrechens hingegen kannte er sich bestens aus, dort wusste er sich zu bewegen. Richtig zu reagieren, zu handeln. Es war seine vertraute Umgebung geworden. Das Grauen hatte sich in seinem Kopf eingebrannt, er konnte es weder vergessen oder, noch viel weniger, einfach hinnehmen.

Er war immer mit Leib und Seele Polizist gewesen, und in der Anti-Mafia hatte er seine Berufung gefunden. Davon war er noch immer überzeugt. Trotz allem. Obwohl diese Berufung auch ihn fast umgebracht hätte.

Seine Frau hatte damals nur zufällig allein im Auto gesessen. Doch sie zu überleben war schlimmer als die Angst vor dem Tod. Er würde die Täter zur Strecke bringen, das war lange der einzige Gedanke gewesen, der ihn am Leben gehalten hatte. Würde ihnen die Eier ...

Er sollte sich besser im Griff haben, sich endlich ablenken lassen. Entgiften.

Das hatte er sich vorgenommen. Ging auch gar nicht anders, seitdem er aus Sicherheitsgründen Mailand verlassen musste und am äußersten Zipfel von Italien entsorgt worden war. Aber immer, wenn er sich ernsthaft den amüsanten Dingen des Lebens widmen wollte, wenn er die Füße auf den riesigen Schreibtisch legte, der wie auch immer in sein mönchszellenkleines Büro gezwängt worden war, um sich mit Minzpastillen den Nichtigkeiten seines neuen »Freizeit-Jobs« als Hauptkommissar der Provinzhauptstadt Lecce zu erfreuen, immer dann riss ihn etwas in sein altes Leben zurück.

Dieses Mal hatte es länger gedauert als sonst. Er hatte sich bereitwillig von Gigi einlullen lassen, dem einzigen Menschen, den Cozzoli nach zwei Jahren hier unten im Süden seinen Freund nennen würde. Das Weinseminar war eine nette Idee gewesen, wirklich. Ebenso wie der Urlaub in der Hängematte auf Gigis Landsitz, inzwischen ein erprobtes Konzept zum Entgiften. Cozzoli brauchte keine aufregenden Reisen. Zwischen Olivenbäumen zu baumeln war ihm Exotik und Grenzerfahrung genug.

Vielleicht klappt es dieses Mal, hatte Cozzoli zwischendurch gehofft. Er schlief besser, träumte keine Horrorszenarien – zumindest erinnerte er sich nicht mehr daran –, doch kurz bevor er dachte, »geschafft!«, holte ihn der Anruf aus Rom wieder zurück, nicht unerwartet, trotzdem. Er musste zur Beerdigung von Rodolfo. Seinem Seelenverwandten.

Rodolfo war einer der Ersten gewesen, die sich die Hände

mit Ermittlungen gegen die Giftmüll-Mafia schmutzig gemacht hatten – richtig schmutzig, und zwar im wahrsten Sinne des Wortes. Kein Schreibtischtäter, der andere in den Dreck vorschickte. Rodolfo war immer selbst mittendrin gewesen. In unzähligen offenen Giftmüllkippen und auf harmlosen Gemüsefeldern, von denen niemand wusste, oder wissen wollte, was darunter lagerte. Aber Rodolfo wollte es wissen und buddelte nicht nur im Müll, sondern auch in den Verstrickungen zwischen Giftmüll-Mafia und Lokalpolitikern, ermittelte, fotografierte, schrieb akribisch Hunderte von Seiten Untersuchungsberichte. Offiziell wurden diese hochgelobt, doch am Ende verschwanden sie meist in irgendwelchen Schubladen irgendwelcher Staatsanwälte.

Er war vielen unangenehm gewesen. Nicht nur den Mafiosi. Doch um ihn loszuwerden, war kein Killer nötig. Auf irgendeiner Müllkippe mit radioaktiven Schlacken hatte er sich einen Tumor eingefangen, der ihn seit Jahren auffraß. Doch Roberto machte weiter. Trotz allem.

»Wenn ich nur ein Menschenleben rette«, hatte er immer gesagt, »dann lohnt sich dieser Dreck.«

Er hatte mehr als eins gerettet. Und sein eigenes dafür aufs Spiel gesetzt.

Cozzoli musste zur Beerdigung. Für Rodolfos Frau und seine kleine Tochter, für Rodolfo, für sich selbst. Doch bevor er abreiste, musste er noch eine Vorsichtsmaßnahme für Gigi organisieren. Der sollte sich nicht über den aufgeblasenen, französischen Schnösel ärgern, sondern weiterhin entspannt und stolz und gut gelaunt seine salentinischen Weine genießen. Die hatten nämlich mehr als nur Potenzial. Außerdem brauchte Cozzoli ihn. Als Freund. Und falls er sich doch noch irgendwann dauerhaft in der Welt der normalen Nichtigkeiten einnisten wollte.

5

Elena hatte noch knapp vier Stunden, um ihre Gedanken durch die geschwungene Weite Apuliens ziehen zu lassen, die karg und leer war, nur selten sah sie mal eine Ansammlung von Häusern. Als sie die Adriaküste erreichte, hatte sie sich mit der Situation arrangiert – und mit Cozzoli, mit Gigi, mit sich.

Hinter Bari ging es nur noch Richtung Süden, schnurstracks am Meer entlang. Das Land streckte sich flach vor ihr aus, die salentinische Halbinsel, der Stiefelabsatz von Italien. Mit dem letzten Licht des glasklaren Septembertages erkannte sie aus der Ferne den angestrahlten Glockenturm des Doms von Lecce. Ihr Herz weitete sich. Trotz allem. Ihre Sehnsucht nach kleinen – und auch großen – Abenteuern hatte sie verschoben.

Elena fand Gigi im Lagerraum seines Ladens, während er in seinem Sammelsurium aus Trödel und Antiquitäten herumwühlte.

»Bereitest du endlich deinen Sommerschlussverkauf vor?«, fragte Elena.

Er strahlte, als er sie sah. »Jetzt ist die allerbeste Zeit, ein paar Ladenhüter loszuwerden. Gerade erst sind alle Leute vom Sommer am Meer in die Stadt zurückgekommen und leben sich mit guten Vorsätzen für den Alltag zu Hause ein. Da möchte man doch auch seine Wohnung auffrischen, oder? Und wenn es nur«, er zerrte an einem Bilderrahmen, der hinter einem Stapel Stühle lehnte, »ein neues Bild ist, das man sich an die Wand hängt.« Er wuchtete ein Ölgemälde hoch: Weinreben, goldene Blätter, tiefblauer Himmel, muntere Landarbeiter.

Elena lächelte, so liebte sie ihren *zio,* ihren Onkel. Sie war überzeugt, dass er irgendeinen ahnungslosen Kunden mit diesem Kitsch überraschen – und glücklich machen würde. Solange er nicht versuchte, sie mit derlei Gruselgemälden zu beglücken. Oh Gott!, sie war noch gar nicht zu Hause gewesen.

»Hast du unsere Wohnung auch schon aufgefrischt?«, fragte sie vorsichtig. Elenas Wohnung war nur durch eine – meist offen stehende – Schiebetür von Gigis Reich getrennt.

»Einige Kleinigkeiten, *bella mia.* Nicht der Rede wert«, Gigi stellte das Schauergemälde zur Seite, und bevor Elena die Kleinigkeiten erörtern konnte, umarmte er seine Nichte.

»Aaah, wie gut, dass du wieder hier bist. Du hast mir gefehlt!«

Elena beschloss, die »Kleinigkeiten« zu ignorieren, küsste ihren Onkel auf die Wangen und hörte exakt das, was sie erwartet hatte: »Komm, wir gehen zu Antonio. Du hast doch bestimmt Hunger, oder?«

Kurz darauf saßen Onkel und Nichte auf der kleinen Piazza vor der Osteria Fichi d'India, im Herzen des *centro storico* von Lecce. Die Altstadt war ein Gesamtkunstwerk aus honiggelbem Sandstein, barocken Kirchen und Palazzi, versteckten und großartigen Plätzen und durchzogen von mittelalterlich verworrenen Gassen.

Nach dem quirligen, heißen August und den ersten Regenfällen vor einigen Tagen hatte sich das Leben im Städtchen beruhigt. Es war zwar auch abends noch angenehm warm, aber eine magische Hand hatte das Lebensgefühl auf Herbst umgeschaltet.

Die Osteria Fichi d'India gehörte Antonio, dem Onkel von Elenas Freund Michele, und seiner Frau Donata, die in der Küche das bodenständige Regiment führte und nicht im Traum darauf käme, irgendeinen neumodischen Schnickschnack auszuprobieren. Natürlich war *zio* Gigi, der lokalpatriotische Feinschmecker, schon seit Jahren Stammgast, lange bevor Michele als junger Maler aus Rom hier aufgetaucht war, sich als Neffe von Antonio vorgestellt und bald darauf Elena tief, sehr tief in die Augen geschaut hatte.

Zur Pasta hatte Gigi Rosato bestellt, kühl und, nein, nicht blumig, schon gar nicht süßlich. »Schmeckst du die feine Struktur, die dezenten Aromen?«, fragte er seine Nichte. »Das ist Negroamaro. Eine der Trauben des Salento, aus der auch unser warmer, kräftiger Rotwein gemacht wird.«

Gigi lächelte glücklich.

»Im Salento haben wir schon Rosato gemacht, lange bevor er in Mode kam. Die Bauern haben ihn nicht nur im Sommer, sondern das ganze Jahr über in der Mittagspause getrunken. Es war der erste Wein, der in Flaschen abgefüllt und sogar nach Amerika exportiert wurde. Direkt nach dem Krieg sogar in Bierflaschen, weil es keine anderen gab. Ein amerikanischer Soldat hatte sich in den Wein verliebt und ihn importiert.«

Gigi nippte an seinem Glas und ließ den Wein im Mund zirkulieren.

»Wir nennen ihn *vino di una notte*«, sagte er verträumt.

Elena brauchte nicht zu fragen, was es mit dem »Wein

einer Nacht« auf sich hatte, und konnte ungestört ihre hausgemachten *Spaghetti alla chitarra* weiter aufdrehen, denn Gigi fuhr ohne Pause fort. »Die Farbe eines Weines liegt in der Schale, das Fruchtfleisch der Traube ist farblos. Für unseren Rosato werden die Trauben gepresst, danach bleiben Saft und Schale nur noch wenige gemeinsame Stunden. Vielleicht zehn oder zwölf, nicht viel mehr als eine Nacht. Die Zeit reicht gerade, um den Wein zart zu färben. Dann werden sie getrennt.«

Gigi seufzte. Elena sah gerührt, wie sich die Wangen ihres Onkels unter den grauen Bartstoppeln rosig färbten. Er war tatsächlich ein Weinliebhaber. Sie stießen an, nahmen einen Schluck, und Gigi sagte befriedigt: »*Das* ist doch ein Rosato!«

Er stellte das Glas ab und beugte sich zu seiner Nichte. »Weißt du, was sie in Frankreich machen, diese Schaumschläger?« Er hielt inne, dann platzte es aus ihm heraus: »Die kippen Rot- und Weißwein *zusammen!*«

Gigi spuckte die Worte aus, als ob er Essig im Mund hätte. »Die panschen, bis die Farbe passt – *voilà!* Von wegen *›Grande Nation‹!*«

Elena horchte auf. Seit wann war Gigi verächtlich? Das hatte sie noch nie erlebt. Er konnte sich begeistern, himmelhoch lobpreisen und maßlos übertreiben, aber er ätzte nicht über andere. *Zio* Gigi erfreute sich an den schönen Dingen des Lebens.

»In Italien ist so eine billige Panscherei verboten – verboten!«, setzte er nach.

Elena hatte vermutet, dass Cozzoli die Ereignisse vom Weinseminar dramatisiert hätte. Der Commissario war zwar kein Typ, der dicker auftrug als nötig, und schwatzhaft war er schon gar nicht, aber er hatte schließlich gewollt, dass Elena ohne Umwege zurückkam. Doch Cozzoli hatte nicht übertrieben.

»Dieser Franzose ist wirklich der Allerletzte, der uns, *uns!*, etwas über Rosato erzählen könnte!«, beendete Gigi seine Tirade. »Nicht wahr, Antonio?«

»Französischer Rosato?«, Antonio war an den Tisch getreten, um die Pastateller abzuräumen, und schnalzte verächtlich. »*Ma figurati*«, er wischte mit der Hand durch die Luft, nicht der Rede wert.

Den Wirt interessierten die wirklich wichtigen Dinge. »Was nehmt ihr als *secondo?* Auf dem Grill liegen Sardinen, die habe ich heute Morgen frisch in Gallipoli am Hafen bekommen.« Er sah Elena fragend an. »Pferd ist immer noch nichts für dich, oder?«

Elena verzog das Gesicht und verneinte mit dem Finger. »Pferde habe ich lieb.«

Antonio schaute gutmütig. »Kälbchen auch? Ich hätte heute sehr zarte, dünne Filets da, kurz gebraten mit Salbei und mit etwas Zitrone beträufelt.« Der Duft vom Grill zog herüber. Keine Frage: Sardinen für beide, Salat, »... und wir bleiben beim Rosato!«, bekräftigte Gigi. »Bei *unserem* Rosato!«

War es jetzt mal gut? Bei aller Liebe zu ihrem Onkel, zum Salento mit all den wunderbaren Köstlichkeiten und zum Rosato sowieso – aber Elena hatte verstanden. Konnten sie langsam mal das Thema wechseln? Immerhin war sie vier Wochen fort gewesen.

Tatsächlich schaute Gigi, nachdem er Dampf abgelassen hatte, seine Nichte neugierig an.

»Jetzt erzähl doch auch mal was! Wie war es in Hamburg? Wie geht es Ben? Und Michele?«

Ihr Geliebter Michele knatterte auf seiner »kleinen dicken Italienerin« durch Frankreich. Die Moto Guzzi hatte trotz ihres Alters diese *Tour de France* bisher wacker durchgehalten. Und Michele ging es auch gut. In dieser Reihenfolge. Zumindest war das die Reihenfolge, die Michele in ihren Telefongesprächen wählte. Elena dagegen sehnte sich einfach nach ihm, kribbelig wie ein Teenager, mit oder ohne Guzzi. Zwei Wochen noch.

Ben, ihr siebenjähriger Sohn, tobte noch auf Sylt durch die Dünen und im Ferienhaus ihrer Eltern herum, mit dem Hamburger Opa und der süditalienischen Oma. Ein hanseatisch-apulischer Kulturclash, den auch Elena überlebt hatte.

Sie war in Hamburg aufgewachsen und hatte als Kind die Sommerferien im Salento, der süditalienischen Heimat ihrer Mutter, verbracht. Vor zwei Jahren war Elena, ehemals Fotoreporterin, dann Mutter und Halbtags-Redakteurin, endgültig aus Hamburg getürmt und mit ihrem kleinen Sohn bei *zio* Gigi aufgekreuzt. Sie hatte die Affäre ihres Gatten Aron mit seiner Sekretärin entdeckt, daraufhin ihren öden Halbtagsjob geschmissen und kurzerhand die Flucht nach Apulien angetreten. Im Winter waren es bereits zwei Jahre.

In den vergangenen Wochen in Hamburg hatte sie sich mit Aron getroffen und versucht zu klären, was zu klären war. Zumindest Äußerlichkeiten: Gemeinsam hatten sie das halbe Doppelhaus leer geräumt und einem Makler übergeben. Aron hatte eine kleine Wohnung in Hamburg, aber war auf dem Sprung nach Israel. Elenas Kisten und ein paar Möbel sollten in einigen Tagen in Lecce ankommen. Sie schien ihr Leben sortiert zu haben – doch da hatte sie sich geirrt.

Elena hätte Gigi gerne von ihrem Gefühlskarussell erzählt, doch dazu kam sie nicht mehr.

Gigis Gesichtszüge froren unvermittelt ein, mit verkniffenem Mund starrte er an Elena vorbei.

»*Ma va fa* ..., der hat mir heute Abend gerade noch gefehlt«, knirschte Gigi.

»Wie bitte, wer?« Elena folgte Gigis Blick, hörte ein aufdringlich lautes Lachen und entdeckte zwei Männer und eine junge zierliche Frau mit sehr langen, dunklen Haaren, die sich so leicht bewegte, als wäre sie Luft. Die Gruppe war am Rand der Piazza stehen geblieben und hielt nach einem freien Tisch Ausschau.

»Der da«, Gigi zeigte unauffällig auf den Mann mit den kurz geschnittenen dunkelgrauen Haaren, der gedrungenen Figur und dem jadegrünen Polohemd mit dem Krokodillogo – dem echten vermutlich, keine Kopie. Der sah aus, als ob er es sich leisten könnte. Er sagte etwas auf Französisch, so laut, als ob es für den Rest der Piazza gedacht war.

»Ist das dieser Lille? Dieser Sommelier vom Weinseminar?«

»*Sto cretino,* dieser arrogante Vollidiot. Der Typ daneben in Weiß mit dem Panamahut ist Lanzilotto. Scheint einen Haufen Geld zu haben. Ich vermute, Luca Pellegrino und er haben das Seminar nur aus Freude am Wein organisiert. Lanzilotto ist ein netter Kerl, hat Ahnung und baut auch selbst Negroamaro an, exklusives Hobby, keine zwei Hektar, alles Handarbeit, kennt jede seiner Trauben mit Vornamen.«

»Und die Frau?«

»*Boh?* Keine Ahnung«, Gigis Augen verfolgten die drei, während der Wirt sie zu einem freien Tisch führte – glücklicherweise am Rand der Piazza, so dass sie halb verdeckt waren. Sicherheitsabstand, dachte Elena beruhigt. Doch bevor die drei sich setzten, wandte sich Lanzilotto ab und schlenderte zu Gigi und Elena an den Tisch.

»*Buona sera! Come andiamo?*« Er knuffte Gigi kumpelhaft an die Schulter.

»*Bene, tutto bene!*« Gigi tat so, als habe nichts und niemand, kein aufgeblasener Schnösel und kein gepanschter Rosato, an diesem fantastischen Samstag seine Laune trüben können.

»Darf ich Ihnen meine Nichte Elena vorstellen? Frisch aus Deutschland zurückgekehrt.«

»*Piacere,* Riccardo«, er schüttelte herzlich Elenas Hand. »Sie leben hier? Bei Ihrem Onkel?«, und als Gigi eifrig nickte, fügte Lanzilotto mit einem Zwinkern hinzu: »Ihr Onkel ist ein Glückspilz!«

Sie lachten, der Smalltalk wischte die Spannung aus Gigis Gesicht. Lanzilotto drückte Gigis Hand, warf einen kurzen Blick zu seinem Tisch und scherzte: »Ihr entschuldigt mich, ich muss auf meine Frau aufpassen. Claire ist Französin, und endlich kann sie mal bei jemandem ihr Herz in ihrer Muttersprache ausschütten.«

Lanzilotto war zwanglos zum Du übergegangen.

»Bis morgen, du bist doch wieder dabei, nicht wahr? Luca hat einige schöne Rotweine ausgesucht ...«

Auf keinen Fall! Elenas Alarmglocke schrillte. Sie hörte, wie Lanzilotto erklärte: »... Weine, die eine erste Idee von den verschiedenen Traubensorten geben, die ausschließlich im Salento kultiviert werden ...«

»*Ma zio!*«, platzte Elena dazwischen. »Bevor meine Kisten kommen, sollten wir in der Wohnung aufräumen, einige Schränke rücken, Bens Zimmer ausmisten. Es wäre zumindest hilfreich, wenn du zu Hause wärst und anpacken könntest.«

Gigi schaute seine Nichte verwundert an. Elena wusste, dass sie Blödsinn faselte, aber Lanzilotto rettete sie verständnisvoll. »*Le donne,* die Frauen sind doch alle gleich. Aber du bist ja ohnehin schon Weinexperte, Gigi. Dann aber nächsten Sonntag, versprochen? Das wird eine besondere Weinprobe.«

Lanzilotto zog sich nun doch einen Stuhl heran, setzte sich, und seine Stimme wurde vertraulich. »Sie findet auf dem Weingut De Vittorio statt, das von dieser erstaunlichen, jungen Herzogin und Önologin geleitet wird, die das Gut geerbt hat – hast du von ihr gehört? Wir werden einige richtig alte Flaschen öffnen.« Riccardo Lanzilotto zwinkerte Gigi verschwörerisch zu. »Du wirst sie zu schätzen wissen. Für den Rest des Kurses ist es vielleicht noch ein wenig früh, aber nein, für einen guten Wein ist es nie zu früh«, er lachte. »Außerdem ist es der letzte Abend von George Lille. Zum Abschied möchte ich ihn gerne noch überraschen.«

Gigi wiegte zweifelnd seinen Kopf und spottete leise: »Perlen vor die Säue.«

»*Dai,* Gigi! Lass gut sein. Ihr seid aneinandergeraten, das kommt zwischen Weinexperten vor. George tat es hinterher wirklich leid. Er ist nicht nur Sommelier, sondern auch Journalist und muss kritisch sein. Eine Frage der Berufsehre.«

Gigi schaute zweifelnd, Lanzilotto beugte sich zu ihm und seufzte: »Franzosen sind manchmal ziemlich, sagen wir mal: eigenwillig. Glaub mir, ich habe meine Erfahrungen.« Lanzilotto warf schmunzelnd einen leidenden Seitenblick zu seiner jungen Frau. Er konnte ihr offensichtlich trotzdem nicht widerstehen.

»Also, Gigi, sei nicht nachtragend. Ich rechne mit dir und dem Commissario. *Va bene?*«

Gigi fuhr mit der Hand durch die Luft. »Für einen großen Wein ...«, die Männer lachten und klopften sich zum Abschied auf die Schulter.

Elena konnte von ihrem Platz aus zum Tisch hinter der Statue schauen. Claire plauderte fröhlich, naschte Oliven und schien nicht zu bemerken, dass Lille ihr überhaupt nicht zuhörte. Elena fing den Blick auf, mit dem George Lille ihren Onkel betrachtete. Sie erstarrte vor Schreck.

6

Gigi hatte sich bestens auf die Weinprobe auf dem Gut De Vittorio vorbereitet und sich ausgiebig in der Gerüchteküche der Enoteca Pellegrino umgehört. Das Destillat aus real nicht existierenden Neuigkeiten und glaubwürdigen Gerüchten, das er in der Weinhandlung zusammengetragen hatte, servierte er Cozzoli, während sie am frühen Samstagabend im milden Septemberlicht durch die verworrenen Gassen von Scansano kurvten. Direkt hinter dem Weindorf sollte das uralte Gut De Vittorio liegen.

Die junge *Duchessa* Paola De Vittorio hatte nach dem Tod ihres Vater überraschend das Weingut übernommen, wider alle Ratschläge den Anbau ihrer Weintrauben nach strengen Kriterien des biologischen Landbaus umgekrempelt und prompt einen internationalen Preis für den besten Bio-Wein kassiert.

»Nicht schlecht, oder?«, fragte Gigi. »Das sollte diesen französischen Witzbold beeindrucken.«

»Wenn du meinst«, murrte Cozzoli, ein Hinweisschild hatte sie um das Dorf herumleiten wollen, aber »da fahren nur Feiglinge«, hatte Gigi behauptet und den lokalen Experten gegeben. »Wir ziehen gerade durch.«

»*Cavolo!*«, fluchte Cozzoli. »Dieses Dorf hat doch nur drei Gassen, wie zum Teufel ...?«, sie rollten zum dritten Mal über die Piazza del Popolo, an der Kirche vorbei Richtung *Bar dello Sport*, Tabacchi und Barbier. Zum dritten Mal schaute ihnen eine Gruppe Männer gleichmütig entgegen, die unter der Markise der Bar saßen und das Geschehen im Zentrum bestens im Blick hatten.

»Route wird neu berechnet«, informierte die sanfte Stimme aus dem Navi. Gigi zeigte auf ein Hinweisschild, das den Weg zum Sportplatz auswies. »Da entlang. Die Straße führt raus. Sportplätze liegen immer außerhalb«, und kehrte mit seinen Gedanken zurück zu den leider nicht vorhandenen Geschichten um das Gut De Vittorio.

Die Journaille hätte sehr gerne mehr über die junge Herzogin geschrieben, die jedoch keinerlei Interesse an schillernder Berichterstattung zu haben schien. Sie sei eine eigenwillige Persönlichkeit, hieß es.

Viele Winzer pflegten Journalisten einzuladen und zu hofieren – *Duchessa* Paola dachte nicht daran. Andere vermieteten, angeblich versteckte, Villen auf ihren Gütern an Stars und Sternchen, *hideaways* für romantische Fluchten fern des Medienrummels. Doch rein zufällig und trotz aller privaten Sicherheitsdienste krabbelten immer wieder Paparazzi durch die Büsche oder saßen in den Bäumen. Kurz darauf erschienen erstaunlich scharfe Fotos der Starlets am Pool und beim Candle-Light-Dinner in den einschlägigen Zeitschriften. Nicht ohne den Namen dieses diskreten Weingutes im letzten Winkel von Italien zu erwähnen.

Paola De Vittorio hingegen machte, was ihre Familie schon immer gemacht hatte: guten Wein.

»Bitte wenden«, säuselte die Dame im Navi. Ja, wo denn, zum Teufel? Sie rollten in Schrittgeschwindigkeit zwischen den aneinandergereihten Häusern hindurch. In Cozzoli brodelte es.

»Bitte wenden!«, wiederholte die Signora erbarmungslos. Cozzoli stöhnte auf. »Wäre das eine Verdächtige, würde ich sie einbunkern, bis sie ihren Text ändert.«

»Knips sie aus, ich frage jemanden!«, entschied Gigi, als sie erneut auf der Piazza landeten, und hängte sich aus dem Fenster. Die *signori* vor der Bar hoben interessiert die Augenbrauen.

»*Scusi,* wir suchen De Vittorio, das Weingut?«

»*Certo,* De Vittorio!«, nickten sie, als ob Gigi in Paris gefragt hätte, wo der Eiffelturm zu finden sei. Einer der Männer schlurfte heran. »Hinter der Kirche links runter, nicht zu übersehen.«

Na also. Zwei Ecken weiter lichteten sich die Häuserreihen und öffneten die Aussicht auf weit gespanntes flaches Land. Struppige Wiesen, frisch gepflügte rostrote Äcker und unendliche Streifen Grün - die langen Reihen der Weinreben zogen sich wie gekämmt zum Horizont -, ein Patchwork-Teppich, ausgerollt unter einem maßlos hohen Himmel. Mittendrin strahlte weiß die Masseria De Vittorio.

»*Caspita! Che bello!*«, rief Gigi begeistert aus. »Eine befestigte Masseria.«

»Und eigentlich nicht zu übersehen«, muffelte Cozzoli, »wir hätten genauso gut um das Dorf herumfahren können.«

Gigi überhörte Pantaleos Nörgelei, er schien entschlossen, sich seine gute Laune zu bewahren. Aber Cozzoli war gereizt. Sie waren spät dran, und überhaupt nervte ihn seit der Beerdigung in Rom und dem Treffen mit alten Kollegen alles in Lecce. Er war noch nicht wieder in dieser Welt der angenehmen Nichtigkeiten gelandet. Dazu der Gedanke, dass er heute Abend für Gigi den Aufpasser machen würde – lächerlich. Er traute Gigis sonniger Laune nicht. Cozzoli hatte eine finstere, verborgene Wut gespürt, die sein Freund in sich trug.

Über eine schmale Straße, die durch die Weinfelder führte, näherten sie sich dem Portal des Weingutes. Vor der Mauer, die das Anwesen umgab, zog Cozzoli mit einem rasanten Schwung auf einen sandigen Parkplatz und rutschte in die Lücke zwischen einem staubigen Jeep und einer silbernen Limousine.

»Die Ersten sind wir nicht gerade.« Cozzoli sah über den nahezu voll besetzten Parkplatz. Ihm wäre nach einer Handvoll Pfefferminzpastillen gewesen. Doch die hatte er zu Hause gelassen, Gift für jede Weinprobe, betäubten die Geschmacksnerven. Ohne sein Döschen erhöhte sich allerdings die Gefahr, dass er sich eine – und bei einer würde es nicht bleiben – Zigarette ansteckte. *Basta, basta,* zügelte er sich, schluck verdammt noch mal deinen Ärger runter und genieß einen netten Abend.

»Da sind wir also«, Cozzoli stieg aus dem Wagen und reckte sich. Er rückte seine dicke Brille zurecht und blickte über die Weinreben. Flach und weit das Land, hoch der Himmel. Stille. Milde Abendluft. Weiches Licht. Es könnte alles so schön sein.

»Gigi«, er bemühte sich, in einer tiefen Tonlage zu sprechen, um seinen Freund, aber vor allem sich selbst zu besänftigen. Cozzoli legte ihm die Hand in den Nacken und sah ihm fest in die Augen. »*Tranquillo, va bene?* Halte dich von dem Franzmann fern. Ich habe ihn im Auge, aber ich spiele nicht das Kindermädchen, *capito?*«

Gigi schaute Cozzoli amüsiert an und kniff ihm in die Wange. »Ich könnte mich glatt in dich verlieben, wenn's nicht aussichtslos wäre.«

Cozzoli riss für einen Moment verwirrt seine gigantischen Augen auf, aber Gigi klopfte ihm beruhigend auf die Schulter. »Keine Sorge, *amico mio!*«

Kein Mensch war zu sehen, als sie den Hof betraten. Innerhalb ihrer Mauern wirkte die Masseria, ein befestigtes Landgut, wie ein aus Würfeln zusammengesetztes Dorf, strahlend weiß mit kobaltblau lackierten Fenstern und Türen. Sie beherbergte Wohngebäude mit hohen, schlanken Fenstern, hinter Mauerbögen verbargen sich Lagerräume und ehemalige Ställe, es gab eine kleine Kapelle und einen wuchtigen quadratischen Wachturm, an dem eine Außentreppe in den ersten Stock hinaufführte. Dazwischen wiegte sich roséfarbener Oleander und in kleinen eingefassten Beeten wuchsen dichte Stauden von Lavendel und Rosmarin.

»Eine klassische Masseria«, stellte Gigi voller Bewunderung fest, »bildschön restauriert.«

Ein knorriger Olivenbaum, mahnend und gütig wie ein Methusalem, wurzelte im Zentrum. Drum herum waren einige Tische mit Gläsern gedeckt – allerdings war kein Gast zu sehen.

»*Buona sera!*«, hörten sie eine kräftige, rauchige Frauenstimme. In einem Mauerbogen stand eine wuchtige ältere Frau im blauen Arbeitskittel. Ihre kurz geschnittenen grauen Haaren standen kreuz und quer vom Kopf ab.

»*I signori sono lì*«, nuschelte sie um eine möglichst dialektfreie Aussprache bemüht. Die Herrschaften seien dort hinten, sie zeigte am Olivenbaum vorbei, »*nel frantoio*«, in der alten Olivenmühle. Sie nickte und verschwand.

Gigi und Cozzoli betraten durch eine hohe, breite Tür einen leeren Raum mit einer Gewölbedecke, von dort führte eine steinerne Treppe hinunter in einen Keller, eher eine

Höhle, die in den felsigen Untergrund gehauen worden war. Es war kühl, in der Luft lag das frische säuerlich-würzige Aroma von gegorenem Wein. Erst als Gigi und Cozzoli am Fuß der Treppe angelangt waren, hörten sie Stimmen und Gelächter.

Gemauerte Rundbögen verbanden die Gewölbe, Lämpchen gaben gerade genug Licht, um den unregelmäßig gepflasterten Boden zu erkennen.

»*Attenti!*«, warnte eine Frauenstimme. »Stolpern Sie nicht!«

Im Halbschatten stand eine hochgewachsene, schlanke Frau vor einer Besuchergruppe. Cozzoli erkannte die füllige Gestalt von George Lille neben einer zierlichen Frau und einigen weiteren Seminarteilnehmern.

»*Buona sera,* Commissario!«, rief Lanzilotto und warf noch ein »Ciao Gigi!« hinterher.

»Darf ich kurz vorstellen? *Duchessa* Paola De Vittorio, Önologin und Eigentümerin dieses Weingutes, eines der ältesten im Salento. Ihre normannische Familie ließ sich vor rund tausend Jahren hier nieder.«

Paola De Vittorio nickte den Neuankömmlingen kurz zu, dann drehte sie sich wieder um und fuhr in ihren Erklärungen fort.

»Wir befinden uns hier unten im ältesten Teil der Masseria. In den Gewölben dieses *frantoio* wurde nachweisbar bereits im 16. Jahrhundert nicht nur Olivenöl, sondern auch Wein gemacht.«

Angesichts der Familiengeschichte der De Vittorios, die in jeder Mauerspalte und jedem Felsvorsprung schlummerte, versank die Besuchergruppe in ehrfürchtiges Schweigen. An den Felswänden lehnten noch die mächtigen Mahlsteine, die bis Mitte des letzten Jahrhunderts von einem Esel gedreht worden waren und Öl aus frisch geernteten Oliven gequetscht hatten.

In den Nischen lagerten Weinflaschen übereinander, bedeckt von dicken Staubschichten. Doch nicht die Urahnen Paola De Vittorios hatten sie hier eingelagert – die ältesten Flaschen waren »nur« gut dreißig Jahre alt.

»Mein Vater gehörte zu den Ersten, die nicht nur Quantität, sondern auch Qualität produzierten. Anfang der Achtzigerjahre begann er, Wein in Flaschen abzufüllen und auch zu etikettieren, damit gab er ihnen einen Namen und eine Herkunft«, erklärte Paola De Vittorio. »Seitdem liegt aus jedem Jahr unserer Produktion eine Reserve hier unten.«

»Nur aus dem Jahr ihrer Geburt nicht mehr«, wisperte Lanzilotto, der sich zu Gigi und Cozzoli gestellt hatte.

»Zu schade«, seufzte er, »ein ausgezeichneter Jahrgang. Die letzte Flasche wurde zu Ehren von Paolas Hochzeit getrunken.«

Paola hatte die Bemerkung im Vorbeigehen aufgeschnappt. »Verlorene Liebesmüh«, warf sie ein und zog mit der Gruppe ins nächste Gewölbe.

Gigi und der Commissario schauten Lanzilotto fragend an.

»Geschieden«, verriet er mit gedämpfter Stimme.

»So jung und schon ...«, bedauerte Gigi Paolas Familienstand.

»War ein alter Sack«, spottete Lanzilotto. Und sie ist eine ungewöhnliche Frau, dachte der Commissario. Höchstens dreißig Jahre alt, leitet ein bekanntes Weingut und ist bereits zum ersten Mal geschieden – Hut ab.

»Ein alter Sack? Wie du?« Die zierliche Frau war lautlos neben Lanzilotto aufgetaucht, sie lächelte.

»Oh, Claire!«, er grinste betreten und legte ihr den Arm um die Schultern. Cozzoli schätzte sie mindestens zwanzig Jahre jünger als ihren Mann, und augenscheinlich war sie in der Lage, diesen eloquenten Schwätzer mit leichter Hand aus dem Konzept zu bringen.

Sie folgten langsam den munter plaudernden Hobby-Sommeliers und Paola De Vittorio durch die Gewölbe.

»Französische Eiche?«, hallte eine kräftige Stimme nach hinten – George Lille, unverkennbar. Cozzoli schaute sich instinktiv nach Gigi um. Der stand in sicherer Entfernung. Entspann dich, Cozzoli.

»*Oui, Monsieur!*«, antwortete Paola De Vittorio kurz, »Aber die meisten Fässer sind leer. Wir verzichten so weit wie möglich auf Holz in unseren Weinen«, erklärte Paola De Vittorio, »unsere Weine aus dem Salento sind von sich aus kräftig und ausdrucksstark, die brauchen nicht auch noch das Aroma des Holzes.«

»Ah, ah, ah!«, tönte George Lilles kritische Stimme aus dem Dunkel.

»*Brava!*«, rief Gigi dagegen wie ein Fußballfan. »*Das* haben *unsere* Weine wahrhaftig nicht nötig!«

Cozzoli schob Gigi zur Seite und zischte: »Wenn du nicht sofort deine Klappe hältst, verfrachte ich dich eigenhändig in meinen Kofferraum und du kannst den Rest des Abends Fingernägel kauen! *Capito?*« Dieses Scharmützel war ja wohl nicht zu fassen.

Kurz darauf versammelten sich die wahrhaftigen und werdenden Weinexperten mit einem Glas Rosato unter dem Olivenbaum im Hof. George Lille zeigte keinerlei Interesse an weiteren Provokationen – im Gegenteil. Er hatte sich neben Gigi geschoben und sagte: »Ich würde übrigens gerne noch etwas klarstellen ...«

Cozzoli hatte es nicht glauben können, sein Blick war nervös von einem zum anderen gewandert, er wäre bereit gewesen, dazwischenzugehen, doch Gigi hatte brav geantwortet: »Kein Problem. Nach der Degustation?«

Lille hatte genickt und sich in die Nähe von Paola De Vittorio gedrängt. Er blieb an ihrer Seite, während sich die Besucher an die Tische verteilten. Weinhändler Luca Pellegrino schenkte Rosato aus, zeigte das Etikett. Die Seminaristen ließen den Wein in den Gläsern kreisen und hielten mutig, aber mit gebotenem Respekt ihre Nasen hinein.

»Kirsche ...«, murmelte der pensionierte Lehrer, »vielleicht auch Himbeere.«

»Johannisbeere«, sinnierte die Frau des Professors.

George Lille hingegen hatte seinen Blick auf Paola De Vittorio geheftet. Er betrachtet sie wie einen guten Wein, dachte Cozzoli amüsiert, vermutlich hätte er sie auch gerne degustiert. Zumindest lachte der Franzose zu laut, als Riccardo Lanzilotto seine Laudatio auf den Rosato von Paola De Vittorio hielt.

»Ein Rosato, wie die junge Frau, die ihn kreierte: klar, frisch, doch mit einem starken Charakter, den man beim Anblick der zarten Farbe vielleicht nicht erwartet ...« Er hielt das Glas schräg, und im letzten Licht des Tages funkelte der Wein korallrot. »... aber ihn bereits erahnt, sobald sein ungewöhnlicher Duft aufsteigt.«

Lanzilotto war in seinem Element. »Negroamaro, die Traube dieses Weines, ist seit Jahrhunderten in dieser sonnenverbrannten Erde verwurzelt. Wie auch Paola De Vittorio, eine junge, mutige Frau, die ein großes Erbe angenommen hat. Aber wer ihre Weine kostet, weiß: Die Tradition bedeutender Weine von De Vittorio liegt bei ihr in guten Händen.«

Alle applaudierten, sogar Lille. Riccardo Lanzilotto schaute zufrieden und warf einen verstohlenen Blick zu Claire. Sie nickte unmerklich - verzieh sie ihm damit die Komplimente für Paola oder bedeutete die Geste: George Lille beeindruckt - Mission erfüllt?

»Riccardo, genug der Ehre«, Paola war aufgestanden, sie trug ein lang geschnittenes Jackett zu weißen Jeans, burschikos, lässig, elegant.

»Liebe Freunde und Gäste, natürlich freue ich mich, wenn unsere Weine gerne getrunken werden. Aber sie müssen keine ›großen‹ Weine sein, keine Weine, die jedem schmecken. Wichtig ist, dass sie besonders sind, individuell, und ihre Herkunft nicht verleugnen.«

Das gefiel den frischen Weinexperten, in George Lilles spöttischer Mimik hingegen war deutlich abzulesen, was er von Paolas Konzept hielt: Nichts - so konnte man sich einen mittelmäßigen Wein schönreden.

»Aber es gibt etwas, worauf ich wirklich stolz bin«, fuhr Paola fort. »Jeder in unserer Familie hat der langen Kette unserer Geschichte ein kleines oder großes Glied hinzugefügt. Mein Vater gab unseren Weinen Namen, indem er als Erster auf die Flaschen schrieb, was überhaupt drin war: Negroamaro oder Primitivo vor allem. Kaum noch vorstellbar, aber dafür schämte man sich hier im Salento noch vor wenigen Jahren. Heute verbindet jeder diese Trauben mit Apulien, mit kräftigen, ausgewogenen Weinen voller Sonne.

Inzwischen kann ich den Etiketten unserer Weine noch etwas hinzufügen: bio. Auf unseren Weinfeldern gibt es weder chemischen Dünger noch Pestizide, Insektizide, Fungizide oder was der landwirtschaftliche Chemiebaukasten sonst noch zu bieten hat.«

Cozzoli betrachtete diese junge Frau nun von Nahem und wunderte sich immer mehr. Hatten ihre normannischen Vorfahren auch nach tausend Jahren noch Spuren in den Genen hinterlassen? Da leuchteten blaue Augen, sie hatte lange dunkelblonde Haare, ihre Ausstrahlung war ein wenig herb, zurückhaltend, keine aufgeregten Gesten – unglaublich. Tausend Jahre!

»Dieser Rosato war meine Bio-Wein-Premiere«, Paola hielt eine der Flaschen in der Hand, die gerade ausgeschenkt wurden, und erwähnte nicht einmal den internationalen Preis, mit dem dieser Wein ausgezeichnet worden war.

»Ausschließlich aus biologisch angebauten Trauben und sogar ohne Schwefel gekeltert. Wir haben nur noch wenige Flaschen«, sie machte eine kleine Pause, ein Lächeln flog über ihr Gesicht, und Vorfreude schwang nun in ihrer Stimme, »doch morgen früh, vor Sonnenaufgang, beginnen wir mit der Ernte der Primitivo-Trauben und in etwa zehn Tagen mit dem neuen Negroamaro. Die Trauben sehen großartig aus.«

Während Paola De Vittorio sich von Luca Pellegrino ein Weinglas reichen ließ, traf ihr Blick George Lille. Die junge Herzogin gefällt diesem Schnösel, dachte Cozzoli. Sie gefällt ihm sogar sehr. Verständlich. Aber sie findet ihn abscheulich. Ebenso verständlich.

»*Buona sera,* Commissario! Wie schön, Sie zu treffen«, eine leise Frauenstimme riss ihn aus seinen Gedanken. Elisabetta, Elenas beste Freundin, stand mit ihrem Mann Stefano neben ihm.

»Sie auch hier?«, fragte Cozzoli spontan und wenig formvollendet.

»Paola hat mich eingeladen, ich kenne sie, seitdem sie so

war«, erklärte Elisabetta und hielt ihre Hand neben das Knie. Natürlich, dachte Cozzoli, man kennt sich. Auch Elisabettas Familie hatte tiefe und weitverzweigte salentinische Wurzeln und gehörte, soweit er das beurteilen konnte, zu den wirtschaftlichen Strippenziehern in der Provinz.

»Fragen Sie sich gerade, wer hier heute Abend noch wen ermordet?«

»Oh nein! Ich bitte Sie«, Cozzoli lachte verlegen. Hatte er in Gedanken versunken so ein finsteres Gesicht gemacht?

»Warum hat Gigi Elena nicht mitgebracht? Ich hätte ihr gerne Paola vorgestellt«, fragte Elisabetta. »Vielleicht braucht das Gut professionelle Fotos für die PR. Elena gibt ja gerne die Überzeugungstäterin. Hier kann sie ihre grüne Gesinnung ablichten, und so eine junge, attraktive Winzerin kann sie bestimmt auch ihrer ehemaligen Redaktion verkaufen.«

Typisch Elisabetta, dachte Cozzoli. Sie hatte mal wieder alles im Griff. Die Geburt in eine *der* Familien des Salento schien sie mit der Selbstverständlichkeit ausgestattet zu haben, Dinge auf ihre persönliche Art und Weise zu regeln. Für sich selbst, die eigene Familie und nichts ahnende Freunde gleich mit. Vieles wurde einfacher, wenn man jemanden wie Elisabetta kannte. So viel war sicher.

Elisabetta nickte zu Lille hinüber, der sich zu einem dürren alten Mann im Rollstuhl hinunterbeugte.

Ein Gesprächsfetzen drang an Cozzolis Ohr. »*Oui, oui,* eine idealistische *signorina*«, garniert mit einem überheblichen Lachen von Lille. Der alte Mann im Rollstuhl nickte eifrig. Von »bio« schien der überhaupt nichts zu halten.

»Wer ist das?«, fragte Cozzoli leise.

»Ein Winzer aus der Nachbarschaft, glaube ich«, flüsterte Elisabetta. »Der verdächtigt Paola wahrscheinlich auch, dass sie schummelt und heimlich spritzt. Hat ihr niemand zugetraut, dass sie ohne chemische Keule hier Wein anbauen kann.«

»Wer meint das? Die Nachbarn?«, fragte Cozzoli.

»Diese ganzen alteingesessenen Weinexperten. Alle haben Paola abgeraten, als sie vor drei oder vier Jahren mit dieser Bio-Geschichte anfing. Nur Rocco, einer ihrer beiden Brüder, hat mitgezogen und wird auch den Rest des Betriebs umstellen, sechshundert Hektar. Wiesen, Getreide- und Gemüsefelder, Obstgärten, Oliven und eben Paolas hundert Hektar Wein«, erklärte sie dem Commissario. »Aber Paola hat ihren eigenen Kopf, hatte sie schon immer. Als kleines Mädchen, wenn wir Großen nicht nach ihren Regeln spielen wollten, gab es immer mächtig Geschrei.«

Es war dunkel geworden. Die Fassade der alten Gemäuer wurde von einer Handvoll Strahlern zurückhaltend angeleuchtet. Nach dem Rosato und den Antipasti bewegte sich die Gesellschaft in einen ehemaligen Lagerraum, der als Saal für Degustationen restauriert worden war. Es sollten verschiedene Rotweine mit passenden Gerichten probiert werden. Luca Pellegrino würde Weine aus Paolas Familienkeller, Lanzilottos kleiner Edelproduktion und von einem kleinen Nachbargut präsentieren, das ein gewisser Emanuele Bocca leitete.

»Wer ist das?«, fragte Cozzoli. »Gigi, kennst du diesen Bocca? Und natürlich seine Weine?«

Gigi zeigte unauffällig auf einen kleinen, kräftigen Typen, der den Signor im Rollstuhl über das holperige Pflaster im Hof in den Saal bugsierte.

»Der junge Mann, der dort seinen Vater schiebt. Bocca senior hatte einen Schlaganfall, niemand hatte damit gerechnet, dass er ihn überlebt. Sein Sohn Emanuele war angeblich zur Beerdigung angereist. Doch dann rutschte *papà* Alberto dem Tod von der Schippe.«

»Richtig glücklich sieht der Sohn nicht aus«, sagte Cozzoli.

»Der junge Bocca kultiviert alte salentinische Traubensorten, Susumanniello, schon mal gehört? Zusammen mit Negroamaro und Malvasia Nera – magisch. Gibt unser Luca Pellegrino als Geheimtipp aus – und das will viel heißen. Er mag diesen Emanuele, hat ihn eingeladen, damit er sich einem internationalen Kritiker präsentieren kann.« Gigi hüstelte. »Aber ausgerechnet diesem, du weißt schon wem.«

Elisabetta und ihr Mann Stefano bewegten sich in Richtung des erleuchteten Saales. »Kommt ihr mit rein?«

Gigi erhob sich. »Und du? Pantaleo, kommst du?«

Cozzoli räkelte sich in seinem Stuhl. »Ich bleibe noch einen Moment draußen. Elisabetta, halten Sie bitte ein Auge auf Gigi? Er soll sich fernhalten von diesem Lille.«

Cozzoli musste einen Moment allein sein. Warten, bis sich die kreisförmigen Wellen gelegt hatten, die ein Steinwurf in Bewegung gesetzt hatte. Eine kleine Verwirrung, nichts weiter.

Diese verdammte Beerdigung in Rom, er hätte nicht hinfahren sollen. Er war dünnhäutig geworden. Sonst wären Paolas letzte Worte spurlos an ihm vorbeigezogen.

Aber sie waren Kieselsteine gewesen, die einen spiegelglatten See in Bewegung gesetzt, Kreise gezogen und unvermutet eine Erinnerung hatten aufsteigen lassen. Vielleicht auch so etwas wie Sehnsucht. Unangenehm jedenfalls. Ihre letzten Worte über den Beginn der Ernte. »Morgen früh, vor Sonnenaufgang«, im ersten Tageslicht, die Feuchtigkeit der Nacht, die noch wie Samt auf den tiefblauen Trauben liegen würde. Der Duft von frisch vergorenen Trauben. Die Erwartung, die Hoffnung, die damit einherging, Jahr für Jahr. Paolas plötzliche kindliche Freude und Neugierde, die durch den Klang ihrer Worte schimmerten, hatten Cozzoli berührt und eine Erinnerung aufsteigen lassen.

Sein Acker. Vielleicht sollte er sich doch intensiver mit dem Flecken Land befassen, den er geerbt hatte. Von *ihr*. Ganz unten, an der Südspitze, wo sich die Küste über dem Meer erhob. Einige Reihen alter Weinstöcke waren dort noch zu finden und ein verfallenes Haus. Nur selten traute er sich dorthin. Sonntags manchmal. Dann rupfte er meditativ ein bisschen Unkraut. Niemand wusste davon.

Zu viele Erinnerungen schlummerten in der Erde. Wünsche, Pläne, Hoffnungen, Visionen vom gemeinsamen Altwerden. Er sollte sich endlich den Geistern seiner Vergangenheit stellen. Auf seine Art. Vielleicht hätte er dann Ruhe, vielleicht würde er dann etwas aus diesem Weinacker machen – hätte, würde, wenn, dann – aber wann? Er sollte Gigi davon erzählen. Vielleicht um Rat bitten. Vielleicht.

Cozzoli schaute durch die Zweige des Olivenbaums in den nachtblauen Himmel. Er hätte gerne eine Zigarette gehabt an diesem warmen Septemberabend.

Doch sein Telefon klingelte.

7

»Ich habe einen Toten«, hörte Cozzoli seinen Assistenten Pinto sagen.

»Ausgerechnet«, seufzte Cozzoli. Er war aufgestanden und schlenderte auf den hell erleuchteten Saal zu. Sein Blick streifte die Flaschenbatterie, die Luca Pellegrino auf dem Tisch vor sich zurechtrückte. Fünf Rotweine, zählte Cozzoli, fünf! Der Weinhändler hatte sie bereits elegant und garantiert ohne »plopp« geöffnet, am letzten Korken schnüffelte er noch. Schien in Ordnung, kein Muff, kein käsiger Pilz. Die Weine atmeten vor sich hin. *Che vergogna!* Eine Schande!

»Commissario?«

»*Si, si, pronto, pronto!*«, Cozzoli ergab sich. »Wo?«

»Nördlich von Lecce, zwischen Surbo und Trepuzzi – kennen Sie die Ecke?«

Cozzoli hatte keinen Schimmer. Surbo war ihm geläufig, ein Vorort von Lecce, mit einem großen Shoppingcenter an der Schnellstraße. Hausten in diesem Dorf nicht mafiöse Provinzfürsten in den tiefsten Schlaglöchern Apuliens? Aber Trepuzzi? Den Namen kannte er nur von Straßenschildern.

»Einfach zu finden, Commissario, kein Problem. Von Lecce aus nehmen Sie die Schnellstraße Richtung Brindisi, aber nur bis zum Industriegebiet, dann die Abfahrt, links halten, scharf links! *Capito?* Und noch vor dem Olivenhain ...« Es folgte eine höchst komplizierte Wegbeschreibung.

»Schick mir die GPS-Koordinaten«, unterbrach ihn Cozzoli. Wenn er nur Olivenbaum hörte, war er schon verloren. Die standen hier überall, Oliven, ohne Ende Oliven. Wenn man sichergehen wollte, dass sich jemand garantiert verfranzte, schickte man ihn in die Oliven.

»Sie können es gar nicht verfehlen, Commissario, gleich hinter dem alten Steinbruch. Rechts Oliven, links Steinbruch. Und dann immer geradeaus bis zu den Bahngleisen. Da liegt der Tote.«

»Vor den Zug geworfen?«, fragte Cozzoli und nahm den letzten Schluck von Paolas bemerkenswertem Bio-Rosato.

»Nein, nein. Trotzdem ziemlich unappetitlich. Kugel durch den Kopf gejagt, die Leiche stinkt, modert wohl schon seit ein paar Tagen vor sich hin.«

»Ist die Spurensicherung schon da?«

»Habe ich angerufen, sind unterwegs.«

Cozzoli kämpfte mit sich. Er hatte doch nun wirklich nicht mehr viele Leidenschaften – wenn er es genau betrachtete, eigentlich gar keine mehr. Abgesehen von seinem Job blieben noch ein paar ausgewählte Rotweine. So gesehen, war seine Versetzung in den Salento ein wahrer Glücksfall gewesen. *Santo Cielo!* Warum ließ man ihn nicht wenigstens diesen letzten, stilvollsten und harmlosesten Zeitvertreib in Ruhe genießen, *eh?* Konnte diese Leiche nicht bitte schön noch bis morgen allein weitermodern?

»Wann kommen Sie, Commissario?«, rief der Polizist.

»Ich fahre jetzt los«, knurrte Cozzoli. »Warte auf mich an der Abfahrt der Schnellstraße.«

»Aber ich bin hier allein, also ich mit der Leiche. Soll ich die einfach liegen lassen?«

»Warum, zum Teufel, bist du mit der Leiche allein?«, fauchte Cozzoli. »Bist du beim Gassigehen drüber gestolpert?«

Cozzoli schnappte nach Luft, das war wieder typisch. Alles Autodidakten hier. Und Pinto war noch sein bester Mann, zumindest loyal und vertrauenswürdig, das war schon viel wert. Herrgott, er hatte ihn gerade vom Streifendienst zu einer Art persönlichem Assistenten befördern lassen. Wenn der schon so stümperhaft ...

»Eine hysterische Frau hat mich angerufen, ich war schon auf dem Weg nach Hause. War kein großer Umweg zur Leiche, dachte, ich schau mal kurz vorbei und ...«

»Pinto, du bleibst, wo du bist. Schick mir die GPS-Koordinaten, kriegst du das hin?«

Pinto stammelte herum, GPS-Koordinaten schienen ihm nicht sehr geläufig. Cozzoli beendete das Telefongespräch einfach und steckte das Handy in die Hosentasche. Er stellte sich auf die Türschwelle zum Saal und blickte über die Reihen glänzender Weingläser auf den Tischen, es duftete nach Kürbis, Salbeibutter – sollte es Ravioli mit ...

»Gigi!« Cozzoli winkte seinen Freund heran. Bloß nicht eintreten. Luca Pellegrino stellte noch zwei schlanke Flaschen Grappa zu den Weinen – es war nicht zu ertragen. Die pure Sünde.

»Pantaleo, komm rein, *avanti!*« Gigi stand mit fragendem Gesicht vor ihm.

»Tut mir leid, mein Freund, das war's«, der Commissario nahm seinen Freund am Arm. »Pinto hat einen Toten. Wir müssen los.«

»*Wir?* Warum wir?«, Gigi blieb stehen. »*No, no, carissimo! Du* ...«, er bohrte ihm einen Finger in die Brust, »... nicht ich.«

»Doch, doch, du auch.«

Gigi schüttelte entschlossen den Kopf und winkte ablehnend mit dem Zeigefinger. »Elisabetta und Stefano können mich nachher bestimmt zu Hause absetzen.«

»Los, komm schon!«, insistierte Cozzoli. »Wenn Lille getrunken hat, ausfällig wird und nach der Degustation noch was mit dir klarstellen will …«, Cozzoli legte ihm den Arm um die Schulter. »Sei vernünftig, Gigi.«

»Das ist nicht dein Ernst, Commissario. Im Angesicht dieser wunderbaren Weine werde *ich nicht* gehen!«

Sie standen einander gegenüber und sahen sich fest in die Augen. Doch Gigi ließ sich von dem finsteren Blick des Commissario nicht beeindrucken. Cozzoli zwinkerte als Erster. Er seufzte, klopfte seinem Freund auf die Schulter, brummelte »Mach keinen Blödsinn« und ging zu seinem Auto.

Gigi blieb.

8

Wenigstens fand er nach Pintos Wegbeschreibung tatsächlich ohne Extrarunden diese Schlaglochpiste, die schnurgerade durch die Dunkelheit führte. Rechts huschten die Schemen der Olivenbäume vorbei, links war vermutlich der Steinbruch. Die Scheinwerfer der Spurensicherung erleuchteten bereits den Fundort an den Gleisen. Die Jungs in den weißen Schutzanzügen wuselten im Gebüsch um ein verlassenes Fabrikgebäude herum.

»Sieht nach Selbstmord aus«, sagte Giacomo, der junge Leiter der Spurensicherung.

»Haben wir keinen Gerichtsmediziner hier?«, fragte der Commissario.

»Dottoressa Matilde ist noch im Urlaub, auf Bali oder so. Bis übermorgen jedenfalls nicht zu erreichen. Ihre Vertretung ist krank.«

»Amen!«, Cozzoli fragte nicht weiter. Es wurde also mal wieder improvisiert. Obduktion frühestens übermorgen.

»Marcello Lazzari, neunundzwanzig Jahre alt, wohnhaft in Scansano«, las Giacomo aus dem Personalausweis vor.

»Scansano?«, fragte Cozzoli, da kam er doch gerade her. Hätte sich dieser Lazzari nicht zu Hause die Kugel durch den Kopf jagen können? In Rufweite zur Degustation? Cozzoli wäre auf einen Sprung vorbeigekommen und zu den Grappe wieder zurück gewesen. *Eh, eh, eh,* ermahnte er sich, Respekt vor den Toten.

»Scansano ist etwa eine Viertelstunde entfernt«, riss ihn der Spurensicherer aus seinen Überlegungen.

»Und wieso schickt mich Pinto eine Stunde über Lecce, *ma va ...!*«, fluchte Cozzoli und folgte Giacomo zu dem verfallenen Fabrikgebäude an den Bahngleisen.

Die Mauer war blutbespritzt, im Gestrüpp davor lag der Tote, auf der Seite, das Gesicht im Gras. Fliegen sirrten herum, es stank bestialisch.

»Er liegt hier schon einige Tage, eine Woche vielleicht, tagsüber ist es ja noch sommerlich warm«, sagte Giacomo, um den Zustand der Verwesung zu erklären. »Auf jeden Fall hat er sich vor dem Gewitter letzte Woche erschossen. Keine Fußspuren oder Reifenabdrücke, Schmauchspuren oder Blutspritzer – alles weggewaschen. Die Todesursache ist vermutlich ein aufgesetzter Kopfschuss, das Projektil suchen wir noch.«

»Was ist das für eine Waffe?« Cozzoli zeigte auf den Revolver, der noch im Gras lag. »Sieht aus, als hätte Lazzari das Ding von seinem Großvater geerbt.«

»Gut möglich«, sagte Giacomo, »eine übliche Waffe aus den Vierzigerjahren, Weltkriegsmodell. Außerdem haben wir das hier in seiner Hosentasche gefunden.« Giacomo reichte dem Commissario einen Zettel mit einer verwaschenen handschriftlichen Botschaft.

»Ich kann nicht mehr. Es tut mir leid. Marcello.«

»Kein Mann großer Worte«, stellte Cozzoli fest und schaute auf den toten Lazzari. Er stellte sich vor, wie der junge Mann an der Mauer gelehnt hatte, den Blick auf die Bahngleise und brach liegenden Felder gerichtet, weiter hinten irgendwelche Häuser. Die Waffe an die Schläfe. Und weg.

»Warum bringt sich jemand ausgerechnet hier um?«, sinnierte der Commissario.

»Warum nicht?«, fragte Giacomo zurück. »Es ist einsam und ruhig, kein Mensch stört bei den letzten Gedanken – es sei denn, ein Zug donnert vorbei.«

»Nicht gerade idyllisch. Mit einem Selbstmord will man doch ein Zeichen setzen und gefunden werden. Aber hier?«

»Geschmacksache«, Giacomo zuckte mit den Schultern.

Die Lage sah eindeutig aus. Cozzoli ging zum Auto zurück, schaute die Mauern des Gebäudes hinauf.

»War das mal eine alte Fabrik, mitten in den Feldern?«

»Ehemaliges Weindepot. Früher lieferten die Bauern aus der Umgebung ihre Weintrauben hier ab. Da drin stehen gigantische Zementtanks. Der Most wurde von hier direkt in Waggons geladen und in den Norden verkauft. Entlang dieser Bahnlinie durch die Weinfelder nördlich von Lecce gab es viele solcher Depots«, erzählte Giacomo.

Das hatte Gigi gemeint, als er Lille beschimpft hatte. Sonniger Wein aus dem Salento, der namenlos in den Norden verkauft worden war, um mit Weinen verschnitten zu werden, die klangvollere Namen trugen. Die süditalienischen Weine sorgten für den nötigen Alkohol, für Aroma und Farbe der feinen Weine.

Wenigstens passte der Fundort thematisch zum Abend und zu der vermasselten Degustation.

9

Kein Duft von caffè, kein lautes Geplapper am Telefon mit Ettore, Gigis Liebhaber in Genua, kein Geschnatter von zwei bis drei Radiomoderatoren, kein Singsang und nicht mal Zeitungsrascheln – nichts. Nur blendende Morgensonne und absolute Stille im *open-space-eeh,* wie Gigi die großzügige Wohnung im ersten Stock seines barocken Palazzo nannte.

»Gigi?«, rief Elena, als sie im Bademantel durch die Schiebetür aus ihrer Einliegerwohnung in Gigis Reich eintrat. Wo war Gigi? Es war zu früh, um den Laden zu öffnen, und zu spät für den ersten caffè. Sollte er sich bereits beleidigt aus der Wohnung geschlichen haben?

Elena hatte den Abend ohne Gigi genutzt, um einige Kleinigkeiten zu entsorgen, mit denen der Onkel zum neuen Jahr ihre Wohnung »aufgefrischt« hatte. Über das endgültige Schicksal der wiehernden Gäule im Goldrahmen, die über Bens Bett galoppiert waren, sollte ihr Sohn selbst entscheiden. Aber erst mal hatte Elena das Ölgemälde abgenommen, Ben würde Albträume bekommen.

Mitten in ihrem Wohnzimmer hatte Gigi die Statue einer fröhlichen Pizzica-Tänzerin mit Tamburin aufgestellt, breit grinsend mit glutroten Lippen, in fliegendem Rock und eng geschnürter Corsage. Gefertigt aus *carta pesta,* der salentinischen Form von Pappmaschee, lokale Kunst von zweifelhaftem Geschmack. Gar nicht zu reden von dem

Teppich mit Rosenmuster, auf dem er sie platziert hatte, vermutlich in guter Absicht, da Elena im Winter auf dem Steinboden ständig kalte Füße hatte. Hätte Elena den Teppich lieber doch nicht in sein Schlafzimmer legen sollen? Nein, ihr Onkel wäre vielleicht eingeschnappt gewesen, aber nicht ohne ein Wort gegangen, ohne caffè und ohne Elena für den zweiten caffè in der Bar um die Ecke aus dem Bett zu scheuchen.

Wo also war Gigi? Weder in der Küche, im Bad noch im Schlafzimmer. Sie rief ihn an. Sein telefonino klingelte ins Leere. War er mit Cozzoli bei dieser Weinprobe versackt? Während sie noch nach Cozzolis Telefonnummer suchte, klingelte ihr Handy. Gigi.

»*Pronto?* Elena?«, meldete sich ein zerknirschter Gigi.

»*Buon giorno, zio!*«, rief Elena erleichtert. Wohlwissend, dass es ihn freute, wenn sie ihn mit »*zio*« - Onkel - anredete. »Wo steckst du?«

»Kannst du mich abholen?«

»Wo denn?«

»In der Masseria De Vittorio in Scansano, und nicht Pantaleo anrufen, *capito?* Ich erkläre dir alles.«

Eine halbe Stunde später raste Elena über die Landstraße durch die Weinfelder. Der weiß getünchte Turm des Gutes stach von Weitem aus dem Grün heraus. Auf der langen Zufahrt zum Gut bummelte ein Traktor mit einem Anhänger voll dunkelvioletter Weintrauben vor ihr her. Elena pochte mit dem Handballen auf das Lenkrad, Gigis Stimme am Telefon ..., nein, nicht hupen, auf die paar Minuten kam es nicht an. *Pazienza,* Elena, er war noch knautschig im Kopf, die Stimme im Schlafmodus. Aber einen Gedanken konnte er schon klar formulieren: Cozzoli nichts sagen. Wo war der überhaupt, Gigis persönlicher

Bodyguard? Zumindest nicht bei Gigi. Was war los mit ihrem sonst so vergnügten Onkel?

Kurz vor dem Torbogen der Masseria bog der Traktor endlich ab und folgte dem Schild »*Cantina*« – zur Kellerei.

Elena parkte vor dem Eingang zur Masseria, sie wollte gerade durch den Torbogen laufen, als hinter ihr ein Jeep rasant auf den Parkplatz einbog und in einer Staubwolke stehen blieb. Heraus sprang eine schlanke junge Frau in Jeans, T-Shirt und Turnschuhen, die langen dunkelblonden Haare zu einem Pferdeschwanz zusammengebunden. Mit einer Hand warf sie die Autotür zu, in der anderen hielt sie ihr telefonino ans Ohr.

»Nein, Riccardo. Ich habe nicht den blassesten Schimmer, wo dein französischer Freund steckt«, hörte Elena sie mit einer weichen, dunklen Stimme sagen.

»Ich sorge mich gerade mehr um meine Trauben, die sollen nicht erst in der Mittagshitze in der *cantina* ankommen.«

Die Frau näherte sich Elena, machte ihr ein Zeichen zu warten.

»*Si, si, si,* Riccardo. *Pazienza,* der wird schon auftauchen. Falls ich ihn sehen sollte, bezahle ich ihm persönlich das Taxi zum Flughafen. Versprochen!«, sie lachte leise. »Melde dich später noch mal, damit ich sicher sein kann, dass er abgeflogen ist. Ich muss hier jetzt deinen anderen Freund ausliefern ... *Si, si,* Gigi hat ausgeschlafen. *Ciao, a dopo!*«

Sie steckte ihr telefonino in die Hosentasche und reichte Elena die Hand. »Elena? Ich bin Paola. Schön, dich kennenzulernen. Elisabetta hat mir viel von dir erzählt.«

Elena schaute erstaunt in die blauen Augen und vergaß für einen Moment die Sorge um ihren Onkel. »*Altretanto.* Das Vergnügen ist ganz meinerseits.«

Das war also die junge Herzogin, von der Elisabetta in höchsten Tönen schwärmte. Die verloren geglaubte Tochter, die heimlich Önologie, die Wissenschaft vom Wein, studiert hatte und überraschend wieder aufgetaucht war, um ihr Erbe anzutreten.

»Ich habe deinen Onkel heute Morgen um fünf auf dem Sofa im Salon gefunden, er schlief tief und fest. Riccardo Lanzilotto hatte mich per SMS vorgewarnt, dass Gigi es sich dort gemütlich gemacht hätte.«

Elena schüttelte fassungslos den Kopf, aber Paola beschwichtigte. »Kein Problem. Ich habe ihm eine Flasche Wasser und Kopfschmerztabletten dagelassen, für alle Fälle. Liliana weiß auch Bescheid, die wird ihn mit einem Duschhandtuch und caffè versorgt haben.«

»Da lässt man den alten Onkel einmal von der Leine ...«, Elena fuhr sich mit der Hand durch ihre dichten braunen Locken, »was war gestern hier los?«

»Ehrlich gesagt, ich weiß es nicht. Ich habe mich nach der offiziellen Weinprobe zurückgezogen. Wir sind mitten in der Ernte. Das geht lange vor Sonnenaufgang los.«

»Ihr erntet nachts?«, fragte Elena.

»Sicher, solange es noch kühl ist. Sobald die Sonne hoch steht, wird es heiß, und bis die Trauben in der Kellerei ankommen, müssen wir sie wieder runterkühlen, sonst fermentieren sie schon auf dem Weg in die Presse – wie auf diesem Anhänger, der da vor dir hergezuckelt ist. Der ist viel zu spät dran, hatte angeblich ein Problem mit dem Motor.« Sie strich sich mit dem Handrücken eine Haarsträhne aus dem Gesicht. »Ich muss da gleich rüber und – entschuldige ...«, Paola lachte kurz. »Schauen wir erst mal, wie es deinem Onkel geht.«

Sie gingen in den Hof der Masseria, Elena fühlte sich beim

Anblick der alten Gebäude, die sich wehrhaft aneinanderdrängten, um einige Jahrhunderte zurückgeworfen.

»Macht ihr den Wein hier?«, fragte sie.

»Nein, hier lagern wir nur einen Teil der Weine. Die *cantina* liegt außerhalb dieser alten Mauern, eine ziemlich unromantische Anlage mit Edelstahltanks, alles temperatur- und computerkontrolliert«, sagte Paola. »Aber es riecht dort trotzdem gerade fantastisch nach frischem Most.«

Unter dem ausladenden Olivenbaum saß *zio* Gigi mit dem Rücken zu ihnen und döste in der Sonne.

»*Buon giorno, zio!*«, zwitscherte Elena.

Ihr Onkel blinzelte und versuchte sich an einem Lächeln. Etwas stimmte nicht. Es stimmte sowieso seit Tagen etwas nicht mit Gigi, seit diesem blöden Weinseminar, seit Elenas Rückkehr aus Hamburg. Diesen Gesichtsausdruck hatte sie noch nie auf seinem Gesicht gesehen. Müde, erschöpft und – sie konnte es nicht genau einordnen – ratlos? Verloren?

»*Buon giorno, ragazze!*«, Gigi gab sich heiter, das beherrschte er aus dem Effeff. »Was für ein wonniger Herbsttag!«

Er streckte die Arme nach Elena aus. Sie beugte sich zu ihm, küsste ihn links und rechts, lächelte.

»*Zio,* bist du okay?«

»*Mah!*«, er wiegte seinen Kopf vorsichtig hin und her. »Ich war schon mal frischer zu dieser Tageszeit. Wohl doch gestern etwas zu viel des guten – ah, was sage ich da? –, des erstklassigen Weines! *Complimenti, Duchessa!*«, er deutete eine Verbeugung vor der Herzogin an, die in schmuddeligen Jeans, mit zerzaustem Pferdeschwanz und schwarzen Fingernägeln vor ihm stand.

»Ihre Weine und auch die Grappe sind wundervoll!«

Damit war sein Vorrat an guter Laune verbraucht, er sackte schnaubend in den Gartensessel zurück.

»Ein Glas Wasser? Noch einen caffè?«, fragte Paola. »Ich sage eben Liliana Bescheid.«

Sie eilte mit langen Schritten über den Hof und verschwand in einem der Häuser.

»*Zio,* was ist los?«, Elena setzte sich neben ihn. »Mir brauchst du nichts vorzutanzen. Du siehst ziemlich ramponiert aus. Freundlich ausgedrückt.«

Gigi drückte ihre Hand. »*Bella mia,* es geht schon wieder. War ein bisschen viel, wie gesagt. Manchmal kennt selbst so ein alter Haudegen wie ich seine Grenze nicht. Ich hätte mit Cozzoli zurückfahren sollen.«

»Warum hat er dich überhaupt allein gelassen?«

»Er musste zu einer Leiche. Wollte mich mitnehmen, aber ich war sturer als er«, Gigi grinste schief. Elena seufzte verzweifelt. »War's denn wenigstens lustig?«

»Mmh«, machte Gigi wenig überzeugend. Er wich ihrem Blick aus, fuhr sich mit beiden Händen über die raspelkurzen grauen Haare.

»Weiß nicht ...«, murmelte er, atmete einmal tief ein und hielt inne. Als ob mit der frischen Luft der Schimmer eines klaren Gedanken aufleuchten würde.

»Lanzilotto und Luca haben sich nicht lumpen lassen. Zum Schluss, als fast alle schon weg waren, wurde noch eine Riserva geöffnet, was richtig Altes. Ein Traum ...«, ein stilles Lächeln huschte über das müde Gesicht des Onkels, »aber sag bloß Pantaleo nichts davon.«

Elena musste nun doch schmunzeln, ihr Onkel benahm sich wie ein kleiner Junge.

»Und mit diesem Franzosen war alles okay?«, fragte Elena.

»*Tutto bene, benissimo!*«, beeilte sich der Onkel. »Alles bestens. Er wollte sogar noch mit mir reden, etwas klarstellen, was auch immer«, fügte er angriffslustig hinzu, »aber dann ist er nicht aufgetaucht, ich habe ihn jedenfalls nicht vermisst.«

Paola kam zurück, schaute auf die Uhr. »Caffè, Wasser und eine kleine Stärkung kommen gleich. Lasst euch Zeit. Und Liliana holt noch ein Souvenir zum Genießen aus dem Keller. Entschuldigt mich bitte, ich muss dringend in die *cantina,* sonst werfen die mir halb vergorene Trauben in den Tank.«

Ihr telefonino klingelte. »*Si, Riccardo! Dimmi tutto!* Ist er im Flugzeug nach Bordeaux? ... Immer noch nicht? ... Was weiß ich, wo sich dein Sommelier herumtreibt? Ich frage Gigi, der sitzt hier noch. Moment.«

Paola drehte sich um, sie rang sichtlich um Beherrschung. »Gigi, haben Sie gestern Abend noch mit Lille gesprochen? Lanzilotto wollte ihn vor einer halben Stunde zum Flughafen fahren, aber der Mann ist verschwunden, seine Koffer sind noch im Zimmer, er hat offensichtlich nicht in Lanzilottos Schlösschen übernachtet. Sind Sie ihm hier zufällig irgendwo über den Weg gelaufen?«

»Zum Glück nicht«, grummelte Gigi.

Paola gab die Antwort weiter, Lanzilotto schien damit nicht zufrieden zu sein. »Gut, dann komm her«, lenkte Paola ein, »aber ich bin erst mal in der *cantina.* Ich habe wirklich keine Zeit, diesem hochverehrten Weinjournalisten hinterherzulaufen.«

Paola beendete das Gespräch und verabschiedete sich erneut. »Nun aber wirklich ...«, sie hob die Hand zum Abschiedsgruß, »... und nächstes Mal mit mehr Zeit!«

Dann hechtete sie im Laufschritt durch den Hof – die

Trauben, dachte Elena, die hat nur ihre Trauben und den Wein im Kopf. Dieser Franzose ist ihr vollkommen egal.

»*Signooora!*«, die schrille Stimme von Liliana krallte sich in die warme Luft, ließ Elena und Gigi aus den Stühlen hochfahren und Paola stolpern - sie drehte sich entsetzt um. Im Eingang zum alten Weinkeller war Liliana aufgetaucht, sie klammerte sich an den Holzrahmen, die Augen panisch aufgerissen - dann sackte diese kräftige Frau ohnmächtig auf das Pflaster.

Elena war als Erste bei der Landarbeiterin, hielt den Kopf mit den silbergrauen struppigen Haaren.

»Liliana!«, im nächsten Moment hockte Paola neben ihr, blies ihr ins Gesicht, rüttelte sie leicht. Lilianas Lider flatterten, die Lippen zitterten, sie flüsterte: »Im Keller ...«

Aus den Gebäuden, den angrenzenden Obst- und Gemüsegärten - plötzlich stürzten von überall Menschen in den Hof. Arbeiter trugen Liliana zu einer Liege, »*Cos'è successo? Liliana, Liliana!*« Aber was immer geschehen war, Liliana schien die Stimme verloren zu haben. Sie bewegte nur mit starrem Blick den Kopf hin und her, als ob sie noch immer etwas sähe, das sie bis in die feinste Windung ihres Körpers erschüttert hatte.

Elena schaute zu Paola. »Sehen wir nach, was da unten los ist?«, fragte Paola leise. »Liliana war im Weinlager.«

Die beiden verschwanden im Eingang zum *frantoio.* Paola schloss das Tor hinter ihnen.

»Ich will nicht, dass uns die ganze Horde folgt«, erklärte sie.

Schritt für Schritt stiegen sie in das Kellergewölbe im felsigen Untergrund hinab. Sie blieben stehen. Die Augen gewöhnten sich allmählich an das Halbdunkel. Stille.

Zögernd folgte Elena Paola an den wuchtigen Mahlsteinen der Olivenmühle vorbei zu den eingestaubten Weinflaschen und den Fässern aus Eichenholz. »*Oh Dio!*«, stieß Paola aus. Dann sah auch Elena das Massaker.

Über einer Reihe kleiner Weinfässer lag der massige Körper von George Lille, als ob er im Rückwärtsgehen darüber gestolpert wäre. Das Polohemd hing in blutigen Fetzen, der Bauch war aufgeschlitzt, der Steinboden und das Deckengewölbe voller Blut – aber ... wo war der Kopf?

Er hing hinter dem Weinfass, auf dem Lille lag, halb vom Hals abgetrennt.

Elena wurde schwindelig, Eiseskälte stieg in ihr auf, sie drehte sich weg. »Raus hier!«, keuchte Paola und wankte stocksteif zurück zur Treppe, »Komm, Elena!«

10

Commissario Cozzoli saß erst am nächsten Morgen bei den Eltern des jungen mutmaßlichen Selbstmörders auf dem Sofa. Am Abend zuvor hatte er sich auf dem Weg zu den Lazzaris verfahren, war durch eines der Neubauviertel am ausgefransten Ortsrand von Scansano geirrt. Diese Viertel würden auf ewig eine Baustelle bleiben und ließen nicht erahnen, dass sich nur wenige Schritte entfernt ein romantischer, steinalter Dorfkern verbarg.

Als Cozzoli die Adresse endlich gefunden hatte, war kein Lichtschimmer mehr durch die heruntergelassenen Rollläden gedrungen. Er hatte diesen unangenehmen Besuch erleichtert auf den Morgen verschoben.

Nun saß Cozzoli auf dem Sofa und fühlte sich eingezwängt in diesem Haus, das so wirkte, als sei es eben erst fertig geworden, und erst recht dieser Salon, in dem sonst wohl nur an Weihnachten Besuch empfangen wurde. Nachdem der Commissario sich vorgestellt und das Haus betreten hatte, war Graziella Lazzari, Marcellos Mutter, losgelaufen und hatte die Plastikschutzbezüge von der geblümten Couchgarnitur abgezogen. Doch auch das rettete die Situation nicht, im Gegenteil.

Ihr Sohn Marcello war Historiker gewesen, arbeitslos. Wollte Journalist werden, aber mehr als ein paar Leserbriefe hatte die Lokalzeitung nicht von ihm gedruckt. Er kannte einfach nicht die richtigen Leute, hatte unbequeme

Meinungen. Jobbte da und dort, nichts Festes, Restaurant, Supermarkt, Erntehelfer. Zuletzt hatte er den Idiotenjob im Callcenter geschmissen, Marcello war einfach nicht in der Lage gewesen, den ganzen Tag wildfremde Menschen anzurufen, um ihnen fantastische Telefontarife aufzuschwatzen.

Er hätte sich immer mehr zurückgezogen, sagte die Mutter tonlos und weinte. Marcello wohnte noch bei ihnen, natürlich, wo sonst? In einem Mini-Apartment, unten im Souterrain. Aber oft hätten sie ihn tagelang überhaupt nicht gesehen, er fuhr herum, schloss sich ein, erzählte kaum noch etwas.

»Ich glaube, er wollte ein Buch schreiben, über unsere Region. So etwas hat er mal gesagt«, erinnerte sich die Mutter.

»*Cavolo!*«, fuhr der Vater auf, und seine Frau zuckte zusammen. Den Rest ließ er unausgesprochen. Er schien nicht angetan von den intellektuellen Ambitionen seines Sohnes.

Marcello hatte ein paar Freunde, wenige eigentlich. Und nein, keine feste Freundin. Zumindest keine, von der sie gewusst hätten. Er war eher zurückhaltend.

Cozzoli stand auf, es reichte für diesen Morgen. Er wollte noch einen Blick in Marcellos Zimmer werfen, da vibrierte sein telefonino.

Er zog es aus der Tasche, Elena. Ungewöhnlich. Cozzoli nahm den Anruf an, hörte zu – das durfte nicht wahr sein!

»Ein Notfall. Ich muss los«, entschuldigte sich der Commissario bei Marcellos Vater.

Er spurtete raus, sprang in den Wagen, in dem Pinto gewartet hatte, alarmierte von unterwegs die Spurensicherung, und zehn Minuten später stand er im Hof der Masseria De Vittorio.

Als Erstes ortete er Gigi, der benommen unter dem Olivenbaum saß.

»Zum Teufel - was tust du hier?«, fauchte er ihn an, ignorierte Gigis Gestammel: »Versackt, *stupido,* ich weiß ...«, und ging weiter zu Elena, die wie ein Wachposten am Holztor zum *frantoio* lehnte.

»Und Sie? Was tun *Sie* hier, *Madonna mia?* Mal wieder über eine Leiche gestolpert?«, blaffte Cozzoli. »Sie und Gigi am Tatort - ein Dream-Team. Das kann ja heiter werden.«

Cozzoli hatte den toten Lille zwar noch nicht gesehen, aber er wusste, dass Elena sich einmischen würde. Er wusste es einfach. *Sie* hatte schließlich die Leiche gefunden. Das qualifizierte sie natürlich nicht im Geringsten, in den Ermittlungen herumzupfuschen, aber der Commissario hatte so seine Erfahrungen mit dieser Deutsch-Italienerin. Sie war erstens notorisch neugierig, zweitens naiv und buddelte drittens zielsicher wie ein Maulwurf überall dort herum, wo man sie garantiert nicht haben wollte - unkontrollierbar. Aber vor allem: Wenn er ihren Telegrammstil am Telefon richtig verstanden hatte, steckte Gigi in Schwierigkeiten. Und wenn ihr *zio* Gigi ein Problem hatte, würde sich seine Nichte darum kümmern. Cozzoli sollte Elena am besten umgehend nach Deutschland ausfliegen oder, noch einfacher, für die Zeit der Ermittlungen einbuchten.

»Ich habe mir erlaubt, den Tatort zu sichern«, entgegnete Elena so ruhig wie möglich nach Cozzolis pampiger Begrüßung und deutete auf das geschlossene Tor.

Cozzoli stutzte. Gut. Sehr gut, das musste er zugestehen. »Lille liegt da unten?«, fragte Cozzoli.

»Quer über den Weinfässern«, antwortete Elena.

»Sehr stilvoll«, grummelte der Commissario und schaute über den Hof. »Pinto! Komm her, Ablösung für Signora Elena! Keiner geht hier rein, bis die Spurensicherung kommt!«

Er nahm Elena am Arm und führte sie zum Olivenbaum. »Sie setzen sich jetzt mal zu Ihrem Onkel, während ich da runtergehe. Gigi sieht ja aus, als habe er die ganze Nacht auf den Tischen getanzt. Vollkommen neben sich. Hat er Ihnen irgendwas gesagt?«

»Nicht viel. Die Riserva von Lanzilotto sei ein Traumwein gewesen – aber das soll ich Ihnen nicht verraten«, grinste Elena, wurde aber sofort wieder ernst. »Ich glaube, er hat einen massiven Filmriss. Gigi erinnert sich an nichts, was nach den drei verschiedenen Grappe und dem traumhaften Wein passiert ist.«

Cozzoli schloss für einen Moment die Augen und betete. »Das ist nicht wahr, Elena!«

Sie zog die Augenbrauen hoch, nickte. »Doch, ich fürchte schon.«

»Streit mit Lille, in der Mordnacht betrunken und allein direkt am Tatort, sitzt hier wie ein Idiot herum und erinnert sich an nichts – *cazzo!*«, fasste Cozzoli die prekäre Situation seines Freundes zusammen. »Sie werden niemandem etwas von dem Filmriss erzählen«, sagte er leise zu Elena, »niemandem. Und Gigi soll auch seine Klappe halten, er kommt sonst in Teufels Küche.«

»Er versucht ohnehin, es zu vertuschen. Ist ihm peinlich.«

»Dann soll er dabei bleiben, sagen Sie ihm das. Und auf gar keinen Fall bei mir den Beichtbruder spielen. Ich will nichts wissen. Nehmen Sie ihn am besten sofort mit, fahren Sie nach Hause.«

Der sollte sich erst mal ausschlafen, bevor Cozzoli ihn sich vorknöpfte.

Als Gigi und Elena verschwunden waren, konnte Cozzoli endlich seinen Job machen. Er stieg in den Keller hinunter und betrachtete den aufgeschlitzten Sommelier. Dieses Blutbad, der halb abgetrennte Kopf – das lag jenseits der Routine des Schreckens. Da war jemand entschlossen mit einem ziemlich großen Messer am Werk gewesen.

Diese Wunden waren bemerkenswert. Der Mörder hatte nicht blindwütig zugestochen, sondern routiniert wie ein Schlachter Schnitte gesetzt. Ein entsprechend großes Messer konnte man sicherlich in der Küche der Masseria finden, die Spurensicherung sollte sich da mal umsehen. Wo blieben die überhaupt?

Der Commissario ging zurück nach oben. Auf der letzten Treppenstufe hörte er Pintos Stimme. Der Polizist stand breitbeinig im Eingang und schüttelte den Kopf.

»*No, mi dispiace.* Niemand darf hier eintreten. Der Commissario ist sicherlich gleich zurück.«

Lanzilotto war zwischenzeitlich eingetroffen und wollte den Toten sehen. Cozzoli schob sich an Pinto vorbei nach draußen.

»Commissario, endlich! *Buon giorno!* Ist es wirklich wahr? Paola sagte, dass George ...«

»Er ist tot, ja«, antwortete Cozzoli knapp und klopfte Lanzilotto auf die Schulter. »Es tut mir leid.«

»*Dio, che disastro!* Grauenhaft, George ... warum?« Lanzilotto war bleich geworden. Cozzoli fürchtete, der schmale Mann könnte vor seinen Augen zusammenklappen.

»Ich habe George den ganzen Vormittag gesucht, er sollte doch jetzt zurückfliegen, ich wollte ihn zum Flughafen bringen«, Lanzilotto schaute automatisch auf seine elegante Armbanduhr, als ob die Abflugzeit noch irgendeine Rolle spielen würde.

»Setzen Sie sich einen Moment, trinken Sie einen Schluck Wasser«, beruhigte ihn Cozzoli, »und dann fahren Sie nach Hause. Ich komme heute Nachmittag zu Ihnen. *Va bene?*«

Cozzoli klopfte ihm noch einmal freundschaftlich auf die Schulter, dann wandte er sich an Pinto.

»Geh mal runter in den Keller und schrei so laut du kannst. Als ob dich jemand absticht.«

Pinto schaute seinen Chef ungläubig an. Der hatte wahrhaftig nicht mehr alle Tassen im Schrank.

»Geh schon runter, Lilles Anblick wird dich motivieren«, drängte der Commissario.

Pinto zögerte noch immer ungläubig. »Das ist eine Dienstanweisung!«, raunzte der Commissario. Endlich setzte sich Pinto in Bewegung.

Cozzoli blieb in der Tür stehen, hielt sein Gesicht einen Moment in die Sonne. Dann hörte er Pinto brüllen – weit entfernt und leise, sehr leise, eindeutig nicht erschreckend.

Pinto stolperte die Stufen herauf, zurück ins Licht, außer Atem. »Schrecklich. Sie haben nicht übertrieben. Ich habe gebrüllt wie noch nie.«

»Noch einmal«, ordnete Cozzoli an.

»Auf keinen Fall«, weigerte sich Pinto, »bevor die Spurensicherung nicht aufgeräumt hat, gehe ich da nicht noch einmal runter.«

»*Dai, Pinto!* Jetzt sei kein Weichei! Einmal noch. Ich will wissen, ob bei geschlossener Tür draußen etwas zu hören ist.«

Pinto schüttelte stumm und entschieden den Kopf. Cozzoli seufzte, *»va bene«*, und stieg selbst hinab. Ein Blick auf den massakrierten George Lille in diesem mittelalterlichen Kellerloch, Cozzoli rang nach Atem – und brüllte. Brüllte, als erschienen ihm all seine Dämonen auf einmal. Er spürte die befreiende Wirkung, mochte gar nicht mehr aufhören. Bis ihm jemand auf die Schulter tippte. Giacomo, der Spurensicherer, im weißen Schutzanzug.

»Commissario, *mi scusi,* können wir anfangen?«

»Natürlich, sicher«, haspelte Cozzoli. »Giaco, wir brauchen den Todeszeitpunkt, so genau wie möglich.«

Pinto hatte nichts gehört. Wann auch immer George Lille aufgeschlitzt worden war, die Schreie wären nicht in den darüberliegenden Saal vorgedrungen und hätten auch niemanden aus dem Bett – oder vom Sofa – gerissen. Die Felsgewölbe schluckten jeden Ton.

Paola drängelte, trotz der Ereignisse, sie müsse zu ihren Trauben. Der diesjährige Primitivo dulde keine Verzögerung. Sie könne ohnehin nicht viel sagen, bereits gegen halb elf hätte sie sich verabschiedet, wegen der Ernte früh am nächsten Morgen. Danach sei George Lille noch kurz bei ihr aufgetaucht, um sich zu verabschieden.

»Wo war das genau?«, hakte Cozzoli ein.

»Bei mir«, Paola zeigte auf den wuchtigen weiß leuchtenden Turm mit den kleinen blau gestrichenen Fenstern und den rosaroten Geranien davor.

»Sie wohnen dort oben?«, Cozzoli schaute bewundernd hinauf.

Paola De Vittorio nickte stolz. »Am liebsten ganz oben, auf der Dachterrasse.«

Sie stand auf und wollte ihm zum Abschied die Hand reichen. Cozzoli blieb unter dem Olivenbaum sitzen.

»Wer wohnt hier sonst noch auf der Masseria?«

Sie musste sich sichtlich zusammenreißen. »Meine beiden Tanten Sofia und Adele, dort neben der Kapelle«, seufzte Paola und zeigte mit dem Finger rundherum auf die Gebäude. »Nebenan mein Großonkel Bruno. Dort in dem Haupthaus leben mein Bruder Rocco und seine Frau Rosa mit ihren drei Kindern. Rocco macht die Landwirtschaft, bis auf den Wein – das ist mein Revier. Rosa kann Ihnen auch die Telefonnummer des Kochs und der Küchenhilfe geben, die gestern das Abendessen für die Degustation vorbereitet haben. Und auch die von unseren anderen Arbeitern, die meisten wohnen im Dorf. Dann gibt es noch meinen zweiten Bruder Dario, der wollte gestern auch noch vorbeikommen, ich habe ihn allerdings nicht mehr gesehen, nur sein Auto heute Morgen um fünf. Er residiert nur im Sommer und am Wochenende mit seiner Familie bei uns auf dem Land. Er ist Politiker.«

Paola machte eine kurze Pause, es war klar, dass sie davon nicht sonderlich viel hielt. »Und natürlich müssen Sie mit Liliana sprechen, wenn Sie sich erholt hat. Sie hat Lille gefunden. Ich hatte sie in den Keller geschickt, damit sie für Elena und ihren Onkel einen 2009er holt, die Flaschen liegen ja genau dort, wo …«, sie atmete tief ein und wischte mit der Hand durch die Luft, als ob sie den Anblick des Toten vertreiben wollte.

»Unsere Ferienzimmer sind zurzeit nicht belegt. Wenn Sie noch etwas von mir wissen wollen, kommen Sie heute Abend doch auf einen Wein vorbei.«

»*Volentieri*«, Cozzoli nahm das Angebot gerne an. »Eine letzte Frage noch: Hat jemand gesehen, wann Lille Sie wieder verlassen hat?«

Sie nickte. »Emanuele Bocca, der junge Winzer, der gestern Abend zusammen mit seinem Vater, dem Herrn im

Rollstuhl, hier war. Er muss Lille gesehen haben. Der war kaum aus der Tür, als Emanuele noch auftauchte.«

Das hörte sich nach späten Privataudienzen bei der Herzogin an. Hatte sie nicht früh schlafen gehen wollen? Paola schien Cozzolis Gedanken zu lesen.

»Emanuele interessiert sich für biologische Anbaumethoden, sein Vater will davon zwar nichts wissen, aber ich hatte meine Unterstützung angeboten, wir ...«, sie schaute ungeduldig auf die Uhr. »Entschuldigen Sie bitte, ich muss wirklich los.« Sie war nun nicht mehr zu halten. »Wir sehen uns heute Abend, gegen sieben Uhr?«, und damit war die sportliche Herzogin entwischt.

Cozzoli und Pinto blieben noch länger unter dem Olivenbaum sitzen. Die Schwestern Sofia und Adele, Paolas muntere Tanten, hatten zufällig gerade eine knusprige *crostata* mit Pfirsichen aus dem Ofen gezogen, süß und knusprig der Teig, säuerlich und zart die Pfirsiche, »von allem sollte immer etwas dabei sein«, sagte Adele, und Sofia ergänzte, »auf dem Teller wie im Leben, nicht wahr?«

Die *signori* von der Polizei, die sich nach Ansicht der reizenden Tanten »nach diesem grauenhaften Fund unbedingt stärken müssen«, widersprachen nicht, nahmen auch gerne noch ein Tässchen caffè und ein Glas kühles Wasser. Während die Tanten plapperten, ohne dass Cozzoli auch nur eine einzige Frage stellen musste, schlurfte Großonkel Bruno heran, gestützt auf einen Gehstock mit Silberknauf. Ein eleganter Signor, um die neunzig Jahre alt, schätzte der Commissario. Und die Brille, die Großonkel Bruno trug, war noch viel stärker als Cozzolis eigene. Das machte ihn spontan sympathisch.

Der Schock über den Mord an diesem Franzosen hielt sich bei den älteren Herrschaften in Grenzen. Man erregte sich, natürlich. Aber wohliger Grusel, Neugierde und ein gewisser Spaß an der Aufregung auf der Masseria überwogen eindeutig.

Ihre sachdienlichen Hinweise waren entsprechend dürftig. Immerhin, dieser Franzose sei schon vorher einmal da gewesen, zur Weinprobe mit Signor Riccardo. Vielleicht sogar zweimal? Doch, doch, mindestens zweimal, insistierte Adele. Sie habe ihn letzte Woche mit Paola im Rosengarten gesehen. Nicht besonders freundlich, dieser Monsieur.

Zio Bruno, der zwar kaum noch etwas sehen, aber dafür noch ganz passabel hören konnte, war sich sogar sicher, dass er diesen Franzosen mindestens dreimal gehört hatte.

»*Nooo,* Bruno, das hättest du uns erzählt!«, erregte sich Sofia.

»Ihr müsst ja nicht alles wissen, *ragazze!*«, widersprach der alte Onkel den beiden »Mädchen«. »Dreimal, mindestens. Da bin ich mir sicher, bei meiner Ehre!«

Natürlich habe er kein Wort verstanden, »unsere Paola ist ja so sprachgewandt, die hat mit diesem Lille natürlich nur Französisch gesprochen«, aber genau deshalb erinnere er sich ja so gut. »Und, wenn ich mir diese Bemerkung erlauben darf, diese Gespräche haben sich nicht immer charmant angehört.«

Kurz vor dem Mittagessen tauchte auch Rocco mit seiner Frau Rosa auf. Der Bio-Bauer, der mit Paola den Betrieb auf natürliche Landwirtschaft umstellte, konnte sich kaum an Lille erinnern.

»Ich erinnere mich an einen Franzosen, der kürzlich hier war. Er hat meiner Schwester nicht zugetraut, dass sie so gute Weine über einen langen Zeitraum ohne jede chemische Keule produzieren kann.« Rocco zuckte gleichmütig mit den Schultern. »Das Übliche eben. Die Leute meinen, wir tricksen und krabbeln nachts heimlich mit der Giftspritze durch die Felder.«

Er wischte mit dem Handrücken die stoppelige Beuge zwischen Hals und Kinn hinauf, eine kurze Geste, die bekräftigte, wie egal ihm das Geschwätz der Leute war.

»Inzwischen kommen viele auf die Masseria, um Paolas Weine zu probieren. Journalisten, Sommeliers, Touristen, auch Leute aus der Umgebung, die neugierig sind, was wir hier anders machen. Aber fragen Sie Rosa, meine Frau, die kümmert sich um Gäste und Besichtigungen.«

Rosa, die die strahlende Multitasking-Mamma der Masseria zu sein schien, bestätigte *zio* Brunos Aussage – der den *ragazze* einen triumphierenden Blick zuwarf –, tippte nebenbei auf ihrem Tablet herum, verschwand und kehrte kurz darauf mit der Gästeliste des letzten Abends zurück. Außerdem hatte sie eine Aufstellung aller festen und saisonalen Arbeiter samt Telefonnummer und Adresse dabei, auf der diejenigen markiert waren, die am Abend zuvor gearbeitet hatten. Sie legte ihre Karte dazu.

»Bei weiteren Fragen melden Sie sich gerne«, sagte sie mit einem Scheinwerferlächeln. »Ich muss jetzt meine Kinder von der Schule abholen.«

Cozzoli schaute ihr perplex hinterher. Die drei Alten am Tisch grinsten.

»Sie war mal ein paar Jahre in Amerika«, wisperte Adele, »nehmen Sie es nicht persönlich, sie hat es immer so eilig.«

Die Spurensicherung trug gerade den Sarg aus dem Torbogen, als Cozzolis telefonino klingelte. Nicht noch ein Toter, dachte Cozzoli. Doch es war sein Chef, der Questore. Er verlangte zeitnah informiert zu werden. Schriftlich, bis zum Abend.

11

Auf der Rückfahrt von Paolas Weingut nach Lecce hörte Elena von ihrem sonst so schwatzhaften Onkel nur wenig mehr als dumpfes Stöhnen und Selbstvorwürfe.

»Wie konnte das nur passieren? Mir wurde schwummerig, ich stehe auf, will an die frische Luft, sage noch, ich ruf mir ein Taxi und dann ... Keine Ahnung, Elena. Ich bin auf dem Sofa aufgewacht. Riccardo und Luca müssen mich hingelegt haben, Elisabetta war ja schon weg. Was bin ich für ein Idiot. Das ist mir ..., aaah, ich weiß nicht, wann mir das überhaupt mal passiert ist. Oder habe ich das früher besser weggesteckt? Wenn Ettore das erfährt. Elena, das ertrage ich nicht! Es ist so unendlich peinlich. Ich gehe ins Kloster zu meiner Schwester. Benedetta wird mir vergeben.«

»*Basta, zio!*«, rief Elena.Wenn er anfing, bei seiner Schwester Benedetta Trost zu suchen, war der Tiefpunkt unterschritten. Ausgerechnet *suora* Benedetta! Die Nonne und der schwule Bruder – von wegen Gnade. Pure Zickerei.

»*Caro zio*«, Elenas Stimme klang geduldig, sie hoffte es zumindest, »weder Ettore noch Benedetta noch sonst wer wird von deinem Filmriss erfahren, wenn du jetzt einfach mal aufhörst zu jammern. Ich werde das Geheimnis hüten, und du erzählst es auch niemandem, *capito?* Schon gar nicht Cozzoli. Der will überhaupt ganz und gar nichts davon wissen. *Assolutamente niente!*«, und mir reicht es auch, dachte Elena.

Wenn nur nicht dieser geköpfte Sommelier im Keller gelegen hätte. Die Dramatik dieses Details war zu Gigi noch nicht durchgedrungen. Aber zu so einer Brutalität wäre Gigi niemals imstande! Aber wer dann? Wer war gestern Abend auf der Masseria De Vittorio gewesen? Cozzoli konnte sie schlecht fragen, Elisabetta war früh gegangen, Luca Pellegrino, der Weinhändler – genau.

Elena sauste gedankenversunken auf der Superstrada durch das flache Land Richtung Lecce und nahm Gigis Lamento nur noch als Wortrauschen wahr. Sobald Lucas Enoteca am Nachmittag öffnete, würde sie vorbeischauen. Danach auf einen Sprung zu Elisabetta und ... Gigi tippte ihr auf die Schulter. Er hielt ihr telefonino in der Hand und wisperte: »Ein Anruf für dich, deine Kisten.«

Der Spediteur Benevento war am Telefon. Die Kisten weckten zwar auch keine pralle Freude bei Elena, aber immerhin. Seit Tagen waren sie überfällig.

Keiner transportiere günstiger, hatte der Onkel vor Wochen versichert, als Elena ihn nach einer Spedition gefragt hatte. Gigi, der ausgebuffte Experte für Im- und Export. »Pünktlich wie die deutsche Eisenbahn!«, hatte er hinzugefügt. Die galt dem Italiener als ein Höchstmaß an Präzision. Doch von deutscher Eisenbahn konnte längst keine Rede mehr sein.

»*Va bene, perfetto,* kein Problem«, hörte sie Gigi sagen, »morgen Mittag ist sehr gut! 13 Uhr an der Porta San Biagio.«

Das war lässig hingeworfen, aber Benevento war nicht blöd. Gigi und er wussten, dass ein Lkw nicht mal eben ohne Sondergenehmigung ins Stadtzentrum von Lecce fahren durfte, von der Altstadt gar nicht zu reden. Nun begannen die eigentlichen Preisverhandlungen. Die Billigvariante bedeutete, dass Benevento die Kisten und Möbel an einer Tankstelle am Ortsausgang ausladen würde. Die Porta San Biagio, eines der Tore zur Altstadt, dagegen war fünf Minuten zu Fuß von Gigis Palazzo entfernt.

»Ich bitte dich, du kannst doch direkt vor der Porta halten. Um die Zeit ist kein einziger Polizist unterwegs ... Nein, kein Strafzettel, glaub mir ... Wenn, wenn, wenn, sicher zahl ich den dann.«

Benevento schien zu spüren, dass Gigi bereit war, Opfer zu bringen. Elena hörte, wie sich ihr Onkel ergab. »Natürlich, du darfst dich gerne in meinem Laden umsehen. Bei Freunden bin ich mit den Preisen flexibel, sicher, auch bei der Jugendstil-Truhe. Kein Problem.«

Als er endlich aufgelegt hatte, sackte Gigi in sich zusammen. »*Che disastro,* dieser Halunke ...«, und schwieg für den Rest der Fahrt. Elena machte sich Sorgen, ernsthaft.

Luca Pellegrino war im Lager, als Elena die Enoteca nachmittags betrat. »Willst du warten?«, fragte sein Vater. »*Il direttore* ist gleich zurück.«

Seitdem Angelo Pellegrino nach sechzig Jahren endlich seinem Sohn die Leitung der kleinen Enoteca übertragen hatte, nannte er ihn allzu gerne »Direktor«, mit spöttischem Grinsen, aber auch unverkennbarem Stolz in der Stimme. Natürlich hatte er seinen Platz hinter dem kurzen Holztresen an der klapprigen Glastür trotzdem nicht geräumt. Unvorstellbar. Mochten seine Haare noch so luftig und seine Schultern für den blauen Kittel längst viel zu schmal geworden sein, aber seine Wangen waren rosig, und seine Hände rollten weiterhin flott Weinflaschen in Zeitungspapier ein, kassierten und gaben gewissenhaft Wechselgeld aus der Kasse.

Als junger Mann hatte er den Laden als Osteria eröffnet, in der er offenen Wein ausschenkte und Olivenöl aus großen Bottichen direkt abfüllte, was ihm die EU-Bürokraten inzwischen untersagt hatten. Wein dagegen, vor allem aus Apulien, verkaufte er inzwischen in allen Preislagen. Die Enoteca Pellegrino war eine Institution für regionale Weine geworden, bewahrte jedoch den unaufgeräumten und etwas zwielichtigen Charme der Osteria.

Luca, *il direttore,* war in diesem Laden quasi bereits als Weinhändler geboren worden. Zwischen den Regalen hatte er Schularbeiten gemacht und Verstecken gespielt, und vermutlich gab es niemanden, der mehr apulische Weine probiert hatte. Er konnte – auch ohne jede Ausbildung zum Sommelier – Weine nicht nur knapp und treffend charakterisieren, sondern wusste auch, welcher Wein gut zu welchem Kunden passte. Er machte kein großes Gewese aus diesem Talent, dazu war *il direttore* viel zu bodenständig. Aber wenn man ihn fragte, gab er seine Empfehlung. Für jeden eine andere.

Wusste Luca eigentlich schon von dem Mord?, fragte sich Elena. Sie schaute die Weinregale hoch und runter. Hinter einem Mauervorsprung entdeckte sie einen neuen Computer, eingezwängt zwischen Katalogen und halb ausgepackten Kartons. Das sah nach improvisierter Büroecke aus. Sie trat zurück, dabei streifte ihr Blick das Regal neben dem Computer. Ein blanker Säbel, mit geschwungener Klinge und dekorativem Griff, drapiert auf einem Holzständer, in den ein goldener Schriftzug eingeprägt war. Elena beugte sich vor, »*la sciabola del sommelier*« stand da. Der Säbel des Sommeliers? Auf den ersten Blick wirkte er wie ein Staubfänger. Doch dieser Säbel war vor allem eins: Er war echt.

Elena musste sich auf den Schreibtischstuhl setzen. Bilder funkten durcheinander. Das Blut. George Lille, aufgeschlitzt. Der halb abgetrennte Kopf. Der Säbel.

»Elena? *Tutto bene?* Was ist los?«, Luca schaute um die Ecke.

»Was ist das da?«

»Der Säbel? Ein Werbegag von einem unserer Weingüter. Die machen neuerdings einen Rosato als Spumante, absolute Neuheit.«

»Dieser Säbel sieht nicht nach einem Scherz aus«, stellte Elena fest. Luca nickte, nahm den Säbel vom Regal, wog ihn in den Händen. Eine massive Edelstahlklinge, blitzscharf. »Auf der Präsentation haben sie mit so einem Ding die Flaschen dieses neuen ›salentinischen Champagners‹ geköpft.«

Er griff nach einer Proseccoflasche im Regal und fuhr ein paarmal mit der Klinge langsam den Flaschenhals auf und ab.

»Und dann ›tschak!‹ wird die Flasche geköpft«, erklärte der Weinhändler, »mit einem entschlossenen Schlag. Alte Tradition aus Frankreich.«

Luca lachte leise, Elena starrte auf den eleganten Säbel. Der war schwer und scharf, kein Zweifel.

»So etwas gehört in den Werkzeugkasten jedes anständigen Sommeliers«, sagte Luca. »In Erinnerung an Napoleons Soldaten, die haben mit ihren Schwertern angeblich Champagnerflaschen geköpft. Nach gewonnenen Schlachten – und auch nach verlorenen, um den Frust zu ersäufen.«

Luca stellte die unversehrte Flasche und den Säbel wieder zurück. »*Damit* hätte Lanzilottos feiner Franzose hier *bella figura* machen können. Nicht mit diesem Geschwätz. Dein Onkel hat schon recht gehabt. Stimmt etwas nicht, Elena?«

Elena saß stocksteif auf der Stuhlkante und versuchte, sich zu konzentrieren.

»Luca, haben wirklich alle Sommeliers so einen Säbel?«

»*Boh?* Ich bin nur ein Händler und verkaufe guten Wein. Wer so eine Show braucht ...«, er vollendete den Satz nicht, aber eine Anspielung auf George Lille wäre garantiert darin vorgekommen.

»Wie geht es Gigi?«, wechselte er abrupt das Thema. »Ausgeschlafen?«

Elena stand auf. »Warst du der gute Geist, der ihn aufs Sofa verfrachtet hat?«

»Das war nicht mehr nötig. Der schlief bereits tief und selig, als ich nach Hause fahren wollte. *Va be',* kann jedem mal passieren.«

»Und George Lille?«, fragte Elena zögernd. »War der auch noch da?«

Luca schüttelte den Kopf. »Keine Ahnung, ich glaube, Monsieur hatte sich bereits zurückgezogen.«

Elena schaute den Weinhändler an, aber die Nachricht vom Mord an George Lille war tatsächlich noch nicht in die Enoteca vorgedrungen.

Elena verabschiedete sich eilig, lief zu ihrem Auto und fuhr schnurstracks zurück nach Scansano. Sie musste es wissen. Sofort. Sie versuchte, ruhig zu atmen.

Bevor Elena vorhin mit Gigi von der Masseria zurückgefahren war, hatte sie das Gästebad aufgesucht. Um dorthin zu gelangen, hatte sie den Raum durchqueren müssen, in dem die Degustation und das Abendessen stattgefunden hatten. Im hinteren Teil befand sich eine Leseecke mit einigen bunten Sesseln und dem alten Ledersofa, auf dem Gigi übernachtet hatte, sowie einem offenen Regal, das den Raum teilte. Dort lagen Weinbücher, Fachzeitschriften und Bildbände zur Ansicht, dazwischen befanden sich allerlei Accessoires, die etwas mit Wein zu tun hatten: alte Flaschen von

De Vittorio, Korken, Gläser und Fotos. Und stand da nicht auch so ein Holzgestell, wie sie es in Luca Pellegrinos Enoteca gesehen hatte? Direkt neben dem Sofa, auf dem Gigi die Nacht verbracht hatte. Elena machte sich postwendend wieder auf den Weg in die Masseria De Vittorio.

Sie hatte sich nicht getäuscht.

»*Merde!*«, fluchte Paola leise auf Französisch. In dem Regal befand sich tatsächlich ein Holzgestell wie in der Enoteca Pellegrino. Doch der Säbel fehlte.

»Das Ding stand da seit ein paar Wochen rum«, Paola war sich sicher. »Ich wollte es längst verschwinden lassen.«

Elena betrachtete das leere Holzgestell. Es stand in einem der höheren Regalfächer am Rand, fiel also nicht zwingend ins Auge. »Bist du sicher, dass der Säbel gestern Abend noch dort war?«

»Sicher bin ich mir nicht«, antwortete Paola und schaute sich um.

»Hat die Polizei ihn vielleicht mitgenommen?«, fragte Elena.

»*Zia* Sofia sagte, sie hätten alle großen Messer aus der Küche beschlagnahmt, den Säbel hat sie nicht erwähnt, aber im *frantoio* wurde wohl keine Mordwaffe gefunden.«

»Dieser Säbel ...«, murmelte Elena, und sie gruselte sich bei der Vorstellung, wie jemand damit auf George Lille losgegangen und ....

»Dieser Säbel wäre lang und scharf genug«, vollendete Paola Elenas Gedanken. Sie ging um das Regal herum und suchte den Boden zwischen den kleinen Sesseln und dem Ledersofa ab.

»Kannst du denn Champagnerflaschen mit einem Säbel öffnen?«, fragte Elena durch das Regal hindurch. »So mit einem Zack und ab?«

»Ich?«, Paola lachte kurz auf.

»Um Himmels willen, ich wollte damit nicht sagen, dass du ... ich wollte nur wissen, ob du *Flaschen* mit dem Säbel köpfen kannst. Keine Sommeliers.«

Sie mussten beide lachen, trotz allem.

»Ich würde das einfach gerne mal sehen, und du bist doch ...«

»Ich bin Önologin, staatlich geprüft. Keine Sommelière. Ich mache den Wein, kümmere mich um alles vom Einpflanzen der Weinrebe bis zum Korken in der Flasche. Die Show danach und das Drumherum übernehmen dann die Sommeliers, das Probieren, Beurteilen, Bewerten und eben auch die Säbelnummer, wenn eine Schampusflasche besonders originell geöffnet werden will.«

»Und woher stammt dann dieser Säbel?«, Elena war um das Regal herumgegangen und hatte sich in einem Sessel niedergelassen.

»Mein Bruder Dario hat das Ding angeschleppt. Von einem dieser Empfänge, auf denen er sich für die Provinzregierung herumtreibt. Dario ist für Wirtschaftsförderung in der Region zuständig oder so ähnlich.«

Vermutlich die gleiche Quelle wie Lucas Säbel. »Wurde ein Spumante vorgestellt?«

»Ja, genau, mit viel Tamtam«, bestätigte Paola. »Neue Produktlinie, innovativ kreativ – so etwas gefällt der Presse, und bei solchen Anlässen lässt sich mein Bruder auch gerne sehen. Danach kam er mit diesem Säbel hier an und meinte, so einen Rosato Spumante sollte ich auch machen. Wäre gerade sehr angesagt.« Sie schaute gelangweilt.

»Du fandest die Idee nicht so prickelnd?«

»No.«

»Und du bist schließlich die Chefin vom Weingut.«

»Eben«, antwortete Paola und lächelte.

»Das nimmt dein Bruder hin?«

»Fällt ihm schwer. Dario macht Politik. Ich mache den Wein. So einfach ist das eigentlich. Aber ich werde auch mit siebzig noch das Nesthäkchen sein, die kleine Schwester, und er der große Bruder. Dario ist fast zwanzig Jahre älter. Und am Ende sind wir halt eine Familie.«

Paola seufzte und ließ sich in das tiefe, weiche Ledersofa fallen. »Das war einer der Gründe, weshalb ich mit diesem Gut gar nichts zu tun haben wollte. Aber das ist eine andere Geschichte – was ist los?«

Elena starrte sie mit offenem Mund an und zeigte auf die Rückenlehne des Sofas: Als Paola sich hingesetzt hatte, war neben ihr etwas Silbriges aufgeblitzt. Zwischen den Polstern des Sofas, auf dem Gigi die Nacht verbracht hatte.

12

Um kurz vor dreizehn Uhr waren Commissario Cozzoli und Pinto dem Plauderstündchen mit Tanten und Onkel auf der Masseria De Vittorio entkommen. Cozzoli schickte seinen Assistenten mit der Spurensicherung nach Lecce zurück. Sie sollten die Messer aus der Küche nach Blutspuren untersuchen und je einen Bericht über den Selbstmord und den Mord für den ungeduldigen Questore zusammenfabulieren.

Cozzoli selbst fuhr noch einmal zu den Eltern von Marcello Lazzari. Er nahm die Waffe, mit der sich ihr Sohn erschossen hatte, und läutete an der Haustür.

Zum zweiten Mal an diesem Tag nahm Commissario Cozzoli auf der geblümten Couch der Lazzaris Platz. Erneut hatte Graziella Lazzari die Schutzbezüge abgezogen, als ob sie mit diesem Empfang im Salon ihrem toten Sohn eine letzte Ehre erweisen wollte. In wenigen Tagen würde hier die Trauergesellschaft Platz nehmen, zwischen den Abstelltischen und der Vitrine mit dem guten Geschirr und all den gerahmten Fotos, die das Leben einer Familie abbildeten, die es nicht mehr gab.

Graziella Lazzari schaute mit verheulten Augen am Commissario vorbei ins Nichts, schluchzte leise und zerknüllte ihr Taschentuch.

»Wann genau haben Sie Ihren Sohn zuletzt gesehen?«, fragte der Commissario.

»Letzten Sonntag«, sagte Marco Lazzari. Er hatte die Hände in den Hosentaschen zu Fäusten geballt und ging durchs Wohnzimmer.

»Er war mittags zum Essen bei uns«, flüsterte Graziella, »aber er war so ... er war eigentlich gar nicht anwesend. Dann ist er verschwunden und nicht wiedergekommen.«

»Hatte Ihr Sohn Depressionen?«

Cozzoli versuchte seine Fragen so knapp wie möglich zu stellen, bevor die Welle der Trauer und Fassungslosigkeit jedes Gespräch unmöglich machen würde.

»Wir waren doch immer für ihn da«, schluchzte Graziella.

»Wie ... wie hat er ...?«, fragte Marco Lazzari.

Cozzoli zog die Waffe aus der Tasche und legte sie auf den niedrigen Tisch vor dem Sofa. Die Mutter schreckte zurück, der Vater starrte stumm darauf.

»Kennen Sie die Waffe?«

»*Oh Dio,* Marcello, was hast du getan?«, Graziella wandte sich ab und drückte sich schluchzend in die Sessellehne.

»Wir haben keine Pistole«, sagte Marco. »Ich habe ein Gewehr, für die Jagd. Keine Pistole.« Er nahm sie zögernd in die Hand.

»Sieht alt aus.«

»Es könnte ein Modell aus dem Zweiten Weltkrieg sein«, sagte der Commissario. »Kennen Sie jemanden, der so etwas sammelt? Haben Sie eine Ahnung, woher Marcello die Waffe haben könnte?«

Marco Lazzari schüttelte den Kopf und schwieg. Cozzoli ließ die Waffe noch einen Moment liegen. »Haben Sie die Waffe vielleicht schon mal gesehen?«

Lazzari schob die Waffe von sich weg. Cozzoli nahm sie und stand auf.

»Dürfte ich einen Blick in das Zimmer Ihres Sohnes werfen? Ich bräuchte eine Schriftprobe von ihm. Wir müssen einen Brief abgleichen, den wir in seiner Hosentasche gefunden haben.«

»Einen Abschiedsbrief?«, wisperte Graziella. In den Gesichtern mischte sich die Hoffnung auf eine Zeile, die die Tat erklären würde, mit der Furcht vor den Gründen, die ihren Sohn dazu gebracht hatten, sich das Leben zu nehmen.

»Kein richtiger Brief, eher eine Notiz«, sagte Cozzoli. »Es tut ihm leid.«

Graziella Lazzari brach in Tränen aus, ihr Mann legte steif seinen Arm um ihre Schultern.

Zusammen mit dem Vater verließ Cozzoli das Haus und ging durch den schmalen Vorgarten und eine Garageneinfahrt zum Souterrain hinunter. Lazzari schloss die Tür zur Wohnung seines Sohnes auf.

»Wir haben die Garage umgebaut, Marcello wollte für sich sein. Meine Mutter wohnt ja noch bei uns. Wir haben ihr noch nichts gesagt.« Der Mann fuhr sich mit seinen kräftigen Händen über das Gesicht.

Cozzoli betrat den halbdunklen Raum. Einige Teppiche bedeckten die Fliesen, ein rotes Sofa stand in der Ecke, davor ein niedriger Tisch, auf dem sich Bücher und Papier stapelten. Die Kochnische war aufgeräumt und sauber, hinter einem Vorhang stand das Bett, die blaugrün gehäkelte Tagesdecke war ordentlich darübergelegt. Das Zimmer strahlte eine Mischung aus Chaos und penibler Ordnung aus. Schwer zu sagen, ob Marcello noch aufgeräumt hatte, bevor er gegangen war.

Ein Sonnenfleck fiel auf die lange Schreibtischplatte, die übersät war mit Zetteln, handschriftlichen Notizen und

Fotos. Möglicherweise sortiert, vielleicht aber auch nur so hingeworfen. Cozzoli vermutete eine eigenwillige Ordnung, undurchschaubar für Außenstehende. Auf seinem eigenen Schreibtisch sah es in gewissen Stadien komplexer Ermittlungen genauso aus.

»Woran hat Ihr Sohn gearbeitet? Ein weiteres Studium? Oder tatsächlich an einem Buch?«

Cozzoli nahm eine bedruckte Seite mit handschriftlichen Korrekturen in die Hand. Die Kopfzeile lautete: »Vino mortale – Aufstand der Weinbauern im Salento«.

»Er war arbeitslos, das haben wir Ihnen schon gesagt.«

»Aber er scheint an etwas geschrieben zu haben.«

»Nichts hat er!«, raunzte Lazzari ungehalten. »Nichts. Alte Geschichten aus unserem Dorf ausgegraben, die niemanden mehr interessieren! Von wegen Journalist, kein Wunder, dass daraus nichts wurde.«

Der Commissario wusste, dass es für ihn Zeit war zu gehen.

»Ist das die Schrift Ihres Sohnes?«, Cozzoli zeigte Marco Lazzari die Anmerkungen auf dem Ausdruck. Er nickte.

»*Bene, grazie.* Ich nehme diese Seite als Schriftprobe mit. Aber bitte, lassen Sie in dem Zimmer alles genau so, wie es ist.«

Cozzoli würde noch einmal zurückkommen müssen.

Vino mortale –
Aufstand der Weinbauern im Salento

September 1960
von Marcello Lazzari

Am 10. September 1960 erscheinen drei Traueranzeigen im Osservatore di Lecce:

Leonardo Pedone, 16 Jahre, Erntehelfer; Maria Castrignano, 29 Jahre, Landarbeiterin und Mutter von fünf Kindern; Edoardo Lazzari, 61, Weinbauer. Sie waren zwei Tage zuvor auf der Piazza von Scansano, ihrem unscheinbaren Heimatdorf inmitten der salentinischen Weinfelder, erschossen worden.

Ihre Fotos werden auf der Titelseite der Lokalzeitung abgedruckt, ein Nachruf ehrt die Toten: »Maria, Leonardo und Edoardo sind nicht nur Opfer eines grausamen Attentates geworden. Sie sind auch Opfer des historischen Elends im Mezzogiorno. Sie wagten, sich dagegen aufzulehnen und für ihre Rechte in unserer noch viel zu jungen Republik zu demonstrieren.«

Alles hatte mit einer Zeitungsmeldung begonnen: »Verhagelte Trauben im Salento« – ein Gerücht, das irgendjemand zur richtigen Zeit bei den richtigen Leuten gestreut hatte. Der Preis, den die großen Weinproduzenten aus dem Norden für diese »verhagelten Trauben« aus dem Süden anboten, sackte in skandalöse Tiefen.

Tatsächlich war das Ende des Sommers in Apulien launisch gewesen. Ein heftiger Tramontana war wenige Tage vor der Ernte durch die Weinstöcke gefegt, hatte Blätter abgerissen und die Trauben schutzlos der noch immer kräftigen Sonne ausgesetzt. Es hatte auch gehagelt, ja. Im Norden. Aber nicht in Scansano und den umliegenden Weindörfern. Sicher, die Ernte würde geringer ausfallen als im Jahr zuvor. Doch zweifellos von besserer Qualität sein.

13

Es war Selbstmord, ziemlich sicher, dachte Cozzoli. Er hatte es eilig, fegte mit heruntergelassenen Fenstern über die schnurgerade Landstraße durch das Weinland. Das glasklare Septemberlicht ließ die Landschaft funkeln, das Grün der Weinfelder, die rote Erde, der wuchtig blaue Himmel. Mit jedem Kilometer löste sich seine Beklemmung mehr und mehr. Die Enge und die Trauer im Elternhaus von Marcello Lazzari hatten sich wie ein klebriger Film auf ihn gelegt.

Ein tragischer Selbstmord. Und jetzt geht es weiter, Cozzoli. Er richtete seine Konzentration auf den nächsten Fall. Der Mord an George Lille. Um die letzten Tage des Franzosen zu rekonstruieren, war es wahrscheinlich am besten, Lanzilotto zu befragen. Er hielt am Wegrand und rief ihn an. »Haben Sie schon gegessen?«, fragte der Schlossherr und lud den Commissario spontan zum Mittagessen ein.

Gigi würde grün werden vor Neid. Am Tag zuvor, auf dem Weg zur Weinprobe bei De Vittorio, hatte Cozzoli seinen gut informierten Freund gefragt: »Warum fahren wir eigentlich nicht zu Lanzilotto? Wenn der wirklich so märchenhaft in einem ›Schlösschen‹ lebt, wie dein französischer Freund schwärmt, dann hätte man das doch gerne mal gesehen, oder?«

»Vor allem den Schlosskeller hätte ich gerne mal gesehen«, ergänzte Gigi, »dort sollen exzellent sortierte Weine lagern, auch aus seiner eigenen kleinen Edelproduktion. Seine feinen zwei Hektar hat er in die kostbaren Hände eines Önologen aus der Toskana gelegt, ein Magier, behauptet Luca, auch wenn er nicht von hier ist.« Gigi hatte jämmerlich geseufzt: »Und ich habe noch nicht ein einziges Tröpfchen davon probiert.«

»Kaum zu glauben«, hatte Cozzoli gefrotzelt. »Wie ist das nur möglich?«

»Seine Weine stehen nicht bei Luca im Weinladen, Riccardo verkauft nur privat, an Freunde. Hat es wohl nicht nötig. Alles sehr exklusiv.«

»Und du bist mit dem exklusiven Schlossherren per Du«, hatte Cozzoli gespottet, »trotz der fliegenden Gläser – *complimenti.*«

»Er hat mich einfach geduzt. Was sollte ich da sagen? Für dich immer noch Sie?«

»Gigi, du Teufelskerl! Demnächst bekommst du garantiert eine Privataudienz in dem heiligen Weinkeller«, hatte Cozzoli prophezeit.

Danach hatten sie sich im Gassengewirr von Scansano verheddert, Lanzilottos Schlösschen und sein Weinkeller waren Cozzoli entglitten. Doch nun sollte *ihm* – und nicht Gigi – die Gunst des Schlossherren zuteilwerden. Zu diesem dienstlichen Mittagessen würde er sich selbstverständlich ein Schlückchen Wein erlauben. Er würde sich nicht kasteien, allein als kleine Entschädigung für den vorherigen Abend.

Es war fast Nachmittag, nicht viel Verkehr auf den Straßen, Cozzoli kam schnell voran. Er passierte einige Dörfer aus schlichten, aneinandergereihten Häusern mit pastellbunten Fassaden in Rosa, Gelb oder Hellblau. Das imposanteste Gebäude war die Kirche, genauer: die Kirchen, selten reichte eine für ein Dorf.

Lanzilottos Castello am Ortsrand von Ravallo war eher eine Miniatur-Burg als ein Märchenschloss, hinter dessen Mauern sich ein gigantischer Garten zu verbergen schien.

Cozzoli parkte an der Hauptstraße direkt vor dem sandfarbenen Portal mit einem schweren Tor. Er klingelte, hörte ein melodisches Läuten. Eilige Schritte näherten sich, Riccardo Lanzilotto zog das Tor auf, ein Glas Weißwein in der freien Hand.

»*Benvenuto!* Kommen Sie, kommen Sie!«, er winkte Cozzoli, ihm zu folgen, »mir brennt der Reis an.«

Cozzoli betrat den Innenhof, der sich nach hinten zu einem wild wuchernden Garten öffnete. Lanzilotto lief in wehendem Hemd und flatternder Hose einen hohen Flur hinunter, der in eine Küche mündete. Eckpfeiler spannten sich wie Palmen auf und formten eine gewölbte Decke, die erfüllt war vom Sonnenlicht, das durch die hohen Fenster und die offene Terrassentür hereinflutete. Ein Kamin wuchs die Decke hinauf, an der Wand blitzen Eisenpfannen und Kupfertöpfe, auf dem Herd dampfte ein hoher Topf.

Der Schlossherr kochte also höchstpersönlich, und er schien den Mord an seinem Gast – und vielleicht auch Freund – gut verkraftet zu haben.

»Wir werden eine Kleinigkeit improvisieren. Claire hat keine Zeit, und unser Koch ist ausgerechnet heute krank«, Cozzoli war sich nicht sicher, ob das mit dem Koch ernst gemeint oder ein Scherz war, aber sein Magen forderte definitiv mehr als nur eine Kleinigkeit. Immer mit der Ruhe, Lanzilotto würde sich nicht lumpen lassen, diese grandiose Küche war ein Statement.

»Claire ist mit ihrem ›Das-Leben-ist-ein-langer-Atem‹-

Kurs hinten im Garten«, grinste Lanzilotto, »eine Tai-Chi-Truppe ist heute Vormittag aus Frankreich angereist, die Leute atmen gerade ihre Rohkost zum Mittagessen weg.«

Cozzoli schaute irritiert, was zum Teufel war Tai-Chi? Lanzilotto deutete seinen Blick korrekt und wedelte mit den Armen. »Diese langsamen Bewegungen, wie Astronauten auf dem Mond, sehr meditativ – sie nennen es Sport«, spöttelte er und drückte dem Commissario ein Glas Weißwein in die Hand.

»Verdeca, schon mal gehört? Eine apulische Weißweintraube, wird vor allem nördlich des Salento angebaut, bei Gravina, Alberobello – im Land der Trulli, Sie kennen diese lustigen Häuschen, die aussehen wie Zipfelmützen?«

»Davon haben wir sogar in Milano schon mal gehört«, bemerkte Cozzoli und schnüffelte am Wein. Dieser Mann hatte einen permanent langen Atem, der brauchte kein Tai-Chi. Ein Schwätzer vor dem Herrn. Aber nett, irgendwie.

»Ich liebe diese Weine aus dem Süden«, plauderte Lanzilotto weiter, »sie sind immer überraschend anders. Dieser Verdeca zum Beispiel duftet zunächst blumig nach Pfirsichblüte, aber dann – nun, was sagt Ihre Nase, Commissario?«

»Hmm, Salbei, Rosmarin ...«, nuschelte Cozzoli. Lanzilotto nickte anerkennend. »Salute!«

Sie stießen an, und tatsächlich, es war ein frischer, leicht aromatischer Wein. Unter diesen Voraussetzungen ließ sich Cozzoli ausnahmsweise auch mal einen Weißwein schmecken.

»Buono, molto buono. Davvero«, stimmte Cozzoli zu, ging durch die Küche und schaute durch die geöffnete Tür auf die Terrasse, die von Palmen, dichten Ginster- und Jasminbüschen eingerahmt war.

Derweil warf Lanzilotto schwungvoll einige Hände Muscheln in den dampfenden Topf und rührte in einem zweiten.

»Risotto mit Muscheln, und als *secondo* brate ich uns danach schnell ein paar *scaloppine,* damit wir auch noch zu einem Schluck Rotwein kommen, was meinen Sie?«

»*Ottimo!* Sehr gerne«, Cozzoli war zufrieden, er roch schon die Rosmarinkartoffeln im Ofen, die zu den dünnen Filets aufgetischt werden würden. Das versprach eine gute Arbeitsatmosphäre. Derart aufgelockert würde er am späten Nachmittag auch das Gespräch mit dem Questore noch ertragen.

Er trat auf die Terrasse, unter einem ausladenden Sonnenschirm war bereits ein Gartentisch für zwei Personen gedeckt. Ein Weg mit unregelmäßig großen Steinen führte in den Garten, der kein Ende zu haben schien. Weiter hinten, unter alten, ausladenden Baumwipfeln, entdeckte er Gestalten in weiten Hemden und Hosen, die sich wie in Zeitlupe bewegten, leicht wie der Wind die Arme hoben und senkten, sich drehten. Das schien Claires Tai-Chi-Truppe zu sein. Cozzoli hatte so etwas schon mal im Fernsehen gesehen, Chinesen morgens im Park. Hatte etwas von Mensch gewordener Hängematte.

»Cozzoli, kommen Sie!«, das Miesmuschelrisotto war fertig. »Sie mögen es ein wenig pikant?«, fragte Lanzilotto.

»Ich habe mich in den letzten zwei Jahren daran gewöhnt«, antwortete Cozzoli. Wie auch an manches andere. Aber Lanzilotto hatte den Peperoncino dezent dosiert, das gab den Muscheln eine feine Schärfe, das Risotto war weder zu körnig noch zu weich, der Wein passte erstklassig – Cozzoli genoss den Moment des Friedens auf dieser sonnigen Terrasse im Grünen.

»Sie vermieten Zimmer an Feriengäste?«, fragte er, ein unverbindlicher Einstieg, um in Ruhe zu essen.

»Das Castello ist ja sehr groß. Meine Kinder aus erster Ehe kommen nur selten, es war Claires Wunsch, hier zu leben«, er lächelte komplizenhaft wie ein Mann, der seiner Frau nie und nimmer einen Wunsch abschlagen könnte – was Cozzoli ihm spontan nicht glaubte.

»Aber es gefällt uns beiden. Wir sind ja viel unterwegs, und wenn wir hier sind, holen wir uns gerne die große Welt ins Haus, empfangen Gäste von überall in diesem bezaubernden Winkel Italiens und teilen mit ihnen, was wir selbst lieben: Claire macht ihre Tai-Chi-Seminare, und ich arrangiere bei Interesse Weintouren – eine sympathische Aktivität.«

Er wirkte höchst zufrieden mit diesem Zeitvertreib, sah aber auch nicht so aus, als ob er ernsthaft seinen Lebensunterhalt damit bestreiten müsste.

»Sie sind im Salento aufgewachsen?«, fragte Cozzoli und griff zwischendurch sicherheitshalber auch mal zum Wasserglas.

»Gott bewahre, nein! Ich bin in der Toskana geboren und habe viele Jahre in Rom und Neapel gelebt. Das Schlösschen hier und auch noch etwas Land hat mir zu meiner Überraschung mein Vater vererbt. Es stand jahrzehntelang leer. Unvorsichtigerweise habe ich Claire davon erzählt, und nun sehen Sie selbst, was aus mir geworden ist: ein Schlossherr, der seiner Frau hoffnungslos verfallen ist.« Er lachte und schaute an Cozzoli vorbei.

»Es gibt erbärmlichere Lebensumstände«, entgegnete dieser und hörte hinter sich ein verhaltenes Lachen. Claire, in einem schwarzen weiten Anzug, die Haare zu einem langen Zopf geflochten, war lautlos hinter ihn getreten.

»Lasst euch nicht stören, wir machen Teepause«, sagte

sie, entschwand geschmeidig mit einem Korb voller Tassen und einer Thermoskanne. Aus dem Grün klang das Lachen der Seminarteilnehmer herüber wie das freundliche Kling-Klong eines Windspiels. Vielleicht sollte Cozzoli auch mal ein bisschen mit den Armen wedeln, allein der Gedanke erheiterte ihn. Lanzilottos Blick folgte seiner jungen Frau, er hätte ihr Vater sein können. Zufrieden, dachte Cozzoli, er sieht zufrieden aus.

»George Lille ist also wegen einer Weintour zu Ihnen gekommen? Oder kannten Sie ihn schon vorher?«

»Nicht persönlich, aber ich hatte seinen Namen schon mal gehört, vielmehr gelesen, in einer Wein-Zeitschrift. Er rief Anfang August an, stellte sich vor und wollte kurzfristig kommen. Eine Recherche über die neuen apulischen Weine. Er hatte uns im Internet gefunden und bat mich, ihm dabei zu helfen. Sein Italienisch war ja doch sehr holperig. Claire hat, wenn es kompliziert wurde, übersetzt, ich spreche inzwischen auch ein wenig Französisch, und so sind wir drei Wochen lang durch die apulischen Weinkeller gezogen. Eine schöne Zeit.«

Lanzilotto schüttelte den Kopf, »Mit einem tragischen Ende. Grauenhaft. Ich kann es immer noch nicht fassen. Sie sind sicher, dass es Mord war? Kein Herzinfarkt, kein Unglück?«

»Absolut sicher«, sagte Cozzoli.

»Und wie ...?«

Schon wieder dieses »Und wie ...?«, er mochte noch weniger antworten als vorhin bei den Eltern von Lazzari, nicht während dieses friedlichen Mittagessens. Ein wuchtiges Küchenmesser als Antwort hatte Cozzoli leider nicht zur Hand, stattdessen fuhr er sich mit der Handkante über den Hals.

»*Oh Dio!*«, flüsterte Lanzilotto. »Durchgeschnitten?«

Cozzoli nickte. Schweigend aßen sie weiter.

»Haben Sie eine Ahnung, ob Lille hier unten jemanden kannte?«

Lanzilotto schüttelte stumm den Kopf.

»Aber Sie können mir eine Liste geben, mit den Weingütern, die Sie besucht haben?«

»Sicher, kein Problem, Commissario.«

»Wissen Sie, wo er sonst noch war? Fühlte er sich bedroht? Hatte er jemanden kennengelernt?«

»Ich glaube nicht, er hat zumindest nichts erzählt. George hatte einen Mietwagen, fuhr ab und zu ans Meer, nach Lecce, Otranto, Gallipoli – die paar Highlights, die man hier so anschaut. Aber meistens haben wir gemeinsam Weingüter besucht. Wein war sein Leben, er genoss die Spaziergänge durch die Reben, entdeckte treffsicher die Stärken und Schwächen bei jedem Wein, und jedes *tasting* war für ihn ein neues kleines Abenteuer.«

»Nun übertreiben Sie mal nicht, Lanzilotto«, unterbrach Cozzoli, bei allem Respekt für den Toten, aber nun wurde es zu bunt.

»Mal ehrlich, ich kurve doch nicht wochenlang hier herum, um mir Tag für Tag einen bestenfalls erträglichen Wein einschenken zu lassen. Warum hat er das gemacht, wenn er die apulischen Weine für, sagen wir es freundlich, ›überbewertet‹ hielt?«

»Hielt er ja gar nicht«, grinste Lanzilotto, »er war nur zu französisch, um das offen zuzugeben. Außerdem, George war nicht nur Sommelier und Weinjournalist. Seine Familie besitzt einen Weingroßhandel. Was meinen Sie, Commissario, wer dort für das Sortiment verantwortlich war? *Ecco!*«

Die Antwort lag auf der Hand. Das machte Lille nicht gerade sympathischer.

Der Schlossherr lehnte sich zurück, blickte in den Himmel, atmete tief ein – dann beugte er sich zu Cozzoli über den Tisch.

»Er hat sich hier nicht unbedingt beliebt gemacht, das stimmt. Das lag nicht nur an seinen, nennen wir es mal, ungeschickten italienischen Formulierungen. Sie haben ihn ja selbst erlebt. Mir persönlich, abgesehen von meiner Eitelkeit, konnte es egal sein, was er von meinen Weinen hielt. Sie sind ein teures Hobby, und nebenbei bemerkt, sie haben sogar Georges Segen gefunden. Aber für andere Weingüter bestimmte sein Urteil darüber, ob sie auf dem französischen, vielleicht sogar europäischen Markt einen Platz finden würden.«

»Seine Kritiken wären also tatsächlich wichtig gewesen?«

»Sicher. Sogar in Frankreich stellt man hin und wieder einen italienischen Wein auf den Tisch. Aber Lille versuchte nebenbei, auch gute Konditionen für den Import nach Frankreich auszuhandeln. Natürlich unter der Hand, schließlich musste er seine Unabhängigkeit als Journalist wahren.«

»Man nennt es auch Preisdrückerei«, sagte Cozzoli mit einer gewissen Befriedigung. Oder Erpressung. Vor ihm bauten sich solide, nachvollziehbare Mordmotive auf, so hatte er es gern.

Lille konnte den Weingütern mit miesen Kritiken drohen, wenn sie nicht auf seine Preisvorstellungen eingingen. Vielleicht sogar ihre Existenz zerstören? Vorstellbar war es, so wie diese »bedeutende Stimme aus der Welt der Weine« beim Seminar vom Leder gezogen und genüsslich wie ein Oberlehrer die apulische Weinkultur abgekanzelt hatte. Hätte Lille sogar ein Desaster für den internationalen Absatz der neuen apulischen Weine insgesamt heraufbeschwören können? Es gab viele Spielarten, mit denen Lille provoziert und gedroht und den Bogen vielleicht überspannt haben könnte. Das tragische Ende - tschak, Kopf ab? Warum nicht?

Auf der Masseria De Vittorio hätte sich während der Degustation jeder, der sich auf dem Gut etwas auskannte, unbemerkt mit Lille treffen können. Mit diesem Motiv wäre Gigi zumindest fein raus. Noch eine gute Nachricht.

Lanzilotto stellte die Risotto-Teller zusammen und trug sie mit den Weißweingläsern in die Küche. Cozzoli folgte ihm.

»Waren bei der Weinprobe gestern Abend eigentlich auch Winzer anwesend, die Sie mit George Lille besucht haben?«

»Nein«, Lanzilotto nahm eine bereits geöffnete Flasche vom Küchentisch, goss einen Fingerbreit in eines der beiden bereitstehenden dickbauchigen Gläser, schwenkte den Wein, »bis auf Emanuele Bocca. Der war mit seinem Vater da, der alte Signor im Rollstuhl, er hat ihn zwischendurch nach Hause gefahren. Emanuele ist ein Freund von Paola, und Luca Pellegrino lobt seine Weine sehr. Wir wollten ihm eine Chance geben, seinen Wein zu präsentieren.«

Lanzilotto roch ausgiebig an dem Wein, probierte und nickte endlich zufrieden. Cozzoli wartete ungeduldig das Ende dieser Zeremonie ab.

»Warum konnte Lille überhaupt Italienisch? Er wirkte nicht wie ein heimlicher Liebhaber unseres schönen Landes«, fragte Cozzoli.

»Ich habe mir erlaubt, einen meiner Weine zu öffnen«,

Lanzilotto überhörte die Frage, er war noch beim Thema Wein und reichte dem Commissario ein gefülltes Glas.

»Auf George«, sagte er mit gedämpfter Stimme und nahm einen tiefen Schluck. »Zwölf Monate in der Flasche gereift, vorher zwölf Monate Barrique, zwar keine französische Eiche, *pardon,* George!, sondern amerikanisches Holz. Mir gefällt für meinen Negroamaro dieser Ton von Kaffee besser als die Vanille der Franzosen. Das habe ich George natürlich nicht verraten. Er war, wie Sie wissen, ja sehr eigen in seinen Ansichten.«

Der Hobby-Winzer lächelte und stellte das Glas auf den Küchentisch. Er ging zum Herd, nahm eine schwere gusseiserne Pfanne und zündete eine Gasflamme an.

»*Allora,* warum sprach George Lille Italienisch, zumindest holperig?«, wiederholte Cozzoli seine Frage.

»Ich weiß nicht mehr genau«, rief Lanzilotto und warf die dünnen Filets mit einem Zweig Rosmarin in das siedende Öl.

»George hat mal irgendeinen Verwandten erwähnt, der aus Italien nach Frankreich emigriert ist, seine Mutter? Sein Großvater? Keine Ahnung, wir haben über Wein geredet, nicht über Familienverhältnisse.«

Der verführerische Duft von Lanzilottos Speisen, der vorzügliche Wein und gleichzeitig hatte er den Kopf voller Fragen zum Mordfall Lille – Cozzolis Commissario-Ich und seine Leidenschaft kamen sich böse in die Quere. Essen und Wein waren eine Angelegenheit, einen Mord aufklären eine andere. Der Wein war trotzdem großartig.

Lanzilotto drehte die *scaloppine,* nahm sie aus der Pfanne, löschte den Bratensatz mit Wein ab, ließ den Sud ein wenig einkochen und das Fleisch darin kurz durchziehen. Er richtete die Filets auf zwei großen Teller an, legte ein paar Rosmarinkartoffeln dazu, ein lässiger Schlenker mit dem Soßenlöffel – »... *e voilà,* Commissario! Nehmen Sie die Weingläser mit nach draußen?«

Sie setzten sich wieder. Es wurde Zeit, einige Pflichtfragen zu stellen.

»Woher kennen Sie eigentlich Paola De Vittorio so gut? Sie leben doch erst seit wenigen Jahren hier unten.«

Lanzilotto hatte während der Degustation wie ein guter alter Freund der Familie gewirkt. Ungewöhnlich für jemanden, der nicht verwandt oder im Salento aufgewachsen war. Wie war es möglich, dass er Zutritt zu dieser steinalten Familie hatte und sogar bei Paolas Hochzeit eingeladen gewesen war? Nicht dass Cozzoli ein Feger auf dem gesellschaftlichen Parkett gewesen wäre, im Gegenteil, aber so viel hatte er zumindest von den Lecceser Verhältnissen verstanden: Familie war hier noch Familie, und wer von außen kam – bei aller Freundlichkeit –, fand selten Zutritt ins Innere des Clans. Schon gar nicht in den gehobenen Kreisen.

»Unsere Väter kannten sich gut, zunächst nur geschäftlich, durch den Weinhandel. Ich bin mit Dario, einem ihrer Brüder, befreundet, und auch mit Paola, obwohl sie so viel jünger ist als ich, denn wir haben eine ähnliche Erfahrung gemacht. Dramatisch ausgedrückt: Wie die Liebe zum Wein das Zentrum deines Lebens erschüttern kann.«

»Hört sich radikal an«, stellte Cozzoli fest.

»Bei ihr wie bei mir.«

»Claire hat das Beben ertragen?«

»Sie hat es ausgelöst. Wäre ich sonst hier? Und wie Sie gesehen haben: Sie ist eine sehr elastische, bewegliche Person. In jeder Hinsicht.«

»Aber Sie müssen von Ihrer kleinen Weinproduktion nicht leben, oder täusche ich mich?«

»Nein, da haben Sie recht. Insofern war das Beben nur bedingt existenziell. Ich habe das Glück, dass ich von dem leben kann, was ich habe.«

Und zwar ziemlich entspannt, wie es aussah. Cozzoli trank den letzten Schluck Wein, es war Zeit für einen caffè und vor allem für die Rekonstruktion des gestrigen Abends.

Lanzilotto begann zu schwärmen. Es sei eine gelungene Veranstaltung gewesen. Das Menü, das ein Küchenchef aus Lecce für diese Weinverkostung zusammengestellt hatte, passte ausgezeichnet zu den Weinen, die Luca Pellegrino ausgewählt hatte. Nach dem Essen war Bewegung in die Gesellschaft gekommen, einige Gäste gingen hinaus, um zu rauchen, andere begutachteten zusammen mit Luca Pellegrino noch einmal die Flaschen und kauften den einen oder anderen Wein, auch er selbst hatte für diesen Abend einige seiner Schätze zum Verkauf herausgerückt – als Vorgeschmack auf das letzte Wochenende des Seminars, das in seinem Schlösschen stattfinden sollte.

»Aber ich denke, wir werden diesen Abschluss verschieben, bis der Mord geklärt ist«, lenkte Lanzilotto ein.

»Sicher«, Cozzoli hatte plötzlich genug vom Reden über Wein und Essen, er hatte das Gefühl, dass dieser charismatische Schlossherr elegant um den heißen Brei herumschwadronierte.

»Haben Sie gesehen, ob Lille und Gigi noch miteinander gesprochen haben?«

Lanzilotto zögerte. »Ja, ich denke schon«, er schaute Cozzoli fragend an.

»*Avanti,* Signor Lanzilotto!«, drängte der Commissario.

»*Allora*, zu der Verkostung der Grappe habe ich die Gäste, die draußen auf dem Hof standen, wieder hereingebeten. Da habe ich zwei Männer gesehen, die sich am Turm, an der Treppe zu Paolas Appartement, ich sage mal, angeregt unterhielten. Genaues konnte ich nicht verstehen, aber ich hörte dieses prägnante und auch sehr provozierende Lachen von George. Ich bin hinübergegangen, erkannte Ihren Freund Gigi, der ziemlich unanständige Wörter verwendete. Ich rief ihnen zu, sie sollten sich bei einem Grappa beruhigen. George lehnte ab, ich wusste ja, dass er noch zu Paola wollte. Gigi kam, aber er sagte zu George noch irgendetwas wie, ›wir sehen uns später‹.

Nach Grappa und caffè brachen die meisten Gäste auf. Zurück blieb ein kleiner Kreis der wahren Experten mit einem letzten, und, wenn ich das in aller Bescheidenheit sagen darf: wahrhaftig erstklassigen Negroamaro.«

»Ich habe bereits davon gehört«, knurrte Cozzoli. Er war alarmiert: Gigi – dieser Vollidiot!

»Wer bitte saß in dieser erlesenen Runde am Ende?«, der Commissario wollte die Geschichte endlich auf den Punkt bringen.

»*Vediamo*«, Lanzilotto setzte sich aufrecht hin wie ein braver Schüler. »*Allora*, Claire war schon früher nach Hause gefahren, Sie wissen ja, der ›Lange-Atem‹-Kurs. Paola war längst im Turm verschwunden, Liliana und das Restaurantpersonal hatten sich verabschiedet. Übrig blieben: der Weinhändler Luca Pellegrino, der Winzer Emanuele Bocca, ihr Freund und Weinexperte Gigi Mazzotta, meine Wenigkeit und – erst spät dazugekommen – Paolas ältester Bruder Dario De Vittorio, er ist Regionalpolitiker – kennen Sie ihn eigentlich?«

Das tat Cozzoli nicht, und er hatte auch kein persönliches

Bedürfnis, ihn kennenzulernen, aber er nickte stumm. Paola hatte ihn erwähnt, das reichte bislang. Weiter im Text.

»Gigi steht irgendwann auf, murmelt, er müsse kurz verschwinden. Er wird ins Bad gehen oder mal kurz nach draußen, denke ich, man merkte ihm ja an, dass er dem Wein zugesprochen hatte, der Grappa dazu ... Jedenfalls, wie das so ist, man sitzt und redet und trinkt, keiner ist mehr nüchtern, und niemand hat Gigi noch auf dem Schirm, also ich zumindest nicht. Erst als Dario sich verabschiedet und auch Luca seine Flaschen einpackt und gehen will, fällt uns auf, dass Gigi verschollen ist.«

»Wie lange war er weg?«, fragte der Commissario tonlos, doch Pantaleo Cozzoli war innerlich erstarrt.

»Eine halbe Stunde, vielleicht zwanzig Minuten. Wir haben uns nichts gedacht, aber dann ...« Lanzilotto konnte sich ein Grinsen nicht verkneifen. »Emanuele, Luca und ich, wir stehen da, gucken uns an, und plötzlich sägt ein leises Schnarchen durch den Salon.« Lanzilotto prustete los. »*Mi scusi,* Commissario, aber das war wirklich irrsinnig komisch.«

»*Va bene, va bene.* Und dann?«, drängte der Commissario, dem nicht nach Saufgeschichten zumute war. Hatte Lanzilotto überhaupt eine Ahnung, was er da gerade launig erzählte?

»*Va be'*«, Lanzilotto riss sich zusammen. »Ich denke, Gigi ist im Bad gewesen, auf diesem Weg am Sofa vorbeigekommen und konnte einfach nicht widerstehen. Wir haben ihm noch ein Kissen unter den Kopf geschoben, dann habe ich meinen Fahrer angerufen, damit er mich abholt.«

»Sie waren nicht mit dem eigenen Wagen da?«

»Doch, aber Claire war mit unserem Auto ja schon weggefahren. Ich hätte auch kaum noch fahren dürfen.«

»Sie haben sich nicht gewundert, dass George Lille verschwunden war?«

Lanzilotto bewegte unschlüssig den Kopf. »Eigentlich nicht, nein. Es war sein letzter Abend. Ich wusste, dass er noch mit Paola reden wollte. Als ich später sein Auto auf dem Parkplatz stehen sah, dachte ich, dass die kleine Herzogin ihn doch erhört hat«, Lanzilotto zwinkerte vielsagend.

»Das meinen Sie nicht im Ernst?«, Cozzoli erinnerte sich an Paolas fast angewiderten Blick, den sie dem Franzosen zugeworfen hatte.

»George war sehr angetan von Paola, von ihren Weinen, von der Masseria, und er konnte ausgesprochen charmant sein«, erklärte Lanzilotto. »Warum also nicht? Die Leidenschaft zum Wein hat schon viele erstaunliche Paare zusammengeführt. Ich wollte also nicht indiskret sein und George mitten in der Nacht bei Paola rausklingeln.«

»Um wie viel Uhr war das?«

»Gegen halb zwei habe ich meinen Fahrer angerufen, eine halbe Stunde später war er da. Emanuele hat mit mir zusammen gewartet, falls Sie das interessiert, Commissario. Ein netter Kerl übrigens, etwas schüchtern, aber ein gutes Gespür für ungewöhnliche Weine.«

»Sie haben also gegen zwei Uhr nachts zusammen mit Bocca das Gut De Vittorio verlassen?«

Lanzilotto nickte. War George Lille um diese Zeit noch am Leben gewesen?

Cozzoli war endgültig zu seinem Commissario-Ich zurückgekehrt. Wo waren seine Minzpastillen? Er brauchte einen Schluck Wasser. Er hatte es eilig, musste dringend mit Paola De Vittorio und Gigi reden. *Oh, porca miseria,* und der Questore erwartete ihn auch noch.

Den caffè nahm der Commissario bereits im Stehen in der Küche.

»Meinen Sie, Ihre Frau könnte uns helfen, die Familie von George Lille in Frankreich zu kontaktieren?«, bat der Commissario. »Gegen 18 Uhr in der Questura?«

»Sicher, kein Problem«, sagte Lanzilotto und nahm dem Commissario die leere Tasse ab. »Möchten Sie noch Georges Zimmer sehen?«

Der Franzose hatte die kleine Suite im Turm mit Blick in den Garten bewohnt. Das Bett war gemacht, die Kleider gefaltet, der Laptop stand auf dem Sekretär am Fenster, einige Bücher und Papiere sorgsam daneben gestapelt. Die Spurensicherung würde die Sachen abholen. Das Handy von George Lille untersuchten sie bereits, hoffentlich.

Cozzolis telefonino klingelte – Elena. Er hatte es gewusst, sie würde sich nicht heraushalten.

»*Pronto,* Commissario? Ich bin gerade bei Paola De Vittorio und …«

»Wo sind Sie? Da haben Sie nichts zu suchen, *assolutamente niente!* Passen Sie auf Ihren Onkel auf«, blaffte der Commissario.

»Hören Sie, Cozzoli!«, ging Elena dazwischen, »ich habe die Tatwaffe gefunden, einen Säbel, in dem Sofa, auf dem Gigi geschlafen hat.«

»Sie haben *was?*«, Cozzoli musste sich auf die Bettkante setzen. Zufällig einen Säbel im Sofa gefunden. In *dem* Sofa, auf dem Gigi die Nacht verbracht hatte. *Cazzo.*

»Fassen Sie nichts an! Ich bin unterwegs!«

Cozzoli erhob sich und ging ans Fenster. Dort unten im Grün drehten, streckten und senkten sich die Gestalten mit dem langen Atem. Elena findet die Leiche, Elena findet die Mordwaffe – und du? Du schnüffelst hier weinselig rum. Cozzoli fühlte sich wie ein Depp. Schwerfällig, aus der Form, jede Hängematte wäre unter ihm zusammengesackt. Sollte er sich auch mal an Tai-Chi probieren?

Dann würde er vielleicht so leichtfüßig wie Gigi einst gewesen war? Cozzoli erinnerte sich plötzlich an eine Szene mit Gigi – er erschreckte und schob sie sofort wieder weg.

Er schüttelte sich, es war höchste Zeit zu gehen. Cozzoli verabschiedete sich in der Küche von Lanzilotto und hastete zum Auto. Das Gespräch mit dem Questore fiel ihm ein. Mehr als lästig, aber er sollte es schnellstmöglich hinter sich bringen.

Bevor die Spurensicherung mit neuen Erkenntnissen oder gar diesem Säbel aus dem Sofa aufwartete.

Noch konnte er Gigi elegant aus der Schusslinie ziehen, Zeit gewinnen, alles aufklären. Cozzoli änderte sein Programm: Er würde nicht zu De Vittorio fahren, sondern direkt in die Questura. Offiziell gab es den Säbel noch nicht.

Er rief Pinto an und schickte ihn mit der Spurensicherung zur Masseria. Danach sollten sie im Schlösschen Lilles Klamotten, Laptop und Aufzeichnungen einsammeln.

»Wie weit seid ihr mit den Berichten und Spuren?«, erkundigte sich der Commissario.

»Die beiden vorläufigen Berichte für den Questore sind fertig, die Kopien liegen auf Ihrem Schreibtisch. Wir haben geschrieben, was wir konnten.«

»Sehr gut, das reicht auch.«

»An den telefonini von Lazzari und Lille wird gearbeitet«, fuhr Pinto fort, »die Nummern mit den dazugehörigen Teilnehmern kriegen wir hoffentlich morgen. Aber bei Lille sind ja auch Anrufe aus Frankreich drauf. Das macht die Sache nicht einfacher, die Franzosen sind, wie soll ich sagen, etwas kompliziert.«

»*Va bene,* Pinto, *tranquillo.* Wir sollten den Fall ganz in Ruhe angehen und gründlich untersuchen.«

»*Pronto?*«, fragte Pinto ungläubig. »Meinen Sie das ernst, Commissario? In Ruhe?«

»Absolut«, sagte Cozzoli so ernst wie möglich. Ihm war klar, dass er Pinto sonst immer einheizte. Aber besondere Situationen erforderten besondere Maßnahmen.

Dann rief Cozzoli noch einmal Elena an. Sie möge bis zum Eintreffen der Spurensicherung den Fundort der Mordwaffe freundlicherweise so professionell sichern, wie sie es an diesem Vormittag schon einmal getan hatte.

»Richten Sie Paola aus, dass ich wie verabredet komme. Und wir beide, Elena, sehen uns später bei Ihrem Onkel auf ein Glas Wasser.«

14

»Ay, ay, Commissario!«, spottete Elena noch ins Handy, doch Cozzoli hatte schon aufgelegt. Der Mann stand unter Strom.

»Nichts anfassen, den Fundort sichern, die Spurensicherung kommt gleich«, sagte Elena zu Paola. Beide schauten ratlos den Säbel an, den Paola in der Hand hielt.

»Stecken wir das Ding zurück ins Sofa?«

»Leg ihn einfach auf den Tisch, jetzt sind sowieso schon deine Fingerabdrücke drauf.«

Sie verließen den Salon, und Paola schloss sorgfältig die Tür hinter sich ab.

»Fundort vor Tanten und Onkel gesichert. Magst du einen Schluck Wein auf den Schreck?«

Elena nickte. »Gerne. Aber nicht aus dem Keller.«

»Ich fürchte, ich werde niemals wieder unbekümmert dort hinuntergehen können«, sagte Paola. »Dabei war es immer mein Lieblingsplatz, vor allem im Sommer, nirgendwo war es so angenehm kühl. Als kleines Mädchen habe ich mich da unten vor den großen Leuten versteckt und mir gruselige Geschichten ausgedacht.«

Elena setzte sich auf einen Stuhl unter den Olivenbaum, von wo aus sie den Eingang zum Salon im Blick behalten konnte. Paola lief die Außentreppe am Turm hinauf in ihre Wohnung.

Die Nachmittagssonne erleuchtete die weiß getünchten

Gebäude, weicher Wind strich durch den Hof, es duftete nach Lavendel. Zu malerisch, zu friedlich diese bildschöne Kulisse, dachte Elena. Im Keller war in der vergangenen Nacht ein Mann massakriert worden – der Anblick war das pure Grauen gewesen. Elena fröstelte. Sie dachte an ihren Onkel, hatte er damit irgendetwas zu tun? Hatte er etwas gehört, gesehen? Erinnerte er sich wirklich an nichts?

Paola kam mit zwei Gläsern Rotwein zurück.

»Ich dachte, wir könnten jetzt etwas Kräftiges vertragen.«

Elena nickte dankbar. *»Salute«,* sie prostete Paola zu.

Die Fenster im Haus neben der Kapelle waren weit geöffnet, das Geplapper von Frauen drang heraus.

»Meine Tanten Sofia und Adele«, erklärte Paola, »und dort ist Onkel Bruno«, sie zeigte auf einen alten Mann, der an seinem Spazierstock über den Hof schlenderte. »Die Schmuckstücke meiner Familie«, schmunzelte Paola. »Und wie geht's deinem Onkel, hat er sich erholt?«

»Gigi schläft vermutlich. Er war vollkommen erledigt«, seufzte Elena. »Hat er wirklich so viel getrunken?«

»Das kann ich dir nicht sagen«, bedauerte Paola, »aber ich würde mir keine Sorgen machen, er war nicht der Einzige, der ein Problem mit George Lille hatte.«

»Was hast du von diesem Lille gehalten? Mochtest du ihn?«

Paola schüttelte den Kopf, sie versuchte sich gar nicht erst in Floskeln.

»Nein, ich fand ihn furchtbar. Er erfüllte alle Vorurteile, die über Franzosen im Umlauf sind. Arrogant, besserwisserisch und der Meinung, ihre Weine seien die pure Erleuchtung. George Lille war dazu noch linkisch, besitzergreifend und glaubte, ich könnte ihm nicht widerstehen«, Paola schüttelte den Kopf. »Er hatte eine vollkommen surreale Wahrnehmung.«

»Du könntest ihm nicht widerstehen?«, Elena musste lachen. »Auch das noch. Ich habe von Gigi bisher nur gehört, dass er an allen Weinen herumgemäkelt hat.«

»Das war seine Masche, er wollte billig einkaufen. Meine Weine waren laut Lille gerade mal genießbar. Er hat mich behandelt wie eine dumme Schülerin. Natürlich fand er mich interessant, die kleine Önologin mit dem großen alten Weingut, die sich an bio probiert. Idealistische grüne Seele – voll guter Absichten, die bis zum ersten verregneten Sommer halten, dann würde ich schon sehen, Pilzkrankheiten und so weiter, und so weiter. ›Und für den besonderen Duft stampft ihr die Trauben mit den Füßen, ja?‹«, äffte Paola den Sommelier nach, »unqualifizierte Kommentare dieser Kategorie. Unverschämt. Erst als er einige Weine probiert hatte, wurde er etwas vorsichtiger.«

Sie schüttelte sich bei der Erinnerung, trank einen Schluck Rotwein und schaute zu Bruno, der sich langsam in ihre Richtung bewegte.

»Buona sera, zio!«, grüßte Paola, sie hatte zu ihrer ruhigen Tonlage zurückgefunden.

»Buona sera, cara!«, Bruno wandte sich ihnen zu, schien sie aber selbst durch seine Brille nicht richtig zu erkennen, *»e buona sera, bella signora* mit dem leichten Akzent in der Stimme. Sie waren heute Vormittag schon einmal hier, nicht wahr? Wie geht es Ihrem armen Onkel?«

Elena war perplex, hatte sie Bruno heute Vormittag in der Aufregung übersehen? Paola lachte. »*Zio* Bruno mit den exquisiten Ohren. Er war Pianist und erkennt noch immer jeden Ton.«

»Sie schweben umher, man muss sie nur auffangen«, ergänzte Bruno und fuhr mit seinem Stock durch die Luft.

»Und gerade fängst du Neuigkeiten für die Tanten zum Abendessen ein, *vero?*«

Bruno schmunzelte. »Sei nicht so hart mit mir, *bellissima.* Es bleibt doch alles innerhalb dieser alten Mauern. Sag mal, wie geht es deinen Trauben dieses Jahr? Wie wird der Wein?«

»Er wird. Ich gehe nachher noch einmal rüber in die *cantina.* Kommst du mit?«

»Wenn die Tanten mich lassen«, er lachte etwas heiser und drehte sich zum Fenster um. »*Ragazze!* Kommt runter, es ist so ein schöner Abend!«

Paola sprang auf. »Komm, Elena, wir gehen ein Stück, ich zeige dir die Gärten. *A dopo, zio!*«

Sie nahmen ihre Gläser, und als sie – vermutlich – außer Hörweite waren, erklärte Paola leise: »Gleich wird es munter im Hof. Meine Tanten sind sehr liebenswürdig, aber sie würden dich ausquetschen wie Mahlsteine die Oliven. Außerdem wollte ich dir noch etwas Schönes zeigen.«

Sie gingen am Turm und dem schlichten Haupthaus vorbei, dessen einziger Schmuck die Sandsteinfriese über den Fenstern waren, außerdem zwei Säulen, die den Eingang flankierten und den darüberliegenden Balkon stützten. Rosen kletterten an ihnen empor, und an der Hausmauer rankte Wein hinauf bis zu den Fenstern im ersten Stock.

»Dort oben wohnt Rocco mit seiner Familie, im Erdgeschoss sind die Büros der Azienda De Vittorio. Wir produzieren ja nicht nur Wein, sondern auch Olivenöl und Getreide, konservieren Gemüse *sott'olio,* machen Soßen, Marmeladen, Liköre – alles bio, zumindest auf dem Teil des Landes, den wir selbst bewirtschaften. Aber nach und nach laufen die Pachtverträge aus, und Rocco wird überall umstellen. Ich habe mit meinem Wein nur den ersten Schritt gemacht, aber wir tragen Verantwortung für über sechshundert Hektar Land, das wir nicht nur kultivieren, sondern bewahren wollen. Rocco und ich, wir sind ein gutes Team geworden.«

»Dario hat nichts damit zu tun?«, fragte Elena.

»Er hält einen Anteil und hat seine *casa in campagna* hier bei uns. Dario und seine Familie verbringen die Wochenenden und Ferien auf dem Gut, aber die Entscheidungen treffen Rocco und ich.«

Paola öffnete ein schmiedeeisernes Tor, das in die Mauer neben dem Haus eingelassen war. Sie betraten einen Garten mit Zitrusbäumen.

»Der Garten der Geheimnisse. Hier wachsen Mandarinen, Orangen und Zitronen – kannst du dir den Duft vorstellen, wenn all diese Bäume blühen? Eine Parfümerie der Natur«, schwärmte Paola.

Durch einen Mauerbogen ging es weiter in den Kräuter- und Gemüsegarten direkt hinter der Küche.

»Spürst du das?«, fragte Paola. »Hier ist es immer etwas kühler als drüben. Das haben unsere Ahnen auf natürliche Weise so angelegt.«

Sie gingen zurück und setzten sich auf eine zierliche Bank unter einer Palme. Ein guter Platz, dachte Elena, behaglich eingebettet in die Jahrhunderte.

»Ehrlich gesagt, eine Herzogin hatte ich mir anders vorgestellt«, gestand Elena.

Paola nickte, kramte ein Päckchen Zigaretten aus der Hosentasche, zündete sich eine an und blies genüsslich Rauchkringel in die Luft.

»Aber im Vergleich zu früher bin ich schon sehr viel herzoglicher geworden. Vor einigen Jahren hätte ich mir das alles hier überhaupt nicht vorstellen können, aber inzwischen bin ich wohl doch Teil dieser langen Kette geworden, der jede Generation unserer Familie ein Glied hinzufügt.«

Sie wollte nicht Weinbäuerin werden, wollte nie etwas mit dieser Azienda De Vittorio zu tun haben, mit diesem Land, das der Familie seit Jahrhunderten gehörte, während Invasoren, Kriege und Kreuzritter darüber hinweggezogen waren.

»Diese ganze donnernde Wucht der Geschichte, dazu noch mein Vater, der predigte, dass hier unten die Wiege der europäischen Weinkultur läge. Die Griechen brachten die ersten Trauben, die Römer trugen sie in den Norden – nach Frankreich, zum Beispiel«, Paola schmunzelte.

Elena ahnte: »Du bist also abgehauen? Große weite Welt?«

Paola schaute Elena amüsiert an. »Ganz genau.«

Paola kellnerte in Barcelona, lernte surfen in Biarritz, studierte ein Semester Kunstgeschichte in Paris, flog nach New York. Trampte quer durch den Kontinent zur Westküste, war pleite in Kalifornien. Verkaufte *ice cream* auf der Vergnügungsmeile Fisherman's Wharf in San Francisco und genoss den coolen Lebensstil in dieser Stadt.

Aber sie fand in Little Italy niemanden, der Italienisch sprach. Paola investierte Unsummen in eine kleine *caffettiera* und ein Pfund duftenden Espresso, aß keine Tomaten mehr, weil die zwar makellos aussahen, aber nur nach Wasser schmeckten.

Schließlich machte ein Freund mit ihr einen Ausflug ins Napa Valley, in *das* kalifornische Tal der Weine. Ausgerechnet. Sie besuchten das Weingut des Regisseurs Francis Ford Coppola. Im dazugehörigen Shop wurden auch Pasta und Soßen zum Wein verkauft, eine Hommage an die Großmutter des Regisseurs, die mit der Familie aus Süditalien emigriert war.

Paola blieb einige Wochen und jobbte dort als Aushilfe. In dieser Zeit lernte sie alles über kalifornische Weine. Sie entdeckte, dass Zinfandel, eine Traube, die in Kalifornien viel angebaut wird, genetisch identisch ist mit dem salentinischen Primitivo. Sie kannte das Aroma dieses Rotweins seit ihrer Kindheit, den Duft der Maische, das Aroma des jungen und schließlich gereiften Primitivo – sie erwartete dasselbe Glücksgefühl, wenn sie Zinfandel trank, doch es wollte sich nicht einstellen. Etwas fehlte. Sie probierte den Zinfandel verschiedener Güter – es wurde nicht besser. Etwas fehlte ihr so sehr, sie schmeckte einfach nicht, wonach sie sich sehnte.

Es war alles nur eine Kopie, und sie suchte das Original, das war es: Paola hatte Heimweh. Ganz banales Heimweh.

»Und dann hast du heimlich Önologie studiert?«, fragte Elena belustigt.

»Nein, noch nicht. Ich konnte das natürlich nicht zugeben, das mit dem Heimweh und der Sehnsucht nach dem wahren Primitivo. Aber ich bin auf die Masseria zurückgekommen.

Am ersten Morgen wachte ich früh auf, es war April, ein blitzblanker Morgen, und ich traf Liliana im Hof. Wir gingen in das Weinfeld direkt vor der Mauer, stapften wie früher zusammen durch die Reben, schnitten überzählige Triebe ab, die Sonne schimmerte durch das Grün. Ich betrachtete die noch winzigen Trauben, die wie Krümel in meiner Hand lagen, spürte die Freude bei der Vorstellung, wie prall und kugelig und süß sie in einigen Monaten wären. Mein Herz öffnete sich in diesem Moment. An diesem Morgen keimte die Saat aus meiner Kindheit, mit einer Kraft, gegen die ich mich nicht wehren konnte.«

Paola blieb. Zumindest erst mal in Apulien. Offiziell studierte sie Architektur in Bari, der Hauptstadt der Region, einhundertfünfzig Kilometer weiter im Norden, und kam am Wochenende nach Hause. Tatsächlich aber fuhr sie montags nur die halbe Strecke und hielt bereits in Locorotondo, einem idyllischen Weinstädtchen, wo sie heimlich auch noch Önologie studierte.

»Ich wollte kein ›Siehst du?‹ hören, sondern selbst herausfinden, ob ich das wirklich werden wollte. Niemand, wirklich niemand wusste davon. Nur meinem zukünftigen Ehemann habe ich es kurz vor der Hochzeit verraten. Er war ein Freund von Dario und hat dichtgehalten. Sonst wäre ich schon vorher weg gewesen, und das wusste er. Dann wurde mein Vater sehr krank, wir heirateten übereilt, aber *papà* war glücklich – sein Nesthäkchen war unter der Haube.

Er starb kurz darauf und, als ob er doch etwas geahnt hätte, vermachte er mir, und zwar ausdrücklich *mir,* das Weingut.«

Paola zog langsam an ihrer Zigarette und lächelte, als sie sich an den Coup ihres Lebens erinnerte. Niemand zweifelte daran, dass sie das Erbe ablehnen würde. Niemand hatte ihr das mit ihren damals 28 Jahren zugetraut. Niemand bis auf Liliana.

»Hätte mein Familienclan bei der Testamentseröffnung vor Freude applaudiert, hätte ich es mir vielleicht doch noch mal überlegt. Aber ihre erste Frage war, wer denn jetzt das Weingeschäft weiterleiten solle. Als ob es den letzten

Willen meines Vaters nicht gegeben hätte. Also habe ich mit meinem frischen Studienabschluss gewinkt und gedacht, ›Ich zeig's euch, *ragazzi!*‹«, Paola lachte vergnügt über ihren gelungenen Streich.

»So wurde die Weltenbummlerin zur Patriotin«, fasste Elena zusammen. »Und deine Familie rieb sich die Augen?«

»Dario war entsetzt!«, amüsierte sich Paola. »Er hatte bereits einen Verwalter und Weinexperten an der Hand. Undenkbar, der kleinen, verrückten Schwester das traditionsreiche, ehrwürdige Weingut anzuvertrauen. Aber er hatte keine Wahl. Das Testament war eindeutig.«

Paolas Gatte hielt zunächst alles für eine Laune seiner kleinen Herzogin. Sie würde sich schon wieder einkriegen. Er selbst hatte in Bari eine Anwaltskanzlei und überhaupt nicht vor, dauerhaft auf dem Land zu versauern.

»Und ich hatte den Kopf voller Pläne und überhaupt keine Zeit mehr, mich über solche Äußerlichkeiten zu streiten. Wir waren schneller geschieden als verheiratet.«

Rocco fasste sich als Erster, ihm gefiel die Idee der biologischen Landwirtschaft, der gemeinsamen Verantwortung.

»Wir besitzen dieses Land ja nicht wirklich, darin sind Rocco und ich uns einig. Wir pflegen es eine Weile, und dann geben wir es weiter«, erklärte Paola, drückte ihre Zigarette aus und steckte die Kippe in die Zigarettenschachtel. »Ich entscheide hier nichts nur für mich oder nur für morgen. Es geht nicht um meinen kleinen oder großen Profit, sondern um das Ganze um eine Vision, die Rocco und ich teilten.«

»Paola! Die Polizei ist da!«, ein untersetzter Mann im dunklen Anzug stürmte in den Garten. »Sie wollen einen Säbel abholen! Was für einen Säbel? Was zum Teufel ist hier los?«

Die Polizei, der Säbel – in diesem Garten hatten Elena und Paola die Störenfriede des Lebens erfolgreich verdrängt.

»Darf ich vorstellen?«, sagte Paola ruhig. »Dario, mein Bruder – Elena, eine gute Freundin von Elisabetta.«

Er taxierte Elena, die in Jeans, T-Shirt und nachlässig zusammengebunden braunen Locken nicht den Eindruck des *Lecce per bene* machte, eines Mitglieds der gehobenen Gesellschaft von Lecce. Sie schüttelten einander die Hand, und während sie zurückgingen, erzählte Paola ihrem Bruder von dem Mord. Er war schockiert. »Ausgerechnet hier, wenn das die Presse mitkriegt, das kann ja heiter werden.«

Pinto in Uniform sowie Giacomo und Fabio, der Assistent, hatten es sich unter dem Olivenbaum gemütlich gemacht und plauderten mit Paolas Tanten.

»Wer ist hier der ermittelnde Commissario?«, plärrte Dario in das Beisammensein.

Paola verdrehte die Augen. »Er nimmt die Angelegenheit mal wieder in die Hand«, murmelte sie Elena zu, ging zum Salon und schloss die Tür auf.

»Commissario Cozzoli ist gerade in einer Unterredung mit dem Questore«, entschuldigte Pinto seinen Chef. »Sie können sich morgen früh an ihn wenden.«

15

Cozzoli stieg gemessenen Schrittes die breite Treppe zum Büro des Questore hinauf. Bemühte sich um einen langen Atem. Zwei Tote. Den ganzen Sommer nichts – bis auf die üblichen Verkehrstoten, mit denen Cozzoli ja nur selten etwas zu tun hatte. Aber nun, gerade erst der Hängematte entstiegen und schon zwei Leichen. Eine gestern Abend, eine heute Morgen. *Buon rientro!* Knall auf Fall zurück in den Alltag.

Jedes Jahr Anfang September, wenn Italien aus dem abgrundtiefen Sommerloch herauskrabbelte und die Rückkehr ins normale Leben zelebrierte, warnten sämtliche Medien: »Nichts überstürzen, *ragazzi!*«, als sei ein Tornado im Anzug. Cozzoli war das bislang vollkommen egal gewesen, für ihn hatte es bis zur Entdeckung der Hängematte nie ein Sommerloch gegeben.

Im Autoradio auf der Rückfahrt von Lanzilottos Schloss nach Lecce hatte die Moderatorin gegluckst, sie sei am Morgen erst mal in Flip-Flops ins Studio gekommen, um sich langsam warmzulaufen. Sehr witzig, hatte Cozzoli geschnaubt, hätte er eine Hängematte in seiner Bürozelle aufspannen sollen? Zwei Tote gleichzeitig bedeuteten doppelte Ermittlungen, doppelte Berichte-Schreiberei, doppelten Ärger. Und der fing schon an, bevor es richtig losging.

Also bitte: Berichterstattung am Nachmittag, wenn die Leiche erst morgens gefunden worden war – der Questore wurde schon wieder hyperaktiv, dabei war der Sommer noch gar nicht vorbei. Mehr noch: Cozzoli ahnte, dass der Ärger nur wenig mit dem Mord an dem Franzosen zu tun hatte und der Questore ihren persönlichen Kleinkrieg wieder aufflammen lassen könnte.

Der Commissario warf sich zwei Minzpastillen der Marke »*extra forte*« ein, ging mit kurzem Gruß an der Sekretärin vorbei durch das Vorzimmer und klopfte an die Tür zum Büro seines Vorgesetzten. »*Avanti!*«, tönte es von drinnen, und Cozzoli trat ein.

Das Chef-Büro war keine Suite, aber immerhin geräumig, die Möbel hatten ein gediegenes Alter, und die Wände waren mit einigen imposanten Urkunden, dem Foto des Staatspräsidenten und der italienischen Flagge geschmückt.

»*Buona sera,* Commissario! Setzen Sie sich! Ich hoffe, Sie sind erholt aus dem Urlaub zurückgekommen, es gibt ja einiges zu tun.« Lorenzo Paglia schien im Urlaub gute Vorsätze gefasst zu haben.

Er hielt die beiden – in jeder Hinsicht – dürren Berichte von der Spurensicherung mit spitzen Fingern und vorwurfsvollem Blick hoch. Zweimal zwei Seiten, luftig formuliert und noch luftiger getippt. Was erwartete er? Abends die Leiche finden, morgens den Mörder kassieren und umgedreht? Und dann noch Zeit in diesem Büro verschwenden.

Cozzoli setzte sich in dem unbequemen Besucherstuhl zurecht.

»Bei dem ersten Toten, Marcello Lazzari, gehen wir von Selbstmord aus«, referierte Cozzoli. »Die Spurenlage und erste Befragungen seiner Familie legen diesen Schluss nahe.«

»Also Selbstmord«, fasste der Questore zufrieden zusammen, »sehr schön, der Fall wäre erledigt.«

Natürlich, der Fall Lazzari interessierte den Questore nicht.

»Allerdings fehlt noch das Urteil der Gerichtsmedizinerin Matilde Migletta«, wandte Cozzoli ein.

Der Questore stutzte, die Dottoressa war eine exzentrische Person. Wie Cozzoli nicht unumstritten in der Questura, aber – ebenso wie Cozzoli – mit einer Genialität gesegnet, die im passenden Moment aufflammte und ihm wie ihr den Job rettete.

»Warum hat sich die Dottoressa noch nicht geäußert?«, nörgelte der Questore.

»Sie ist im Urlaub. Bis morgen. Unerreichbar.«

Der Questore wandte sich ohne weiteren Kommentar genüsslich dem zweiten Bericht zu.

»Ich lese hier, dass Signor Giuseppe Mazzotta die Nacht auf einem Sofa des Weingutes verbracht hat«, der Questore hielt inne, blickte über den Rand seiner Lesebrille und stellte sich doof. »Ist das nicht der schwule Antiquitätenhändler?«

Cozzoli hatte es gewusst. Der Questore kam zu dem wahren Grund, aus dem er ihn nicht einmal 24 Stunden nach dem Mord antanzen ließ. Dottore Lorenzo Paglia versuchte sich an einem kleinen Überraschungsangriff aus dem Hinterhalt.

Cozzoli nickte und widmete sich seiner Kopie des mageren Berichtes. Blätterte vor. Und zurück.

»Wird der nicht Gigi genannt?«, setzte Paglia nach.

»*Si,* Questore«, brummte Cozzoli und blätterte. Jetzt würde es privat werden.

»Warum eigentlich Gigi? Jeder Giuseppe heißt sonst doch Beppe?«

»*Si*, Questore«, bestätigte der Commissario beherrscht, schaute auf – und übte sich in seinem berüchtigten Cozzoli-Schweigen. Er würde ihm nicht erzählen, dass er Gigi selbst einmal diese Frage gestellt hatte.

»So ist es eben. War schon immer so«, hatte Gigi geantwortet. »Ich finde Giuseppe furchtbar. Und Beppe erst recht. Beppe, Beppe – ich bitte dich! So elegant wie eine Dampfwalze. Gigi ist zwar auch nicht außergewöhnlich, aber hat doch etwas Heiteres, Leichtfüßiges – findest du nicht?«

Gigi hatte seinen Bauch eingezogen und war mit eleganten Armschwüngen durch seinen *open-space-eeh* stolziert. »Auch ich war einmal ausgesprochen leichtfüßig, mein Lieber! In jeder Hinsicht«, dazu hatte er kokett kichernd einen imaginären Degen geschwungen. Sogar Cozzoli, dem so etwas wie Heiterkeit eher fremd war, musste glucksen, fast hätte er losgeprustet. Jetzt wurde ihm schwindelig bei der Erinnerung an diesen Degenschwinger.

Aber über seine Freundschaft zu Gigi und schon gar nicht über diese – für Cozzolis Verhältnisse – intimen Details hätte der Commissario je ein Wort verraten. Also schwieg Cozzoli. Er ahnte ohnehin, worauf der Questore hinauswollte. »Sind Sie nicht befreundet?«

»Das kann man so sagen, ja«, Cozzoli versenkte sich in den Bericht, blätterte vor und blätterte zurück, las.

»Cozzoli!«, der Questore wurde ungehalten. »Ihr Freund war die ganze Nacht auf dieser Masseria, angeblich schlafend, aber auf jeden Fall ohne Zeugen und in direkter Nähe zum Tatort. Er hatte sich Tage zuvor heftig mit dem Opfer gestritten, wie man so hört. Jeden anderen hätten Sie sofort mit größter Freude festgenommen!«

Nun war's raus, Attacke abgefahren. Cozzoli konnte

selbst eins und eins zusammenzählen. Und von den erdrückendsten Beweisen war im Bericht nicht einmal die Rede. Nichts von einem »Filmriss«, nichts von dem Säbel im Sofa. Gigi hatte bisher einfach nur auf der Masseria geschlafen, Punkt.

Aber das war schon schlimm genug.

So ruhig wie möglich erklärte Cozzoli seinem Chef nun das kleine Einmaleins der gemeinhin üblichen Mordmotive.

»Wegen einer kleinen Meinungsverschiedenheit über die Qualität eines Weines bringt man niemanden um, Dottore. Finden Sie ansonsten irgendein Motiv, irgendwelche Hinweise in diesem Bericht? Einen Mord begeht man aus Angst. Eifersucht. Habgier. Rache. Ich kann nichts davon bei Signor Mazzotta erkennen. Wir stehen am absoluten Anfang der Ermittlungen, haben noch nicht einmal alle Gäste der Degustation befragt.«

»Sicher, Cozzoli, sicher«, Lorenzo Paglia knetete seine Finger. »Ich muss Sie allerdings warnen. Sie könnten als befangen gelten. Dann müsste ich Ihnen den Fall entziehen. Ich habe bereits einige Stimmen aus dieser Richtung gehört, und Sie wissen, die Presse ist zurzeit sehr aufmerksam, was Interessenkonflikte angeht.«

Cozzoli stöhnte genervt, jetzt ging *das* Theater also los.

»Sicher, sicher Signor Questore«, er blickte seinem Vorgesetzten direkt in die Augen. »Vor allem wenn es um Begünstigungen und um zweifelhafte Zuwendungen geht, nicht wahr? So etwas sickert ja doch immer wieder durch.«

Damit beendete Cozzoli ihren persönlichen Schlagabtausch. Er stand auf. »*Buona sera,* Questore!«

Cozzoli war sicher, Questore Lorenzo Paglia hatte seine Anspielung verstanden. Allerdings wunderte er sich, dass er überhaupt zu diesem Mittel greifen und seinen Chef an die peinlichen Abhörprotokolle erinnern musste. Es war zwar schon zwei Jahre her, dass ein lokaler Mafiaboss die besonderen Dienste einer Brasilianerin für »unseren Lorenzo« in einem Telefongespräch erwähnt hatte, aber diese Aufzeichnung verwahrte Cozzoli selbstverständlich noch immer an einem sicheren Ort. Die Veröffentlichung wäre ein hübscher Skandal im Städtchen. Allein ihre Existenz – und daran hatte Cozzoli nie einen Zweifel gelassen – sicherten ihm gewisse Freiheiten bei seinen Ermittlungen.

Darauf basierte der unausgesprochene Waffenstillstand zwischen Cozzoli und seinem Chef. Dem Questore hatte der Commissario aus dem Norden, der ihm »von oben« in seine Questura reingesetzt worden war, von Anfang an nicht gepasst.

Wenn Paglia allerdings offen drohte, ihm den Fall zu entziehen, schien er sich sicher zu fühlen. Oder wollte er nur mal klarstellen, wer hier der Chef in der Hütte war?

Der Commissario schloss die Bürotür hinter sich und zog sein telefonino aus der Hosentasche. Eine SMS von Giacomo: Säbel vermutlich Mordwaffe, Reste von Blut am Griff.

16

Blass, elend, stumm. Gigi nippte an seinem Wasserglas. Er lag im *open-space-eeh* auf seiner Chaiselongue aus dunkelrotem Samt und litt. Elena hatte Gemüsebrot mit Oliven und Tomaten eingekauft und Focaccia mit *Cicorie,* aber ihr Onkel hatte nur den Kopf geschüttelt.

Cozzoli hingegen hatte die Focaccia mit einer gewissen Nervosität vertilgt, als ob er sich stärken müsste. Er hatte zunächst Wasser getrunken, dann aber doch gerne das Glas Rotwein angenommen, das Elena ihm angeboten hatte. Jetzt lief er durch den *open-space-eeh.*

»Das kann alles nicht wahr sein! Noch mal, Gigi, du hast mit Elisabetta und Stefano am Tisch gesessen. Als die gehen wollten, hast du munter behauptet, du wolltest mit Luca Pellegrino zurückfahren oder dir ein Taxi nehmen.«

»Wollte ich ja auch! Oh Pantaleo, *amico mio,* quäl mich nicht länger«, jammerte Gigi.

»Hast du aber nicht! Stattdessen ...«

»*Ho capitoooooo!* Ich hätte den Grappa stehen lassen und mit Elisabetta fahren sollen«, Gigi wiederholte die Buße zum zehnten Mal, »aber ich habe gesündigt und Weine und Grappa und weitere Weine in lustiger Runde probiert.« Er brauchte eine Verschnaufpause. Vollständige Sätze waren eine Herausforderung. Gigi setzte erneut an, wiederholte zum x-ten Mal die gleiche Geschichte.

»Bevor ich das Taxi rufen wollte, bin ich noch auf die Toilette. Auf dem Weg durch den Salon wurde mir schwummerig, da stand das Sofa, ich habe mich hingesetzt ..., und das war's.« Er seufzte tief und schloss erschöpft die Augen. Wieder blieb er an der gleichen Stelle stecken, kam nicht über das Sofa hinaus.

»Pantaleo, *ti prego,* wäre da *irgendetwas* – ich würde es dir doch sagen«, beteuerte Gigi.

»Cozzoli, es wird nicht besser«, insistierte Elena. Sie beobachtete die Szene aus ihrem breiten Sessel am Kamin. Dieses personifizierte Leiden auf rotem Samt war unerträglich. Den ganzen Tag lang hatte Gigi entweder geschlafen oder versucht, sich zu erinnern. Aber es reichte nur bis zu dem Entschluss, ein Taxi zu rufen, vorher noch schnell zur Toilette, dann der Schwindel und das rettende Sofa, zum Glück – danach war einfach Schluss.

»Bene, bene, bene«, murrte Cozzoli und machte einen Schlenker zum Beistelltisch neben Elenas Sessel, griff nach der Weinflasche und goss sein Glas erneut voll.

»Aber vorher hast du Lille noch gesehen. Daran musst du dich doch erinnern«, Cozzoli versuchte es nun mit Geduld. »Lille wollte irgendetwas mit dir klären, das habe ich doch selbst gehört.«

»Mmmh«, kam es von der Chaiselongue.

»Ihr habt draußen am Turm beieinandergestanden, sagt Lanzilotto. Erinnerst du dich? Du sollst George Lille beschimpft haben, stimmt das?«

»Ooooh, Pantaleo!«, stöhnte Gigi gequält. »Du weißt doch selbst, wie er war, dieser Schnösel.«

»Gigi!«, donnerte es durch den *open-space-eeh,* »bring dein Hirn auf Trab. Du stehst unter Mordverdacht, ist dir das klar? Der Questore hätte mir den Fall am liebsten sofort entzogen. Und weißt du, was dann passiert? Dann lümmelst du

nicht mehr leidend wie eine menstruierende Madonna auf diesem roten Samtplüsch rum, sondern kannst auf einer Pritsche im Gefängnis über eine passende Geschichte nachdenken. *Avanti*, was wollte Lille klarstellen?«

Gigi schwieg. Dachte nach und sagte dann lahm: »Er hat sich entschuldigt für den Auftritt bei dem Seminar.«

»Und dafür hast du ihn ordentlich angepöbelt, klar. Das kannst du deiner Schwester Benedetta im Kloster erzählen.«

Cozzoli lief wie ein Tiger um die Chaiselongue herum und schüttelte sein Pastillendöschen, mit der anderen Hand hielt er sein Weinglas fest.

Es zerreißt ihn, dachte Elena, aber so kommt er bei Gigi nicht weiter. Sie selbst hat Gigi noch nie so elend erlebt, aber sie wusste zwei Dinge: Ihr Onkel log nicht. Und er war ein Dickkopf.

Gigi schob die Wolldecke beiseite und erhob sich. Einen Moment lang stand er benommen im Raum, in seidener Pyjamahose, Kapuzenpulli und Lederpantoffeln, und pendelte sein Gleichgewicht aus, dann schlurfte er Richtung Schlafzimmer.

»Entschuldigt mich. Ich gehe ins Bett.«

Pantaleo blieb stehen, riss die Augen weit auf und brachte kein Wort heraus.

»Lass uns morgen weiterreden«, sagte Gigi, während er an Pantaleo vorbeiging und ihm die Schulter tätschelte, »und mach dir keine Sorgen, *amico mio.*«

Was für ein Abgang. Pantaleo Cozzoli und Elena blickten Gigi hinterher, dann schauten sie sich an.

»Er war's nicht«, sagte der Commissario, »aber er verheimlicht uns etwas.«

»Ich glaube, er erinnert sich wirklich nicht«, entgegnete Elena.

Cozzoli schüttelte den Kopf. »Er erinnert sich. Zumindest an mehr, als er zugibt, und auch an das letzte Gespräch mit Lille.«

Vermutlich hatte Cozzoli doch recht. Der Commissario war heute merkwürdig freundlich zu Elena. Ungewohnt. Gar nicht ruppig wie sonst. Oder bildete sie sich das ein?

»Wäre er nicht Ihr Freund, würden Sie ihn verhaften, richtig?«

Cozzoli nickte. »Jeder Kollege würde das tun. Wir müssen ihn da raushalten, Zeit gewinnen. Irgendwann wird Gigi mit Ihnen sprechen.«

»Wir«? Und »mit Ihnen«? Hatte Elena richtig gehört? Das gefiel ihr. Sie sollte Cozzoli nicht unterbrechen.

»Lille hat ein doppelbödiges Spiel getrieben, Winzern mit schlechten Kritiken gedroht und gleichzeitig Preise gedrückt. Er war nicht nur Weinjournalist und Sommelier, er war auch beteiligt am Weingroßhandel seiner Familie.«

»In Paris?«, fragte Elena beiläufig.

»Nein, nein, Saint Emilion, ein Weindorf in der Nähe von Bordeaux«, erwiderte Cozzoli und erzählte von Claires erfolglosem Versuch am Abend, einen Angehörigen von George Lille zu erreichen. Unter der Telefonnummer auf Lilles Visitenkarte hatte sich niemand gemeldet, also hatte Claire bei der örtlichen Polizei angerufen. Der Beamte kannte natürlich die Familie Lille. Die Weinhandlung wurde von den beiden Schwestern geführt. Vater Mario war kürzlich verstorben, die Mutter schon lange. Ansonsten hatte George Lille keine Familie. Nach einer sehr kurzen Ehe war er seit Jahren geschieden, keine Kinder. Die beiden Schwestern waren vermutlich Alleinerbinnen. Cozzoli hatte mitgehört, in der Stimme des Beamten lag weder Überraschung noch Bedauern.

»Ich werde alle Winzer überprüfen lassen, die Lille und Lanzilotto besucht haben. Wenn Lille sich auf der Tour durch die Weinkeller so unverschämt aufgeführt hat wie auf dem Seminar und sich ein Winzer in seiner Existenz bedroht gefühlt hat – das könnte ein handfestes Motiv sein.«

»Sie haben aber eine andere Vermutung«, sagte Elena.

»Ich habe ›könnte‹, gesagt«, stellte Cozzoli klar.

Er selbst würde seine Zeit also nicht mit diesen Befragungen verplempern. Was hatte er stattdessen vor?

»Sicher ist«, spann der Commissario seinen Gedanken weiter, »während der Degustation hätte sich jeder unbemerkt mit Lille im Keller treffen können.«

»Und vorher unbemerkt den Säbel aus dem Salon holen? Nein, Cozzoli, dann wäre ja auch Paola De Vittorio potenziell verdächtig.«

Der Commissario zuckte nur mit den Schultern. »Ich finde die junge Herzogin auch sympathisch und couragiert, sie hat es absolut nicht nötig, sich von einem Wichtigtuer wie George Lille einschüchtern zu lassen. Gerade habe ich noch einen erstklassigen Negroamaro mit Malvasia Nera bei ihr getrunken. Ich war beeindruckt«, er seufzte, und Elena fragte sich, was ihn mehr beeindruckt hatte: die lässige Herzogin oder ihr Wein?, »aber als Commissario muss ich sogar meinen Freund verdächtigen.«

Er stellte das Weinglas ab, griff nach seiner Jacke und ging langsam zur Haustür.

»Zumindest lenken die Befragungen der Winzer von Gigi ab«, Cozzoli hatte sich zu Elena umgedreht. »Wir müssen Zeit gewinnen.«

Elena nickte, erstaunt über die Vertraulichkeit, mit der

ihr Cozzoli an diesem Abend gegenübergetreten war. Er schien sich ernsthaft um seinen Freund zu sorgen.

»Kümmern Sie sich um Ihren Onkel«, Cozzoli legte die Hand auf die Türklinke, drehte sich noch einmal um und schaute Elena sehr ernsthaft an.

»Er liebt Sie und Ihren Sohn wie seine eigenen Kinder. Irgendwann wird er mit Ihnen reden. Geben Sie mir dann Bescheid? Ich bitte Sie sehr darum.«

Nachdenklich schloss Elena die Tür hinter Pantaleo Cozzoli. Natürlich konnte alles so sein, wie Gigi behauptete. Aber wenn Elena ihren Onkel betrachtete, stieg ein dunkles Gefühl in ihr auf. Sie konnte es nicht deuten. Es war, als ob man in einem See den Sandboden aufwühlte und das klare Wasser plötzlich trübe und undurchsichtig wurde. Niemand konnte sagen, was sich in diesem Nebel verbarg – eine unheimliche Ahnung von Gefahr.

Elena stellte die Gläser in die Küche, schaltete die Lichter aus und ging hinüber in ihre Wohnung. Die Schiebetür ließ sie offen, für alle Fälle.

Sie lief durch Bens Zimmer. In einer Woche kam er endlich zurück. Hoffentlich war bis dahin der Mord geklärt und Gigi wieder in Ordnung. Sie sah die Kisten und Möbel vor sich, die morgen ankommen sollten. Aus Hamburg. Aus ihrem alten Leben.

Der endgültige Abschied von Aron nagte noch immer an ihr. Genauer, sein unerwarteter Entschluss, nun doch die Scheidung einzureichen. Bisher war er der Meinung gewesen, dieser formale Akt koste nur Geld. Sein Geld vor allem. Nachdem Arons archäologisches Projekt in Israel verlängert worden war, hatte er sich entschlossen zu emigrieren. Als letzter Sohn, der die jüdische Familientradition fortsetzen konnte.

»Ich werde diese Kette nicht abreißen lassen«, hatte er in Hamburg zu Elena gesagt, als er um die Scheidung gebeten hatte. Elena wäre fast vom Stuhl gefallen. Er wollte jüdische Kinder, und dafür brauchte er eine jüdische Frau. Die habe er zwar noch nicht, aber die wolle er in Israel finden, dafür gebe es Partneragenturen.

Elena hatte mit ihm weder über seine gut geplante Brautschau noch über Israel diskutiert. Nur gefragt: »Was ist mit Ben?«

»Er ist unser Sohn«, hatte Aron geantwortet.

Das war so banal richtig wie unverbindlich. In den zwei Jahren ihrer Trennung hatte er kaum noch Kontakt zu Ben gehabt. Er hatte in Israel in der Wüste gegraben und nebenbei seine jüdischen Wurzeln wieder-, genauer: überhaupt erst entdeckt.

»Ben kann mich in Israel besuchen«, hatte Aron hinzugefügt, »oder ich ihn in Italien.« Klar, könnte er. Überzeugend klang das nicht. Und es versetzte Elena einen Stich.

Sie wollte weder Aron zurückhaben noch in Israel leben, auf keinen Fall. Sie hatte dort und in den palästinensischen Gebieten fotografiert, sie wäre Aron nicht dorthin gefolgt.

Sie hatte ihr Leben in Lecce mit Ben, Michele und *zio* Gigi, mit Elisabetta und ein paar weiteren Freunden – sie hatte es gut. Seit einiger Zeit fotografierte sie hin und wieder Hochzeiten, manchmal kam ein Fotoauftrag von einer Zeitung hinzu – das war jobmäßig nicht aufregend, sicherte noch nicht mal ihren Lebensunterhalt, aber wenigstens hielt sie wieder eine Kamera in der Hand. Nach dem Hausverkauf würde sie sicher etwas Geld übrig haben, mit dem sie ihre Fotoausrüstung modernisieren und etwas Neues beginnen konnte.

Und doch und doch und doch ... Warum nervte sie Arons

Entscheidung? Das hatte sich Elena schon auf den zweitausend Kilometern zwischen Hamburg und Lecce gefragt.

Aron wusste immer so genau, was zu tun war, er hatte dieses sichere Zugehörigkeitsgefühl, und das machte Elena neidisch.

Im Vergleich zu ihm fühlte sie sich auf Schlingerkurs durch ihr Leben taumeln, in dem nur eins sicher war: Es gab kein »für immer«. Mit einer Ausnahme: Für immer war sie nur die Mutter von Ben.

Elena vermisste ihren Sohn und hatte in der Woche seit ihrer Rückkehr nach Lecce gleichzeitig ihre Freiheit genossen. Hatte sich durch Apulien treiben lassen, die verwaisten Strände und die milde Luft genossen, war durch die heitere Hügellandschaft nördlich des Salento gekurvt und gen Süden bis zum *finibus terrae* vorgestoßen, auf die südlichste Spitze des Stiefelabsatzes, dort, wo das Land endete und sich das Ionische und Adriatische Meer trafen. Sie hatte fotografiert, ohne Auftrag, ohne Thema, aus purer Freude am Augenblick. Und in diesen Tagen hatten sich Ideen für die Zukunft in ihre Gedanken geschummelt. Eine Galerie, eine Fotowerkstatt, Kurse für alle, die mehr als nur Selfies knipsen wollten. Ideen für die nächsten paar Jahre. In Lecce.

Obwohl sie manchmal gerne wieder losfahren würde, auf Reportage, wie früher. Manchmal kochte diese Sehnsucht nach einem Abenteuer in ihr hoch, wenigstens einem kleinen. Raus aus dem beschaulichen barocken Städtchen. Michele tat gerade genau das Richtige: Allein mit dem Motorrad herumfahren. Seine Großmutter, die in einem Pflegeheim in Frankreich langsam ihr Leben vergaß, war nur ein grober Anhaltspunkt auf einer weitgehend ungeplanten Trödel-Tour.

Elena kannte die Symptome. Diese leichte Nervosität, die sie verspürt hatte, als ein ehemaliger Kollege ihr von seinen letzten Aufträgen in Brasilien und Thailand erzählt hatte. Das Ziehen in der Brust – Fernweh. Und dann noch diese Geschichte mit Aron – eine merkwürdige Gemengelage der Gefühle, das passte alles nicht zusammen.

Sie musste aufräumen, klarer sehen. Sonst würde sie irgendwann wieder platzen. Noch nicht morgen oder nächste Woche, aber irgendwann. Und sie wollte nicht noch einmal so eine überstürzte Flucht hinlegen wie vor zwei Jahren, ihren kleinen Sohn Ben aus seinem Leben reißen, weil sie ihr eigenes nicht mehr ertrug.

Elena stieg die schmale Holztreppe hoch auf die Zwischenebene, wo ihr Bett himmelsgleich zu schweben schien. Sie setzte sich auf den Fußboden, nahm ihr Handy und wählte Micheles Telefonnummer. Ein gutes Heilmittel gegen Zweifel, meistens zumindest.

Außerdem hatte sie eine Idee gehabt: War Michele nicht gerade irgendwo in Südfrankreich an der Atlantikküste, in der Nähe von Bordeaux? Und daher nicht allzu weit von Saint Emilion entfernt, dem Weindorf, in dem George Lille gelebt hatte?

»Ciao amore! Come va?«, Michele war sofort am Telefon. Elena liebte diesen beschwingten Tonfall. Eigentlich hätte es gereicht, bei nagenden Zweifeln und sonstigen Nebenwirkungen des Lebens und der Liebe ein- bis zehnmal dieses sonnige, freudig überraschte *»Ciao amore! Come va?«* zu hören. Noch mal und noch mal und noch mal. Statt »Wie geht's?« zur Abwechselung auch gerne *»Tutto bene?«* – alles gut? Ja, alles war gut, wenn sie diese Stimme hörte.

Michele war gute zehn Jahre jünger als Elena, aber wo die Liebe hinflatterte ... Die Einzige, die das lange nicht kapiert hatte, war Elena gewesen. Doch Michele war beharrlich – noch eine gute Eigenschaft –, und inzwischen lebten sie, wenn Michele denn in Lecce war, zusammen in Gigis barockem Palazzo.

Der einzige Haken an diesem Mann: Er war Künstler, Maler, und er brauchte seine Fluchten. In unregelmäßigen Abständen verschwand er aus Lecce in sein Atelier nach Rom. Für ein paar Tage oder auch Wochen. Dort war er aufgewachsen, und das puppige, aber doch sehr provinzielle Lecce konnte er nur im Wechsel mit diesen Auszeiten genießen.

Das verstand Elena gut, viel zu gut.

»Wie geht's der Guzzi? Wie geht es dir, *tesoro?*«, Elena hielt sich streng an Micheles bevorzugte Reihenfolge.

Er lachte. »*Amore mio,* du musst mich auch noch fragen, ob und wann und vor allem *was* ich gegessen habe. Dann bist du perfekt italienisch!«

»*Va bene!* Also, hast du in Frankreich einen anständigen Teller Pasta bekommen?«

»Nein, natürlich nicht. Du weißt doch, dass die Franzosen nicht kochen können«, spottete Michele vergnügt. Die Küche gehörte neben dem Wein zu den zentralen Themen der italienisch-französischen Konkurrenz.

Micheles Guzzi brummelte zuverlässig munter, das Wetter war prächtig und tatsächlich: Er saß auf einem Campingplatz an der Atlantikküste. Am nächsten Morgen plante er, seiner Sehnsucht nach Osten zu folgen, zurück zur guten Pasta und seiner einzig wahren Liebe.

»Das ist wunderbar, Michele. Ich kann es kaum erwarten. Aber vielleicht könntest du auf dem Rückweg noch einen Schlenker machen?«

»*Prego?*«, fragte Michele erstaunt. »Willst du mich noch nicht zurück?«

So hatte sie das natürlich nicht gemeint. Elena studierte auf dem Computer einen Routenplaner für Frankreich. Saint Emilion lag nicht auf seinem direkten Weg, aber fast – und mit etwas gutem Willen ... Und der war kein Problem mehr, nachdem Michele die Geschichte von dem Mord und vor allem von Gigis unangenehmer Lage gehört hatte. Er würde über Saint Emilion zurück nach Italien fahren.

»Aber du, *bella mia,* du tust gar nichts. Du streichelst die geschundene Seele deines Onkels und hälst dich aus den Ermittlungen raus!«

»*Certamente, amore!*«, flötete Elena. Die Vertraulichkeiten des Commissario hatte sie vorsorglich nicht erwähnt.

»Ich will dich nicht in Stückchen zersäbelt, sondern im Ganzen wiedersehen! Von deinen wüsten Locken bis zu den schiefen Zehen. *Capito?*«

Er ist zauberhaft, dachte Elena, sie fühlte sich so wohlig, als ob er ihr gerade einen Löffel fluffige *mousse au chocolat* in den Mund geschoben hätte.

»Du solltest lieber deiner kleinen dicken Italienerin gut zureden, damit sie durchhält. Mach dir um mich keine Sorgen.«

Das hörte sich verdächtig nach Gigi an, wenn er in seinem Super-sorglos-Tonfall sprach. Elena wusste, dass bei Michele die Alarmglocken schrillten.

17

George Lille und Gigi hatten Pantaleo Cozzoli bis in den Schlaf verfolgt. Weichei, schalt sich der Commissario. Wie sollte es bloß mit ihm enden, wenn ihn sogar schon banale Mordfälle um seinen ohnehin chronisch nervösen Schlaf brachten? Morgens um sechs wankte der Commissario mit einer endlosen To-do-Liste im Kopf unter die Dusche. Schriftprobe von Marcello Lazzari in der Spurensicherung abgeben, damit er wenigstens diesen Selbstmord flott abhaken konnte. Dampf machen wegen George Lilles Verbindungsliste mit den Telefonnummern. Pinto auf Tour zu den Winzern schicken. Claire Lanzilotto hatte ihm gestern Abend die Liste der besuchten Weingüter mitgebracht – sollte er diesen angenehmen Job wirklich Pinto überlassen? Er selbst würde wenigstens bei Emanuele Bocca vorbeifahren, der mit den ungewöhnlichen Weinen und dem *papà* im Rollstuhl.

Tatsächlich wünschte sich Cozzoli, dass einfach einer der Winzer die Nerven verloren, den Franzosen stilvoll mit dem Säbel des Sommeliers zur Strecke gebracht und die Mordwaffe anschließend zu Gigi ins Sofa gesteckt hätte. Aber Elena hatte recht: Ernsthaft glaubte er nicht an diese Hypothese.

Madonna, diese Elena! Sie hatte ihren Beruf verfehlt. Er hätte sie gut in seiner Truppe gebrauchen können. Allein schon, um ihre eigenwilligen Alleingänge zu kontrollieren.

Cozzoli ahnte, dass sie schon wieder etwas ausheckte. Sie war am gestrigen Abend auffällig zurückhaltend gewesen, hatte sich im Sessel ausgestreckt und nur stumm beobachtet, wie er sich an Gigi abgearbeitet hatte. Ungewöhnlich, sehr ungewöhnlich, dabei ging es um ihren Onkel, der wie ein Wachkomapatient auf dem roten Samtsofa gelegen hatte.

Cozzoli zog sich an und verließ seine Wohnung, das praktische Provisorium, in dem er seit zwei Jahren übernachtete. Am Kiosk gegenüber reichte ihm der Zeitungsverkäufer ungefragt seine üblichen Tageszeitungen zusammen mit einem Döschen Pfefferminzpastillen, im Caffè an der Straße zur Questura schob ihm der *barista* ebenso wortlos Cappuccino und ein mit Creme gefülltes Croissant über den Tresen. Cozzoli nickte knapp. Aber er war zutiefst dankbar für diese alltägliche Diskretion. Um diese Zeit musste er Gedanken sortieren.

Cozzoli spielte den schlimmsten Fall durch: Gigi war aufgewacht. Vielleicht hatte George Lille ihn geweckt, er wollte noch etwas mit ihm klären. Sie waren dazu in den Keller gegangen. Aber warum hatten sie den Säbel mitgenommen? Oder befand sich der Säbel schon im Keller? Gigi und Lille waren beide betrunken, stritten sich, Gigi rastete aus - *voilà.*

Auf dem schmalen Bürgersteig Richtung Questura kamen ihm weitere mögliche Szenarien. Wäre Gigi einerseits in seinem desolaten Zustand - und nach diesem Massaker! - noch so hellsichtig gewesen, das Blut vom Säbel im Bad abzuspülen, und andererseits gleichzeitig so blöd, ihn neben sich ins Sofapolster zu stecken, friedlich einzuschlafen und dann sein Mordwerkzeug auch noch zu vergessen? Absurd. Wirklich?

Wie auch immer – und Cozzoli würde seinen Job an den Nagel hängen, wenn er sich täuschte –, Gigi wusste etwas, das mit Lille zusammenhing, und rückte damit nicht heraus. Das war beunruhigend genug.

»*Buon giorno,* Commissario! So früh schon auf den Beinen?«, grüßte der Pförtner in der Questura.

»Ist Pinto schon da? Ich brauche ihn. Sofort!«, rief Cozzoli, während er die Treppe zu seiner Bürozelle ansteuerte.

Dieser Polizist in Saint Emilion war gut informiert gewesen über die Familie Lille. Vermutlich war das ein kleines Nest, Cozzoli würde noch einmal dort anrufen lassen, wenn eine offizielle Übersetzerin gefunden war. Claire war zwar sehr hilfsbereit gewesen, aber an den Ermittlungen durfte sie natürlich als Außenstehende nicht beteiligt werden.

Er war im ersten Stock angekommen. Am Automaten drückte er die Tasten für einen kleinen caffè mit Extrazucker, der Automat brummte, er zog den Plastikbecher aus der Halterung und öffnete die Bürotür. Diffuses Morgenlicht strich durch den engen Raum, Cozzoli quetschte sich um den respektablen Schreibtisch herum, ließ sich in den Bürostuhl plumpsen und legte die Füße hoch. Er nahm sich die Berichte aus dem Regal und las noch einmal genau die Aufstellung der Dinge, die der Selbstmörder bei sich gehabt hatte – und was er nicht bei sich gehabt hatte. Der zweite caffè, in Ruhe und Einsamkeit in frühmorgendlicher Stille genossen, brachte seine Gedanken auf den Punkt: Es gab auch bei seinem Selbstmörder noch etwas zu klären.

Der Commissario eilte die Treppen wieder hinunter, er würde Pinto am Eingang – und bevor der seine erste Pause am Caffè-Automaten einlegte – abpassen. Er hatte keine Zeit zu verlieren, das Tagesprogramm war straff.

Gerade wollte er Pinto via telefonino aufscheuchen, als vor ihm ein Auto scharf bremste.

»*Buon giorno,* Commissario. Ich vermute, wir fahren irgendwohin, *giusto?*«

Cozzoli stolperte, glotzte ungläubig durch das heruntergelassene Autofenster und setzte sich auf den Beifahrersitz.

»*Avanti!* Wir fahren zuerst zu Lazzari! Den Selbstmord müssen wir schnellstens abhaken. Der Franzose braucht unsere volle Aufmerksamkeit. Danach kümmern Sie sich um die Winzer, die Lilles Bekanntschaft machen durften. Alibis abklopfen. Den ersten machen wir zusammen, damit Sie wissen, worauf es ankommt. Danach nehmen Sie sich zwei Kollegen und schwärmen aus – Sie werden gut zu tun haben.«

Der Vater von Marcello Lazzari öffnete zögerlich die Haustür. Sein *»Buon giorno«* klang wie eine Frage. Er bat die beiden Polizisten nicht herein.

»Ich möchte Sie nicht lange stören«, entschuldigte sich Cozzoli, »ich müsste nur noch einmal einen Blick in das Zimmer Ihres Sohnes werfen und einige Kleinigkeiten klären.«

Marco Lazzari nickte stumm, griff nach seinem Schlüsselbund und zog die Haustür hinter sich zu.

Im Eingang zu Marcellos Zimmer blieben Cozzoli und Pinto neben dem Vater stehen.

»Sieht es hier eigentlich immer so aus?«, fragte Cozzoli und ließ seinen Blick durch das Zimmer ziehen.

»Was weiß ich, vermutlich ja«, murrte Lazzari.

»Haben Sie den Eindruck, dass etwas fehlt?«

»Woher soll ich das wissen? Fragen Sie meine Frau, die hat hier immer aufgeräumt und Marcellos Klamotten gewaschen«, erklärte Marco Lazzari. »Gab immer Streit, wenn sie seine Bücher und diese Zettelwirtschaft in Ordnung bringen wollte. Sie durfte nichts von diesem Chaos da anrühren«, er zeigte auf den Schreibtisch.

»Wir waren jedenfalls nicht mehr hier drin, seit ...«, murmelte Lazzari.

Cozzoli ging langsam zum Schreibtisch. Alte Schwarz-Weiß-Fotos, Bücher mit bunten Notizzettelchen und aufgeschlagene Ordner voller Zeitungsartikel, mit Namen beschriftete CDs: »Francesco, Gewerkschafter«, »Maria, Tagelöhnerin«, und im Zentrum dieses scheinbaren Chaos ein geschlossener Laptop.

Der junge Marcello hatte vielleicht Probleme gehabt und sich zurückgezogen, aber das hier sah nicht nach depressiver Versenkung aus. Eher wie das Arbeitszimmer eines Historikers, der sich intensiv mit einem Thema befasst und das Glück hatte, dass ihm eine Putzfrau namens Mamma das äußere Leben ordnete.

»Ist diese Tür der einzige Eingang?«, fragte Cozzoli.

»Nein«, antwortete Lazzari, den ein Magnet an der Eingangstür festzuhalten schien. »Hinter dem Vorhang neben dem Bett ist noch eine Tür«, er deutete mit dem Arm in die Richtung, »da geht's zu einer Treppe, die nach oben ins Haus führt.«

»Welchen Eingang benutzte Marcello?«

»Wie's gerade kam.«

»Klingelte er oder hatte er einen Schlüssel für Ihr Haus?«, fragte Cozzoli.

»Natürlich hatte er einen Schlüssel«, der Vater klang genervt.

»Kam es vor, dass er ihn vergaß?«

»Nein, zum Teufel! Warum?«

»Wir haben keine Schlüssel bei ihm gefunden. Sie sollten sicherheitshalber die Schlösser austauschen. Haben Sie oben gehört, wenn Ihr Sohn zu Hause war? Telefongespräche, Musik, Fernsehen, Freunde?«

»Nein, er hatte ja kaum Freunde. Hat sich hier eingegraben, seit Monaten. Kam und ging, blieb manchmal Tage lang weg, wir haben nichts mehr von ihm mitbekommen.«

»Wann haben Sie Marcello zum letzten Mal gesehen?«

»Das habe ich doch schon gesagt. Sonntag vor einer Woche. Er war zum Mittagessen bei uns oben.«

»Also eine Woche, bevor wir ihn gefunden haben. War alles wie immer? Wirkte er vollkommen normal?«

»Er war nicht normal«, knirschte Lazzari gereizt.

Cozzoli wechselte das Thema. »Wie bewegte sich Ihr Sohn fort? Hatte er ein Auto?«

»Eine alte hellblaue Vespa. Mit der ist er immer losgefahren. Die müssen Sie doch gefunden haben.«

Der Commissario schüttelte den Kopf, am Fundort war keine Vespa gewesen.

»Dieser Platz an dem alten Weindepot, wo wir Ihren Sohn gefunden haben, war er öfters dort?«

»Ich weiß es nicht, *porca miseria!*«, Lazzari war am Ende seiner Geduld. Hilflos, er wusste tatsächlich nichts über seinen Sohn.

Cozzoli blieb ruhig. Er hatte geahnt, dass hier einige Teile nicht zusammenpassten.

»Wissen Sie, mir ist noch etwas unklar: Sie sind Jäger und haben ein Gewehr zu Hause. Die Pistole, mit der Ihr Sohn sich erschossen hat, ist schon ziemlich alt. Sie sind sicher, dass Sie sie nicht kennen?«

Lazzari nickte verwirrt, er verstand offenbar nicht, worauf die Fragen hinausliefen.

»Es ist nicht einfach, sich eine Pistole zu besorgen«, fuhr der Commissario geduldig fort, »zumindest, wenn man nicht in gewissen, wenig ehrenwerten Kreisen verkehrt.«

»Mein Sohn hat sich nicht herumgetrieben!«, fegte Lazzari giftig dazwischen.

»*Ecco!* Aber woher hatte er diese Pistole?, frage ich mich. Er hätte doch sicherlich viel einfacher an Ihr Gewehr kommen können. Oder kennen Sie die Pistole doch?«

»Commissario, es reicht! Nehmen Sie mit, was Sie brauchen, aber lassen Sie uns in Ruhe!«

Cozzoli ging in aller Ruhe durch den Raum, betrachtete die Bücher und kehrte zurück zum Schreibtisch.

»Pinto! Hol eine Kiste, wir nehmen den Laptop und die anderen Sachen vom Schreibtisch mit.«

Er zog auch die restlichen Seiten von »Vino mortale« aus dem Durcheinander.

»Ist Lazzari eigentlich ein ungewöhnlicher Name in Scansano?«

»Nein, im Gegenteil. Warum fragen Sie?«

»In diesem Text«, Cozzoli wedelte mit den Seiten, »erwähnte Ihr Sohn drei Tote bei einer Demonstration 1960 in Scansano. Einer davon hieß Edoardo Lazzari. Ein Verwandter von Ihnen?«

»Mein Großvater«, antwortete Lazzari knapp.

»Ihr Sohn hat die Geschichte ausgegraben. Aber Ihnen war das nicht recht«, konstatierte Cozzoli.

»Wozu in der Vergangenheit wühlen?«

Cozzoli spürte, dass er einen Treffer gelandet hatte, aber bevor er weiter herumstocherte, sollte er Marcellos Text zu Ende lesen.

Pinto schob sich mit einer Kiste an Marco Lazzari vorbei, der wie eine Säule an der Tür stand, und begann den

Schreibtisch leer zu räumen. Cozzoli griff nach einem gerahmten Bild. Marcello mit einer jungen Frau, Schulter an Schulter, die Köpfe aneinandergelehnt, versonnen lächelnd. Cozzoli hielt das Bild fragend in Richtung Tür.

»Angela, seine Schwester, falls Sie nichts dagegen haben«, sagte der Vater dumpf.

Cozzoli betrachtete das Foto. Marcello hielt eine Zigarette zwischen den Fingern. Nichts war abgehakt. Gar nichts.

Der Commissario stellte dem Vater die - vorerst - letzte Frage: Volltreffer. Marcello war Linkshänder gewesen.

Vino mortale –
Aufstand der Weinbauern im Salento

September 1960
von Marcello Lazzari

... Die Nachricht verbreitete sich wie ein Donnergrollen. Drang hinüber in die Weinfelder, zu den Frauen, die seit Sonnenaufgang Trauben schnitten, und zu den Männern, die die gefüllten Eimer zu Karren schleppten und auskippten. Die Rufe und Scherze, die Gesänge der Frauen, die die Ernte begleiteten, verstummten.

Alle hatten es geahnt, doch als die Zeitung über das Angebot der Signori aus dem Norden berichtete, wurde aus den Befürchtungen grausame Gewissheit. Es gab nichts zu verhandeln. Der Most der sonnengereiften Trauben sollte zum Schleuderpreis in die Eisenbahnwaggons geladen und in den

Norden verfrachtet werden. Seit Jahren päppelten die Trauben des Südens die dünnen Weine des Nordens auf, gaben ihnen Farbe, Alkohol und Struktur.
Deshalb gab es in Scansano und den umliegenden Dörfern nichts als Wein. Wein bis zum Horizont. Keine Weizen- und Gemüsefelder, nur einige Olivenbäume durchbrachen die grüne Weite, die sich unter dem mächtigen Himmel aufspannte.
Alles hing von den zwei Monaten der Weinernte ab. Konnte der Dünger bezahlt werden? Die fälligen Wechsel bei der Bank? Die Tagelöhner, die bei der Ernte halfen? Die seit Monaten offenen Rechnungen beim Krämer, Schlachter und Schuster? Würde es in diesem Winter jeden Abend eine warme Mahlzeit geben oder gehungert werden?
Die Bauern und Tagelöhner aus Scansano hatten nichts mehr zu verlieren.
Als die Mittagssonne hoch am Himmel stand und die Arbeiter von den Feldern ins Dorf zurückgingen, löste sich ihre Erstarrung. Aus dem Schrecken wuchs Empörung und Wut. Ob in der *Bar dello Sport,* beim Tabakhändler oder beim Barbier, im Schatten der Kirche und auf der Piazza del Popolo - es gab in Scansano kein anderes Thema: »Räuber!«, nichts als einen Hungerlohn sollte es für ein Jahr Knochenarbeit auf den Feldern geben. Wilde Spekulationen machten die Runde: Wer hatte das Gerücht gestreut, die Ernte wäre verha-

gelt? Zumindest war klar, in wessen Interesse es gewesen war.
Nachmittags blockierten Männer einen Laster, der auf dem Weg zu einem der Weindepots an der Bahnlinie war. Dort sollten die geladenen Trauben zu Most gepresst und direkt in den Norden verschickt werden. »Nicht zu diesem Preis! Wir lassen uns unsere Trauben nicht stehlen!«, riefen die Männer. Der Funke war gezündet.

18

Pinto schleppte zwei Kisten Bücher, Fotos, Kopien, Zeitungsartikel und den Laptop ins Auto. Der Commissario versiegelte die Wohnung. Er würde die Spurensicherung noch einmal vorbeischicken. Gut möglich, dass jemand die Wohnung durchsucht hatte. Wo war Marcello zuletzt mit der Vespa hingefahren? Direkt zu dem Ort, wo seine Leiche gefunden worden war?

Cozzoli setzte sich zu Pinto ins Auto.

»*Cavolo!*«, stöhnte er. »Ich habe es geahnt.«

Er zog sein telefonino aus der Tasche und wählte die Nummer der Gerichtsmedizin.

»*Eccomi Pantaleo!*«, rief Dottoressa Matilde Migletta freudig ins Telefon. »Ich habe gehört, du hast Arbeit für mich?«

Die Gerichtsmedizinerin war energiegeladen aus dem Urlaub auf Bali zurückgekehrt. Das Telefon sirrte wie eine Starkstromleitung.

»Und ich höre Ihnen an, dass Sie gut erholt sind«, der Commissario klang spröder, als er es beabsichtigt hatte. Eigentlich mochte er Dottoressa Migletta, auch wenn sie ihn penetrant duzte. Sie hatte eine tolle Stimme und wasserblaue Augen. Fachlich war sie genial und für diesen Job auch angemessen abgebrüht. Cozzoli musste zugeben, er freute sich, dass sie wieder im Dienst war. Diese kleine, robuste Frau, Ende fünfzig, vermutlich hatte sie sich ihre

Haare frisch gefärbt, knallrot, passend zu ihren bevorzugten Pluderhosen.

»Gehen wir heute Mittag zusammen essen?«, fragte er spontan, »dann erkläre ich Ihnen alles.«

»Idea fantastica!«, rief sie aus. »Und ich werfe gleich einen Blick auf die beiden Jungs. Einmal Selbstmord und einmal geköpft, richtig?«

»An dem Selbstmord habe ich inzwischen meine Zweifel. Oder würde sich ein Linkshänder von rechts eine Kugel durch den Kopf jagen?«

»Unwahrscheinlich«, stimmte sie zu, »was für ein blöder Fehler. Wie bist du darauf gekommen, Commissario?«

»Fotobeweis. Ich melde mich heute Mittag bei Ihnen, Dottoressa. *Va bene?*«

»*Benissimo,* Pantaleo! Bis später!«

Während Cozzoli telefonierte, lenkte Pinto den Wagen etwas orientierungslos durch die Peripherie von Scansano. Cozzoli ignorierte das, sie würden den Weg schon finden.

»Sag mal, Pinto, woher wusstest du eigentlich, dass in dieser gottverlassenen Ecke eine Leiche liegt? Und warum bist du da allein hingefahren?«

»*Allora,* ich war schon auf dem Weg nach Hause, da hat mich eine Frau angerufen. Sie war vollkommen außer sich, ihr Hund habe eine Leiche gefunden! Ich sage, Signora, beruhigen Sie sich, aber sie kreischt rum, sie hätte noch nie einen Toten gesehen. Ich bleibe ruhig, Signora, wie heißen Sie? Wo befinden Sie sich?, frage ich. Bleiben Sie bitte dort, ich komme! Das ganze Programm, aber sie war vollkommen von der Rolle, und im Hintergrund kläffte dieser Köter. Wenigstens konnte sie mir halbwegs erklären, wo die Leiche liegt. Also bin ich da mal eben vorbeigefahren. Sie hatten ja Ihre Weinprobe, ich wollte nicht stören wegen einer hysterischen Tante, wenn am Ende gar nichts ...«

»Woher hatte diese Signora überhaupt deine Nummer?«, unterbrach Cozzoli diese nicht enden wollende Abhandlung.

»Boooh?«, Pinto zuckte mit den Achseln, aber natürlich war seine Telefonnummer kein Staatsgeheimnis. Cozzoli war nicht im Dienst gewesen, und der wachhabende Portier hatte das Gespräch daher an Pinto, den neuen Assistenten, weitergeleitet.

»Kurz gesagt, du hast keine Ahnung, wer diese Signora ...« Vollbremsung. Cozzoli flog nach vorn, doch der Sicherheitsgurt riss ihn sofort wieder zurück. »Pinto, *sei mato?*«, brüllte er. »Bist du verrückt?«

»*Mi scusi,* Commissario, aber wohin fahren wir?«

Sie standen an einem Kreisel außerhalb von Scansano. Cozzoli fischte nach dem frischen Päckchen Minzpastillen in seiner Jackentasche.

»Zweite Ausfahrt, an der Masseria De Vittorio vorbei, dann rechts, drei Kilometer sollten es sein.«

Am Abend zuvor hatte ihm Paola erklärt, wo Emanuele Boccas Gut lag, sie waren quasi Nachbarn.

Es war ein angenehmes Verhör bei gutem Wein gewesen – noch dazu in diesem Turm! Paola De Vittorio hatte ihn nach ihrem Entschluss, das Erbe anzutreten und ihre Zukunft dem Wein zu widmen, restauriert. Das Wohnzimmer lag im ersten Stock, ein einziger hoher Raum mit Fenstern nach allen vier Seiten. Sparsam möbliert mit einer Couchlandschaft vor dem alten Kamin und einem Flügel.

»Sie spielen Klavier?«, fragte Cozzoli.

»Habe ich mal. Heute nur noch zur Entspannung. Mein

kleiner Luxus«, lächelte sie. »Aber das Klavierspiel hat mich gelehrt, Dinge ganz zu tun. Von der ersten bis zur letzten Note durchzuspielen.«

Eine alte Steintreppe führte hinunter in die Küche, eine andere hinauf ins Schlafzimmer. In den Boden der darüberliegenden Dachterrasse war ein Oberlicht eingelassen, so dass Paola aus ihrem Bett die Sterne anschauen konnte. Über eine Stiege gelangten sie auf die ummauerte Terrasse – allein dieser Weitblick im glasklaren letzten Licht des Tages –, Cozzoli war beeindruckt. Hellgelbe Dörfer blinkten im Weinland, ein Streifen Meerblau zog eine natürliche Grenze.

»Heute ist der Salento die arme Peripherie Europas. Meine Vorfahren dagegen lebten in einem reichen Land«, Paola De Vittorio lehnte an der Mauer und zeigte Richtung Horizont. »Die Piraten und Türken kamen ja nicht über das Meer, um bettelarme Bauern zu plündern. Deshalb gibt es an der Küste kaum Dörfer und keine Masserien, aber überall Wachtürme. Im Salento wurde gehandelt und produziert, Wein, Getreide und Olivenöl. Hier war der Hafen für Pilger und Kreuzfahrer, die ins Heilige Land reisten oder zurückkamen. Unsere Region war ein Zentrum im Mittelmeer.«

Die Herzogin ist erstaunlich, hatte Cozzoli wieder gedacht. Steht da jugendlich in Jeans und weißem Hemd und gibt Weisheiten über das Leben von sich. Er hatte schon wieder Schwierigkeiten gehabt, sich auf seine Rolle als Commissario zu konzentrieren. Lag es am Wein des Salento? An den Wochen in der Hängematte?

Er musste sich zusammenreißen.

Paola De Vittorio hatte ihre kurze Aussage vom Vormittag im Wesentlichen wiederholt und kein Geheimnis aus ihrer Abneigung gegenüber Lille gemacht. Sie sei erleichtert gewesen, als er sich endlich verabschiedet habe. Er sei in jeder Hinsicht aufdringlich gewesen. Unangenehm. Wie gesagt, Emanuele Bocca müsse Lille nach dem Gespräch mit ihr noch auf dem Hof gesehen haben.

Die Landpartie schien Pinto in Ferienlaune zu versetzen. Er saß summend am Steuer und versucht Cozzoli die angenehmen Seiten des Spätsommers vor Augen zu führen. Wie der diesjährige Novello, der erste frische Wein des Jahres, wohl schmecken würde? Wie es dem niedlichen, blonden Neffen von seinem Freund Gigi ging? Wo Cozzoli sich eigentlich so prächtig erholt und, wenn er das richtig sähe, sogar einige Kilo abgenommen habe?

Cozzoli grummelte, er fühlte sich gar nicht mehr erholt. Zwei Morde waren es nun, die er gleichzeitig klären musste. Und er war meilenweit entfernt von möglichen Motiven oder gar Tatverdächtigen. Er blätterte in dem Manuskript, das er von Marcello Lazzaris Schreibtisch mitgenommen hatte. Er sah sich die handschriftlichen Korrekturen an, auf den ersten Blick ähnelte diese Schrift der auf der Abschiedsnotiz, aber das musste ein Experte bestätigen. Wenn es kein Selbstmord gewesen war, war dies bestenfalls ein erzwungener Abschiedsbrief.

Cozzoli begann, in dem Manuskript zu lesen. Es handelte sich um einen Vorschlag für ein Buchprojekt über den Aufstand der Weinbauern und Tagelöhner in und um Scansano. Marcello, der arbeitslose Historiker, schien sein Forschungsinteresse auf die Geschichte vor seiner Haustür gelegt zu haben.

Der Funke sprang auf die Nachbardörfer über. Die Verzweiflung der Weinbauern und

ihrer Familien entlud sich in spontanen Demonstrationen, Straßensperren wurden gebaut, Laster mit Weintrauben aufgehalten. Das Büro der Steuereintreiber wurde geplündert, das Rathaus gestürmt. Polizisten aus der Provinzhauptstadt Lecce kamen zur Verstärkung nach Scansano. Steine flogen ihnen von den flachen Hausdächern entgegen.
Landarbeiter, Kleinbauern und Tagelöhner versammelten sich auf der Piazza del Popolo, standen Polizisten gegenüber, die die örtliche Bankfiliale schützten. Erneut flogen Steine. Von der Piazza? Von den umliegenden Dächern? Und plötzlich geschah alles gleichzeitig: Ein Jugendlicher löste sich aus der Menge, lief mit erhobenen Armen auf die Polizeikette zu und brüllte: »Schämt euch!« Ein kleines Mädchen erschien hinter einer Hausecke, und ihre Mutter rannte erschrocken über die Piazza, um sie in Sicherheit zu bringen. Ein alter Weinbauer humpelte aufgeregt aus der *Bar dello Sport*, wo er gerade telefoniert hatte, und rief triumphierend: »Auch in San Mescolo demonstrieren die Bauern!« - und in der Luft explodierte einer der fliegenden Steine - eine Handgranate. Schüsse knallten zwischen den Hauswänden.
Schreie erschütterten die Piazza, in Panik stürzten die Demonstranten in Hauseingänge, Hinterhöfe und Gassen. Ein Polizist brüllte: »Dort!«, und zeigte auf

ein flaches Dach: ein Schatten flüchtete. Ein junger Mann, den alle kannten.
Doch unten auf der Piazza waren drei Menschen tot zusammengesackt. Ein Junge, eine Mutter, ein Großvater. Sie waren zufällig den Schüssen und der Explosion zu nah gekommen.
Alle wussten, wer der Provokateur gewesen war, der die Handgranate geworfen und geschossen hatte. Und wer ihn bezahlt hatte. Doch niemand konnte es sich leisten, die Wahrheit zu sagen.
Noch in der Nacht besetzten Soldaten das Dorf und erstickten die Proteste. Mit dem Erscheinen der Traueranzeigen endete der Aufstand der Weinbauern im Salento.
Die Toten sind bis heute ungesühnt geblieben.

***

»Pinto, wussten Sie davon?«, fragte Cozzoli und schaute von Marcello Lazzaris Manuskript hoch. »Von Demonstrationen der Weinbauern gegen spekulativen Preisverfall für Trauben? Anfang der Sechzigerjahre, es gab Ausschreitungen, drei Tote. Danach Einsatz des Militärs, um die Situation zu beruhigen.«

»Keine Ahnung, damals gab es mich noch nicht. Hier soll es Randale und Tote auf Demonstrationen gegeben haben? Habe ich noch nie ...« Cozzoli flog nach vorne, Bremsen quietschten.

»*Cazzo! Che stronzo!!*«, pöbelte Pinto und hupte wie verrückt. Vor ihnen stand ein Lastwagen auf der Landstraße, der links abbiegen wollte. Sie waren knapp vor dessen Stoßstange zum Stehen gekommen.

»Schon wieder, Pinto! Bist du heute besoffen?«, blaffte Cozzoli.

»Was steht der hier herum, *eh?*«, Pinto warf wütend die Hände in die Luft. »Warum will der hier abbiegen? Ist da etwa eine Straße? Da ist nichts! Nur ein Feldweg in die Pampa! *Assolutmente niente, cazzo!*«

»Er hat geblinkt, Pinto!«

»*Ma va!* Diese staubige Funzel! Den kauf ich mir!«, Pinto schnallte sich ab, wollte aussteigen.

»Basta Pinto!«, schnaubte der Commissario und hielt ihn am Arm fest. Ein durchgeknallter Assistent hatte ihm gerade noch gefehlt. Der Lastwagen bog ab und rumpelte über ein brach liegendes Feld.

»Wir haben genug zu tun. Da vorne ist das Weingut von Bocca. *Avanti!*«

Eine hohe Hecke begrenzte das Grundstück der Weinkellerei zur Straße hin. Betont gemächlich bog Pinto durch ein schmiedeeisernes Tor auf den kleinen Platz vor dem Gutshaus ein. Daneben lag ein fabrikartiger Neubau, dessen breite Schiebetüren geöffnet waren. Cozzoli roch das säuerliche Aroma. Dort drinnen gärte der junge Wein ... beim Thema bleiben, ermahnte sich Cozzoli, es geht um Mord, du bist der ermittelnde Commissario, und dem ist es vollkommen, ganz und gar schnurzegal, wie die diesjährige Ernte läuft, welche interessanten salentinischen Trauben in diesen haushohen Edelstahltanks wie lange fermentieren, welche Weine wie verschnitten werden, ob sie danach im Holz lagern oder früh auf Flaschen gezogen werden, wann der Wein zum Verkauf ...

In der Halle war niemand zu sehen, Cozzoli ging weiter

zur Rückseite des Gebäudes. Hinter einem Hain mit großen, alten Obstbäumen öffneten sich die Weinfelder.

»*Buon giorno,* darf ich fragen, was Sie hier suchen?«

Cozzoli fuhr erschrocken herum. Er hatte keine Schritte gehört, nichts. Bocca senior war im Rollstuhl lautlos von hinten herangerollt und blitzte den Commissario unfreundlich an. Auf den zweiten Blick erkannte er aber, wen er vor sich hatte.

»Ah! Sie sind es! Wir haben uns bei De Vittorio gesehen.«

»Genau, *buon giorno,* Signor. Ich bin Commissario Cozzoli.«

Cozzoli erinnerte sich an ihr erstes Zusammentreffen, an die spöttischen Gesprächsfetzen über den angeblichen Bio-Wein der idealistischen Signorina De Vittorio.

»Ich wollte zu Ihrem Sohn Emanuele. Ist er zu sprechen?«

»Er ist nicht da. Natürlich. Wenn nicht geerntet wird, verschwindet mein werter Sohn lieber«, giftete der Alte. »Worum geht es?«

»Ein paar Fragen«, wich Cozzoli aus. »Sie haben von dem Mord an George Lille gehört?«

»Natürlich. Hat mein Sohn damit etwas zu tun?«

»Wir sprechen mit allen, zu denen George Lille in Apulien Kontakt hatte. Sie kannten ihn doch auch.«

»Ich? Woher sollte ich ihn kennen?«

»Sie haben sich zumindest auf der Weinprobe mit ihm unterhalten.«

»Wie man so miteinander redet, ist das verboten?«, Bocca wurde ungemütlich, in seiner Stimme lag etwas Biestiges, wie ein Terrier, der zuschnappen wollte.

»Haben Sie Monsieur Lille vorher schon einmal getroffen?«

»Er war hier, mit diesem Lanzilotto, diesem Neapolitaner. Hat die Weine meines Sohnes probiert. Emanuele ist ja der Meinung, er könne edle Tropfen zaubern.«

Bocca legte eine vielsagende Pause ein.

»Aber auch dieser Franzose war nicht begeistert von den Künsten meines Sohnes.« Er schien befriedigt, dass jemand seine Meinung bestätigt hatte.

»Jetzt kommt Emanuele auch noch mit bio an. Der wird sich wundern. Das macht er genau so lange, bis ihm seine erste Ernte wegen Pilzbefall vergammelt.«

Der Alte drehte seinen Rollstuhl und rollte zurück in Richtung der Kellerei.

Der Commissario ging langsam neben ihm her. »Wann haben Sie die Degustation eigentlich verlassen?«

»Mein Sohn hat mich nach dem Essen nach Hause gebracht, hier erwartete mich meine Betreuerin, falls Sie es genau wissen wollen. Sie sehen ja, wie es mir geht. Die kann bezeugen, dass ich niemanden mehr abgeschlachtet habe. Emanuele ist aber noch einmal zurückgefahren und erst spät, sehr spät wiedergekommen.«

»Lille war bei dem Abendessen noch anwesend?«

»Vermutlich. Ich hatte nicht das Vergnügen, mit dem Monsieur zu speisen.«

Dieser Bocca war Cozzoli erstens unsympathisch, und zweitens verfestigte sich das Gefühl, dass er mit ihrem Besuch gerechnet und sich darauf vorbereitet hatte.

»Hat Sie der Tod von George Lille überrascht?«

»Natürlich.« Er rollte weiter, ohne hochzuschauen.

»Was meinen Sie, warum ist er ermordet worden? Es kannte ihn hier doch niemand.«

Ein hohes, atemloses Lachen drang aus dem dürren Körper.

»Sehen Sie das mal anders, Commissario: Lille war keiner, der sich beliebt machen wollte. Irgendjemandem ist wohl der Kragen geplatzt.«

Da hatten sich zwei Seelenverwandte getroffen, auch Bocca schien nicht nach Sympathien zu gieren. Wirklich schockiert war er nicht über den Mord an Lille.

»Sind Sie sicher, dass ihn hier niemand kannte?«, fragte Bocca.

Natürlich war Cozzoli das nicht. Der Alte hatte etwas beschleunigt und rollte vor dem Commissario auf den Parkplatz, »*Buon giorno,* Commissario!«, für Bocca war der Besuch beendet.

Cozzoli sah, wie Pinto aus der *cantina* Richtung Parkplatz schlenderte. Wo trieb der sich herum? Er hätte zuhören sollen. Cozzoli griff in seine Jacketttasche.

»Geben Sie Ihrem Sohn bitte meine Karte, ich erwarte seinen Anruf. *Grazie.*«

Als der Commissario die Beifahrertür öffnete, fiel ihm noch etwas ein.

»Signor Bocca, erinnern Sie sich eigentlich an den Herbst 1960?«

Bocca klang erstaunt. »Herbst 1960? Was soll da gewesen sein?«

»Demonstrationen gegen Niedrigpreise für Trauben, Aufstand der Weinbauern, drei Tote. Hier in der Gegend.«

»Hier?« Boccas Augen verengten sich, dachte er tatsächlich nach?

»*Si, si,* da war mal etwas«, sagte er langsam. »Wie kommen Sie darauf? Was hat das mit dem Mord an Lille zu?«

»Nichts«, sagte Cozzoli. »Ich habe zufällig gerade darüber gelesen und dachte, Sie wüssten vielleicht etwas.«

Die Bemerkung schien an Bocca abzugleiten, er drehte seinen Rollstuhl und fuhr zum Gutshaus. *»Arrivederci!«*

»Was für ein Giftzwerg«, stöhnte Cozzoli, als sie wieder auf der Landstraße fuhren. »Dass Emanuele Bocca diesen Tyrann nicht schon längst umgebracht hat, ist bewundernswert. Aber ich bin sicher, dass der Alte sich sehr wohl an diese Demonstrationen erinnert. Warum sagt er dazu nichts?«

»Warum sollte er?«, fragte Pinto. »Ist lange her. Haben Sie aus persönlichem Interesse gefragt?«

»Es ist bislang der einzige interessante Anhaltspunkt, den wir aus Marcello Lazzaris Leben haben. Er hat in der Regionalgeschichte gegraben, die Fotos, Zeitungsartikel und Bücher auf dem Tisch waren alle über den Salento: Geschichte, Kultur, Musik, Landschaft und Natur. Der Vater schien nicht erfreut, dass sein Sohn sich so intensiv mit seiner Heimat befasst hat.«

Pinto nickte, er sah aus, als ob er angestrengt überlegte, kombinierte, schließlich murmelte er: »Ich habe mich übrigens ein wenig umgeschaut.«

»Du hättest zuhören sollen, für die nächsten Befragungen mit den anderen Winzern«, raunzte Cozzoli ihn an. »Wo hast du dich herumgetrieben?«

»In der *cantina*«, sagte Pinto entschuldigend.

»In der *cantina!*«, wiederholte Cozzoli genervt. »Und welche Erkenntnisse hast du zwischen Weinfässern und Edelstahltanks gewonnen?«

»Keine. Aber angeschlossen ist ein kleiner Raum mit Tischen für Weinproben. Alle möglichen Fotos und Urkunden hängen an der Wand. Zwei Auszeichnungen sind noch ziemlich frisch. Eine von Slow Food für den Anbau und Erhalt alter Traubensorten und eine Urkunde aus Frankreich. Emanuele Bocca hat dort einen Preis gewonnen für den besten ausländischen Irgendwas-Wein. Ich dachte, das könnte interessant sein, wegen Frankreich.«

»Bravo, Pinto!«, lobte Cozzoli erstaunt. Zumindest entwickelte sein Assistent eine gewisse Nase für Details. Vielleicht wurde doch noch etwas aus dem Kerl. »Da haben Sie ja mal was Interessantes gesehen. Eine Auszeichnung aus Frankreich, und dabei hat George Lille doch auch bei Bocca seine Nörgelnummer abgezogen. *Bravo*, Pinto! Und nun bitte entspannt und sicher zurück. Ohne mich durch die Windschutzscheibe zu schießen.«

Cozzoli lehnte sich zurück, schloss die Augen. Zwei Morde, *che palle*. Er legte sich einen Pfefferminz auf die Zunge und übte sich im Hängematten-Modus, während Pinto sie gemächlich über die Landstraße schaukelte.

Die Vespa. Marcello Lazzari auf seiner Vespa. In dem Hin und Her zwischen fingiertem Selbstmord und geköpftem Sommelier hatte Cozzoli vergessen, die Spurensicherung anzurufen.

»Pinto«, murmelte der Commissario, »befinden wir uns zufällig in der Nähe von diesem Weindepot, wo du Marcello gefunden hast?«

»Si, si, Commissario, es ist nicht weit, gleich hinter Scansano.«

»Dann fahren wir da vorbei und schauen nach der Vespa von Marcello.«

Pinto fuhr durch den Kreisverkehr vor Scansano und weiter Richtung Trepuzzi durch ausgedehnte Olivenhaine, streifte den Rand einer Industriezone und bog dann rechts ab. Sie befanden sich auf der löcherigen Straße, die anscheinend kaum noch genutzt wurde und wie ein gerade gezogener Strich das Land teilte. Sie fuhren bis zu dem verfallenen Weindepot an der Bahnlinie. Erst jetzt sah Cozzoli, dass die Piste dort nicht endete, sondern sich über einen unbeschrankten Übergang weiterzog durch das Brachland und zu langen Reihen von Gewächshäusern.

»Waren das früher Weinfelder?«, fragte Cozzoli und zeigte auf die andere Seite der Bahnlinie.

Pinto nickte. »Ich erinnere mich, dass wir als Kinder hier zwischen den Weinreben gespielt haben. Die wurden lange nicht bearbeitet und schließlich, wahrscheinlich für viel Geld von der EU, ausgerissen. Gab ja zu viel Wein in Europa. Verrückt, nicht?«

Der Asphalt vor dem Eingang zu dem ehemaligen Weindepot war brüchig, aus den Ritzen und Löchern wucherte Unkraut. Rund um diese alte Fabrikhalle war das Gestrüpp seit Jahren nicht zurückgeschnitten worden, nur wo die Leiche gelegen hatte, war es platt getrampelt.

»Was wollte Marcello hier?«, dachte Cozzoli laut. »In seinem Text geht es um Wein in den Fünfziger- und Sechzigerjahren, vermutlich war er hier auf Spurensuche an einem Originalschauplatz. Nehmen wir an, er war kein großer Wanderer, dann ist er entweder mit seiner Vespa hierhergefahren oder mit seinem Mörder. Pinto, wissen Sie etwas über dieses Weindepot?«

»Nur, dass hier früher die Trauben aus der Umgebung angeliefert, verarbeitet und direkt auf die Züge in den Norden verladen wurden. Eine Schande ...«

»Wem gehörte dieses Depot?«, fragte Cozzoli und ging auf das rostige graue Fabriktor zu.

»Keine Ahnung«, antwortete Pinto und schlurfte hinter seinem Chef her.

»Pinto, *avanti!*«, rief Cozzoli. Das Vorhängeschloss, dass

das hohe Eingangstor sichern sollte, war offen. Cozzoli zog es aus der Kette, rüttelte am Tor und stieß es mit einem Knarzen auf.

Staubiges Licht fiel in den hohen lang gestreckten Raum. Im hinteren Teil reihten sich auf Stelzen deckenhohe Betontanks, der vordere Teil stand leer. Bis auf eine hellblaue Vespa.

»Ma guardi, Commissario!«, hallte Pintos Stimme durch das Depot. Cozzoli trat zufrieden näher an die Vespa heran, eine von den echten alten, die so schön knatterten.

Im Zündschloss steckte der Schlüssel. Genauer: ein ganzer Schlüsselbund.

»Dann haben wir ja alles beieinander«, murmelte er. Wie auf dem Präsentierteller.

19

Um kurz vor vierzehn Uhr war es endlich so weit. Der Lkw von Gigis Freund Benevento rollte vor die Porta San Biagio. Kein Polizist weit und breit, ein großzügiger Parkplatz vor der alten Stadtmauer, auf dem Torbogen wachte der Heilige Biagio in hellen Stein gemeißelt über das Geschehen.

Alles klappte wie am Schnürchen. Gigi hatte trotz Müdigkeit und Kopfschmerzen vier junge Männer organisiert, die auch ab und an in seinem Laden anpackten. Vorsichtshalber hatte er sie eine halbe Stunde zu früh bestellt, Benevento kam fast eine halbe Stunde zu spät, am Ende trafen alle pünktlich zusammen ein. Ausgerüstet mit dem Rollwagen, auf dem sonst Gigis Antiquitäten durch die Gassen des *centro storico* holperten, und der Sackkarre für die Weinkisten von Luca Pellegrino ging es ans Werk. Wie ein Überfallkommando entluden die Jungs Elenas Möbel und Kisten und stapelten sie unter dem Torbogen.

Mit einem fröhlichen *»alla prossima, ragazzi!«* und dem Versprechen, bald in Gigis Laden vorbeizuschauen, fuhr Benevento von dannen. Dann begannen Gigi und seine Freunde Fuhre für Fuhre durch die Gassen in Gigis Innenhof zu schaukeln und in die Wohnung im ersten Stock zu schleppen. Elena stand oben und versuchte wie eine Verkehrspolizistin die Kisten möglichst in die richtigen Zimmer ihrer kleinen Wohnung zu dirigieren. Soweit der Plan. Dann klingelte ihr telefonino: Michele. Elena verschwand.

Michele hatte früh am Morgen sein Zelt zusammengerollt, die Moto Guzzi beladen und war mit dem ersten Sonnenlicht nach Bordeaux aufgebrochen. Die Guzzi ruckelte und stockte in der Stadt, weil er ständig bremsen und wieder anfahren musste, doch sie beruhigte sich wieder, sobald sie dem Berufsverkehr entkommen waren und sich auf der Landstraße in Richtung des idyllischen Städtchens Saint Emilion befanden.

Bereits gegen zehn Uhr saß Michele zufrieden in einer Bar im romantischen Zentrum, stippte sein butteriges Croissant in eine Schale Café au Lait und sperrte die Ohren auf. Die Nachricht, dass George Lille ermordet worden war, machte gerade erst die Runde, es summte in der Bar. Die Lilles schienen eine illustre Familie gewesen zu sein.

Michele hatte sich als italienischer Journalist vorgestellt, und da er leidlich Französisch sprach, hatte er schnell einige erstaunliche Informationen sammeln können.

»Die Weinhandlung, die von seinen beiden Schwestern geführt wird, war zwar wegen des Trauerfalls leider geschlossen, doch ich habe mich durchgefragt und saß plötzlich zum Mittagessen bei der Exfrau von George Lille in der Küche. Sie hat ihn zwei Jahre ertragen. Eine elegante Frau Anfang fünfzig, alleinstehend, aber aus besten Verhältnissen, und das bedeutet in Saint Emilion: Ihre Familie macht in Wein. Sie kennt also die Verhältnisse im Städtchen und vor allem die Geschichte der Familie Lille. Und nun halt dich fest, *amore mio!*«, und Michele fasste zusammen, was er gehört hatte:

»Mario Lille hieß eigentlich Mario Lillo, so einfach lässt sich aus einem italienischen ein französischer Name basteln«, lachte Michele.

Lillo war Anfang der Sechzigerjahre aus Süditalien in das französische Weindorf Saint Emilion gekommen. Der junge Landarbeiter fand schnell Arbeit auf einem Weingut. Er lebte sich gut ein, heiratete die Tochter des örtlichen Weinhändlers und wurde französischer Staatsbürger. Fortan nannte er sich Lille und vergrößerte die Weinhandlung des Schwiegervaters. George war das älteste von drei Kindern und der einzige Sohn. Ihm vererbte Vater Mario nicht nur die Leidenschaft für Wein und eine gute Nase, sondern auch das Bewusstsein, zu Höherem berufen zu sein.

Schon Mario Lille hatte Weine mit einer gewissen Überheblichkeit begutachtet. Das verschaffte ihm erstaunlicherweise Respekt, obwohl er niemandem im Ort wirklich sympathisch war. Trotzdem hieß es bald, wessen Weine nicht bei Lille verkauft wurden, produziere nur Fusel. Lille konnte die Preise drücken, er expandierte, war erfolgreich. Doch es gelang ihm einfach nicht, seinen italienischen Akzent abzulegen. Damit hatte er zwar die Tochter des Weinhändlers verführt, doch in seinem neuen Leben als Weingroßhändler und französischer Staatsbürger blieb er ein Makel.

Mario Lille schämte sich für seine Herkunft. Niemals hätte er einen süditalienischen Wein in sein Sortiment aufgenommen. Niemals. Mit diesem von Halunken und Jammerlappen bevölkerten Landstrich wollte er nichts mehr zu tun haben. Wenn jemand Mario Lille darauf ansprach, behauptete er mürrisch, diese ewige Jammerei im Mezzogiorno habe ihm irgendwann einfach gereicht. Er habe sein Leben selbst in die Hand genommen und sei gegangen. So sah Mario Lille seine Geschichte. Er war niemals zurückgekehrt.

Einige Monate bevor George Lille nach Italien reiste, war sein Vater verstorben. Die Geschwister Lille hatten die Weinhandlung schon vor längerer Zeit übernommen und weiter vergrößert. Die beiden Schwestern kümmerten sich um den Verkauf, George war für das hochklassige Sortiment zuständig. Nach dem Tod des Vaters hatte George einige wenige italienische Weine aufgenommen, nicht viele und schon mal gar keine aus dem Süden. Er fühlte sich offensichtlich seinem Vater verpflichtet.

»So, *bella,* und jetzt rate mal, woher dieser Mario Lillo ursprünglich kam«, frohlockte Michele siegessicher.

Elena hatte ein Ahnung, aber – »nein, das ist unmöglich!«

»Doch, du liegst richtig. Er stammt aus dem Salento. Genau gesagt: geboren in Scansano.«

Elena, die sich in Gigis Schlafzimmer geflüchtet hatte, rutschte sprachlos auf den Boden.

»*Pronto,* Elena? Bist du noch da?«, gluckste Michele ins Telefon.

»*Si, si, certo!* Aber wie hast du das rausgekriegt?«

»Die Exfrau ist noch gut mit den Schwestern von George Lille befreundet und hat mich zu ihnen geschleppt. Deren Trauer hielt sich in Grenzen. Ihr größtes Problem schien zu sein, wie sie das Sortiment weiterhin zu günstigen Preisen auf so hohem Niveau halten könnten. Bis vor Kurzem wussten die Damen übrigens selbst nicht, woher ihr Vater stammte, aber wegen der Beerdigung hatten sie in seinen Papieren gekramt.«

»Du bist genial, Michele«, sagte Elena leise, »normalerweise kehren die meisten Emigranten irgendwann zurück.

Zumindest in den Ferien, und sei es nur, um ihr neues Auto vorzuführen.«

»Mario anscheinend nicht. Die Töchter waren niemals im Salento bei den Großeltern oder sonstigen Verwandten gewesen. Italien existierte für sie gar nicht.«

»Das hört sich an, als sei er nach Frankreich geflüchtet. Kein Kontakt mehr zu seiner Familie, seinem Dorf, den Namen geändert, die Staatsbürgerschaft – hat er seine Heimat so verabscheut? Das kann ich mir bei keinem Italiener vorstellen. Die schimpfen zwar immer, aber am Ende ist es doch das schönste Land der Welt, wo sonst lebt man so gut wie in Italien. Oder täusche ich mich, *bello mio?*«

»Das ist vollkommen richtig«, stimmte Michele sehr ernsthaft zu. »Die Schwestern wussten übrigens nicht, dass ihr Bruder nach Italien gereist war.«

»Das sind ja herzliche Familienverhältnisse. Haben sie nicht miteinander geredet?«, fragte Elena.

»Schwer zu sagen. Zumindest hörte es sich nicht so an, als ob ihr Verhältnis weit über das gemeinsame Interesse an der Weinhandlung hinausgegangen wäre. Aber ihr Bruder war ein gefragter Weinjournalist und deshalb ohnehin viel unterwegs gewesen. War nicht ungewöhnlich, dass sie nicht genau wussten, wo er war.«

»Aber wenn man nach Italien fährt, in die Heimat des verstorbenen Vaters, vermutlich zum ersten Mal überhaupt – darüber redet man doch unter Geschwistern«, sagte Elena.

»Sollte man meinen«, stimmte Michele zu.

»Sprechen die Schwestern eigentlich auch Italienisch?«

»Ein wenig, glaube ich. Aber ich habe ja so schön Französisch parliert, da mussten sie sich nicht bemühen.«

»Könnte ja sein, dass Vater Mario mit seinen Kindern

Italienisch gesprochen hat«, mutmaßte Elena. »Zumindest manchmal, in Anflügen von Heimweh oder zumindest mit George, dem Ältesten.«

»Denkbar«, sagte Michele und wechselte in seine strengstmögliche Tonlage. »Denkbar und höchst wahrscheinlich ist allerdings auch, dass du bereits mit den Autoschlüsseln klimperst, weil du nach einer Familie Lillo in Scansano fahnden willst oder in deinem Dickkopf wüste Kamikaze-Aktionen ausbrütest, um Gigi vor dem Knast zu retten. Ich habe deshalb ...«

»Die Suche nach Familie Lillo in Scansano ist keine schlechte Idee!«, unterbrach Elena.

»Elena! Du bleibst zu Hause bei Gigi! Ich komme so schnell wie möglich zurück. *Capito?*«

Elena war entzückt über Micheles Fürsorglichkeit, aber in Gedanken schon viel weiter. George Lille war heimlich in den Salento gefahren. Er wollte nicht nur die stillen Stars entdecken, die in salentinischen Weinkellern reiften. Er war auch auf den Spuren seines Vaters gewesen. Pure Neugierde? Sehnsucht nach seinen Wurzeln? Was hatte ihn sein Leben gekostet?

An Michele war ein investigativer Journalist verloren gegangen, dachte Elena. Sie wollte Gigi sofort die Neuigkeiten erzählen, doch der angeschlagene Onkel stand in der Küche und rührte wacker im Pastatopf, während die vier kräftigen Jungs hungrig um den gedeckten Küchentisch saßen.

Sie hatten Elenas Möbel und Kisten in der Zwischenzeit irgendwie in der kleinen Wohnung untergebracht. Das gut gemeinte Ergebnis: totales Chaos. Elena blieb nur, *»Mille grazie!«* und *»Bravi, bravissimi!«* zu rufen, als sie durch die Schiebetür in ihre Wohnung schaute. Was sollte sie bloß mit all dem Zeug? Fast zwei Jahre lang war sie prima ohne das alles ausgekommen.

»Oh Madonna!«, hörte sie von der anderen Seite des Kistengebirges eine Frauenstimme, »da komme ich ja genau richtig!« Kein Zweifel. Das war Elisabetta, ihre stets fantastisch organisierte Freundin. Die beiden kannten sich noch aus den Tagen, als sie in den Sommerferien gemeinsam am Strand Sandkuchen gebacken hatten. Inzwischen war Elisabetta erfolgreiche Innenarchitektin, doch die Vorstellung, wie sie mal eben flott Möbel rückte und mithalf, diese unnützen Kisten auszupacken, machte Elena nervös.

»*Ciao bella!* Du ahnst nicht, was Michele mir gerade erzählt hat«, Elena holte entschlossen zum Ablenkungsmanöver aus, zog ihre Freundin zu dem eleganten Sofa, das diese ihr ungefragt zum Einzug bei Gigi geschenkt hatte, und berichtete von dem Telefongespräch.

»Warum«, fragte Elena, »hat George Lille niemandem erzählt, dass sein Vater aus Scansano stammte?«

»Vielleicht war er einfach nur neugierig, wollte private Ahnenforschung betreiben«, schlug Elisabetta vor, »und er, der Franzose, Vertreter der ›*Grande Nation*‹ hätte sich unmöglich als Abkömmling dieser kulturlosen, süditalienischen Bauern outen können. Aber dann hat er sich in Paola und vor allem ihr Weingut verliebt. Das war nicht vorgesehen in seinem Plan.«

»Dummerweise war Gigi der Einzige, dem öffentlich der Kragen geplatzt ist«, sagte Elena, »und der dann zur falschen Zeit am falschen Ort war. Theoretisch hätte jeder, der bei der Weinprobe anwesend war, den Typ umsäbeln können.«

Elisabetta lehnte sich zurück und dachte nach. »Die Weinprobe, lass mich überlegen. Wir haben gut gegessen.

Lanzilotto und Luca Pellegrino haben dazu sehr poetisch verschiedene Weine vorgestellt und serviert. Als Pasta gab es zum Beispiel Orechiette, die in dem Wein gekocht worden waren, der dazu getrunken wurde, fantastisch! Ein schmeichelnder Primitivo-Negroamaro, samtweich«, Elisabetta verdrehte genussvoll die Augen.

»Einige Teilnehmer aus dem Weinseminar saßen an unserem Tisch, wir haben über Wein gefachsimpelt, zumindest so getan. Simon, ein Architektenkollege, meinte, die Tabakdose seines Großvaters in einem Wein geschmeckt zu haben, und Iacopo, einer dieser Anwälte, wähnte sich im Kirschbaum seiner Tante in Norditalien.«

Elisabetta verzog ihr Gesicht zu den nachdenklich-seriösen Grimassen von Menschen, die ernsthaft Wein trinken. »Unglaublich, wir haben so viel gelacht. Und Lanzilotto war ...«

»Elisabeeeta!«, Elena winkte ihrer Freundin vom anderen Ende des Sofas. Konnte sie bitte mal zum Thema zurückkommen?

»Hast du Lille gesehen? Und Gigi?«

»Klar, Gigi saß auch an unserem Tisch und hat tolle Nuancen geschmeckt, den Duft des Meeres in Porto Cesario bei starkem Südwind, wenn die Luft erfüllt ist von salziger Feuchtigkeit, oder getrocknete Feigen in Schokolade, wie seine Mutter sie zu Weihnachten machte – bis Luca Pellegrino einen Wein von, warte ...«, Elisabetta dachte nach, »Emanuele Bocca, genau, so hieß er, mit dem habe ich später noch gesprochen. Bis also Luca den Wein von Emanuele Bocca vorgestellt hat. Und dieser Bocca, ein kleines unbekanntes Gut, hatte einen Preis in Frankreich gewonnen und bis auf wenige Flaschen, die er persönlich lagert, hat Bocca den kompletten Jahrgang dieses preisgekrönten Weines verkauft. Spektakulär! In Frankreich! Toller Erfolg, aber dann kommt Lille, steckt seine Nase ins Glas, verzieht das Gesicht und meint, so ein Preis könne jedem mal passieren, aber wenn man den Wein noch ein Jahr liegen ließe, könne er sich unter Umständen noch entfalten.«

»*Oh, là, là*«, Elena atmete pfeifend aus. »Und Gigi?«

»Der hat rote Flecken am Hals gekriegt, ist aufgestanden und rausgegangen. ›Ich brauche Luft‹, rief er und hat ausgesehen, als wäre er dem Franzmann am liebsten an den Hals gesprungen.«

»Kein Wunder«, sagte Elena, »und die anderen?«

»Waren alle baff, obwohl Luca und Lanzilotto doch inzwischen wussten, wie Lille sich benahm. Ich verstehe nicht, dass sie ihn noch mal um sein Urteil gebeten haben. George Lille tat so, als wäre nichts weiter los. Schlenderte herum, plauderte hier und da, verschwand, tauchte wieder auf. Er schien mit vielen Leuten noch viel besprechen zu müssen.«

»Es war sein letzter Abend«, sagte Elena.

»Stefano und ich sind rechtzeitig aufgebrochen, gleich nach der Torte. Gigi wollte auf keinen Fall mitkommen. Er stand immer noch in der Tür und schnappte nach Luft. Der Grappa würde ihm guttun, meinte er, wir sollten uns keine Sorgen machen, Luca Pellegrino könne ihn später mitnehmen. Alles kein Problem, *tutto bene* – du kennst ihn ja.«

Elena nickte. »Alles kein Problem« und »Mach dir keine Sorgen« gehörten zu Gigis ständig genutzten sonnigen Sorglos-Standards. In diesem Repertoire fanden sich auch einige bedrohlichere Formulierungen wie »Darum kümmere *ich* mich« oder »Die paar Kleinigkeiten«. Elena hatte inzwischen ausgeprägte Sensoren für derlei Formulierungen entwickelt.

»Stefano und ich sind über den Hof zum Parkplatz gegangen. Die Beleuchtung ist ja sehr dezent, man fühlt sich nachts um Jahrhunderte zurückversetzt. In der Dunkelheit erkennt man nur die Schemen der Büsche und die Fassaden der alten Gebäude. Aber kurz vor dem Tor habe ich aus einem der Mauerbögen Stimmen gehört. Eine war unverkennbar dieser Lille mit seinem Akzent. Und dann eine Frau, salentinischer Dialekt, tiefe Stimme, vielleicht eine der Landarbeiterinnen.«

»Liliana?«, fiel Elena ein. »Kurze, silbergraue Haare?«

»Möglich, ja. Wie gesagt, schlecht zu erkennen in der Dunkelheit. Ich habe nicht verstanden, was sie gesagt hat, aber die Stimme klang wütend und auch verzweifelt. Lille habe ich zurückgehen sehen, die Frau war verschwunden.«

»Das muss kurz vor dem Grappa gewesen sein. Danach hat er Gigi getroffen, das kann sein. Lanzilotto will die beiden gesehen haben, als er zum Grappa in den Salon rief«, seufzte Elena. »Gigi hat sich angeblich mit Lille gestritten.«

Elisabetta zog ihre exakt gezupften Augenbrauen besorgt hoch. »Du willst ihn mit allen Mitteln da raushauen, nicht wahr?«

»Natürlich! Ich kann doch nicht tatenlos zuschauen, wie mein Onkel in den Knast wandert, nur weil er als Einziger Lille offen die Meinung gesagt hat«, fuhr Elena auf. »Der Questore droht, Cozzoli vom Fall abzuziehen, stell dir das mal vor. Der Commissario sei befangen!«

»Er ist Gigis Freund, da liegt das schon nahe«, wandte Elisabetta vorsichtig ein.

»Ich bitte dich! Dieser Questore freut sich über jede Gelegenheit, Cozzoli loszuwerden, und lässt lieber irgendeinen Stümper ermitteln.«

Elena kochte vor Wut. Vergessen waren Aron und die überraschende Scheidung, die ja eigentlich auch egal war, vergessen waren Israel und ob sie selbst irgendwohin gehörte, vergessen war Michele, der sich die Freiheiten nahm, nach denen sie selbst sich sehnte – all die Fragen, über die sie mit ihrer Freundin hatte reden wollen, würden sich von selbst beantworten. Allein der Verdacht, dass irgendjemand annehmen könne, Gigi habe etwas mit dem Mord zu tun, ließ Elena zur Furie werden und schob alles andere beiseite.

Elena hielt inne und schaute Elisabetta an. Warum lächelte sie?

»Immer mit der Ruhe, *carissima.* Du gestikulierst inzwischen, als ob du hier in den Gassen aufgewachsen wärst.«

Elena ließ erstaunt die Hände sinken. »Also, was schlägst du vor? Was soll ich tun?«

Elisabetta rückte näher an Elena heran, senkte ihre Stimme.

»Erstens: Da es sich um Gigi handelt und wir beide wissen, dass er weder einer Fliege ein Bein ausreißen noch einen Sommelier wegen seines schlechten Geschmacks köpfen könnte, und es zudem keinen fähigeren Commissario als den angesehenen Pantaleo Cozzoli gibt«, Elisabetta räusperte sich, »sollte mein Vater seinen Freund, den Questore, mal zur Seite nehmen. Die beiden sehen sich ja regelmäßig im Lions Club.«

Elena nickte. Die übliche Tour, sie hatte mittlerweile keinerlei Skrupel mehr bei solchen Mauscheleien. Man musste bestimmte Leute mit ihren eigenen Waffen schlagen. Gut. »Und zweitens?«, fragte Elena.

Ihre Freundin lächelte verschwörerisch und fuhr fort: »Zweitens hat Emanuele Bocca dich noch nie gesehen, oder?«

Elena schüttelte erstaunt den Kopf. Was war in Elisabetta gefahren, die war doch sonst so seriös?

»Ich könnte anrufen, weil ich so begeistert von seinen Weinen war, und dich bei ihm als Fotografin vorstellen, die in Deutschland eine kleine Reportage über salentinische Weine veröffentlichen möchte. Er hat seinen alten Vater im Rollstuhl herumgeschoben, vielleicht hat der den Namen Mario Lillo schon mal gehört.«

»Emanuele Bocca hat sich ordentlich über George Lille geärgert«, Elena gefiel die Idee. Bei Bocca könnte sie in beiden Richtungen fündig werden: die Wut eines Winzers, für den George Lille eine Bedrohung hätte sein können, und der alte Vater, der sich möglicherweise an einen Mario Lillo erinnerte, der nach Frankreich emigriert war.

»Sag Bocca, ich würde gerne während der Ernte fotografieren, dann ist ordentlich was los und ich kann mich nebenbei auch bei den Arbeitern umhören, ob jemandem der Name Mario Lillo etwas sagt.«

Elena war zufrieden.

Ihre Gedanken verweilten bei Lillo. Der war damals nicht freiwillig emigriert wie viele andere. Neuer Name, kein Kontakt mehr zur Heimat – der *musste* verschwinden, davon war Elena überzeugt. Hatte George Lille nach Leuten gesucht, die wussten, warum sein Vater fliehen musste?

»Kannst du Paola nicht mal unauffällig fragen, wo Liliana wohnt? Oder wann ich sie treffen kann?«, bat Elena und grinste. »Ich würde die Landarbeiterin gerne fotografieren ...«

Elisabetta nickte. Sie hatte verstanden, kramte in ihrer Umhängetasche und zog ihr telefonino heraus.

Elena stand vom Sofa auf und zwängte sich durch die Kisten. Nach so viel Gerede war ihr nun nach einem schönen Glas Rotwein, und vielleicht war für sie und Elisabetta auch noch ein Rest Pasta von *zio* Gigi übrig.

Es war still geworden im *open-space-eeh.* Die Umzugshelfer waren gegangen, neben dem Herd stand tatsächlich noch ein Rest Pasta. Warum hatte der Onkel sie eigentlich nicht zum heiligen Mittagessen gerufen?

Auf dem Küchentisch lag eine handschriftliche Notiz. »Melde mich später. *Bacio,* G.«

Gigi war verschwunden.

20

Cozzoli blieb noch etwas Zeit bis zum Mittagessen mit Dottoressa Matilde – sie bevorzugte die späte Mittagszeit, nach vierzehn Uhr, wenn die meisten bereits wieder am Schreibtisch saßen. Sie kam morgens in der Regel später als die Kollegen und verließ abends die Gerichtsmedizin, wenn es etwas zu tüfteln gab, noch viel später.

Cozzoli versorgte Pinto mit der Liste der Weingüter, die Lanzilotto mit George Lille besucht hatte. Er stellte ihm drei Kollegen an die Seite und scheuchte sie lautstark auf ihre Landpartie. »Beeilung, *ragazzi! Avanti, eh!* Morgen Mittag liegen die Zeugenaussagen aus den Weingütern auf meinem Tisch, *tutte, capito?*«, brüllte er ihnen quer über den Flur hinterher und ließ die Bürotür ins Schloss fliegen – das sollte reichen. Jeder in der Questura dürfte über die Richtung der Ermittlungen Bescheid wissen, und irgendwer würde es nach draußen durchsickern lassen, vermutlich hatte es der Polizeireporter der Tageszeitung sogar selbst gehört. Der trieb sich gerne, ganz zufällig, in der Questura am Caffè-Automaten herum. *Bene.* Nun zum ernsten Teil der Ermittlungen.

Er nahm die Manuskriptseiten von Marcello Lazzari, kopierte sie und ging zu Giacomo, seinem Spezial-Spurensucher.

»Es gibt Arbeit, Giaco!«, rief Cozzoli, als er das Büro betrat, in dem sich Giacomo mit drei Kollegen drängte.

»Ich habe schon gehört«, winkte Giaco ab, »kein Selbstmord. Dafür ein schöner glatter, nicht verwackelter Durchschuss, sagt Matilde. Von rechts nach links.« Er schüttelte ungläubig den Kopf. »Mal ehrlich, Commissario, sind Sie sicher? War dieser Lazzari wirklich Linkshänder?«

»Kein Zweifel. Raucht ein Linkshänder mit rechts?«, er öffnete entschuldigend die Hände. »*Mi dispiace, Giaco.* Hier ist eine Schriftprobe, um den Abschiedsbrief abzugleichen, obwohl das nun eigentlich egal ist.«

»*Grazie,* ich gebe das trotzdem gleich weiter. Wir gucken gerade die Sachen des Ex-Selbstmörders durch, die Pinto uns gebracht hat, den Computer und ...«

»*Ecco!*«, unterbrach der Commissario. »Ich brauche eine Polizeiakte von 1960. Demonstrationen und drei Tote in Scansano, dieser Lazzari hat was drüber geschrieben. Vielleicht ist er damit jemandem zu nahegetreten. Zumindest schien der Vater nicht besonders stolz darauf zu sein, dass sich sein Sohn der Heimatgeschichte angenommen hat.«

»Die Akte besorge ich Ihnen«, Giacomo machte sich eine Notiz und sprach leise weiter: »Hören Sie, da ist noch etwas. Auf Lazzaris Handy ...«, er schob Cozzoli die Liste mit den Verbindungen zu, schaute sich im Raum um, die Kollegen schauten auffällig stumm und konzentriert auf ihre Computerbildschirme. Giaco zeigte auf eine Mobilnummer mit Namen dahinter.

»Trinken Sie einen caffè mit mir?«

Giuseppe Mazzota, las Cozzoli – *cazzo!* Gigi ließ ja wohl gar nichts aus.

Giacomo hatte die Liste genommen und war aufgestanden. »Gehen wir, Commissario?«

Was zum Teufel hatte Gigi mit dem Ex-Selbstmörder zu tun gehabt?

»Caffè?«, drängte der Spurensicherer, schob Cozzoli mit sich hinaus und schloss sorgfältig die Tür hinter ihnen.

»Hören Sie, meinen Jungs kann ich vertrauen, aber wir haben einen neuen Kollegen im Büro ...«, Giacomo machte eine vage Handbewegung.

»*Si, si, ho capito. Grazie,* Giaco, ich rufe Gigi gleich an«, sagte Cozzoli so gelassen wie möglich und fügte drängend hinzu: »Der Bericht für den Questore braucht angesichts der neuen Erkenntnisse sicherlich noch etwas, richtig?«

»Assolutamente«, stimmte Giacomo betont ernsthaft zu. »Die Vespa muss ja noch untersucht werden, das Zimmer des Opfers – das kann dauern.«

Cozzoli nickte zufrieden, klopfte Giacomo dankbar auf die Schulter. Sie schlenderten über den Flur, am Caffè-Automaten war mal wieder großes Palaver, der Spurensicherer nickte mit dem Kopf Richtung Treppe.

»Gehen wir in die Bar«, schlug er vor.

Kaum standen sie vor dem respektablen Gebäude der Questura, faltete er die Liste auseinander.

»Da ist noch eine interessante Rufnummer«, sagte Giacomo, »aus Frankreich.«

»Porca miseria«, knirschte Cozzoli. »Ich ahne, zu wem sie gehört.«

Giacomo nickte. Nicht nur Gigi, auch George Lille hatte zu Lazzari Kontakt gehabt. Schloss sich hier etwa der Kreis? Cozzoli spürte das heftige Verlangen, seinen Freund Gigi kräftig durchzuschütteln. War der eigentlich komplett übergeschnappt?

»Auf der Liste steht noch ein dritter guter Bekannter von Ihnen, Commissario«, grinste Giacomo.

Noch einer? Erstens reichte es mit interessanten Telefonverbindungen des Ex-Selbstmörders, und zweitens hatte Cozzoli keine »guten Bekannten« in Lecce.

»Luca Pellegrino«, sagte Giacomo ungefragt. »Zumindest steht die Nummer vom Festnetzanschluss der Enoteca auf der Liste.«

»Interessant«, knurrte Cozzoli. »Ich kümmere mich darum. Sonst noch etwas?« Sie standen auf dem Bürgersteig, Autos drängten und hupten auf der Ringstraße, die sich um das *centro storico* zog, parkten in zweiter Reihe, während der Fahrer schnell in der Bar verschwand, und Cozzoli dankte auch heute wieder dem Herrn oder sonst wem dafür, dass er seine Tage nicht bei der Verkehrspolizei abreißen musste. Er drückte die Tür zur Bar auf. »Was ist mit dem Säbel?«

»Stilvolles Mordinstrument für einen Sommelier«, witzelte Giaco. »Wie zu erwarten war, die Blutreste stammen vom Opfer. Fingerabdrücke verwischt, nur die der Herzogin sind erkennbar. Kein Wunder, sie hat den Säbel aus dem Sofa gezogen.«

Sie gingen zum Tresen, der *barista* grüßte und stellte zwei Untertassen hin, die Caffè-Maschine brummte.

»*Va bene,* Giacomo. Ihr nehmt die Garage von Marcello auseinander, vielleicht hat einer meiner angeblich ›guten Bekannten‹ Spuren hinterlassen«, zwei Tässchen caffè standen vor ihnen, Cozzoli riss ein Zuckertütchen auf und warf dem Spurensicherer einen Blick zu, »obwohl Spuren in diesem Zimmer höchst unwahrscheinlich sind – die Mutter hat dort gut geputzt.«

Cozzoli verrührte den Zucker, nahm die Listen mit den Telefonverbindungen und blätterte sie durch.

»Ist auf dem telefonino zufällig die Nummer seiner Schwester Angela drauf?«

»Aber sicher!«, antwortete Giacomo. Wenigstens etwas. Cozzoli musste also nicht noch einmal die Eltern aufscheuchen.

Behutsam schloss Cozzoli die Bürotür hinter sich. Niemand sollte auf die Idee kommen, er säße an seinem Schreibtisch. Er musste Gigi anrufen, in Ruhe Marcello Lazzaris Artikel lesen und nachdenken. Eins nach dem anderen.

»Pantaleo! Ist es wichtig?« Gigi klang gestresst. »Wir schleppen gerade Elenas Kisten und Möbel nach Hause, was will sie bloß mit all dem Krempel, aber du weißt ja besser als ich, wie Frauen sind.«

»Smettila!«, donnerte Cozzoli, »hör auf mit dem Kasperletheater, Gigi!« Frauen und ihre Launen waren das allerletzte Thema, worüber er mit Gigi reden wollte.

»Was hast du mit Lazzari, mit Marcello Lazzari zu tun? Könntest du mir das mal eben in zwei Sätzen erklären?«

Cozzoli hörte ihn atmen. »Marcello Lazzari? Was soll ich mit dem zu tun haben?«

»Du hast mit ihm telefoniert. Wir haben deine Nummer in seiner Verbindungsliste gefunden.«

»Könnte ein Kunde sein, dem ich eine Vitrine zurückgestellt habe«, stammelte Gigi. Cozzoli antwortete nicht.

»Wieso habt ihr sein telefonino?«, hörte er Gigis Stimme wieder.

»Pass auf, Gigi. Wir sind Freunde – *capito?* Also versuch bitte nicht, mich wie irgendein Kleinkrimineller zu verarschen. Du weißt genau, wer Lazzari ist, und vielleicht mobilisiert folgendes Detail dein Hirn: Er ist tot. Ermordet.«

»Wir hören uns später!«, rief Gigi. »Ich bin mitten auf der Gasse, wir schleppen Elenas Sachen und ...«

»Bene, Gigi, ich komm nachher bei dir vorbei. Nach dem

Mittagessen«, Cozzoli ertrug das Gestammel seines Freundes nicht länger. Warum, verdammt noch mal, sagte er nicht einfach, was los war?

Der Commissario nahm den Artikel von Marcello Lazzari, legte die Füße auf den Schreibtisch und las.

1960, Hagelschauer verderben einen Teil der Weinernte in Apulien. Daraufhin fallen die Preise für die Trauben. Auch in Scansano und den umliegenden Dörfern, obwohl es dort gar nicht gehagelt hatte. Doch die Nachricht von der verhagelten Ernte wird begierig aufgegriffen. Die Bauern, die meist in Halbpacht für Großgrundbesitzer das Land bearbeiten und die Trauben an mächtige Weinproduzenten verkaufen, stehen mit ihren Familien mal wieder vor einem Hungerwinter.

Denn in der Region von Scansano wird kaum etwas anderes als Weintrauben angebaut. Es herrschen koloniale Verhältnisse: Aus dem Salento wird der Rohstoff geliefert, sonnengereifter Wein, aromatisch, hochprozentig, von kräftiger Farbe. Ein Rohdiamant, der woanders geschliffen wird, weil in Apulien das Know-how fehlt, aus erstklassigen Trauben auch erstklassige Weine zu machen. Stattdessen wird der namenlose apulische Most mit vielen klangvollen Weinen verschnitten, ob Chianti oder Lambrusco, Bordeaux oder Beaujolais, um die edlen Tropfen aufzupäppeln. Alle wissen davon, keiner redet drüber.

Ein kostbarer Rohstoff also, dessen Preis von den Produzenten aus dem Norden diktiert wird. Im Jahr 1960 sollte er unter Produktionskosten liegen. Ein Hungerlohn.

Die Situation eskaliert. Es kommt zu Demonstrationen in den Dörfern. Irgendjemand feuert Schüsse ab, wirft eine Handgranate. Zufällig kreuzen drei Menschen im falschen Moment die Piazza. Eine vermutlich bezahlte Provokation, damit Soldaten in die Dörfer geschickt und die Proteste erstickt werden. Der absichtliche oder zufällige Tod von drei Menschen wird nicht aufgeklärt. Niemand wird sich je vor Gericht dafür verantworten müssen.

Diesen Skandal hat Marcello Lazzari fünfzig Jahre später wieder ausgegraben und schmerzliche Erinnerungen aufgewühlt. So empfindlich, wie sein Vater reagierte, war es eine dieser Geschichten, von denen jeder wusste, die jedoch niemand mehr anrührte. Die von der Tradition der *»omertà«* geschluckt worden war, der kollektiven Verschwiegenheit.

Der junge Marcello Lazzari hatte ein Tabu gebrochen, musste er deswegen sterben? Ein fingierter Selbstmord, ausgerechnet an einem dieser Weindepots an der Bahnlinie nach Norden.

Lebte der Provokateur von damals noch? Oder der, der ihn bezahlt hatte?

Der Commissario griff nach dem Telefon.

»*Pronto?* Spreche ich mit Signora Angela Lazzari?«

»Am Apparat«, antwortete eine junge Frauenstimme.

»Hier ist Commissario Pantaleo Cozzoli aus Lecce. Haben Sie einen Moment Zeit?«

Er erreichte Marcellos Schwester in Bologna, wo sie Medizin studierte. Sie war gerade erst aus dem Sommer im Salento zurückgekehrt, als die Nachricht vom Tod ihres Bruders sie überrascht hatte.

»Meine Mutter sagte, er hätte sich selbst erschossen – stimmt das? Ich kann mir das nicht vorstellen. Er hatte Pläne, er ...«, Cozzoli hörte sie schluchzen.

»Signora, es ist noch nicht offiziell, aber wir vermuten inzwischen, dass er ermordet wurde. Er war Linkshänder, oder?«

»Ja, sicher. Verdammt, er wollte ...«

»Ich habe auf seinem Schreibtisch einen Artikel gefunden, eine Zusammenfassung von Ereignissen, die 1960 in Scansano ...«

»Ja, ich weiß. Sein Projekt ›Vino mortale‹. Unsere Großmutter hat ihm vom Aufstand der Weinbauern erzählt. Ihr Vater wurde ja während einer Demonstration erschossen. Marcello wollte zum fünfzigsten Jahrestag ein Buch über diese erstaunliche Episode unserer Geschichte schreiben.«

»Ihr Vater schien mir nicht begeistert von der Idee«, sagte Cozzoli.

»Mein Vater ist Handwerker. Er hat Marcello nie verstanden.«

»Er wollte wohl auch keine alten Geschichten aufwärmen.«

Angela seufzte hörbar genervt. »*Si, si, si, non si toca* ... nur nichts anrühren, nur nicht darüber reden. Mein Vater war noch ein Kind, er hat mit eigenen Augen angesehen, wie sein Großvater erschossen wurde und verblutete.«

»Meinen Sie, diese Geschichte könnte etwas mit Marcellos Tod zu tun haben?«

»Keine Ahnung. Marcello hat einen wunden Punkt angerührt, aber er hatte den Eindruck, die Zeugen, die er befragt hatte, waren erleichtert. Endlich, nach so langer Zeit darüber sprechen zu können. Sogar meine Großmutter, die damals immerhin ihren Vater verloren hat.«

»Wissen Sie, wen Marcello befragt hat?«

»Nicht genau, aber Zeitzeugen, Angehörige und auch Freunde der Toten, Gewerkschafter, Polizisten. Als ich im Sommer da war, hatte Marcello die Interviews beendet und bereitete das Buch vor. ›Vino mortale‹ sollte Modell für weitere Projekte sein. Mein Bruder wollte die regionale Geschichte und Kultur des Salento aus der Sicht der Menschen, der Bauern und Arbeiter erzählen. Geschichten, die sonst kein Gehör finden. Es kommen ja immer mehr Touristen in den Salento, und nicht alle liegen den ganzen Tag am Strand rum, manche interessieren sich auch für unser Land. Marcello wollte alternative Reiseführungen anbieten. Ein Spaziergang durch Scansano und mit dem Fahrrad durch die Weinfelder, während er Geschichten erzählte, die in keinem Buch stehen. Ein tolles Konzept. Irgendein regionaler Kulturbeauftragter wollte sogar einen Fördertopf für dieses Projekt aufmachen. Geld, um die Recherchen zu bezahlen oder das Buch zu drucken.«

»Es ging Marcello also gut, als Sie ihn zuletzt gesehen haben?«, fragte Cozzoli.

Angela zögerte mit der Antwort, bevor sie sagte: »Ja, doch. Er war ständig unterwegs, schaute sich Orte an, interviewte Leute. Er war nicht mehr so schüchtern und zurückhaltend, nicht mehr dieser Bücherwurm, der immer allein rumhing. Das war schön zu sehen, nach dieser langen Arbeitslosigkeit, des Idiotenjobs, und er wollte ja nicht weg aus seinem Salento. Schließlich hat er sich mit diesen alternativen Rundgängen selbst einen Job geschaffen. Ich bin sicher, er hätte die Kurve gekriegt.«

»Aber?«, hakte Cozzoli nach.

»Aber was?«, fragte Angela verwirrt zurück.

»Sagen *Sie* es mir. Ging es Ihrem Bruder wirklich so gut?« Cozzoli spürte, dass Angela nur die Hälfte erzählt hatte.

»Ich weiß es nicht. Er hat mich vor zwei Wochen angerufen, ich war gerade wieder zurück in Bologna. Er hatte etwas auf dem Herzen, wollte aber am Telefon nicht mit mir darüber sprechen. Wir hatten ohnehin geplant, dass er mich dieser Tage besuchen kommt. Dann hätten wir in Ruhe geredet«, ihre Stimme war dünn geworden. Cozzoli konnte sie fast nicht mehr verstehen, aber er übte sich in Geduld, unterbrach sie nicht.

»Ich vermute, es hatte mit seinen neuen Aktivitäten zu tun, dem Buch. Vielleicht auch mit unserem Vater, dem das ja alles nicht passte.«

Dieser Vater, sie würden sein Alibi überprüfen müssen – aber Cozzoli wusste ja noch nicht einmal, wann Marcello Lazzari gestorben war, *porca miseria!* Matilde! Die Dottoressa, das Mittagessen. Er war zu spät!

»Signora Lazzari, ich habe eine letzte Frage. Wann haben Sie zuletzt mit Ihrem Bruder gesprochen?«

»Am Sonntag vor einer Woche. Er war bei meinen Eltern zum Mittagessen gewesen. Marcello war genervt, schwor, er würde aus der Garage ausziehen, sobald er auch nur etwas Geld verdient hätte. Ich hätte ihm gerne geholfen, aber als Studentin – er fehlt mir so sehr«, schluchzte sie auf.

Cozzoli schaute auf die Uhr. Er musste los. Er bedankte sich und bat sie, sich zu melden, falls ihr noch etwas einfiele. Sicher, versprach Angela Lazzari. Sie käme in den nächsten Tagen ohnehin nach Scansano, zu ihren Eltern.

Kaum trat Cozzoli auf den Bürgersteig, erschreckte ihn eine Fahrradklingel. Er sprang zur Seite – Dottoressa Matilde bremste lachend neben ihm und sprang von einem violett und gelb lackierten Fahrrad.

»Da staunst du, was?«, sie strahlte ihn an. In der Tat, die Haare waren rot gefärbt und die Haut goldbraun. Über einer rot-violett gemusterten Bluse hing einer ihrer großen Lederbeutel. Worüber sollte er staunen? Über ihr buntes Fahrrad oder die Überraschung, dass sie ihn vor der Questura abfing?

»Commissario, dein Telefon war ständig besetzt, also bin ich flott aus der Pathologie rübergeradelt. Toll, nicht? Ich dachte, ich könnte ein paar Kilo abnehmen, und fahre jetzt Fahrrad, guter Vorsatz für das Leben nach dem Sommer«, plapperte sie los. »Es sollen nun ja sogar in Lecce noch ein paar Meter Fahrradweg gebaut werden.«

»Dottoressa, ich freue mich, Sie in so guter Form wiederzusehen. Sie hatten eine gute Zeit auf Bali, vermute ich?«, das klang etwas steif, aber Cozzoli konnte nicht anders. Er freute sich ehrlich, diese muntere kugelige Kollegin wieder an seiner Seite zu haben. Ihre blauen Augen leuchteten unter dem dunklen Wimpernkranz hervor – hatte sie vielleicht auch normannische Vorfahren?

»Passen Sie bloß mit dem Fahrrad auf, die Lecceser Autofahrer kennen derlei merkwürdige Zweiräder nicht und sind erbarmungslos. Es wäre wirklich schade, Sie als hochqualifizierte Kollegin zu verlieren.« Das klang schon lockerer, und auch das meinte der Commissario tatsächlich so. Nun aber genug der Scherze.

»Gehen wir ins *centro storico?* Osteria Nonna Tetti?«, schlug der Commissario vor. Er wollte auf keinen Fall Gigi treffen, bei Nonna Tetti wähnte er sich sicher. Dort stand zwar keine »Großmutter« in der Küche, wie der Name suggerierte, sondern bestenfalls ein junger, schlecht bezahlter Koch, vielleicht sogar ein italienischer, aber das Essen war meistens dennoch anständig.

»Benissimo, Commissario!«, stimmte Dottoressa Matilde zu. Sie schob ihr Fahrrad neben ihm her. »Jetzt erzähl mir alles ganz genau. Was sind das für Geschichten mit dem Selbstmörder, der keiner ist, und mit deinem Freund Gigi, der sich

mit dem geköpften Franzosen angelegt hat? Am Caffè-Automaten kursieren erste Verschwörungstheorien!«

Natürlich, der Tratsch drehte seine Runden. Sie überquerten die Hauptstraße und bogen in die breite Via Cairoli ein, die sich zwischen den noblen Palazzi im Gewirr der Gassen verlor. Cozzoli hatte einen Umweg zur Osteria gewählt, er lief gerne, wenn er reden musste. Also erzählte er von dem Weinseminar, der Degustation bei De Vittorio, und als sie das Holzschild der Osteria erblicken, war er bei Gigis angeblichem Filmriss angekommen.

»Klingt nach K.-o.-Tropfen«, sagte Matilde trocken, während sie auf der winzigen, vollgeparkten Piazza nach einem Laternenmast oder etwas Ähnlichem spähte, an dem sie ihr Fahrrad anschließen konnte.

Der Satz knallte Cozzoli wie eine Ohrfeige ins Gesicht. Wie verschlafen war er eigentlich gewesen? K.-o.-Tropfen. Natürlich. Oder?

»Matilde, ich bitte Sie, er hat getrunken. Wein und Grappa obendrauf. Wer soll ihm bitte K.-o.-Tropfen ins Glas geschüttet haben?«

»Der Mörder, wer sonst?«, rief Matilde. Sie hatte an einer Hauswand ein schmales Rohr entdeckt und kettete ihr Rad daran fest.

»Ist nach dieser ausgiebigen Weinprobe sonst noch jemand umgekippt oder war volltrunken?«

»Soweit ich weiß, gab es keine weiteren Ausfälle.«

»Hat Gigi sich derartig abgeschossen? Ohne ihm zu nahetreten zu wollen, aber er ist doch ein geübter Weintrinker, oder sehe ich das falsch? Passiert ihm das etwa öfter? Quartalssäufer?«, forschte die Dottoressa nach.

»Nein, das wäre mir aufgefallen«, gab Cozzoli zu. Er drückte die Tür zur Osteria auf.

Es waren nur noch zwei Tische besetzt, sie ließen sich abseits in einer Ecke nieder, bestellten Pasta mit Auberginen und Tomaten und als secondo *pezzeti di Cavallo,* geschmortes Pferdefleisch. Dazu Wasser und »ein Schluck Wein?«, fragte Cozzoli. Matilde nickte schmunzelnd.

»*Volentieri.* So bleiben wir im Thema. Ist ja ein Arbeitsessen, nicht wahr?«

»*Certo!*«, Cozzoli lockerte sich allmählich und wählte einen Rosato aus, seine neue Liebe, der *Vino di una Notte.* Cozzoli, basta! Bleib beim Thema. Zurück zu den K.-o.-Tropfen. Dass er selbst nicht darauf gekommen war! Zumindest die Hypothese war interessant. Wer von sich selbst ablenken wollte, konnte sich darauf verlassen, dass Gigi, wenn er die Nacht auf der Masseria verbrachte und, nach seinen Auftritten mit George Lille, zuverlässig in der ersten Reihe der Verdächtigen stehen würde.

Aber wer bitte hätte das tun sollen? Zur Auswahl standen nur die, die auch spät noch auf der Masseria anwesend gewesen waren: die junge Herzogin Paola De Vittorio, der Schlossherr Riccardo Lanzilotto, Weinhändler Luca Pellegrino und Winzer Emanuele Bocca. Dario De Vittorio, der Regionalpolitiker, war später auch noch dazugekommen. Rocco, der andere Bruder, und seine Frau Rosa? Oder jemand vom Personal? Die hätten es am einfachsten gehabt, den Wein, vielleicht im Auftrag von jemandem, mit einigen Tropfen zu veredeln.

»Könnte man K.-o.-Tropfen jetzt noch nachweisen?«, fragte Cozzoli.

»Kommt auf die Substanz an. Es gibt ja allerlei Spielarten. Die Partydroge, die aufputscht, bei der du vielleicht nichts mehr weißt, aber dich noch gut amüsierst, bevor du zusammenbrichst. K.-o.-Tropfen werden auch bei Sexualdelikten eingesetzt, die Opfer sind noch wach, aber erinnern sich später an nichts mehr. Dann natürlich die Klassiker, die dir sehr flott und nachhaltig Beine und Bewusstsein wegziehen. Das Problem ist mal wieder, dass man wissen muss, wonach man überhaupt sucht.« Die Dottoressa schaute bedauernd.

»Gibt es eine Chance?«, fragte Cozzoli.

»Möglich. Wenn ich von Gigi so schnell wie möglich eine Blutprobe bekomme.«

»Wir gehen nach dem Essen zusammen zu ihm. Ich war ohnehin mit ihm verabredet, zum Klartext-Reden.«

Pasta, Wein und Wasser standen auf dem Tisch, die Gerichtsmedizinerin berichtete ungerührt von ihren ersten Obduktionsergebnissen.

Dank Giacomos genauen Fotos vom Fundort konnte sie den Todeszeitpunkt eingrenzen: Der Gestank der faulenden Leiche im warmen September hatte Schmeißfliegen angelockt. Aus den abgelegten Eiern der Insekten waren schon Maden geworden. Die hatte Giacomo fotografiert, bevor der Leichnam in den Kühlschrank geschoben worden war. Die Insekten, ihre Eierchen und Maden musste Matilde noch einmal genau betrachten, die Wärme, aber auch den Regen am Dienstag in den Betrachtungen berücksichtigen und möglicherweise noch einen Biologen hinzuziehen, um den Todeszeitpunkt genauer zu bestimmen, aber über den Daumen gepeilt, Matilde pickte eine Aubergine vom Teller auf und schob sie nachdenklich in den Mund, »Marcello Lazzari wurde zwischen Sonntagabend und Montagmittag erschossen«.

Sie nickte noch einmal zur Bestätigung und nahm einen kräftigen Schluck Wein. »Gut, sehr gut, dieser Rosato. Bali war auch gut. Entspannt, sehr entspannt. Aber so ein Rosato aus dem Salento ...«, sie hielt zufrieden das Glas schräg in den Sonnenstrahl, der durch die halbhohe Gardine fiel, und betrachtete die Farbe. »Rosato können sie hier einfach. *D'accordo,* Commissario?«

Sie hat wirklich eine angenehme Stimme, dachte Cozzoli und fragte: »Der Kopfschuss? Das Projektil? Die Waffe?«

»Glatter Durchschuss. Aufgesetzt, Allerweltskaliber, neun Millimeter. Zur Pistole kann dir Giacomo mehr sagen, aber ich denke, es ist so eine Automatik, die sie auch im letzten Krieg schon benutzt haben.«

»Sie sind sicher, dass er sich nicht selbst erschossen hat?«, fragte Cozzoli der Form halber noch einmal.

»Wenn *du* sicher bist, dass er Linkshänder war?«

Cozzoli nickte, die Dottoressa schüttelte fassungslos den Kopf. »Das wäre schlicht und ergreifend als Selbstmord durchgegangen. Schuss von rechts nach links, aufgesetzt, nicht verwackelt, glatt und sicher durch.«

Sie legte die Gabel zur Seite. »Manchmal hat man ja Selbstmörder, die zittern und wackeln, und am Ende verreißen sie den Schuss«, Matilde verzog das Gesicht. »Als Assistenzärztin hatte ich mal einen, der hat nur den Sehnerv getroffen – und überlebt! Tragisch, wirklich. Auf einem Auge blind, und gestorben ist er später an Prostatakrebs.«

Der Kellner räumte die Pastateller ab, als sie wieder allein waren, setzten sie das Gespräch fort.

»Und Lille?«, fragte der Commissario. »Todesursache dürfte klar sein. Der Zeitpunkt?«

Das Pferdefleisch in pikanter Soße wurde serviert. Cozzoli widerstand der Versuchung, wenigstens einen Schluck Rotwein dazuzubestellen. Matilde ließ sich einen Moment Zeit mit der Antwort.

»Er ist glatt aufgeschlitzt worden. Vielleicht ist Lille auf den Angreifer zugegangen, um ihm den Säbel zu entwenden, oder er ist erstaunt stehen geblieben – und wird direkt getroffen, ein gerader tiefer Stich, direkt zwischen die Rippen. Lille ist rückwärtsgestolpert, da waren die Weinfässer, noch im Fall hat der Angreifer Lille vermutlich die Kehle durchtrennt. Der muss sehr wütend, zumindest sehr entschlossen gewesen sein. Der Genickbruch, den er sich beim Aufprall zugezogen hat, war dann egal«, schloss Matilde.

»Lille hat also seinen Angreifer erstaunt angeschaut und ist nach der ersten Attacke sogar noch auf ihn zugegangen – würden Sie das tun, Matilde?«

Sie kaute und schüttelte heftig den Kopf. »Auf keinen Fall, aber der erste Schnitt am Bauch war nicht tödlich, nur blutig.«

»Ich würde zusammensacken oder abhauen, sofern ich noch dazu in der Lage wäre«, sagte Cozzoli, »aber diese Reaktion deutet darauf hin, dass er seinen Mörder gekannt hat und ihm diese Attacke nicht zugetraut hätte.«

»Möglich«, entgegnete Matilde. »Das bringt dich aber nicht weiter. Lille kannte doch alle Anwesenden. Und hättest du von einem dieser kultivierten Menschen erwartet, dass er dir mit einem Säbel den Bauch aufschlitzt?«

Absolut nicht. Der Kreis der Verdächtigen erweiterte sich noch einmal mit der nächsten Erkenntnis der Gerichtsmedizinerin.

»Er ist übrigens früh gestorben. Giacomo hat die Körpertemperatur sehr genau gemessen. Er war bereits ausgekühlt, die Leichenstarre voll ausgeprägt, wir schätzen zwischen elf Uhr abends und ein Uhr morgens.«

»Also kein Schäferstündchen bei Paola«, sagte Cozzoli

befriedigt, »aber er wurde unten im Keller geköpft, während oben der harte Kern die Riserva von Lanzilotto leerte. Oder sogar schon vorher.«

Sie tranken noch einen caffè, dann machten sie sich auf den Weg zu Gigi.

»Haben Sie zufällig auch eine Spritze dabei, um Gigi Blut abzunehmen?«, fragte Cozzoli, während Matilde ihr Fahrrad wieder aufschloss.

»Sicher«, sagte sie ohne jede Ironie und schüttelte ihren Umhängesack, »das kann sofort erledigt werden, Commissario.«

Unglaublich, dachte Cozzoli, kommt aus ihrem Job noch weniger raus als ich. Sein Telefon klingelte. Eine Nummer aus Rom. Cozzoli schloss die Augen. Nein, nicht schon wieder ein Anruf aus Rom, bitte – und nahm das Gespräch an.

»*Buona sera,* Cozzoli! Filippo Parodi hier, wir haben auf der Beerdigung von Rodolfo miteinander gesprochen. Du erinnerst dich?«

Cozzoli erinnerte sich, natürlich. Nach der Beerdigung hatten sie lange zusammengesessen, die Kollegen von der Anti-Mafia, die in verschiedenen Städten Italiens im Einsatz waren. Dazu gehörte auch Filippo Parodi aus Neapel, aus dem Zentrum der Giftmüll-Mafia. Ende dreißig, engagiert, er war kurz vor Rodolfos Tod zu seinem Team dazugekommen. Wer in die großen Fußstapfen von Rodolfo treten sollte, war zwar noch nicht beschlossen worden, aber Parodi schien ein Kandidat zu sein.

»Wir versuchen gerade, Rodolfos letzte Ermittlungen zu verstehen«, sagte Parodi, was soviel hieß wie: Er war an einer dicken Geschichte dran. »Wir könnten deine Unterstützung gebrauchen.«

Subito, kein Problem, funkte es in Cozzolis Hirn, er spürte dieses Brizzeln. *Avanti.* Doch stattdessen sagte er: »Entschuldige, aber ich habe hier gerade zwei Morde auf dem Tisch.«

Cozzoli war klar, dass dieses schlaffe Argument Parodi überhaupt nicht beeindrucken würde, tatsächlich fuhr der ungerührt fort: »In Rodolfos Kalender finde ich unter dem heutigen Tag folgende Erinnerung: ›Termin in Scansano/Salento bestätigen‹, dazu eine Mobilnummer, unter der ich allerdings niemanden erreiche. Könntest du das übernehmen und direkt vorbeifahren?«

Scansano? Cozzoli schreckte auf. Er wusste, was sich zunächst wie ein Praktikanten-Job anhörte – anrufen, vorbeifahren, fertig –, entpuppte sich gerne als eine Krake, die ihn sofort mit ihren Armen umschlingen würde. So fing es immer an. Immer. Er hatte wirklich zwei Morde, beide bisher ohne wirkliches Motiv, *cazzo!*

»Kein Name zu der Notiz?«, fragte Cozzoli.

»Natürlich nicht«, antwortete Parodi. »Komm schon, Cozzoli, du bist vor Ort. Nur die erste Befragung, damit wir wissen, worum es geht.«

»Filippo, erzähl mir nichts! Ihr wisst doch, worum es geht«, Cozzoli war klar, dass er geködert werden sollte. »*Grazie mille,* Pantaleo. Ich schicke dir eine SMS.« Parodi kannte schon so viele brisante Informationen, dass er sie nicht am Telefon ausplaudern wollte. Er konnte nie wissen, wer mithörte.

Grummelnd lief Cozzoli neben der munteren Gerichtsmedizinerin über die Piazzetta und durch schmale Gänge, in die sich nur mittags ein Sonnenstrahl hineinzwängte.

»Was ist los mit dir, Commissario?«

»*Niente e niente*«, muffte Cozzoli, »sie wollen mich wieder ködern. Irgendein Mafiascheiß. Aber in Scansano. Ausgerechnet.«

Sie gingen durch den *vico del Sole,* die Hurengasse im Schatten des Klosters. Cozzoli sah am Ende schon Gigis Palazzo, dessen Fassade noch immer den bei Touristen so beliebten »morbiden Charme« ausstrahlte. Das Geld hatte bisher nur für die Renovierung im Inneren gereicht.

Elisabetta kam ihnen entgegen und winkte.

»Commissario! Da sind Sie ja endlich!«

»*Si, si, eccomi,* da bin ich ja«, Cozzolis Laune war im Keller, und so wie Elisabetta ihn begrüßte, ahnte er, dass die Laune nicht besser werden würde.

»Elena hat versucht, Sie anzurufen«, erklärte Elisabetta.

»Wir waren essen. Hinter den dicken Mauern des *centro storico* ist kein Empfang, wie Sie wissen«, sagte Cozzoli und rollte mit den Augen. »Was wollte mir Ihre gute Freundin Elena denn mitteilen?«

Elisabetta blieb freundlich. »Michele hat herausgefunden, wer der Vater von George Lille war.«

»Was bitte hat Michele mit George Lille zu tun?«, Cozzoli wusste, dass seine Ahnung richtig gewesen war: Elena hatte gestern Abend nicht einfach nur geduldig mit einem Weinglas im Sessel gesessen.

»Michele ist in Frankreich ...«, hob Elisabetta an, und Cozzoli beendete: »... und, was für ein Zufall, wie konnte es auch anders sein, er ist in Saint Emilion!«

Elisabetta lachte. »Genau!«, und erzählte die Geschichte des salentinischen Emigranten Mario Lillo aus Scansano, der – warum auch immer – sein Dorf wahrscheinlich nicht freiwillig verlassen hatte. Der in Frankreich heiratete,

Staatsbürgerschaft und Namen änderte und ein erfolgreicher französischer Weinhändler wurde.

Das war zu viel. Cozzoli spürte, wie Matilde ihn besorgt beobachtete, vermutlich riss er gerade seine Augen ziemlich weit auf. In seinem Kopf brach ein Tumult los, blitzschnell fügten sich die Teile des Puzzles zusammen. War das möglich? Nach bald fünfzig Jahren?

Aufstand der Weinbauern. Ein Provokateur. Drei Tote. Niemand wurde vor Gericht gestellt. Mord verjährt nicht. Fünfzig Jahre später taucht der Sohn des Mörders auf. Um Wein zu kosten? Nicht nur. Wer waren damals die Toten gewesen? Wer ihre Angehörigen? Er brauchte den Polizeibericht von 1960 und ...

»Wo ist Elena?«, fragte Cozzoli.

»Gerade eben weggefahren. Sie wollte noch ein paar Fotos machen«, Elisabetta gab sich harmlos, aber Cozzoli war sich sicher, dass sie ihrer Freundin Zeit verschaffen wollte.

»Aber Gigi ist oben, oder?«

»Nein, auch deshalb wollte Elena Sie sprechen. Sie dachte, Gigi wäre vielleicht bei Ihnen aufgekreuzt?«

»Nein, sollte er?«, wunderte sich Cozzoli. »Wir wollten uns jetzt bei ihm treffen.«

»Er ist weggegangen, während wir bei Elena saßen. Ohne ein Wort«, erklärte Elisabetta. »Elena hat versucht, ihn anzurufen. Aber sein telefonino ist ausgeschaltet.«

Das war tatsächlich ungewöhnlich. Gigi gehörte zu den Menschen, die niemals ihr telefonino ausschalteten und war kurz vorm Durchdrehen, wenn Elena ihres nicht aufgeladen, verlegt oder schlicht vergessen hatte, es einzuschalten. Er wusste immer genau, welcher Anbieter gerade über das beste Netz verfügte, und platzierte sein telefonino stets auf Fensterbänken, um ständig und auf jeden Fall erreichbar zu sein.

Cozzoli wählte die Nummer seines Freundes. »*Siamo spiaccenti* …«, der Teilnehmer war zurzeit leider nicht erreichbar.

Gigi war abgetaucht.

21

Es war Elisabettas leichteste Übung gewesen. Die deutsche Fotografin Elena von Eschenburg war nach einem kurzen, charmanten Telefongespräch am nächsten Morgen vor der Kellerei von Emanuele Bocca für einen ersten Fototermin verabredet.

Liliana hingegen konnte Elena sofort besuchen. Klar, eine Fotostrecke über die salentinische Weinkultur, sehr schön, Elena sympathisch, kein Problem. Warum ausgerechnet mit Liliana anfangen? Paola hatte sich kurz gewundert, als Elisabetta sie angerufen hatte, aber warum auch nicht, Liliana war eine salentinische Landarbeiterin wie aus dem Bilderbuch. Paola wollte sie benachrichtigen, dann würde sich Liliana nach dem Schock von gestern wenigstens einen Tag länger zu Hause ausruhen, anstatt schon wieder auf dem Gut zur Arbeit anzutreten.

Liliana wohnte in einem schlichten Arbeiterviertel von Scansano, niedrige Reihenhäuser direkt an der Straße gebaut, mit dicken Mauern und flachem Dach. Die schmale Eingangstür war nur angelehnt gewesen. Elena hatte sie vorsichtig aufgedrückt und das Wohnzimmer betreten. Ein abgedunkelter hoher Raum mit gewölbten Decken und Steinfußboden, der sicher auch im Sommer angenehm kühl war. Das Bildnis vom Wunderheiler Padre Pio an der Wand, eine Madonna hinter Glas in einer Ecke zwischen Fernsehsessel und abgeschabtem Ledersofa. Auf dem Glastisch eine Vase mit Plastikblumen und eine Schüssel voll mit bunt eingewickelten Bonbons. Davor ein Fernseher mit Flachbildschirm – merkwürdig fehl am Platz.

»Liliana?«, rief Elena.

»*Avanti!* Ich bin hier!«, hörte sie die dunkle Stimme und ging weiter durch die Küche in einen engen Hinterhof.

Dürre Katzen mit struppigem Fell und hungrigen Augen schlichen zwischen Blumentöpfen mit vertrockneten Pflanzen und Unkraut herum. Gras wucherte zwischen den Steinplatten, rostige Kanister und zerbrochenes Mobiliar lagen herum, und mittendrin stand Liliana im hellblauen Kittel mit ihren strubbeligen, kurzen grauen Haaren und hielt einen Besen in ihrer wuchtigen Hand.

»Ich räume mal ein bisschen auf, sonst komme ich ja nicht dazu«, erklärte sie und lächelte unsicher. Sie hatte kaum noch Zähne, ihre runzlige, gebräunte Gesichtshaut schien fein wie Pergament, ihre kräftigen Arme hingegen samtig weich.

»Ich bin ja nur sonntags hier«, das klang, als wolle sie sich entschuldigen, »und ich weiß auch gar nicht, warum ich mich hier zu Hause erholen soll«, sie hob hilflos die Arme, »aber wenn Paola meint, dann erhole ich mich mal.«

Sie stellte den Besen in eine Ecke und ging auf Elena zu.

»Kommen Sie«, forderte sie ihre Besucherin auf und schob sich an ihr vorbei in die Küche, »ich mache uns caffè. Die Rumpelkammer da draußen wollen Sie ja sicher nicht fotografieren.«

Elena setzte sich an den Holztisch, während Liliana eine kleine *caffettiera* füllte und auf die Gasflamme stellte.

»Was wollen Sie denn überhaupt fotografieren?«, fragte Liliana und schaute wie ein schüchternes Mädchen, das sich nicht vorstellen kann, für jemanden interessant zu sein.

»Wir könnten Fotos von dir in den Feldern machen«, schlug Elena harmlos vor, obwohl sie Liliana auch gerne in ihrem fast leeren, schlichten Haus fotografiert hätte, am liebsten mit den dürren Katzen im Hof. »Bist du bei der Weinernte dabei?«

»Früher ja, als noch mit der Hand geerntet wurde. Es ist der schönste Moment des Jahres. Aber heute mache ich andere Arbeiten im Wein, schneide überzählige Triebe ab, binde sie hoch, so was eben. Bin auch auf den Gemüsefeldern, beim Obst, was so anfällt, je nach Saison. Aber Wein ernten heute nur noch Maschinen bei De Vittorio. Es sind ja hundert Hektar!«

Der caffè war fertig, sie verteilte ihn in zwei Tässchen, stellte eine Pappschachtel Zuckerwürfel auf den Tisch und setzte sich.

»Früher war der größte Teil des Landes ja an *coloni* verpachtet, wie überall hier.«

»An *coloni?*«, Elena hatte den Begriff noch nie gehört.

»An Bauern, die mit ihren Familien das Land bearbeiteten. Einen Teil der Ernte durften sie selbst behalten, den größeren Teil lieferten sie den Besitzern der Masseria, die meistens gar nicht hier gelebt haben. Sie kamen nur im Sommer und hatten einen Verwalter. Oft ließen sie ihr Land auch einfach brach liegen. Tun viele noch heute, eine Schande ist das. Aber sie haben es nicht nötig, *i signori.*«

Elena schaute sich in dieser kleinen altmodischen Küche um. Der Spülstein, der viel zu große Kamin, »der heizt bestimmt das ganze Haus, oder?«

Liliana nickte. »Ich röste da noch manchmal Brot. Früher haben wir darin gekocht, wir waren fünf Kinder, mein

Vater und später seine zweite Frau«, sie wechselte abrupt das Thema: »Möchtest du ein Eis?«

Elena nickte: »Ja, gerne.«

Liliana öffnete das Gefrierfach ihres Kühlschranks, das vollgestopft war mit Eistüten. »Schokolade oder Amarena?«

»Schokolade«, entschied Elena.

Sie nahm eine Eistüte heraus, zögerte kurz, »dann will ich dir Gesellschaft leisten«, griff eine zweite und legte sie auf den Tisch.

»Lebst du hier allein?«, fragte Elena.

Liliana nickte. »Hier wurde ich geboren. Kein Mann, keine Kinder. Nie gehabt.«

»Das ist ungewöhnlich, oder? Als Frau, nicht verheiratet, hier auf dem Land?«, fragte Elena.

Sie zuckte mit den Schultern. »Ich habe es mir so ausgesucht. Das einfache Leben einer Landarbeiterin, nichts Besonderes. Aber es ist meins. Ich arbeite jeden Tag auf dem Gut. Seit dreißig Jahren. Mein halbes Leben habe ich dort verbracht. Sonntags bin ich hier und wasche meine Wäsche.«

Liliana schaute gleichmütig und wickelte ihre Eistüte aus. »*Va bene così*, so ist es eben. Und so ist es gut. Was die anderen sagen, pfffh«, sie wischte mit der Hand durch die Luft. Elena mochte diese kantige Frau, die mit ihr am Küchentisch saß und genüsslich ein Eis lutschte.

»Hast du schon immer bei De Vittorio in den Weinfeldern gearbeitet?«

Ein Lächeln huschte über ihr Gesicht. »Fast. Meine Stiefmutter hat mich nach der Grundschule erst mal ins Kloster geschickt. Ich sollte bei den Schwestern sticken lernen«, sie hielt ihre rissigen, kräftigen Hände hoch und spottete:

»Ich? Sticken?« Allein der Gedanke an Nadel und Faden in diesen Pranken war absurd. »Außerdem konnte ich nicht stillsitzen. Ich wollte raus, arbeiten, an der Luft sein.«

»Also bist du zu De Vittorio gegangen«, vermutete Elena.

»Nein, erst war ich ...«, sie hielt inne, »noch woanders, ein paar Jahre. Aber dann zu De Vittorio. Vor mehr als dreißig Jahren.«

Liliana knabberte versonnen an der Eiswaffel und ließ den Blick in die Ferne schweifen. »Ich habe noch mit dem Alten gearbeitet und kannte Paolas Mutter. Eigentlich hatte niemand mehr mit einem weiteren Kind gerechnet. Aber dann kam *la piccola* Paola auf die Welt, die Kleine. Und die Mutter starb kurz nach der Geburt. Jetzt ist sie schon erwachsen und hat sogar das Weingut übernommen.«

Elena las einen fast mütterlichen Stolz in Lilianas Blick. Als ob Paola ihre eigene Tochter wäre.

»Ich wusste nicht, dass Paola ihre Mutter so früh verloren hat«, sagte Elena.

»*Si, si.* Sie hatte nur ihre Brüder und den Vater. Hat ihre Mutter nicht einmal gekannt. Ich kann mich an meine Mutter wenigstens erinnern und hatte ja auch noch eine Schwester«, sagte Liliana.

»Wie alt warst du, als deine Mutter starb?«, fragte Elena.

»Acht. Sie wurde erschossen.«

Ihre Stimme taumelte, einen Moment lang flatterten ihre Lider, so wie am Morgen, als sie zusammengebrochen war, nachdem sie George Lille gefunden hatte. Stand sie doch noch unter Schock? Hatte der Anblick der Leiche an Türen gerüttelt, hinter denen Bilder und Erinnerungen sorgsam verschlossen gewesen waren? Elena traute sich nicht, nachzufragen. Da sprach Liliana auch schon leise weiter.

»Meine Mutter tauchte plötzlich zwischen den vielen Menschen und den Polizisten auf der Piazza auf, lief auf mich zu, streckte die Arme nach mir aus. ›Liliana, was tust du hier?‹, rief sie. Ich hatte sie doch nur gesucht – es knallte, sie fiel vor mir auf den Boden. Blutete aus dem Kopf, überall war Blut. Und sie bewegte sich nicht mehr.«

Liliana schaute Elena an, ihr Blick erstarrte. Elena legte ihre Hand auf Lilianas – wie weich sie war und warm.

»Meine Mutter hat meinen Vater mit einundzwanzig Jahren geheiratet und fünf Kinder geboren. Ich war die Älteste.«

Sie drehte sich zum Kamin um. Auf dem Sims stand das Schwarz-Weiß-Foto einer jungen Frau mit den gleichen dunklen Knopfaugen wie Liliana, die ihrem Gesicht für immer etwas Mädchenhaftes geben würden.

»Warum wurde sie erschossen?«, fragte Elena.

»Es gab damals Demonstrationen, hier in Scansano und auch in anderen Dörfern, es ging um die Preise für Weintrauben. Es gab immer Streit, aber in diesem Jahr war es wohl besonders schlimm. Alle aus dem Dorf haben demonstriert, sind auf die Piazza del Popolo gegangen. Hier gleich um die Ecke, weißt du, wo die Kirche ist. Und dann hat jemand von einem Hausdach aus die Handgranate geworfen und geschossen. Drei Tote. Meine Mutter war eine davon.«

Elena war sprachlos. Das klang nach einem Aufstand der Bauern gegen ein feudalistisches System, Anfang der Sechzigerjahre!

»Hat die Polizei geschossen?«, fragte Elena.

Liliana verneinte knapp mit dem Finger und schüttelte den Kopf.

»Wer dann?«

»Ein Provokateur.«

»Ein Provokateur?«, fragte Elena ungläubig.

»Er sollte dafür sorgen, dass die Proteste beendet werden.«

»Hat man ihn vor Gericht gestellt?«

»No«, Lilianas Augen wurden schmal, die Wut eines Lebens funkelte darin.

»Aber man weiß, wer es war?«

»Si, tutti lo sanno«, sie sprach mit einem leisen Drohen in der Stimme, das die Geister hinter den Türen der Erinnerung zu beschwören versuchte. »Alle im Dorf kannten ihn. Einige hatten ihn erkannt, als er über die Hausdächer flüchtete. Er muss gut bezahlt worden sein. Niemand hat ihn jemals wiedergesehen.«

»Also war es jemand aus dem Dorf?«

»Si«, Liliana blickte in den Hof. Eine der zotteligen, knochigen Katzen lag lang ausgestreckt in der Sonne.

»Ein gewisser Mario Lillo hat damals geschossen. Sein Sohn sah aus wie er, und er redete auch so wie sein Vater. Ich habe ihn sofort erkannt.«

22

»Elena! Endlich! Wo ist Ihr Onkel?«, rief der Commissario ins Telefon. »Sind Sie etwa heimlich bei ihm?«

Kaum hatte Elena Liliana verlassen und das telefonino wieder eingeschaltet, hatte sie den Commissario am Ohr.

»Schön wär's! Ich dachte, er hätte sich in Ihre Obhut geflüchtet«, konterte Elena.

»Einen Teufel hat er getan! Dieser Idiot! Es ist nicht zu ertragen!« Cozzoli war außer sich. Elena hatte ihn schon oft wütend erlebt, aber seine momentane Form schlug alles.

»Wissen Sie, was der Questore zu mir gesagt hat? Wissen Sie das?«

»Woher soll ich das wissen?«, fragte sie zurück.

»Sie wissen ja sonst auch immer alles, zum Beispiel, wer Mario Lillo war, eh? Was sollte diese Aktion mit Ihrem Michele, Signora Elena? Sie untergraben die polizeilichen Ermittlungen. Sie hätten mich informieren müssen.«

Wenn er sie Signora Elena nannte, wurde er formal und sehr unangenehm. »Nun mal langsam, Commissario! Es war eine spontane Idee, Michele war zufällig gerade in der Ecke. Konnte ich ahnen, dass er die Damen des Dorfes mit einer Charme-Offensive überrollt und in Lichtgeschwindigkeit ermittelt?« Sehr flau, ihre Ausflüchte, das wusste Elena selbst. Besser das Thema wechseln: »Was ist nun mit Ihrem Questore?«

Sie hörte ein Knurren, dann brach es aus dem Commissario hervor: »Er will Gigi zum Verhör in der Questura sehen und ihn sich persönlich vorknöpfen. Es gäbe Gerüchte, ich würde ihn schützen! Wir haben Zeit bis morgen, sonst wird nach deinem Onkel gefahndet, verstehen Sie?«

Bei aller Dramatik, diesem Satz schmeckte Elena noch einmal nach, wie einem guten Wein, dessen Aroma noch anhält, nachdem man ihn heruntergeschluckt hat: »... sonst wird nach *deinem* Onkel gefahndet, verstehen *Sie?*« Cozzoli war außer sich.

Elisabettas Vater sollte dringend, sehr dringend seinen Freund, den Questore, zur Seite nehmen.

»*Si, Commissario, ho capito!*«, antwortete Elena und bemühte sich, beruhigend zu klingen. »Ehrlich, ich habe keine Ahnung, wo mein Onkel steckt. Aber vielleicht weiß ich, warum er sich so merkwürdig verhält.«

»Ich bin gespannt«, grunzte Cozzoli.

»Das erzähle ich Ihnen später. Ich bin unterwegs und fahre auf dem Rückweg an seinem Landsitz vorbei. Vielleicht ist er dort, ich glaube es zwar nicht, aber dann können wir diese Möglichkeit zumindest ...«

»Wo stecken Sie überhaupt?«, unterbrach Cozzoli sie rüde. »Elena, keine Extratouren, ich ...!«

»Sollen wir uns heute Abend in Gigis Wohnung treffen? Ich erzähle Ihnen von meinen neuesten Erkenntnissen, und wir überlegen zusammen?«

»Man sollte Sie einsperren, ich habe es gewusst«, stöhnte Cozzoli.

»Acht Uhr – abgemacht?«, bestimmte Elena. »Vielleicht ist Gigi bis dahin ja wieder aufgetaucht.«

Elena setzte sich ins Auto und verließ Scansano. Über Land fahren, die Gedanken schweifen lassen. In Richtung Gigis Landsitz, dem alten Schäferstall, wo ihr Onkel seine Sommer verbrachte und Cozzolis Hängematte zwischen zwei Olivenbäumen baumelte.

Wie war es möglich, dass sich Liliana heute noch an Mario Lillo erinnerte? Sie war damals ein acht Jahre altes Mädchen gewesen.

»Er war ein Verehrer meiner Mutter. Mario hat sie besucht, wenn mein Vater nicht da war. Er dachte, sie wären allein zu Hause, und scharwenzelte um sie herum. Ich habe sie heimlich beobachtet. Sie hat ihn weggeschickt, er aber hat sich nicht darum gekümmert. Er kam wieder und wieder, bis ihn mein Vater eines Tages erwischte und fast totgeschlagen hätte. Dieser Mario hielt sich für etwas Besseres. Er war falsch, hinterhältig.«

Die Erinnerung an diesen Verehrer ihrer Mutter war lebendig geworden, als Liliana beobachtet hatte, wie George Lille *la piccola* Paola nachgestellt hatte. Schon bei seinem ersten Besuch auf der Masseria hatte sie in ihm den Sohn des Mannes erkannt, der ihre Mutter erschossen haben sollte.

Liliana sagte nichts, sie warnte Paola allerdings vor diesem Mann und blieb in ihrer Nähe. Als jemand gesucht wurde, der am Sonntag während der Weinprobe in der Küche aushalf, drängelte sie sich vor, obwohl es ihr freier Tag gewesen wäre.

Liliana erzählte sonst niemandem von George Lille und seinem Vater, alle hätten sie für verrückt erklärt. Schon damals hatten alle geschwiegen.

Mario Lillo war es gelungen zu fliehen, aber er hatte niemals in sein Dorf zurückkehren können. Niemand hatte denjenigen angeprangert, der den Provokateur bezahlt hatte, sagte Liliana. Sie selbst wusste nicht, wer das gewesen war. Sie war damals ja ein kleines Mädchen.

Aber George Lille hatte gewusst, wer Liliana war. Er hatte sie nach der Weinprobe aufgehalten, als sie nach Hause gehen wollte. In dieser Situation hatte Elisabetta die beiden in der Dunkelheit gehört.

George Lille wollte sich entschuldigen.

»Elena, stell dir das vor: Entschuldigen!«, hatte Liliana mit Tränen in den Augen ausgerufen. »Das ist nicht zu entschuldigen!«

Wenn Liliana George Lille erkannt hatte, warum sollten sich nicht auch andere ältere Bewohner aus Scansano bei seinem Anblick an Mario Lillo erinnert haben? Es war ein offenes Geheimnis gewesen, wer der mutmaßliche Mörder dieser drei Menschen war – egal, ob er sie mit voller Absicht getroffen hatte oder zufällig. Drei Tote, für die niemand je vor Gericht gestellt wurde. Deshalb hatte George Lille sich nicht zu erkennen gegeben.

Elena fuhr quer über die salentinische Halbinsel, von der ionischen zur adriatischen Küste – Land zwischen den Meeren, sie mochte dieses Bild.

George Lille war zwar nur der Sohn des Mörders gewesen, dachte Elena, aber so selbstgefällig, wie er aufgetreten war ... Wenn sogar ihr permanent vergnügter Onkel Gigi die Nerven verloren hatte, wie musste es einem noch lebenden Angehörigen der drei Toten gehen? Jeder von ihnen hätte ein Motiv: Rache.

Bei Liliana hatte das Gespräch mit Lille unvermutet die Türen zu den Gemächern ihrer Kindheit aufgerissen. Plötzlich überrollte sie die Trauer, das Entsetzen des achtjährigen Mädchens, das hilflos mit ansehen musste, wie seine Mamma auf den Pflastersteinen verblutet. Wer könnte sich jemals dafür entschuldigen?

Liliana hätte in der Nacht der Weinprobe George Lille umbringen und unbemerkt mit einem Küchenmesser verschwinden können. Doch Elena glaubte nicht daran. Die Landarbeiterin war keine Schauspielerin. Sie hätte ihre Ohnmacht am Morgen nicht glaubwürdig vortäuschen können.

Wer waren die beiden anderen Toten? Wer ihre Angehörigen?

Elena fuhr über eine Hügelkuppe, von dort konnte sie einen Streifen Meer am Horizont sehen. Sie bog ab auf den schmalen Weg, der sich durch Wiesen und Felder zu Gigis Landsitz schlängelte.

Am Ende von Elenas Überlegungen stellte sie sich einmal mehr die Frage aller Fragen: Was verheimlichte Gigi?

Wie alt war er damals gewesen? Dreizehn, vielleicht vierzehn Jahre? Ein pubertierender hübscher Bursche, der später in die Welt ziehen und eine Karriere als Model machen sollte. Er hatte zwar nie in Scansano gelebt, aber hätte er Mario Lillo trotzdem kennen können?

Die Sonne streute das letzte golden schimmernde Zwielicht durch die trockenen Gräser. Vom Meer zogen wolkige Ungetüme herauf. Elena stieg aus dem Auto und ging auf das kleine Haus und den ehemaligen Schafstall zu. Sie hatte beide Gebäude im letzten Sommer, ohne Gigi zu fragen, einfach unorthodox gelb getüncht. Gigis Liebhaber Ettore war auf ihrer Seite gewesen, hatte sogar mitgepinselt. Im Gegenzug hatte Elena ihn gegen Gigi verteidigt, nachdem er den Landsitz großzügig entrümpelt hatte. Am Ende der Renovierungs- und Aufräumarbeiten hatten sie als Patchworkfamilie mit Ben und Michele einen vergnügten, faulen Sommer verlebt. Es war das erste Jahr des Commissario in der Hängematte gewesen. Gloria, Elenas Mutter, war aus Hamburg angereist, und sogar Benedetta hatte es nicht in ihrem Kloster in Lecce ausgehalten und sie manchmal besucht. Es war das Ende der Eiszeit zwischen dem schwulen Bruder und der frommen Schwester gewesen. Inzwischen redeten sie manchmal miteinander, zumindest über Ben, der die katholische Schule besuchte, wo Benedetta in der Pförtnerloge wachte.

Benedetta! Sie konnte Elena vielleicht weiterhelfen: Sie erinnerte sich bestimmt an Gigis Jugend.

Die Türen und Fensterläden des kleinen Hauses waren fest verschlossen, niemand war auf dem Landsitz gewesen. Gigi hatte sich irgendwo anders verkrochen.

23

Der Anruf des Questore war wie eine eisige Hand gewesen, die Cozzoli unerwartet im Nacken gepackt hatte. Was war mit seinem Chef los? Bekam er Druck von einflussreicher Stelle? Hatte er Angst um seinen Job und nichts mehr zu verlieren? Er musste doch wissen, was er riskierte. Tatsächlich war der Commissario geneigt, erste Maßnahmen zu ergreifen, um den Questore zu bändigen. Zumindest könnte ein befreundeter Journalist schon mal bei seinem Chef anfragen, ob an gewissen Gerüchten über gewisse Abhörprotokolle, in denen sein Name in gewissen unangenehmen Zusammenhängen auftauchte, etwas dran wäre? Ruhig bleiben, Cozzoli. Nicht zu hastig agieren, am Ende kostet es deine Karriere. Er war entschlossen, seinen Trumpf auszuspielen, wenn es nötig war. Kein Zweifel. Aber der Zeitpunkt sollte präzise gesetzt werden.

Matilde hatte sich leider schon wieder auf ihr Fahrrad geschwungen und war in die Pathologie gestrampelt, um sich den gekühlten Leichen im Detail zu widmen.

Cozzoli hingegen beschloss, einer der interessanten Telefonnummern von Lazzaris Verbindungsliste einen Besuch abzustatten.

Luca Pellegrino streifte sich gerade seinen blauen Kittel über, niemand war im Laden, nur sein Vater hatte es sich in einem Stuhl hinter dem Holztresen bequem gemacht.

»*Buona sera,* Pellegrino! *Confessi!* Was haben Sie den Weinexperten vorgestern Abend in meiner Abwesenheit Gutes kredenzt?«

Der Commissario wollte zunächst zwei Weine für den heutigen Abend auswählen und dann dienstlich werden. Eins nach dem anderen. Doch der Weinhändler legte Cozzoli eine Hand auf die Schulter und schaute ihn ernst an.

»Sagen Sie, Commissario – ist die Geschichte mit dem Säbel des Sommeliers wahr? Ist er wirklich ...?«, er schlug sich mit der Handkante an die Kehle.

»Später, *direttore.* Ich bin kurz privat hier, ich brauche Wein. Dann gehe ich raus und komme als Commissario wieder rein – man sollte Berufliches und Privates nicht vermischen, *capito?*«

Luca Pellegrino deutete ein verwirrtes Nicken an, er verstand offensichtlich nicht. Für ihn gab es keine Vermischung von irgendwas. Er trank immer Wein. Beruflich wie privat.

»*Va be', allora,* wir hatten einen sehr schönen Wein von Emanuele Bocca, mein Geheimtipp, ein kreativer Bursche, kennt sich hervorragend mit unseren autochthonen Trauben aus, den ursprünglichen Sorten aus dem Salento. Bocca wird mal ganz große Weine machen.« Der Weinhändler machte ein geheimnisvolles Gesicht, schaute sich um, ob sich jemand in Hörweite aufhielt und fügte leise hinzu: »Wenn der Alte erst mal unter der Erde liegt und Emanuele endlich Weine so machen kann, wie er will, ohne dass der ihm immer reinquatscht.«

»*Certo, certo*«, murmelte Cozzoli. »*Avanti,* Pellegrino, was empfiehlst du mir?«

Er vertraute den Beschreibungen des Weinhändlers und entschied sich für einen Primitivo von Bocca. »Rubinrot mit violetten Reflexen, dem Aroma reifer Früchte, Sauerkirsche, dunkle Pflaume und am Ende einer Ahnung von Lakritze.«

Gut, zwei Flaschen von diesem Primitivo, dazu ein Verdeca. Der Weinhändler blickte erstaunt.

»Die Traube wurde für Wermut missbraucht und geriet in Vergessenheit, als dieses Getränk endlich aus der Mode kam. Inzwischen machen einige Güter wieder Verdeca, die meisten sind nichts Tolles, aber es gibt wie immer Ausnahmen«, erklärte Pellegrino.

»Ich habe bei Lanzilotto einen Verdeca getrunken, der hat mir wirklich sehr zugesagt«, sagte Cozzoli.

»Aaah, Riccardo«, lachte Pellegrino, »er hat zwar erstaunlich spät zum Wein gefunden, aber einen sicheren Geschmack entwickelt. Bei seinen eigenen Weinen schmeckt man meiner Meinung nach zu stark das toskanische Erbe seines Vaters durch, aber gut, Ansichtssache. Ich würde seine Weine sofort bei mir in die erste Reihe stellen.«

»Was hindert dich daran?«, fragte Cozzoli.

»Er produziert wenig, verkauft deshalb nur privat – und sehr teuer – an Freunde und seine Gäste im Schloss.«

Luca machte wieder eine Pause, um sich nach unerwünschten Zuhörern umzusehen, und fuhr dann fort: »Unter uns, seine Weine sind in Ordnung, aber es ist auch ein bisschen Show dabei – Sie haben ihn ja selbst erlebt.«

Cozzoli nickte zustimmend, ein netter Schwätzer halt.

»Und was für ein toskanisches Erbe schlug spät, aber umso heftiger durch?«, fragte Cozzoli.

»Lanzilottos Vater hatte ein Weingut in der Toskana, oder zumindest Anteile daran. Riccardo hat, soweit ich weiß, seine Kindheit und Jugend dort verbracht. So etwas prägt doch! Früher oder später findet man sich dann doch irgendwann auf einem Weinacker wieder«, lachte Pellegrino, der sich selbst vermutlich nicht erinnern konnte, ob er erst Muttermilch oder Wein genuckelt hatte.

»Lanzilotto sagte, sein Vater habe ihm das Schlösschen vererbt. Dass er ursprünglich aus der Toskana kommt, hat er gar nicht erzählt. Aber wie kam der Vater dann zum Schloss?«

Pellegrino schüttelte den Kopf. »Keine Ahnung, fragen Sie ihn selbst.«

Cozzoli drohte wieder, in diesen Mischmasch aus Ermittlungen und guten Weinen zu schlittern, aus Commissario-Ich und Leidenschaften, also sagte er: »Ich zahle jetzt die Weine. Danach stelle ich Ihnen noch ein paar kurze Fragen.«

Dieser ehrliche Versuch, einen Übergang zu finden, wurde vom Weinhändler sofort ausgebremst.

»Moment! Nicht so eilig«, er hob seine Hand und schaute Cozzoli prüfend an, »Commissario, Sie brauchen etwas zum Nachdenken. Warten Sie, noch eine Kleinigkeit von Bocca.«

Luca verschwand zwischen den Regalen und tauchte mit einer schmalen, lang gezogenen Flasche wieder auf.

»Ein kleines Husarenstück von Bocca. Er baut die alten Muskattrauben aus Novoli wieder an. Erinnert sich kein Mensch mehr dran. Bocca hätschelt diese Traube und fabriziert das hier: einen Dessertwein«, er bremste den Commissario, der gerade zu sprechen ansetzte. »Sie wollen ›Nein‹ sagen? Sie wollen sagen, ›zu süß!‹ Nein, sagen Sie nichts. Probieren Sie diese Köstlichkeit«, insistierte Pellegrino. »Ich hatte das Vergnügen, bei Bocca dazu gegrillte Tintenfischlein serviert zu bekommen – zum Niederknien! Der salzig-rauchige Fisch zum fruchtig-süßlichen Wein, sensationell!«

Cozzoli schwirrte der Kopf. Er kam einfach nicht raus aus dieser Nummer. Ein köstliches Bild, das Pellegrino ihm da ausmalte, sicher. Er würde sich diese Kombination merken und eines Tages Gigi anstiften, Tintenfischlein zu grillen, und dann würde er diese Flasche aus der Tasche ziehen - Gigi, Gigi, Gigi ..., er musste seinen Job erledigen. Hier. Jetzt. Inmitten der Versuchungen.

Oder sollte er diesen Fall doch abgeben? *Madonna mia*, er musste Gigi retten. Und wenn es das Letzte war, was er in diesem verdammten Job tat. Wie sollte das nur enden, wenn er ständig eingewickelt wurde von den netten Nichtigkeiten des Lebens?

»Commissario, kennen Sie den schönen Ausdruck ›Meditationswein‹?« Luca Pellegrino war hartnäckig. »Das sind Weine, die man nach dem Essen genießt. Wenn man sich zurücklehnt und in Ruhe noch einmal alles Revue passieren lässt. Das Essen, die Weine, die Geschehnisse des Tages - dazu ein kleines Schlückchen von diesem ›Meditationswein‹.« Pellegrino lächelte den Commissario unschuldig an und sagte: »Ich glaube, den können Sie gut gebrauchen?«

Cozzoli gab sich geschlagen. Er ging nach vor vorne zum alten Pellegrino an den Holztresen und bezahlte roten, weißen und meditativen Wein. Tranken die atmenden, armwedelnden Tai-Chi-Menschen auch so etwas? Cozzoli wollte Claire bei Gelegenheit danach fragen.

»Ich komme nun zum offiziellen Teil meines Besuchs«, stimmte Cozzoli sich selbst ein. Es waren noch immer keine weiteren Kunden in der Enoteca, Luca Pellegrino hatte Zeit zu reden.

»Ich mache es kurz: Nicht nur George Lille wurde ermordet, sondern auch ein junger Mann namens Marcello

Lazzari aus Scansano. Das Einzige, was die Morde verbindet: Beide Opfer interessierten sich für Wein und hatten auch Kontakt miteinander, zumindest telefonisch. Kennen Sie Lazzari auch?«

Luca Pellegrino nickte. »Dieser arbeitslose junge Historiker? In der Zeitung stand, er habe sich erschossen.«

»Von wem sprecht ihr?«, fragte plötzlich sein Vater dazwischen.

»*Papà, non ti ricordi?* Der Typ, der dich interviewt hat! Über diese Demonstrationen und die Toten damals, vor fünfzig Jahren.«

»*Ah! Si, si, certamente!* Sicher erinnere ich mich. Er ist ermordet worden? So ein netter junger Mann!«, bedauerte der alte Pellegrino.

»Er hat Sie interviewt?«, fragte Cozzoli. »Woher kannten Sie ihn?«

»Er kam eines Tages, am Anfang des Sommers, und wollte wissen, ob ich mich an den September 1960 erinnern würde.«

»An diesen Aufstand der Weinbauern?«, fragte Cozzoli.

»Richtig. Natürlich habe ich mich erinnert, ich bin ja noch nicht völlig abgetreten«, versicherte Angelo Pellegrino und erzählte von den Gerüchten und Augenzeugenberichten, die damals Lecce erreicht hatten und in seinem Laden kursierten. Er verkaufte in seiner damaligen Osteria auch offenen Wein aus Scansano.

Cozzoli hatte etwas Mühe, den alten Weinhändler in der Flut seiner Erinnerungen zu bremsen, aber schließlich bekam er auch eine Erklärung für die Hintergründe der Proteste. Es hatte jedes Jahr Ärger über die Preise für Trauben gegeben. Normalerweise schlichtete ein Vermittler die Streitigkeiten zwischen Weinbauern, die für den Hausgebrauch natürlich auch selbst Wein machten, und den großen Weinproduzenten, die die Trauben aufkauften und als Verschnittwein in die nördlichen Regionen Toskana, Piemont, Veneto oder auch nach Frankreich lieferten. Manchmal wurde dieser Wein auch namenlos ins Ausland verkauft, dort in Flaschen abgefüllt und mit Fantasienamen der Marke »Bella Italia« in die Supermärkte gestellt.

1960 aber verschärfte sich der Streit dramatisch. Im Jahr zuvor schon war der Preis wegen Überproduktion auf niedrigstem Niveau gewesen. Daran orientierten sich die Preise für das folgende Jahr. Allerdings: Im Salento wurden zwar weniger Trauben geerntet, dafür von höherer Qualität. In der Toskana hingegen hatten sich nach einem verregneten Sommer die Hoffnungen auf einen guten Jahrgang erledigt. Wenn noch etwas zu retten war, dann mit dem vielversprechenden Verschnittwein aus Apulien. In diesem Jahr waren die Produzenten aus dem Norden mehr denn je auf den Most aus dem Süden angewiesen. Doch diese Situation trieb die Preise nicht in die erwarteten Höhen – im Gegenteil.

»Die Preise waren immer im Norden diktiert worden. Aber 1960 wurden die Produzenten unverschämt. Sie setzten Lügen von ›verhagelten Trauben‹ in die Welt, von der miesesten Ernte seit Jahrzehnten und spielten sich als Retter des Salento auf, die gnädigerweise unseren Wein kaufen würden, zu unverschämt niedrigen Preisen.«

Angelo Pellegrino gestikulierte mit den Händen, während er erzählte, schnaubte und fluchte, als hätte sich alles erst gestern zugetragen, und schlug abschließend mit der flachen Hand auf den Stapel Zeitungspapier, auf dem er gerade Cozzolis Weinflaschen eingerollt hatte. »Eine Schande war das!«

Sein Sohn klopfte ihm beruhigend auf die Schulter. Vater Pellegrino setzte sich wieder auf seinen weißen Plastikstuhl und zeigte auf das oberste Regalbrett hinter sich, von dem eine Reihe Heiligenbilder und eine Madonna hinunterschauten.

»Ich habe mir nie etwas zuschulden kommen lassen. Ich habe meine Heiligen, an die ich glaube. Sie haben mir, *grazia di Dio!*«, er bekreuzigte sich, »die Kraft gegeben, immer gesund zu bleiben und ehrlich zu arbeiten. Mehr will ich nicht.«

»All diese Geschichten haben Sie Marcello Lazzari erzählt? Was wollte er damit machen?«

Angelo Pellegrino zuckte mit den Schultern. »Einen Artikel darüber schreiben oder ein Buch oder so etwas.«

»Außerdem bot er thematische Spaziergänge oder Fahrradtouren in und um Scansano an«, ergänzte Luca Pellegrino, »über den Wein und seine Geschichte. Da wollte er dann auch von dieser unerfreulichen Episode erzählen. Moment ...« Er ging zur Ladentür und riss einen Zettel aus dem Schaufenster. Ein Werbeflyer für diese Weintour in Scansano.

»Hier kommen ja viele Touristen vorbei, und manche interessieren sich dafür. Italiener, aber auch Ausländer. Einoder zweimal habe ich Lazzari auch angerufen und ihm kleine Gruppen geschickt.«

Deswegen also die Telefonnummer auf Lazzaris Handy. Cozzoli betrachtete den Handzettel. »Vino mortale – die andere Geschichte der Weine des Salento«, dazu eine kurze Beschreibung des Programms und Marcello Lazzaris Handynummer.

»Haben Sie sonst noch Kontakt zu ihm gehabt?«, fragte Cozzoli.

»Nein, nur wenn er manchmal vorbeikam und Wein kaufte. Oder er schickte uns wiederum Kunden, die mit ihm die Tour gemacht hatten. Die waren immer sehr angetan und interessierten sich für unsere Weine. Aber Marcello, den kannte ich sonst nicht weiter. Habe hier genug im Laden zu tun.«

Cozzolis telefonino meldete eine SMS. Er fürchtete, es war die Nachricht von Parodi aus Rom, aber hoffte auf ein Lebenszeichen von Gigi. Der Commisssario beherrschte sich, eine Frage noch, er durfte nicht den Faden verlieren.

»Hat sich auch George Lille für diese Tour interessiert?«

Er zog sein telefonino aus der Hosentasche, schaute aber noch zu Luca. »Ja, ich habe Marcello angerufen und einen Termin für ihn ausgemacht. Ich glaube, er hat dann sogar eine exklusive Führung bekommen, nur für ihn allein.«

Schau an, so haben sich die beiden also kennengelernt. Hatte George Lille dem jungen Historiker erzählt, dass sein Vater Protagonist in der Geschichte war, die Lazzari ausgegraben hatte?

»Wann war diese Verabredung?«

»Vielleicht vor zwei Wochen«, schätzte Pellegrino. Das stimmte ungefähr mit der Festnetznummer der Enoteca auf der Verbindungsliste von Lazzari überein.

»Hat Lille Ihnen hinterher etwas von seiner alternativen Weintour erzählt?«

»Nein, kein Kommentar, keine Nörgelei, keine Belehrungen – das waren für Lilles Verhältnisse bereits höhere Weihen. Es hat ihm wohl gefallen«, spottete der Weinhändler. »Entschuldigen Sie, aber er war wirklich anstrengend. Finden Sie nicht, Commissario? Mal so unter uns?«

Cozzoli war gerade nicht für »unter uns« zu haben, er las

die SMS: »Versuchst du, den Inhaber dieser Nummer ausfindig zu machen und dich mit ihm zu verabreden? Bitte, es ist dringend! Melde mich später wegen Details.«

Die Nummer, die Parodi dazugeschrieben hatte ... »Diesen Werbezettel, geben Sie mir den bitte noch mal«, Cozzoli griff ungeduldig nach dem Papier - *cavolo,* wie passte das alles zusammen? Rodolfos Kontakt in Scansano, der Typ, mit dem er sich treffen und den Cozzoli nun übernehmen sollte, war definitiv nicht mehr erreichbar - Marcello Lazzari.

Cozzoli verabschiedete sich eilig. Nahm seine Tüte mit den in Zeitungspapier eingerollten Weinen und marschierte zurück in die Questura. Er starrte auf die alten Pflastersteine und den aufgerissenen Asphalt, hörte weder das freundliche »*Buona sera,* Commissario«, als er an der Osteria Fichi d'India vorbeilief, wo Antonio gerade einige Tische auf die Piazza stellte, noch das aufgekratzte »*Ciao,* Commissario!« der alten Hure Cosima, die mit Freundinnen vor ihrer Wohnung neben Gigis Palazzo Patiencen legte. Es war ihm von außen nicht anzusehen, aber innerlich tobte Commissario Pantaleo Cozzoli. Zeterte mit sich und seinem Leben. Und fasste einen Entschluss.

Die SMS hatte zweierlei angerichtet: *Basta,* er würde sich seinem Weinacker widmen, bevor die körperlichen Gebrechen des Alters ihn daran hinderten. Hatte man jemals einen Winzer mit Rollator in seinem Weinfeld gesehen? Eben. Cozzoli würde es nicht so weit kommen lassen, irgendwann musste man anfangen, sein lächerliches Leben ein wenig zu genießen.

Und gleichzeitig hatte die SMS ihn mit einem kräftigen Schwung aus der sommerlichen Hängematte geschubst –

sein Jagdinstinkt war geweckt. Es reichte. So schnell wie möglich musste er Gigi finden. Der hatte etwas zu erzählen und sollte endlich auspacken. Cozzoli würde ihm drohen, dass er sich sonst nach Rom zu den Giftmüllmännern versetzen lassen und Rodolfos Erbe übernehmen würde.

Irgendetwas stank gewaltig in diesem hübschen, weinseligen Scansano mit seinen verzweigten Gassen und Straßen.

Kämpferisch betrat Cozzoli die Questura und stürmte die Treppe ins sein Büro hinauf. Eine Akte lag auf seinem Schreibtisch. Dazu der Karton mit den Dokumenten, die sie in der Garage von Lazzari eingesammelt hatten. Sehr gut. Gab es eine Zusammenfassung? Natürlich nicht. Verdammte Gurkentruppe. Wahrscheinlich wussten sie inzwischen, dass er bei solchen Fällen sowieso selbst immer noch einmal alles durchwühlte.

Cozzoli machte sich auf den Weg zu den Spurensicherern. Er warf die Tür auf, rief: »*Ragazzi, come andiamo?* Wie läuft's?«, und Giacomo grinste ihn glücklich an.

»*Finalmente,* Commissario. Jetzt fangen Sie also an, verstehe ich das richtig?«

»*Assolutamente si!*«, bestätigte Cozzoli, griff sich einen leeren Stuhl und setzte sich neben seinen Spezialisten. Die beiden anderen Spurensucher und -sicherer schauten irritiert, Cozzoli klatschte in die Hände. »Machen Sie weiter, wir haben keine Zeit zu verlieren!«, und beugte sich zu Giaco. Er schrieb die Nummer von Gigis telefonino auf einen Zettel und schob sie zu ihm rüber, während er laut fragte: »Was gibt's Neues? Die Akten schon mal durchgesehen, oder ist mein Schreibtisch jetzt die Sammelstelle für Altpapier?«

»Ich habe Ihnen die Akten von 1960 über die Toten aus Scansano entstaubt und sortiert auf den Tisch legen lassen«, knurrte Giacomo. »In Rekordzeit, *va bene?*«

»Schon gut, Giaco. Ich lege sie mir heute Nacht unters Kopfkissen. Also, was gibt's Neues?«

»Ich vermute, von Lazzaris Handy und auch von seinem Computer wurden Daten gelöscht.«

»Wann? Vor oder nach seinem Tod?«

»Dazu muss ich erst von Matilde wissen, wann er gestorben ist. Aber die Dottoressa spielt noch mit ihren Maden und hofft, dass die ihr was flüstern.«

»Gut, sehr gut. Da bleibst du dran und versuchst, die Daten wiederherzustellen. Ist das möglich?«

»Keine Ahnung, aber es dauert.«

»Falls du Probleme hast, gebe ich die Geräte an Kollegen von der Anti-Mafia weiter. Die ermitteln wegen Giftmüll und scheinen einen Blick auf Scansano zu werfen. Marcello Lazzari hat sich möglicherweise nicht nur mit revolutionären Anekdoten seines Dorfes befasst.«

Giacomo staunte: »Wie ist das zu verstehen?«

»Noch gar nicht. Morgen weiß ich mehr. Kümmere du dich erst mal um das, was jetzt schon auf deinem Tisch liegt«, beendete Cozzoli das Thema und tippte auf den Zettel mit Gigis Telefonnummer.

»Orten«, murmelte er, »schnell, diskret, Ergebnis sofort an mich. Und nur an mich.«

Der Commissario stand auf, klopfte Giacomo aufmunternd auf die Schulter.

»Was macht die Schriftprobe?«

»Den Abschiedsbrief hat definitiv Lazzari geschrieben. Vielleicht mit vorgehaltener Pistole. Absurd, was?«, sagte Giacomo.

»Habt ihr was von Pinto gehört?«, fragte der Commissario laut in die Runde.

»Ist noch mit den Kollegen unterwegs«, meldete Fabio aus der Ecke am Fenster.

»Soll sich melden, wenn er zurückkommt. Falls es irgendwelche Neuigkeiten gibt, ich bin rund um die Uhr erreichbar.«

Damit verließ Cozzoli die Spurensicherer, ging zurück in sein Büro und schloss sich für zwei Stunden ein.

Als es Zeit für das Treffen mit Elena wurde, nahm er den Wein und die Akte von 1960. Der Commissario hinterließ seinen Schreibtisch in einem Chaos, das stark an Marcello Lazzari erinnerte.

»Commissario Cozzoli? *Buona sera!*«, hallte eine Stimme durch das Treppenhaus. Ein kleiner Mann mit kurzen dunklen Haaren eilte die Treppen herauf. Herr im Himmel, stöhnte Cozzoli, wer wollte jetzt noch etwas von ihm?

»Bocca, Emanuele Bocca! Sie erinnern sich? Die Weinprobe bei Paola De Vittorio ...«

»Sicher, sicher, ich erinnere mich«, grummelte Cozzoli, in diesem Hin und Her der Ermittlungen hatte er den Winzer glatt vergessen. Aber jetzt wollte er los, um mit Elena den Wein eben dieses Winzers zu trinken und dabei seine Gedanken zu sortieren.

»Ich war den ganzen Tag unterwegs, mein Vater sagte, ich sollte mich bei Ihnen melden«, entschuldigte sich Bocca.

»*Si, si, si,* Bocca!«, unterbrach Cozzoli unwirsch, »aber jetzt bin ich auf dem Weg zu einer Freundin, um Ihren Meditationswein zu genießen«, er hielt die Tüte von der Enoteca Pellegrino hoch. Emanuele Bocca sah ihn bittend an, Cozzoli gab nach. »Also gut, begleiten Sie mich ein Stück.«

Es war inzwischen dunkel geworden, der Verkehr auf der Straße und das übliche Gedrängel der Autos und Motorroller im Kreisverkehr vor der Questura hatten sich beruhigt. Wolken zogen über den Abendhimmel.

»Mochten Sie George Lille?«, fragte Cozzoli direkt.

»Nein«, antwortete Bocca ebenso direkt. »Er trieb ein mieses Spiel. Es gab keinen Grund, meinen Preis aus Frankreich madig zu machen. Ich habe niemanden dafür bezahlt. Aber ich bezweifle, dass Lille nur wegen der Weine hier war.«

Cozzoli schaute den jungen Mann erstaunt an. »Sie wissen, wer er war?«

»Mein Vater hat ihn erkannt. Er war der Sohn eines Freundes von meinem Vater.«

»Ihr Vater war mit Mario Lillo befreundet? Dann sollte er sich auch an den Aufstand der Weinbauern erinnern. Warum hat er mir nichts davon gesagt?«

»Mein Vater ist ein Tyrann, wie Sie vielleicht bemerkt haben. Er liebt es, andere herumzuscheuchen und wahnsinnig zu machen. Ein armer Bauernsohn, der es zu etwas gebracht hat und seither seine kleine Macht genießt«, Emanuele schnaubte leicht.

»Wie bringt man es als armer Bauernsohn im Süden Italiens zu etwas?«

»Was meinen Sie, Commissario? Bestimmt nicht, indem man Wein und Oliven anbaut.«

»Sondern?«

»Er hat ein wenig Glück gehabt. War einer der wenigen, die in den Sechzigerjahren von der Landreform profitierten, er bekam acht Hektar und dazu noch eine Lizenz zum Tabakanbau. Damit konnte man Geld verdienen, und wenn man Zeitungspapier zwischen die Tabakblätter schob, bevor sie zu Ballen gepresst wurden, auch ein bisschen mehr. Viel mehr.«

»Aber dieses Land und diese Lizenz bekamen nicht alle armen Bauernjungs«, wandte Cozzoli ein.

»Eben«, bestätigte Emanuele knapp.

»Sie mögen Ihren Vater auch nicht.«

»Nein. Ich warte auf den Tag, an dem er abtritt.«

»Warum erzählen Sie mir das?«

»Sie haben gefragt, und wenn Sie sich umhören, werden Sie es ohnehin erfahren.«

Diese Offenheit war selbst für Commissario Pantaleo Cozzoli verblüffend.

Sie waren an der Porta San Biagio angekommen. Scheinwerfer tauchten den prächtigen Torbogen am Eingang zum *centro storico* in strahlendes Licht. Er war aus der *pietra leccese* gebaut, einem Sandstein, der seit Jahrhunderten in Steinbrüchen der Region abgetragen wurde und Palazzi, Kirchen, Burgen, die Dörfer und Städte des Salento formte.

»Signor Bocca, ich weiß Ihre Offenheit zu schätzen, ich werde morgen noch einmal vorbeikommen und mit Ihrem Vater sprechen müssen. Ich hoffe, Sie haben kein Problem damit.«

»Mein Vater wird nicht erfreut sein«, sagte Emanuele Bocca. »Ich bin morgens auf den Feldern unterwegs, wir ernten.«

Er schaute in den Abendhimmel, es sah nach Regen aus. »Hoffen wir, dass die Trauben trocken reinkommen.«

»Ich drücke Ihnen die Daumen. Eine letzte Frage: Wann haben Sie George Lille zum letzten Mal gesehen?«

»Nachdem ich meinen Vater nach Hause gebracht hatte.

Als ich zurückkam, begegnete er mir auf der Treppe zu Paolas Wohnung. Er hatte sich von ihr verabschiedet.«

»Danach haben Sie sie noch besucht? So spät?«

»Wir waren verabredet. Sie wusste, dass ich noch vorbeikommen wollte«, er lächelte.

»Sie sind ihr mehr als nur freundschaftlich verbunden?«, Cozzoli spürte einen leichten Stich. Diese Frage war ihm herausgerutscht, er wollte die Antwort eigentlich nicht hören.

»So kann man es ausdrücken«, schmunzelte Bocca, »aber das behalten Sie bitte für sich. Es ist nicht offiziell.«

»Und danach sind Sie noch zur Weinprobe gegangen, Sie gehörten doch zum harten Kern.«

»Aber sicher. Bis zum bitteren Ende«, scherzte Bocca.

»Und George Lille?«, fragte Cozzoli noch einmal.

»George Lille habe ich nicht mehr gesehen.«

24

Schwester Benedetta schloss gerade die Pförtnerloge, als Elena die Eingangshalle des ehemaligen Kloster betrat, in dem heute eine Schule untergebracht war.

»Elena Margarethe, wie schön dich einmal zu sehen«, grüßte die Nonne und hielt der Nichte ihre Wange für die Küsse links und rechts hin. Der säuerliche Unterton war nicht zu überhören. Elena hatte sich seit ihrer Rückkehr noch nicht bei der Tante blicken lassen.

»Bist du gesund aus Hamburg zurückgekommen? Das ist ja die Hauptsache. Aber wo bleibt mein Sonnenschein?«, fragte die Nonne.

Ihre besondere Liebe, Aufmerksamkeit und Mission galten Elenas Sohn Ben, dem einzigen Kind der Familie. Sie lieferte sich mit *zio* Gigi regelmäßig Duelle, wenn es darum ging, dem siebenjährigen *biondino* etwas Gutes zu tun. Und darum ging es eigentlich ständig. Aber über Ben hatten der schwule Bruder und die fromme Schwester wieder angefangen, miteinander zu reden. Meistens über Benny. Genau genommen: ausschließlich über Benny, der zwar bei Gigi wohnte, aber bei der Nonne die Schule besuchte.

»Ben kommt Samstag zurück. Meine Mutter fliegt mit ihm und bleibt ein paar Tage.«

»Höchste Zeit!«, rief *suora* Benedetta aus, ohne einen Anflug von Freude, dass sie auch ihre Schwester Gloria aus Hamburg wiedersehen würde. »Die Schule beginnt, der

Junge muss sich doch in Ruhe eingewöhnen«, zeterte sie. »Die Lehrer sind seit Tagen hier und bereiten das Schuljahr vor. Hat Ben die Ferienhausaufgaben fertig? Hast du die neuen Schulbücher abgeholt?«

Eiskalt erwischt. Elena hatte natürlich vergessen, dass sie Bens Schulbücher längst in der Buchhandlung hätte bestellen und abholen müssen. Am besten bereits im Juni mit Beginn der Ferien, damit sie Mitte September auch tatsächlich pünktlich und vollständig vorhanden wären.

»Gut, dass du mich daran erinnerst!«, versuchte Elena die Stimmung zu retten, schließlich wollte sie mit der Nonne noch über ihren Bruder reden, ein heikles Thema. Um den Schulkrempel würde sie sich am nächsten Tag kümmern – auf den letzten Drücker, wie vermutlich die Hälfte der Eltern. Dann würde sie auch Ben an die Hausaufgaben erinnern – ein verzweifelter Versuch der Lehrer, die Komplettverblödung in drei Monaten Sommerferien aufzuhalten.

Suora Benedetta schloss die Türen der Schule ab, dann spazierten Elena und ihre Tante in der frühen Dämmerung durch den großzügigen Schulgarten zurück in die Altstadt.

Während Benedetta unentwegt weiter über den begabten Ben, die anspruchsvolle Schule und den sensiblen Moment der Rückkehr redete, suchte Elena nach einem eleganten Einstieg in ihr Thema. Wie sollte sie ihrer Tante die merkwürdige Situation erklären, in der sich ihr Bruder befand? Gigi hatte seit heute Mittag nicht angerufen, er war nicht erreichbar, und auf die vielen SMS, die Elena ihm geschickt hatte, hatte er nur mit einer einzigen lapidaren Antwort reagiert: »Mach dir keine Sorgen. Es geht mir gut.«

»Gigi ist weg!«, polterte Elena in den Vortrag ihrer Tante über achtsame Eingewöhnung ins neue Schuljahr hinein.

»*Prego?*«, Benedetta warf Elena einen strengen Blick zu.

»Gigi ist seit heute Mittag verschwunden. Ich mache mir Sorgen.«

»Nun übertreib mal nicht, Elena Margarethe. Er ist ein erwachsener Mann - trotz allem -, aber was ich sagen wollte, pass auf, dass Ben nicht ...«

»Gigi hat ein Problem. Er wird des Mordes verdächtigt, und wir müssen ihm helfen«, raunzte Elena dazwischen. Sie ertrug das Geschwafel der Tante keinen Moment länger. »Und nenn mich verdammt noch mal einfach Elena, wie alle anderen auch!«

Auch das musste gesagt werden. *Basta.* Dieser Einstieg war nicht elegant gewesen, aber zeigte Wirkung. Die Nonne stand still, als ob sie gegen eine Wand geknallt wäre, und flüsterte: »Was sagst du da?«

»Gigi wird des Mordes verdächtigt. Unglaublich, aber er hat sich so naiv und tapsig verhalten, dass man kaum glauben kann, dass er diesen französischen Sommelier nicht geköpft hat.«

»Geköpft? Was redest du, Elena Ma...«, sie bremste sich, griff nach Elenas Hand und schaute ihr ernst in die Augen. »Mein Bruder ist zwar ..., nun, du weißt, was ich davon halte, aber er ist kein Mörder!« Sie stocherte mit ihrem Zeigefinger gefährlich in der Luft herum. »Das lasse ich nicht auf mir sitzen!«

Oh, oh, war hier die Familienehre beschädigt worden? Zumindest war *suora* Benedetta bereit, für ihren Bruder die Abendmesse im Kloster zu schwänzen und stattdessen Elena zuzuhören.

Tante und Nichte machten einen langen Spaziergang durch die Altstadt, Elena fasste die Geschehnisse möglichst einfach zusammen. Von Gigis Streit mit dem »französischen Schnösel«, der Degustation und dem Morgen danach, der Leiche im *frantoio* – Elena ersparte der Nonne die Details – und Gigis Blackout, seinen kryptischen Äußerungen bis hin zu seinem Verschwinden.

Schließlich erzählte sie von Micheles Nachforschungen in Frankreich und von Mario Lillo, dem Vater von George Lille, der nach dem Aufstand der Bauern aus Scansano nach Saint Emilion geflohen war. Bevor Elena fragen konnte, ob es irgendeine Verbindung zwischen Gigis Jugend und Scansano gab, fiel ihr *suora* Benedetta bereits ins Wort.

»Sagtest du Scansano?«, unterbrach sie. »Natürlich erinnere ich mich an die Demonstrationen und Toten von Scansano. Darüber schrieben die Zeitungen in ganz Italien, stell dir vor. Ein salentinisches Weindorf eroberte die überregionalen Zeitungen!«

Elena hatte keine Ahnung, dass die Nonne derart interessiert gewesen war am weltlichen Geschehen, aber gut, es hatte für sie ja auch ein Leben vor dem Kloster gegeben. Doch der Grund für ihre gute Erinnerung war noch ein anderer. »Der Sohn eines Cousins von unserem Vater kam dabei ums Leben. Eine tragische Geschichte, sie wurde nie aufgeklärt.«

»Moment! Ihr hattet Verwandte in Scansano?«, wiederholte Elena.

»Entfernte Verwandte, ja«, die Nonne blieb nachdenklich im fahlen Licht einer Straßenlaterne stehen.

»Und Gigi kannte diesen Sohn, der bei den Demonstrationen erschossen wurde?«, hakte Elena nach.

»Sicher. Sehr gut sogar. Gigi verbrachte in dem Dorf gerne das Ende der Ferien und half bei der Weinernte«, berichtete Benedetta, »und er war gut mit diesem Jungen befreundet. Der war etwas älter und tat Gigi nicht gut, die beiden waren ziemliche Rüpel. Vielleicht, wer weiß, vielleicht war er ... oder beide ... also ...«, die Nonne verhedderte sich im Satz, aber dann verwarf sie ihren Gedanken mit einer entschiedenen Handbewegung. »Ich habe keine Ahnung von diesen Dingen!«

Vielleicht war dieser *ragazzo* nicht nur ein guter Freund, sondern auch die erste Schwärmerei des jungen Gigi gewesen? Wollte Benedetta das sagen?

25

»Das wäre eine mögliche Erklärung für das absurde Verhalten Ihres Onkels«, folgerte der Commissario später am Abend, nachdem Elena von dem Gespräch mit *suora* Benedetta berichtet hatte. »Unser Gigi ist emotional etwas quer gestrickt, darüber sind wir beide uns ja einig, oder?«, Cozzoli grinste mit vollen Backen und schob noch eine Gabel von Elenas Bratkartoffeln mit *salsicce,* würzigen italienischen Bratwürsten, hinterher.

»Und was ›quer gestrickte Gefühlswelten‹ betrifft, sind Sie zweifellos Experte - oder täusche ich mich, Commissario?«, spottete Elena.

Cozzoli hob die linke Augenbraue, schaute Elena an und wandte sich wieder seinem Teller zu.

»Köstlich, diese deutschen Bratkartoffeln, *complimenti,* Elena. So etwas hätte ich Ihnen gar nicht zugetraut.« Cozzoli war ehrlich beeindruckt.

Im Zusammenleben mit Meisterkoch Gigi hatte Elena nur selten die Gelegenheit, sich am Herd vorzudrängeln. In ihrer Einliegerwohnung war sie auch zwei Jahre nach ihrem Einzug noch nicht dazu gekommen, die geplante Kochnische einzurichten, es gab ja Gigis großzügige Küche im *open-space-eeh.* Wenn Elena kochen wollte, zog höchstens das Argument, Ben müsse in seiner multikulturellen Entwicklung auch die Vorzüge guter deutscher Hausmannskost kennenlernen.

»Wir wissen nun zumindest, dass auch Gigi eine Verbindung zu Scansano und den revolutionären Tagen des Dorfes hat«, kam Cozzoli auf Benedettas Erinnerungen zurück, »aber gefällt uns das?« Der Commissario griff nachdenklich nach seinem Rotweinglas.

Elena schüttelte den Kopf und prostete ihm zu. »Absolut nicht. Wenn späte Rache das Motiv für den Mord an George Lille war und deshalb der Sohn anstelle des Vaters sterben musste, gehört Gigi zu den Verdächtigen«, seufzte Elena. »Sollten wir uns nicht lieber nach einem anderen Motiv umschauen?«

»Zunächst vielleicht nach einem anderen Verdächtigen«, wandte Cozzoli ein.

Also noch mal in Ruhe. Wer waren die drei Toten in Scansano gewesen? Die Mutter von Liliana, der Großvater von Marco Lazzari und ein guter Freund von Gigi. Die drei Überlebenden – und viele andere vermutlich auch – trauerten in einem stummen Winkel ihrer Seele noch immer um die Opfer, für deren Tod niemand vor Gericht gestellt worden war. Marco Lillo, der mutmaßliche Mörder, konnte fliehen und war kürzlich verstorben.

Fünfzig Jahre nach dem Aufstand befördert Marcello Lazzari die kämpferische Episode von Scansano aus dem Keller des Vergessens zurück ans Tageslicht. George Lille, der Sohn des Mörders, reist auf den Spuren seines Vaters in den Salento. Die beiden lernen sich kennen. Im Abstand von einer Woche werden sie ermordet.

Zumindest für den Mord an George Lille war Liliana faktisch genauso verdächtig wie Gigi. Nichts war vergessen oder vergeben. Und was war mit dem Vater von Marcello Lazzari?

»Stellen wir uns vor, er hat Lille getroffen, als der die alternative Weintour mit Marcello unternommen hat«, überlegte Cozzoli, »er erkennt in ihm den Sohn des Mannes, der seinen Großvater auf dem Gewissen hat. Es reicht nicht, dass sein Sohn in dieser Geschichte rumwühlt und damit alles wieder hochkommt, jetzt taucht auch noch die Kopie von diesem Mörder Mario Lillo auf, wohlgenährt und arrogant! George Lille versucht, wie bei Liliana, die Tat seines Vaters zu rechtfertigen, sie streiten und ...«, Cozzoli schnitt sich mit der Hand die Kehle durch.

Der Commissario stand auf, ging zur Chaiselongue im *open-space-eeh,* auf der er seine Unterlagen abgelegt hatte, und rief: »Vater und Sohn Lillo-Lille sahen sich wirklich ähnlich. Sie werden staunen. Ich habe in George Lilles Sachen ein Foto gefunden ...« Der Commissario kam zurück und legte ein Schwarz-Weiß-Foto auf den Tisch. Zwei junge Männer, den Arm auf die Schultern des anderen gelegt, vor einem Karren mit Weintrauben.

»Caspita!«, staunte Elena, da stand George Lille, nur in jünger und schlanker. »Wer ist der andere?«

Cozzoli schaute zur Seite, nahm die Weinflasche und nuschelte: *»Boh?* Keine Ahnung.«

Er lügt, dachte Elena spontan. Er hat sehr wohl eine Ahnung.

Egal. Die Ähnlichkeit zwischen Vater und Sohn war frappierend, und theoretisch hätte Marcellos Vater George Lille identifizieren können. Dann käme er als Mörder in Betracht. War er ein Mann, der leicht die Kontrolle verlor? Auch gegenüber seinem eigenen Sohn, der immer tiefer in dieser alten Wunde herumstocherte und einfach nicht aufhören wollte? War Marco Lazzari derartig wütend geworden, dass ... In Elenas Kopf nahm eine Theorie Gestalt an. »Cozzoli, meinen Sie etwa, Lazzari hat auch seinen eigenen Sohn ermordet?«

»Warum nicht?« Der Commissario nahm einen Schluck Rotwein, behielt ihn einen Moment im Mund, dann nickte er und sagte entschieden: »Das traue ich ihm zu!«

Sie hatten bereits den Verdeca zu Antipasti aus Gigis Vorräten geleert, nun neigte sich auch der Rotwein gemeinsam mit der deutsch-italienischen Hausmannskost dem Ende zu. In diesem sichtlich angeheiterten Zustand warf Cozzoli also lässig wie ein Lasso seinen Verdacht aus, mit großer Geste und ohne den geringsten Zweifel an seiner Treffsicherheit.

»Wir werden Lazzaris Alibi für den Abend der Weinprobe überprüfen, minutiös! Von Scansano zum Gut De Vittorio ist es ein Katzensprung – sofern man nicht Gigi im Auto hat, der, wie wir ja nun wissen, die Straßenverhältnisse aus seiner Jugend noch bestens kennt. Vater Lazzari hätte sich mit Lille auf dem Weingut verabreden können – *voilà!* Doppelmord!«

Der Commissario lehnte sich zurück, streckte die Arme aus. Elena schüttelte den Kopf. »Daran glaube ich nicht.« Sie spürte leichten Dusel.

Der Commissario ließ die Arme wieder sinken, lehnte sich über den Tisch zu Elena und sagte leise: »Ich auch nicht. Aber es ist eine Möglichkeit, die wir in aller Ruhe prüfen sollten. In aller Ruhe!« Er machte eine ausladende Handbewegung. »Es gibt so viele Varianten. Vielleicht hat er seinen Sohn doch nicht umgebracht, sondern wollte Lille fragen, warum Marcello seit Tagen verschwunden war? Vielleicht verdächtigte er den Franzosen sogar des Mordes an seinem schlauen Sohn? Ich könnte mir viele Gründe für einen Streit mit George Lille vorstellen, der tödlich endet.« Cozzoli blickte Elena fest an. »Vor allem hält mir dieser Verdacht den Questore vom Hals und schenkt uns noch einen oder zwei Tage, um Gigi zu finden und ihn so lange zu schütteln, bis er etwas sagt. *Capito?*«

Typisch Commissario Pantaleo Cozzoli, dachte Elena, er will nicht nur Gigi raushauen, er will auch seine Ruhe haben. Vermutlich wird er ein paar seiner Jungs – und am liebsten vermutlich auch sie selbst – mit dem Verdacht gegen Liliana und Marco Lazzari ablenken, während er in irgendeiner anderen, größeren Sache rumschnüffeln kann. Davon würde so lange niemand erfahren, bis er granitharte Beweise hatte. Worum ging es wirklich? Elena wurde nicht schlau aus ihm.

»Einigen wir uns darauf, dass beide Morde ein gemeinsames Motiv haben«, bot Cozzoli an. »*D'accordo?*«

»Ein Motiv – zwei Mörder«, widersprach Elena.

»Blödsinn«, sagte Cozzoli. »Woher wollen Sie das wissen?«

»Eine Frage des Stils, finden Sie nicht? Jemanden mit einem Säbel tranchieren oder eine Kugel durch den Kopf jagen, das sind zwei Paar Schuhe. Flotte Sneaker oder wuchtige Wanderstiefel. Fragen Sie Matilde. Frauen wissen so etwas.«

»Meinen Sie im Ernst, Matilde kennt sich mit Wanderstiefeln aus? Haha! Kommen Sie, wir klären mal die Stilfrage.«

Cozzoli rief die Dottoressa auf der Stelle an und schaltete den Lautsprecher des Telefons ein.

»Dottoressa, *buona sera!* Noch immer in der Pathologie in Gesellschaft der kleinen Maden? Was treiben Sie mit der munteren Truppe?«

»Sehr witzig, Pantaleo. Ich habe Ihnen bereits erklärt, dass ich ihr Alter bestimme. Aus Maden werden Schmeißfliegen. Die legen Eier ab, aus denen wieder Maden werden, aus denen Schmeißfliegen – der ewige Kreislauf der Natur, der sich gerne an Leichen in freier Wildbahn vollzieht. Bei dem armen jungen Mann waren die Bedingungen für die Entwicklung dieser Kultur dank des feuchtwarmen Klimas optimal, das Wachstum fortgeschritten ...«

»*Grazie, Dottoressa.* Ich habe gerade gegessen.«

»Commissario, pass auf, dass du nicht vorzeitig besiedelt wirst«, ein rauchiges Lachen war zu hören. »Also, Todeszeitpunkt Marcello Lazzari. Ich bestätige hiermit meine Annahme: Sonntag vor einer Woche, früher Abend.«

»Gute Arbeit, Dottoressa.«

»Und du klingst nach gutem Wein, Pantaleo. Wo steckst du?«

»Ich warte auf Gigi«, antwortete der Commissario. »Apropos: Wie lange kann man K.-o.-Tropfen nachweisen? Wie viel Zeit haben wir?«

»Kommt auf die Substanz an, aber nicht länger als drei Tage. Danach nur in den Haaren. Hat Gigi noch welche?«

»Er sollte sie wachsen lassen.«

»Und du solltest deinen Hintern bewegen und ihn endlich anschleppen!«

Entzückend familiär die beiden, fand Elena. Ob Cozzoli dieses Beharren auf dem Sie erotisch fand?

»Was ich eigentlich wissen wollte: Haben Sie sich den Kopfschuss inzwischen mal genau angeschaut?«, Cozzoli machte wieder den Commissario.

»Was denkst du eigentlich, womit ich mich in diesen herzerwärmenden Räumen der Pathologie inmitten deiner Leichen beschäftige? Mensch ärger dich nicht spielen?«

»Natürlich, *mi scusi*«, hüstelte Cozzoli. »Haben Sie auch mit Giacomo über die Waffe und das Projektil gesprochen?«

»Ich tue nichts anderes.«

»Und? Ist es möglich, dass Marcello Lazzari mit der gleichen Waffe erschossen wurde wie sein Großvater vor fünfzig Jahren?«

»Das ist nicht nur möglich, sondern sehr wahrscheinlich. Neun-Millimeter-Allerweltskaliber, aber die Pistole ist eine Uralt-Automatik und wurde lange nicht benutzt. Erstaunlich, dass sie überhaupt noch funktioniert hat, sagt Giaco. Erstaunlich, dass das Projektil überhaupt noch auf der anderen Seite rausgeflogen ist.«

»Ich habe es geahnt!«, triumphierte Cozzoli. »Weiter so, Dottoressa Matilde! *Grazie mille! Buon lavoro e buona notte!*«

Er schaltete das telefonino aus und schaute Elena an. Die lächelte. »Matilde tut Ihnen gut, wenn ich mir diese Bemerkung erlauben darf. Warum siezen Sie sie eigentlich so beharrlich?«

Cozzoli ging nicht darauf ein.

»Ich bin sicher, dass Lazzari die Waffe erkannt hat, als ich sie auf den Tisch gelegt habe. Entweder er hat seinen Sohn damit tatsächlich selbst erschossen, oder er weiß, wem sie gehört. Oder, dritte Hypothese, ihr Anblick hat in ihm die Erinnerung an den Mord an seinem Großvater wachgerufen, diese ewige, nicht geklärte Geschichte, mit der ihn Marcello seit Wochen wieder gequält hat«, schloss Cozzoli.

»Wenn es tatsächlich die gleiche Waffe war«, nahm Elena den Faden auf, »wo lagerte die Pistole fünfzig Jahre lang? Wäre ich 1960 der Mörder gewesen, ich hätte die Waffe auf der Flucht mitgenommen oder verschwinden lassen – für letztere Option bietet sich im Salento das Meer an. Wäre ich also Mario Lillo, wäre die Pistole entweder mit mir nach Frankreich geflüchtet oder auf den Meeresgrund gesunken. Richtig?«

»Scharf kombiniert, *Signora* Elena«, schmunzelte Cozzoli väterlich, »dann hätte George Lille sie wieder zurückgebracht. Aber der ist mit dem Flugzeug gekommen und wird sie kaum im Kulturbeutel eingecheckt haben.«

Pantaleo Cozzoli hatte mal wieder diesen selbstgefälligen Ton, der Elena in kritischen Stimmungen direkt unter die Decke katapultierte. Heute atmete sie einmal tief durch und redete weiter.

»Unwahrscheinlich, richtig. Also existiert entweder ein zweites Exemplar dieser Pistole. Oder Mario Lillo hat damals gar nicht geschossen, und die Mordwaffe von 1960 lag im Salento beim wahren Mörder. Der sie jetzt reaktiviert hat, weil Marcello Lazzari zu neugierig geworden ist.«

»*Chapeau, madame!*«, der Commissario lächelte anerkennend und applaudierte. »Habe ich Ihnen schon gesagt, dass Sie meiner Meinung nach Ihren Job verfehlt haben?« Cozzoli zwinkerte ihr zu.

»Ich habe vorhin in meinem Büro den Polizeibericht von 1960 gelesen. Es gibt Augenzeugen, die gesehen haben wollen, wie Mario Lillo über die Dächer flüchtete. Aber niemand hat gesehen, wie er geschossen oder die Handgranate geworfen hat.«

Er erhob sich und schlenderte in die Küche, wo sein Meditationswein neben dem alten Kachelofen wartete. Er nahm die Flasche und den Korkenzieher, schaute sich um.

»Wo sind kleine Gläser, Elena? Geeignet für diesen Dessertwein, von dem Luca schwört, er diene der Meditation. Ich denke, es ist nun Zeit dafür.«

Elena lachte. »Wenn Sie meinen ...« Sie stand auf, ging zur Vitrine und nahm zwei von den hübschen, geschliffenen Gläschen heraus. Der Commissario zog den Korken, schnüffelte daran, ließ ein zufriedenes »mmmhhhmmmm« hören und goss ein.

»Damit setzen wir uns aber an den Kamin«, bestimmte Elena, »das lodernde Feuer denken wir uns dazu – *salute!*« Sie versanken in den breiten Samtsesseln und nippten an dem Wein. Eigentlich wäre es der Moment, das Du anzubieten, dachte Elena, aber Cozzoli meditierte bereits.

»Die These, dass Mario Lillo gar nicht geschossen hat, ist genial. Wo war dann die Pistole fünfzig Jahre lang? Wir werden uns also darum kümmern, wer *hinter* dem Anschlag stand. Wer hatte Interesse daran, dass ein Provokateur die Stimmung in Scansano anheizte, damit Polizei oder Soldaten mobilisiert werden, um die Proteste niederzuschlagen? Wer hat den Bluthund – welchen auch immer – losgeschickt, bezahlt und dafür den Tod von Menschen zumindest in Kauf genommen? Bei dem lag die Pistole, oder er weiß, wer sie behalten hatte.«

Cozzoli hob das Glas und betrachtete wohlwollend den goldgelben Wein. »Der junge Lazzari hat mit seiner Recherche möglicherweise jemanden unangenehm daran erinnert, dass Mord nicht verjährt.«

Wer auch immer vor fünfzig Jahren geschossen hat, konnte auch heute noch verurteilt werden. Inzwischen vielleicht auch noch für die Morde an Marcello Lazzari und George Lille. Der Franzose war neugierig gewesen, er kannte Marcello Lazzari, hatte mit seiner Hilfe vielleicht sogar den wahren Mörder von 1960 gefunden?

Cozzolis Handy klingelte.

»Ciao Giaco! *No, no, no, dimmi tutto ... Mmmh ... Davvero? ... Caspita!*«, rief er erstaunt.

Das konnte dauern. Elena trug die Teller in die Küche, Gigis Heiligtum. Er fehlte, er fehlte ihr entsetzlich. Warum war er nicht einfach ein paar Tage zu Ettore nach Genua gefahren? Aber dort war er nicht, und der Liebhaber war aus allen Wolken gefallen, als Elena ihn am Abend angerufen hatte.

Sie machte sich Sorgen, ahnte, dass der Onkel in dieser Nacht nicht mehr nach Hause kommen würde. Und dann? Fahndung? Sein Bild in der Zeitung, im Fernsehen? Absurd! Wer Gigi kannte, wusste das.

Aber war der Onkel nach der Weinprobe nicht auch ihr selbst verändert vorgekommen?

In vier Tagen würde Ben wieder in die Wohnung toben und seinem Onkel Gigi mit Anlauf auf den Bauch springen wollen – Mist, verdammter. Wo steckst du, *zio?*

»Elena! Noch einen Schluck zur Meditation?«, hallte Cozzolis Stimme durch Gigis *open-space-eeh.* Er kam in die Küche und reichte ihr das Gläschen Moscato di Novoli. Gab es etwas zu feiern?

»Lazzari wurde bedroht! Giacomo hat eine E-Mail auf seinem Computer gefunden, in der ihm ziemlich ordinär Gewalt angedroht wird, falls er seine Schnüffelei nicht einstellt.«

Er prostete ihr zu. »Salute! Jetzt fangen wir mal an, richtig zu ermitteln!«

Er schaute Elena irritiert an, enttäuscht, dass sie sich nicht mit ihm freute. »Was ist los mit Ihnen?«

»*Niente, tutto bene* …«

»Kommen Sie, Elena«, er tätschelte unbeholfen ihre Hand, »Sie machen sich Sorgen um Ihren Onkel? *Pazienza,* morgen werden wir ihn finden. Er kann nicht ohne sein telefonino. Er wird es einschalten.«

Elena fasste es nicht. »Sie lassen ihn orten? Die Fahndung läuft?«

»Noooo«, er winkte entschieden ab und machte ein Gesicht, als sei das vollkommen undenkbar, »Freundschaftsdienst, Sie verstehen?«

Elena wusste nicht, ob sie verstehen wollte.

»Elena, wir *müssen* ihn finden. Der Mörder war am Abend der Degustation anwesend, und es ist nur eine Frage der Zeit, bis durchsickert, dass Gigi wusste, wer Mario Lillo war. Wir *müssen* ihn finden und schützen.«

»Sie glauben also immer noch an seine Unschuld?«, fragte Elena unsicher.

»Aber sicher! Trauen Sie mir zu, dass ich hinter Ihrem Rücken nach ihm fahnden lasse und ihn dem dusseligen Questore vor den Schreibtisch werfe? Was denken Sie nur?«

»In den letzten Tagen ...«, Elena war plötzlich schwindelig, sie stützte sich an Gigis Kochinsel ab. Wie sollte sie fortfahren? Eine Steinplatte schien sich auf ihre Brust zu senken und ihr die Luft abzudrücken. »Ich wusste manchmal nicht mehr, was ich denken sollte. Gigi war so, so ...«

»Elena, jetzt hören Sie mir mal zu«, Cozzoli nahm ihr Gesicht in seine kräftigen kleinen Hände. »Was wissen wir von den Dämonen des anderen, von den Kammern des Schreckens eines anderen Lebens? Wie oft kennen wir unsere eigenen nicht einmal und ahnen glücklicherweise nicht, was geschieht, wenn sie sich öffnen. Bei Gigi scheint eine Tür aufgesprungen zu sein, die lange zuverlässig geschlossen war. In dieser Kammer sitzt ein verzweifelter Junge, der um seinen Freund weint. Falls Gigi diesen Freund geliebt hat, durfte er das wahre Ausmaß seiner Trauer niemandem offenbaren. Niemandem. Vielleicht nicht einmal sich selbst.«

Elena rollten Tränen über die Wange. Warum musste Cozzoli ihr das erzählen? Ausgerechnet dieser flapsige, selbstgerechte, eigenbrötlerische Kerl? Sie griff nach der Küchenrolle, putzte sich die Nase.

»Natürlich, klar, aber – wieso sind Sie plötzlich so ... einfühlsam?«

Kaum hatte Elena das Wort ausgesprochen, schreckte sie davor zurück, hätte es am liebsten zurückgenommen. Einfühlsam – Commissario Pantaleo Cozzoli?

Er trat einen halben Schritt zurück und sah sie an. »Manchmal bin ich eben so«, er lächelte schief, drehte sich um und ging langsam zurück Richtung Kamin.

»Kennen Sie sich mit K.-o.-Tropfen aus, Elena?«, hörte sie seine gewohnte Stimme. »Wenn Matilde recht hat, wurde Gigis Wein damit versetzt. Kein Wunder, dass er sich an nichts erinnert und noch zwei Tage danach vollkommen neben der Spur ist.«

Sie folgte ihm, ließ sich in den Sessel fallen und hielt Cozzoli ihr Gläschen hin. Er füllte beide auf.

»Aber vor allem: Jemand aus dieser freundlichen Gesellschaft, die sich während der Weinprobe auf der Masseria herumtrieb, wollte gezielt den Mordverdacht auf Gigi lenken. Lauter sympathische Menschen – abgesehen von dem bedauernswerten George Lille und diesem Mann im Rollstuhl –, aber einer von diesen netten Herrschaften war's. Hat George Lille umgesäbelt und wahrscheinlich auch Lazzari abgeknallt. Elena, hast du das verstanden?«

Elena nickte benommen. Das Du hallte nach. Sie war unendlich erschöpft, ihr Kopf sackte zur Seite auf die Sessellehne.

Durch einen Schleier hörte sie Cozzoli über Giacos Erkenntisse dozieren, dann nur noch Bruchstücke.

»Vergessen Sie nicht, bei Marcello sollte alles nach Selbstmord aussehen. Von seinem Computer wurden Daten gelöscht, *nach* seinem Tod! Alles sollte auf diese alte Weingeschichte hinweisen, aber es geht nicht darum. Lazzari, er hat ... ich habe ... mit Rom telefoniert. Die Sache ist größer. Und dreckiger, viel dreckiger.«

26

Elena war eingeschlafen. Tief und fest. Ihr Gesicht zwischen den Locken wie in ein Kissen gebettet. Hatte sie noch etwas gesagt? Hatte er so lange vor sich hingeredet, mitgerissen von sich selbst und den neuesten Entwicklungen? Cozzoli, Cozzoli ... was machst du da?

Er schaute zu ihr hinüber, wie hineingegossen lag sie in dem weichen, dicken Sessel. Er dachte sich das flackernde Kaminfeuer dazu. Und musste lächeln. Gigi hatte Glück. Michele sowieso. Und er auch, ein kleines bisschen wenigstens.

Cozzoli stemmte sich hoch, nahm das leere Gläschen aus Elenas Fingern, die weich auf ihrem Bauch lagen. Er ging suchend durch den *open-space-eeh,* aber wenn er eine Decke finden wollte, müsste er wohl Gigis Schlafzimmer betreten. Es war ihm unangenehm, aber trotzdem. Er mochte Elena nicht so liegen lassen.

Was war hier los? Schranktüren standen offen, Schubladen waren herausgezogen, einzelne Socken und Hemden auf dem Boden verstreut – das war nicht Gigis Art. Es sah aus, als habe Gigi panisch Kleidungsstücke herausgerissen, in eine Tasche geworfen und sei überstürzt abgereist. Nicht nur für eine Nacht.

Morgen Mittag, dachte Cozzoli. Ich gebe dir noch zwölf Stunden. Danach lasse ich diese Wohnung und den Laden durchsuchen. Ich werde dich zur Fahndung ausschreiben, *cazzo.*

Cozzoli fand zwei Wolldecken und ging zurück ins Wohnzimmer. Schob den anderen Sessel vor Elena, legte ihre Beine hoch und breitete die Decke über ihr aus. Dann löschte er das Licht bis auf eine kleine Stehlampe und streckte sich mit der anderen Decke auf der Chaiselongue aus. Falls Gigi doch nachts noch nach Hause kommen sollte, wollte er da sein.

Cozzoli schloss die Augen. Das Übliche. Er schlief nicht ein. Er hielt die Augen trotzdem geschlossen, wartete darauf, dass der Schlaf ihn irgendwann forttragen sollte.

»Wir vermuten, dass Rodolfos Kontaktperson von der Aussage eines Mafia-Kronzeugen erfahren hat«, Filippo Parodi hatte ihn abends noch einmal aus Rom in der Questura angerufen. »Einige Journalisten wussten von dem Kronzeugen, aber es war verabredet, nichts zu veröffentlichen, um Panik zu vermeiden. Es geht um Giftmülltransporte in großem Stil Anfang der Neunzigerjahre nach Apulien, chemische Abfälle, möglicherweise auch radioaktive Schlacken. Unser Kronzeuge schätzt zwanzigtausend Lkw-Ladungen, deklariert als Hausmüll.«

Cozzoli pfiff leise. »Die sind dann wie üblich auf magische Weise irgendwo verdampft.«

»Beispielsweise auf normalen Mülldeponien. Untergemischt und weg waren sie«, bestätigte Parodi. »Angeblich weiß kein Mensch, wo das Zeug liegt. Zwanzigtausend Lkw-Ladungen. Rodolfos Kontaktmann scheint Belege dafür zu haben, dass unser Kronzeuge die Wahrheit gesagt hat.«

»*Porco miseria,* Parodi! Warum kommst du erst heute mit der Anfrage? Du hättest das Leben des Kontaktmanns retten können!«

»*Prego?* Ist er ...«

»Kopfschuss.«

»*Merda!*«, stöhnte Parodi. »Ist das dein Fall?«

»Sicher. Es sollte nach Selbstmord aussehen. Keine Ahnung, was Marcello Lazzari mit Giftmüll zu tun hatte. Hat euer Kronzeuge noch irgendwelche Namen aus dem Salento genannt? Hilfreiche Politiker, Industrielle, die verdienen und den Mund halten?«

»Warte, da war ein Name im Protokoll, so ein Provinzfürst«, Parodi legte das Telefon zur Seite, Cozzoli hörte Papier rascheln, dann wieder den Kollegen, »der Name ist mir im Gedächtnis geblieben, weil er seit einigen Tagen als Staatsminister der neuen Regierung für regionale Angelegenheiten gehandelt wird. Moment ... hier, Dario De Vittorio – der soll davon gewusst haben. Sagt dir der Name etwas?«

»Um den kümmere ich mich.«

Paolas Bruder, wer hätte das gedacht? Betrieb der Müllhalden, während seine Geschwister auf Biolandbau umstellten?

»Ich schicke dir die Unterlagen. Auf gute Zusammenarbeit, Cozzoli. Willkommen zu Hause.«

Alles wie früher. Gehe zurück auf Start, dachte Cozzoli, während er auf der Chaiselongue versuchte, sich mental in den Hängematten-Modus zu versetzen. Aber Parodis »Willkommen zu Hause« blinkte grell wie eine Leuchtschrift vor Cozzolis geschlossenen Augen.

Verflucht, er hatte lasch ermittelt, den Selbstmord nicht ernst genommen, sich nur um Gigi gekümmert und zwischen all den guten Weinen den Blick fürs große Ganze verloren. Er, ausgerechnet er! Das kam von dieser ganzen beschissenen Entgiftung und Entspannung. Gigi hatte ihn in Tiefschlaf versetzt. Gigi, wo steckst du? Wenn ich dich kriege!

Commissario Pantaleo Cozzoli war bereits mit einem Fuß zurück in der Anti-Mafia. Da, wo er hingehörte.

Zum Glück war Elena eingeschlafen. Er hätte gerne ihre Hand gehalten.

27

Das Vibrieren in ihrer Hosentasche weckte sie auf. Ihr Nacken tat weh, die Schulter, was war das für eine Decke? Elena fummelte das Handy aus der Hose, nuschelte »*Si, pronto.*« Es war Elisabetta.

»Elena, was ist los? Auch wenn es regnet, aber wir sind bei Bocca verabredet. Zieh die Gummistiefel an und komm! Ich warte an der Porta San Biagio auf dich.«

Mist. Verpennt. »Gib mir zehn Minuten.«

Sie schob den Sessel mit den Füßen weg, setzte sich auf, sah sich um. Eine Brille lag neben der Chaiselongue auf dem Fußboden. Sie stand auf, spähte über die Rückenlehne – tatsächlich, da lag Pantaleo, eingerollt in eine Decke, und atmete ruhig.

Elena schlich ins Bad, warf sich kaltes Wasser ins Gesicht, die Gedanken begannen sich zu rühren. Emanuele Bocca, der ungewöhnliche Winzer. Seine Weine hatten sie gestern Abend meditativ leer getrunken. Fototermin zur Ernte, ausgerechnet jetzt regnete es natürlich. Aber eigentlich wollte sie ja nur mal hören, was Bocca von dem französischen Sommelier gehalten hatte und ob sich einer seiner älteren Arbeiter an Mario Lillo erinnerte. Die kamen doch sicher alle aus Scansano.

Elisabetta wollte nicht, dass sie allein dorthin ging. Vorsichtsmaßnahme gegen Kamikaze-Aktionen, hatte Elisabetta gewitzelt. Elena hatte das übertrieben gefunden.

Sie nahm der Form halber ihre Kameratasche, zog feste Schuhe und eine Regenjacke an und lief durch die grauen Gassen zum Stadttor.

»*Scusami,* Elisabetta. Ist gestern spät geworden, der Commissario war da.« Elena zog die Autotür zu und gestand: »Also, ehrlich gesagt, er ist immer noch da ...«

»Bist du von Sinnen?«, rief Elisabetta empört.

»Keine Sorge, *bella,* er schläft auf der Chaiselongue«, grinste Elena.

»Ich dachte schon ...«

»Aber er ist nervös, was Gigi betrifft. Hast du mit deinem Vater gesprochen? Übernimmt er den Questore?«

»Er trifft ihn heute Mittag. Schneller ging's nicht.«

Um halb acht erreichten sie die Cantina Bocca & figlio. Es regnete nicht mehr, doch der Himmel war bedeckt. »Bei dem finsteren Licht glaubt mir kein Mensch, dass ich ernsthaft Fotos machen will«, sagte Elena, die am liebsten zurückgefahren und in ihr Bett gekrabbelt wäre.

»Jetzt sind wir hier, *basta*«, entschied Elisabetta.

Aus der Kellerei war trotz des schlechten Wetters das Surren und Brummen der Maschinen zu hören. Auf kleinen Lieferwagen wurden die nassen Trauben zu einem überdachten Platz vor dem Gebäude der Kellerei gefahren und von der Lieferfläche direkt in ein langes Stahlbecken geschüttet, das nach unten hin schmaler wurde und offen war. Dort drehte sich eine quer liegende, überdimensionale Schraube, die die Trauben von Stielen und Blättern befreite.

Elena schaute in diesen breiten Schlund mit der Schraube.

»Da möchte man nicht drin landen«, rief sie Elisabetta durch den Maschinenlärm zu.

»Dann lieber geköpft«, entgegnete ihre Freundin.

»Von dort unten kommen Sie nicht mehr raus«, hörte Elena eine männliche Stimme hinter sich. »Da werden Sie durch den Fleischwolf gedreht.«

Elena und Elisabetta drehten sich um.

»*Buon giorno,* Emanuele Bocca«, ein kleiner Mann in Regenjacke und Arbeitsschuhen reichte Elena und Elisabetta die Hand. »Sie sind trotz des Regens gekommen. Ich hatte nicht mehr mit Ihnen gerechnet. Kommen Sie, hier ist es zu laut!«

Sie gingen ein paar Schritte in Richtung der Weinfelder, die direkt hinter der *cantina* begannen.

»Zum Fotografieren ist das Wetter tatsächlich nicht geeignet, aber dürfen wir uns umsehen? Als Vorbereitung auf einen sonnigeren Tag?«, bat Elena.

»Sicher, kein Problem.« Bocca schaute auf seine Uhr. »Die Arbeiter machen gleich Pause, dann habe ich auch eine Viertelstunde.«

Sie gingen auf einem schmalen Weg zwischen den Weinfeldern hindurch. Links in den Reihen standen Frauen mit Gummihandschuhen, schnitten pralle, dunkelviolette Trauben ab und legten sie in Eimer.

»Alles Handarbeit bei uns. Traube für Traube. Dafür haben wir auch nur acht Hektar.« Er nahm eine Weintraube aus einem der Eimer und hielt sie Elena und Elisabetta hin. »Riechen Sie mal, allein dieser feine Duft ist doch vielversprechend. Malvasia Nera, die *signora* unter unseren Reben, sehr chic, aber kompliziert. Sie braucht besondere Aufmerksamkeit, zärtliche Pflege, hin und wieder ein Praliné, die Dame möchte ein wenig verhätschelt werden. Aber dann kann sie sehr großzügig sein ...« Bocca lächelte süffisant. »Wir kombinieren sie gerne mit Negroamaro, ihrem Gegenspieler, robust, ein wenig derb, gedeiht prächtig in unserer Erde und unter unserer Sonne, wächst einfach, geht seinen Weg, auch ohne viele Kinkerlitzchen. Die beiden ergänzen einander hervorragend. Wir lassen sie einige Monate zusammen im Barrique, das macht aus ihnen ein geschmeidiges Paar.«

Elisabetta lachte. »Bocca, Sie sind ja ein wahrer Wein-Psychologe! Ein Poet!«

Er verneigte sich geschmeichelt. »Aber dieser Regen, sehr ärgerlich. Verwässert die Farbe, das Aroma – hoffen wir, unsere Signora weiß zu schätzen, dass wir sie aus dem Regen holen.«

Emanuele Bocca und Elisabetta lachten. Elena fand diese Witzeleien nur klebrig. Amüsierte sich Elisabetta tatsächlich über diesen Blödsinn? Elena trank gerne Wein, aber dieses Getue ging ihr auf den Keks. Sie ertrug Gigis weinselige Vorträge, die waren schon anstrengend genug, aber dieses Geschwätz über großzügige Damen und Pralinés, dazu auf nüchternen Magen am frühen verregneten Morgen – der Typ nervte sie. Vielleicht hatte sie nur zu wenig und zu schlecht geschlafen und sollte einfach an einem sonnigen Tag wiederkommen.

»Negroamaro und Malvasia sind inzwischen ein gut eingespieltes Paar. Ich widme mich viel mehr unseren alten Sorten, die oft in Vergessenheit geraten«, begann Bocca wieder. Er genoss offensichtlich Elisabettas Aufmerksamkeit. »Susumaniello beispielsweise, ein verführerischer Name, nicht wahr? Oder Aleatico, eine aromatische rote Traube, empfindlich, kompliziert anzubauen, aber ich werde sie aus dem Schatten der Vergangenheit locken, ihr vielleicht eines Tages den großen Teppich ausrollen. Noch ist es allerdings nicht so weit. Wein braucht Geduld. Wie die Liebe.«

Nun war es mal gut. Aber Elisabetta juchzte vergnügt, klatschte in die Hände. Sie hatte offensichtlich ausgeschlafen. Elena sehnte sich nach ihrem Bett. War der Spaß hier langsam mal zu Ende? Gab's irgendwo einen caffè? Genervt schob sie ihre Hände in die Gesäßtaschen ihrer Jeans. Und fühlte ein festes Papier. Das Foto, schoss es ihr durch den Kopf, und sie erinnerte sich wieder, weshalb sie eigentlich hier war. Das Foto von dem jungen Mario Lillo mit einem Freund, dessen Identität Cozzoli angeblich nicht kannte.

Emanuele Bocca referierte gerade seine Theorie zur Traube an sich: »Sie ist ja nur das Rohmaterial, erst der Winzer, seine Achtsamkeit, Fantasie und Kreativität verwandeln den Wein in ein Kunstwerk!«

Elena beschloss, dem Geplänkel ein Ende zu setzen. »*Mi scusi,* dürfte ich Sie kurz unterbrechen, Signor Bocca? Ich habe hier ein altes Foto«, sie zog es aus der Tasche, registrierte Elisabettas Verwirrung, »erkennen Sie die Männer?«

»Wie bitte?«, der junge Bocca war überrascht. »Ich dachte, Sie sind für eine Reportage hier?« Er griff trotzdem nach dem Foto.

»Sicher, aber bei diesem Wetter ...«, Elena schaute in den Himmel. »Sehen Sie, mein Onkel ist in eine unangenehme Situation gekommen, ich versuche ihm nur zu helfen. Er schätzt Ihre Weine übrigens sehr. Erkennen Sie die Männer?«

Direkt drauf zu ist der kürzeste Weg, dachte Elena, sie hatte nichts zu verlieren. »Es ist hier in der Nähe von Scansano aufgenommen worden, in den Sechzigerjahren.«

Elisabetta schüttelte den Kopf und seufzte. Unmerklich

nur, aber Elena las Bände in ihrer kurzen Geste. Undiplomatisch, unpassend, brachial, Elena-Style – typisch. Aber genau deshalb war Elisabetta doch mitgekommen, oder nicht? Immerhin zählte Emanuele Bocca als Teilnehmer der Degustation bei De Vittorio zu den potenziellen Mördern. Genau, dachte Elena, sogar dieser Weinpoet hätte George Lille theoretisch köpfen können. Der Sommelier hatte sich doch über seine Auszeichnung aus Frankreich lustig gemacht. George Lille war nichts für sensible Gemüter.

Elena vermutete auf dem Foto neben Mario Lillo irgendeinen Mann aus Scansano, der mit Wein zu tun hatte, und hoffte, dass Emanuele Bocca zu dem unbekannten Gesicht auf dem Foto sagen würde: »Sieht so aus wie …« oder »Fragen Sie meinen Vater, der kennt die Leute aus dieser Generation«. Aber Boccas Antwort zog ihr die Füße weg.

»Das müsste mein Vater sein, als junger Mann.«

Elena schnappte nach Luft.

»Ihr Vater?«

Emanuele nickte. »Und der andere sieht aus wie dieser Sommelier in jung und in besserer Form.«

Er gab Elena das Foto zurück. *Va bene,* Commissario, dir werde ich auf die Sprünge helfen. So ein Lügner!

»Ist Ihr Onkel dieser Gigi Mazzotta, der dummerweise die Nacht auf dem Sofa mit dem Säbel verbracht hat?«

Elena nickte.

»Verstehe«, sagte Bocca kurz.

Sie schauten sich an. »Der andere ist Mario Lillo«, sagte Elena, »der Vater von George Lille.«

»Das ist nicht zu übersehen, und ich bin ehrlich erstaunt, die beiden auf einem Foto zu sehen. Ich habe vieles mit meinem Vater durchgemacht, hier scheint sich ein weiteres interessantes Kapitel zu öffnen.« Er hatte offensichtlich keinen Schimmer, was sein Vater mit dem Vater von George Lille zu tun haben könnte. »Ich vermute, es geht nicht um eine Einladung zum Klassentreffen«, sagte Bocca sarkastisch. »Wollen Sie mit ihm sprechen? Er weilt noch unter den Lebenden und könnte Ihnen vermutlich mehr zu dem Foto sagen, falls er sich die Ehre gibt. Er ist im Haus. Um diese Zeit frühstückt er.«

»Gerne«, nickte Elena. »Stellen Sie uns vor?«

»Kommen Sie«, der junge Bocca stapfte voraus zum Wohnhaus, das direkt neben der Kellerei lag. »Ich lasse Sie allein mit ihm, ich muss zurück zum Wein. Wundern Sie sich nicht, über gar nichts. Er ist ein unangenehmer Kerl, aber trotz Schlaganfall noch erstaunlich klar im Kopf für seine achtundsiebzig Jahre – auch wenn sonst kaum noch etwas funktioniert«, Bocca drehte sich zu Elena um, »aber Sie scheinen ja nicht zimperlich zu sein.«

Elena sah, wie Elisabetta beherrscht zustimmend nickte und murmelte: »Das kann man so sagen.«

Sie betraten das Haus durch die Terrassentür, gingen durch ein Wohnzimmer, das sauber, aber nicht bewohnt aussah. Kaum Möbel, keine Bilder an den weißen Wänden, keine gerahmten Familienfotos oder Bücher. Ein großer Fernsehbildschirm und eine aufgeschlagene Programmzeitschrift auf einem Glastisch waren die einzigen Anzeichen dafür, dass jemand hier lebte.

Im angrenzenden Esszimmer saß Alberto Bocca in seinem Rollstuhl allein an einem langen, dunklen Esstisch. Vor sich eine Tasse Cappuccino und eine Zeitung. Er zerrupfte ein süßes Brötchen, während er über den Tisch gebeugt las.

»*Papà,* hier sind zwei Damen, die dich gerne sprechen ...«

Im gleichen Moment rumpelte es in der Küche, ein Stuhl

flog um, Geschirr zerschlug auf dem Boden, ein metallisches Scheppern – Bocca riss den Kopf hoch, schrie: »Was ist da los?«, er wendete seinen Rollstuhl. Dann Schritte, die Haustür flog zu.

»Rosaria?«, rief Emanuele Bocca und lief in die Küche.

»Die ist doch schon weg!«, giftete sein Vater und rollte hinterher. Elena ging zum Fenster, schaute durch die Gardine und sah ein kleines, staubiges Auto wegfahren. Sie hatte es schon mal auf dem Parkplatz von De Vittorio gesehen. Und die Silhouette der Fahrerin, die mit Vollgas vom Hof raste, erkannte sie auch.

In der Küche lagen Scherben auf dem Fußboden. Hier war jemand gestolpert, gegen den kleinen Küchentisch mit abgewaschenem Geschirr gestoßen, einige Teller waren dabei heruntergefallen. Zwischen Scherben lag ein großes Fleischmesser mit abgenutztem Griff.

»Gehört das in Ihre Küche?«, fragte Elena und zeigte auf das Messer.

»Elena, was denkst du gleich wieder?«, wisperte Elisabetta erschrocken.

»Kann sein«, sagte Emanuele langsam, er wandte sich zu seinem Vater. »Wann kommt Rosaria zurück?«

»Zum Mittagessen«, antwortete Alberto Bocca tonlos, drehte seinen Rollstuhl und fuhr zurück zum Esstisch.

»Hier war sonst niemand im Haus?«, fragte Elena.

»Keine Ahnung«, sagte Emanuele Bocca. »Ich wohne oben, allein. Die Pflegerin meines Vaters erledigt auch seinen Haushalt.«

»Wahrscheinlich hat die Schlampe die Haustür aufgelassen«, giftete Alberto Bocca vom Esstisch. Er trank seinen Cappuccino.

Emanuele ignorierte seinen Vater, verließ die Küche

durch eine zweite Tür, ging durch einen kurzen Flur zur Haustür und öffnete sie. Er schaute auf den Parkplatz.

»Hast du jemanden vom Fenster aus gesehen?«, fragte Elisabetta.

»Ein blaues Auto fuhr weg, klein, vielleicht ein Fiat oder so etwas«, sagte Elena.

Emanuele Bocca schloss die Haustür und ging zurück ins Esszimmer. »Rosaria war es also nicht, die hat ein rotes Auto.«

»Rosaria ist nicht hier, das sagte ich bereits!«, fauchte Alberto Bocca gereizt, »ich sollte überfallen werden. Das ist dir natürlich egal, oder möchtest du vielleicht die Polizei rufen?«

»Abgesehen von ein paar Tellern, die zu Bruch gegangen sind, ist nichts passiert«, wiegelte Emanuele ab, »wir haben noch nicht einmal jemanden gesehen, aber wenn es dich beruhigt, bitte.«

Er zog sein telefonino aus der Tasche.

»Lascia stare …«, Alberto Bocca winkte ab. »Gibt nur dumme Fragen und Ärger. Also, was wollen die beiden Damen von mir?«

Noch bevor Elisabetta diplomatisch klug für gute Stimmung sorgen konnte, zog Elena das Foto von Bocca und Lillo aus der Tasche und legte es auf die ausgebreitete Zeitung.

»Ich muss raus in die *cantina*«, verabschiedete sich der junge Bocca. »Aber kommen Sie gerne bei besserem Licht wieder. Wir ernten noch bis Anfang Oktober.« Er hob die Hand zum Abschied und verschwand durch die Terrassentür.

»Was soll das?«, fragte Alberto Bocca und nickte über den Rand seiner Tasse zu dem Foto.

»Das sind doch Sie und Mario Lillo, der Vater des ermordeten George Lille, richtig?«, fragte Elena.

»Was geht Sie das an? Wer sind Sie überhaupt?«

Elisabetta schritt stilvoll ein und legte formvollendet ihre Visitenkarte auf den Tisch.

»Entschuldigen Sie den Überfall, Signor Bocca. Elisabetta De Cataldo«, sie reichte ihm die Hand, »und meine Freundin Elena von Eschenburg. Wir sind einander schon einmal bei der Degustation auf dem Weingut meiner Freundin Paola De Vittorio begegnet.«

»Ich weiß, ich weiß«, sagte Bocca nicht mehr ganz so bissig, der Klang bedeutender salentinischer Nachnamen in seinem Haus schien ihn zu beeindrucken.

»Ich dachte, dass Sie uns vielleicht weiterhelfen könnten«, bemühte sich Elisabetta weiter um eine freundliche Atmosphäre. »Der Onkel meiner Freundin wird zu Unrecht verdächtigt, dass er etwas mit dem Mord an George Lille zu tun haben könnte. Wir versuchen nun ...«

»Sparen Sie sich Ihren Versuch bei mir«, er nahm das Foto. »George Lille ist hier aufgekreuzt, um die mäßigen Weine meines Sohns zu probieren. Ich habe ihn gleich erkannt, sah ja ein Blinder, wer er war. Ich habe mich nach seinem Vater erkundigt, er hat erzählt, dass Mario tot sei. Das war's. Woher haben Sie das Foto?«

»Es gehörte George Lille. Er hatte es bei sich, und ich vermute, er hat Sie gesucht.«

»Möglich. Keine Ahnung.«

Elisabetta stand am Fenster, wippte auf den Fußspitzen, sie sah aus, als wollte sie Elena umgehend aus dieser unangenehmen Szene entfernen. Aber Elena fragte weiter. »Warum ist Mario Lillo in den Sechzigerjahren nach Frankreich verschwunden?«

»Viele sind damals emigriert.«

»Sie nicht.«

»Ich habe ein paar Hektar Land, die ich bewirtschafte, wie Sie sehen.«

»Erinnern Sie sich an den September 1960?«

»Signora«, zischelte Alberto Bocca, »ich glaube nicht, dass Sie das irgendetwas angeht. *Buon giorno!*«

Er schob das Foto zur Seite, ohne es noch einmal anzusehen, und wandte sich wieder der Zeitung zu.

Es klingelte an der Haustür.

»*Santo cielo,* wann hat man mal seine Ruhe?«, polterte Bocca.

»Bemühen Sie sich nicht, wir gehen ja sowieso«, sagte Elena, nahm das Foto und ihre Kameratasche, Elisabetta entschuldigte sich noch ausführlich bei Alberto Bocca für die Störung und folgte ihrer Freundin zur Haustür.

»Großer Auftritt war das, *bella,* ganz stark! Was bist du manchmal für ein Tölpel!«

»Komm, Elisabetta, er weiß mehr, als er sagt«, beruhigte Elena ihre Freundin, »und ich auch.«

Sie warf ihr ein Siegerlächeln zu und öffnete die Tür.

»Ich habe es geahnt!«, knallte ihr eine wohlbekannte Stimme entgegen.

Elenas Siegerlächeln gefror. Cozzoli stand im Türrahmen, durchbohrte sie mit seinem Blick und streckte die Hand aus.

»Das Foto.«

Elena zog es aus der Hose und reichte es ihm.

»Von wegen keine Ahnung, wer das ist ...«, sagte sie leise und wollte sich an ihm vorbeidrücken.

»*Cara* Elena!«, sie spürte seine Hand auf ihrer Schulter, hörte seine Stimme, kühl und beherrscht. »Wir – und damit meine ich die Polizei – betreiben hier kein Brainstorming, wo jeder mal eine Idee einwerfen darf, sondern ermitteln in einem Doppelmord. Haben Sie irgendein Wort davon nicht verstanden?«

Er löste seinen Blick von ihr. Erst in diesem Moment nahm er Elisabetta wahr. »Sie auch hier!«, er schüttelte verzweifelt den Kopf. »Dann sind wir ja fast wieder komplett. Fehlt nur Gigi. Kleine Weinprobe zum Frühstück?«

Der Commissario steckte das Foto in die Jackentasche, Pferfferminzpastillen klickerten. Er war stinkwütend.

Nieselregen bestäubte die Windschutzscheibe passend zur Stimmung im Wagen. Die Reihen grüner Rebstöcke flogen durch das Grau des Himmels. Elisabetta hielt mit einer Hand das Lenkrad, die andere wirbelte durch die Luft, während sie Dampf abließ.

»Wir wollten uns bei alten Arbeitern umhören, das war die Idee! Nach dem September 1960 fragen, nach Mario Lillo. Unter Umständen, wenn es sich ergibt, auch den alten Bocca ansprechen«, lamentierte Elisabetta, »Elena, *umhören* hatten wir gesagt!« Elena versuchte sie zu unterbrechen, aber Elisabetta war in Fahrt, Höchstgeschwindigkeit, keine Chance.

»Nicht wie ein Bulldozer rumkurven, Fotos auf den Tisch knallen und 007 spielen. Der junge Bocca hätte am Abend der Weinprobe diesen George Lille ermorden können! Ganz entspannt, zwischen Papa nach Hause bringen und noch ein paar Weine verkosten. Er ist hochverdächtig! So wie Lille ihn und seine angebliche Auszeichnung abgekanzelt hatte, als ob er den Preis an der Schießbude gewonnen hätte. Da wäre mir auch das Messer in der Tasche aufgesprungen.«

»Dafür hat sich Elisabetta De Cataldo in früher Morgenstunde aber wunderbar mit diesem hochverdächtigen poetischen Winzer amüsiert«, giftete Elena zurück.

»Die Brechstangen-Methode der Signora Elena von Eschenburg ist auch nicht effektiver gewesen.«

Okay, okay, dachte Elena, wir sind jetzt quitt. Elisabetta war die einzige Freundin, mit der sie sich fetzen und auch wieder vertragen konnte. Ungewöhnlich für Frauenfreundschaften, noch ungewöhnlicher für deutsch-italienische Frauenfreundschaften. Aber Elisabetta war noch nicht fertig.

»Woher hast du überhaupt dieses Foto? Cozzoli hätte dich am liebsten gesteinigt! Verständlicherweise.«

»*Va bene,* Elisabetta, *basta.* Ich habe es gestern Abend quasi zufällig eingesteckt.«

»Zufällig?!«, rief Elisabetta, *»ma che dici?«*

»Cozzoli hat mich angelogen«, verteidigte sich Elena, »er hat behauptet, er wisse nicht, wer auf dem Foto ist.«

»Und deshalb marschierst du am nächsten Morgen los und erklärst dem Commissario die Welt und wie man ermittelt. *Molto divertente, bella mia!* Bocca hat trotzdem nichts gesagt, wir sind genauso schlau wie vorher. *Fantastico!*«

»Stimmt doch gar nicht! Wir wissen jetzt, dass der alte Bocca ein guter Freund von Mario Lillo war. Ein *sehr* guter, vermute ich. Erinnerst du dich, worüber wir gesprochen haben, als der alte Bocca uns rausgeschmissen hat?«

Elisabetta verdrehte nur die Augen und lenkte den Wagen schweigend auf die Umgehungsstraße von Scansano.

»Als ich ihn gefragt habe, ob er sich an den September 1960 erinnert. Er weiß natürlich, warum sein Freund Mario nach Frankreich abgehauen ist.«

»Sehr scharfsinnig. Und wie machen wir jetzt weiter?«

Elena wusste genau, wie sie jetzt weitermachen wollte, aber dafür musste sie Elisabettas Laune erst mal runterkühlen. Sie konnte nur erahnen, in welchen Abgrund sich ihre Freundin, die erfolgreiche Innenarchitektin aus bester Lecceser Familie, an diesem Morgen gestürzt hatte. Ein wenig Selbsterkenntnis war angebracht.

»Elisabetta, ich weiß selbst, dass mein Auftritt bei Bocca nicht zu meinen glorreichsten Augenblicken zählt.«

»Vollkommen daneben war das«, berichtigte Elisabetta.

»*Si, vero,* du hast ja recht«, knirschte Elena. »Kannst du mir trotz dieses verpatzten Morgens noch einen Gefallen tun?«

»Oh Elena!«, Elisabetta seufzte inständig. »Ich will nicht wissen, was du vorhast!«

»Doch, Elisabetta, das willst du. Du kannst natürlich auch im Caffè auf der Piazza von Scansano auf mich warten. Aber ich habe hier ...« Elena zog den Reißverschluss ihrer Kameratasche ein Stück auf. Eine Messerklinge blitzte hervor. Elisabetta bremste scharf, der Wagen schlingerte auf dem nassen Asphalt, sie brachte ihn kurz vor dem Straßengraben wieder unter Kontrolle.

»Du bist vollkommen wahnsinnig. Ist *das* das Messer aus der Küche von Bocca?«

Elena nickte. »Ich habe es beim Rausgehen eingesteckt. Ich konnte es nicht liegen lassen. Lilianas Fingerabdrücke sind darauf. Ich habe sie erkannt, sie saß in dem kleinen Auto, das weggefahren ist.«

»Elena, das war ein Überfall. Sie wollte diesen Alberto Bocca vielleicht umbringen!«

»Ich glaube nicht, dass sie das geschafft hätte. Vielleicht hätte sie ihn bedroht, aber mehr ...«

»Hast du eine Ahnung, was sie von ihm wollte?«, fragte Elisabetta. Elena wusste es nicht genau. »Vielleicht gibt es eine Verbindung zum Tod ihrer Mutter.«

»Du hättest das Messer Cozzoli übergeben sollen«, sagte Elisabetta. Elena schüttelte den Kopf.

»Liliana ist keine Mörderin. Ich glaube, sie will wissen, wer damals ihre Mutter getötet hat, und dieser jemand soll zur Rechenschaft gezogen werden. Darauf hat sie ein Recht, findest du nicht?«

»Das ist Sache der Polizei!«

»Die hat fünfzig Jahre lang Zeit gehabt! Bitte, lass uns zu Liliana fahren. Sie hat flatterige Nerven. Ich habe Angst, dass sie noch mehr Unfug macht – oder sich selbst etwas antut.«

Elisabetta parkte neben der Kirche an der Piazza del Popolo.

»Ich komme mit«, murmelte sie, »ich lasse dich doch nicht allein mit dieser mörderischen Schwester. Du hast eine halbe Stunde.«

So lange würde Elisabetta vor der Haustür warten – mit dem Messer in der Tasche. Das war bei ihr sicherer aufgehoben. Spätestens nach einer halben Stunde würde sie klingeln – und beim dünnsten Schrei die Wohnung stürmen, mit dem Messer in der Hand.

Sie gingen die gerade gezogene Straße mit den flachen Reihenhäusern hinunter. Lilianas altes Auto parkte direkt vor ihrem hellgrünen Haus. Die Fensterläden aus Aluminium waren verschlossen und auch die schmale Haustür. Elena klingelte. Klopfte. Rief Lilianas Namen, versuchte durch die Lamellen zu schauen. Nichts.

Elisabetta winkte. »Gehen wir wieder?« Elena wechselte

die Straßenseite und betrachtete von dort die Fassade des Arbeiterhauses.

Die Haustür öffnete sich einen Spalt. Liliana, das Gesicht verquollen, ihre braunen, niedlichen Knopfaugen verheult. Ein verzweifeltes kleines Mädchen schaute aus der Tür und suchte Elenas Blick.

In der Nacht der Weinprobe hatte George Lille nach ihr gesucht, erzählte Liliana. Sie hatte abgewaschen, den Küchenfußboden gewischt, alle möglichen Wasserhähne noch blanker poliert, bis sie sicher war, dass Paola sich in den Turm zurückgezogen hatte und George Lille weiterhin bei der Weinprobe blieb. Doch als sie die Masseria durch den Torbogen verlassen wollte, passte er sie ab. Seine Stimme durchfuhr sie wie ein Messer. George Lille hatte gewusst, wie sie hieß und wer sie war.

Liliana wollte vor ihm flüchten, doch er hielt sie fest.

»Ich werde dir jetzt etwas erklären. Es ist wichtig«, sagte er, zog sie unter eine Lampe im Mauerbogen und zeigte ihr ein Foto.

»Schau es dir genau an. Du kennst die beiden Männer.«

Angst knebelte ihren Körper, presste ihr den Atem ab, erstickte ihre Stimme. Liliana erkannte beide Männer. Beide. Nur zu gut.

»Mein Vater ist vor einigen Monaten an Krebs gestorben. Er hatte genug Zeit, sich an die Fehler in seinem Leben zu erinnern. Er wäre gerne noch einmal zurückgekommen nach Scansano, in sein Dorf. Das konnte er nicht, stattdessen hat er mir die Geschichte von deiner Mutter erzählt. Ich schwöre dir, er hat sie nicht erschossen. Er hat sie geliebt.«

Sie waren zu zweit auf dem Dach gewesen. Mit einer

Pistole und einer Handgranate, sollten die Proteste ein wenig aufmischen, hatte der *toscano* gesagt. Diesem Haufen Bauern, die auf der Piazza Revolution spielten, einen Schrecken einjagen. Den verschlafenen Bürgermeister und Polizeiobermeister aufwecken, damit da mal durchgegriffen würde. Mehr nicht.

Es waren mehr Leute gekommen, als sie erwartet hatten. Alle waren da, Männer und Frauen, junge und alte, das ganze Dorf. Aber der *toscano* hatte sie gut bezahlt. Und ihnen eigenen Grund versprochen, nachdem die Landreform der Regierung im Salento nur einer Handvoll Familien zugutegekommen war. Acht Hektar Land wären für Alberto und Mario eine eigene Existenz gewesen. Außerdem hatte der *toscano* eine Lizenz zum Anbau von Tabak in Aussicht gestellt. Den beiden Freunden, Söhne von Tagelöhnern, musste das wie eine Lizenz zum Gelddrucken erscheinen. Für den *toscano* hingegen waren das bisschen Land und die Lizenz nicht mehr als ein Gemüsebeet auf einem Landgut, das er bis zum Horizont nicht überblicken konnte.

Die Stimmung unten auf der Piazza war aufgeregt, es wurde diskutiert, auch laut, aber noch war nichts außer Kontrolle geraten oder explosiv. Polizisten zogen auf und bildeten eine Kette vor der örtlichen Bank. Einige Pfiffe waren nun zu hören, und Rufe: *»VergognateVi!«* – »Schämt euch!« Als die ersten Steine flogen, war das Marios Einsatz.

Die Handgranate sollte in der Luft explodieren, zwischen den Demonstranten und Polizisten, da war doch viel Platz, hatte er gedacht. Und Alberto sollte über die Köpfe hinwegschießen.

Es kam anders.

»Mein Vater hat diese Handgranate geworfen, ein schrecklicher Fehler, den er gerne wiedergutgemacht hätte«, hatte George Lille Liliana eindringlich zu erklären versucht, »aber deine Mutter hat er nicht erschossen. Sie starb durch einen Schuss, den der Freund meines Vaters abgegeben hatte. Mein Vater warf nur die Handgranate.«

Liliana hatte George Lille fassungslos angestarrt. Was erzählte er da? Er hielt ihr das Foto vor die Augen, Mario Lillo und Alberto Bocca. Ausgerechnet Alberto Bocca! Der sollte ihre Mutter ermordet haben? Das auch noch?

Liliana und Elena saßen am Küchentisch, und die Landarbeiterin betrachtete ihre rissigen Finger, die Papiertaschentücher zu dünnen Röllchen drehten.

Leise fuhr sie fort: »Als ich nicht mehr ins Kloster wollte, schickte mich meine Stiefmutter zu Bocca. Er brauchte Erntehelferinnen für Tabak. Sie dachte, dann würde ich mir schon überlegen, ob ich wirklich draußen arbeiten wollte. Tagsüber fädelten Frauen im Dorf die Blätter zum Trocknen auf, überall in den Gassen, auf den Plätzen, in den Höfen trocknete im Sommer der Tabak in der heißen Luft. Aber geerntet wurde er nachts. Weil es kühler war, weil das Nikotin wie Harz an den Händen, den Armen, überall klebte. In der Hitze des Tages wäre es unerträglich gewesen. Aber auch nachts kamen wir schwarz aus den Tabakfeldern nach Hause.«

Ein Lächeln wischte über Lilianas Gesicht. »Aber alles war besser, als bei den *suore* im Kloster sticken zu lernen. Dachte ich. Bis Alberto Bocca mich sah. Du kannst es dir heute nicht mehr vorstellen, aber damals ähnelte ich meiner Mutter. Bocca beobachtete mich. Dann rief er mich eines Abends vor der Arbeit zu sich. In den Stall. Und dann rief er mich jeden Abend.« Ihre Stimme gerann zu einem feinen Wispern, Tränen tropften auf ihre Hände. »Ich habe mich geschämt. Niemandem etwas erzählt. Doch dann ...«, ihr Kopf sackte auf die Tischplatte, »wurde ich schwanger.« Ihre Stimme war nur noch ein Hauch. »Er jagte mich fort, ich verlor das Kind. Mein Leben brach auseinander.«

Elena stand auf, legte ihre Arme um Lilianas Schultern. Hielt sie fest. So lange, bis das Beben in ihrem mächtigen Körper weicher wurde. Hielt sie fest, bis sie nicht mehr weinte.

28

»Für dich«, Elisabetta saß am Steuer und reichte Elena ihr telefonino nach hinten auf die Rückbank. Vorne saß Liliana. Sie war erschöpft und brauchte jemanden, der jetzt für sie da war. Elena und Elisabetta hatten beschlossen, sie zu Paola und ihrer Familie zu bringen. Paola war ohne lange Erklärungen einverstanden gewesen, die Landarbeiterin auf der Masseria aufzunehmen. Dort war Lilianas Zuhause.

Der Rest ihres »Überfalls« bei Bocca war schnell erzählt gewesen: Als die Pflegerin gegangen war, hatte Liliana unbemerkt Boccas Haus betreten. Sie wusste, dass um diese Zeit alle bei der Ernte und Alberto Bocca allein sein würde. Sie wollte ihn zwingen zu gestehen. Vielleicht hätte sie ihn umgebracht. Aber als sie Elenas Stimme gehört hatte, war ihr Plan, der eigentlich nur aus Wut und Verzweiflung bestanden hatte, in sich zusammengefallen. Sie war über sich selbst erschrocken.

»Pronto?«, Elena war auf der kurzen Fahrt zur Masseria eingenickt. Sie wollte nur noch nach Hause, ausschlafen.

»Elena! Besitzen Sie eigentlich noch ein telefonino?«, bellte ihr Cozzoli ins Ohr. »Ihr Onkel versucht ständig, Sie anzurufen!«

Elena tastete ihre Jacke ab, nein, tatsächlich, kein telefonino. »Hmmh, keine Ahnung«, murmelte sie in Elisabettas Handy. Vermutlich lag es irgendwo zu Hause.

Wie auch immer, sie war mal wieder nicht erreichbar gewesen.

»In diesem Fall ist Ihre Schludrigkeit ein Glück«, knurrte der Commissario. »Er hat es immer wieder probiert, und jetzt haben wir ihn! Giaco hat ihn geortet, und ich weiß, wo er ist. Ich verstehe nicht, woher er diesen Platz kennen konnte, aber das interessiert mich jetzt nicht. Elena, wo sind Sie? Wir müssen sofort dorthin, bevor Gigi wieder verschwindet!«

Gigi? Elena war glockenklar im Kopf. »Ich bin gleich bei De Vittorio! Holen Sie mich ab?«

Eine halbe Stunde später saß sie bei Cozzoli im Auto. Sie fegten durch die Felder, Cozzoli fand einen asphaltierten, halb zugewachsenen Feldweg, der erstaunlicherweise auf der Superstrada nach Süden endete. Cozzoli gab Gas. Er war immer noch sauer.

»Ich nehme Sie nur mit, weil Gigi Ihnen vertraut. Ansonsten sollten Sie meiner Meinung nach mit Ihrem Sohn Sandkuchen backen oder Memory spielen oder was man sonst so mit Kindern tut.«

Das klang nach abflauender Wut. Cozzoli wirkte erleichtert. Gigi war geortet, und sie würden ihn gleich einsammeln. Elena wagte eine vorsichtige Nachfrage.

»Hat Alberto Bocca noch ...«

»Hören Sie mir bitte mit dieser Geisterbahnfigur auf!«, fuhr Cozzoli auf. »Sie haben es vermasselt. Nichts hat er mehr gesagt, nachdem Sie ihn bereits mit dem Foto genervt hatten«, schimpfte Cozzoli, und seine Flüche verloren sich in einem kaum verständlichen Grummeln, »nicht einen Moment kann man Sie aus den Augen lassen, nicht einen einzigen gottverdammten Moment, es ist zum ...« Plötzlich hob er die Stimme: »Warum lagen in der Küche eigentlich überall Scherben herum?«

»Hat Bocca nichts von dem möglichen Überfall erzählt?«

»Ich sagte bereits, dass er *nichts* mehr erzählt hat«, zischte Cozzoli.

Bocca hat geahnt, dass es Liliana gewesen sein könnte, dachte Elena. Er weiß, was er ihr angetan hat, und vermutlich nicht nur ihr. Er weiß, dass er mit Rache rechnen muss.

»Die Sache mit den Scherben erkläre ich Ihnen später«, sagte Elena und gähnte. »Wohin fahren wir eigentlich?«

Die Superstrada zog sich über einen Höhenzug und spannte einen weiten Bogen um die kleine Hafenstadt Gallipoli. Weiße Sandbuchten legten sich wie Mondsicheln zwischen unendliche Olivenhaine, Pinienwälder und das Meer.

»Wir fahren in den tiefen Süden des Salento«, sagte Cozzoli. »Schlafen Sie eine halbe Stunde. Genaueres erzähle ich Ihnen auch später.«

Er schaltete das Radio ein. Tiziano Ferro schmetterte ausgerechnet:

vorrei ricordassi
tra i drammi più brutti che
il sole esiste per tutti –
il sole esiste per tutti –
il sole esiste per tutti

In den schrecklichsten Dramen solltest du dich erinnern, die Sonne existiert für alle …

Cozzoli drehte die Musik leiser. »Übrigens, ich vergaß: Michele wartet zu Hause auf Sie. Mit Rosen.«

Elena schreckte hoch. »Michele?«

»Er war, ich würde sagen: erstaunt, als er mich aus dem Bad kommen sah«, Cozzoli grinste schadenfroh.

»Oh nein!«, seufzte Elena. »*Che disastro!*«

»Ich kann Sie beruhigen, seine Eifersucht hält sich in Grenzen. Wir haben wie erwachsene Männer zusammen caffè getrunken, und ich habe ziemlich laut und unflätig über Sie geschimpft, als ich gemerkt habe, dass Sie das Foto haben mitgehen lassen. Elena, Elena, Elena – mal im Ernst: Sind Sie naiv oder genial? Ich frage mich das, seitdem ich Sie kenne.«

Elena hörte nicht mehr hin. »Wie kommt Michele so schnell aus Südfrankreich zurück?«

»Es gibt Flugzeuge, *cara* Elena. Ihr junger Maler hat gestern Abend die Guzzi stehen lassen, einen Flug von Bordeaux nach Rom gekapert und ist in den Nachtzug nach Lecce gesprungen. Er war besorgt um Ihre Sicherheit. Ich konnte ihm diesbezüglich nur zustimmen.«

»Nun übertreiben Sie mal nicht«, murmelte Elena und lehnte sich lächelnd zurück, schloss die Augen und dachte ein wenig an Michele. Aber was zum Teufel sollten die Rosen? Das war doch sonst nicht sein Stil.

Sie erwachte, weil eine Kurve sie aus dem Sitz schubste. Eine schmale Straße wand sich zwischen rostroten Feldern eine Anhöhe hinauf, Oliven-, Orangen- und Feigenbäume wucherten hinter Trockensteinmauern, die das Land kreuz und quer durchzogen.

Cozzoli bog auf ein noch schmaleres Sträßchen ein, gerade so breit wie sein Auto, das von Büschen, Kakteen und alten Bäumen zugewachsen war.

»Im Frühling blüht und duftet es hier, dass es eine Pracht ist«, murmelte Cozzoli.

»Sie sind oft hier?«, wunderte sich Elena.

»Nein, bin ich nicht.« Das klang trotzig.

Er lenkte den Wagen durch eine weitere schmale Kurve.

Vor ihnen fiel das Land bis zum Meer ab. Ein verfallenes, schmuckloses Haus saß wie ein Quader direkt am Wegrand. Eine hohe Mauer, die ein Grundstück einfasste, schloss sich an das Häuschen an. Eine verwitterte Ruine mit Fensterlöchern und einem Holztor.

»Hier ist er«, sagte Cozzoli überzeugt, »es sei denn, die Vernunft oder der Regen haben ihn vertrieben.«

Er fuhr noch ein Stück weiter und bog in einen Feldweg ein. »Das habe ich mir gedacht. Besonders begabt im Untertauchen ist Gigi nicht.« Im Gebüsch parkte sein Kombi. Cozzoli hielt daneben, sie stiegen aus und gingen zurück.

»Wie um alles in der Welt kommt Gigi darauf, sich in dieser Ruine zu verstecken?«, fragte Elena.

»Er will, dass ich ihn finde«, antwortete Cozzoli kryptisch.

»Aha. Einen Satz mehr zum allgemeinen Verständnis, bitte.«

»Es gibt dort drinnen eine Art Trullo, so ein rundes, steinernes Gebäude, in dem man schlafen kann. Ich habe dort ein Feldbett.«

»Sie haben dort …«

»Ein Feldbett, ja«, der Commissario schaute sie schräg an. »Also gut, ich rupfe hier manchmal Unkraut.«

Er blieb stehen und schwieg. Drehte sich mit dem Rücken zu Elena und schaute in die fruchtbare Ebene hinunter. »Wir wollten hier mal Wein anbauen. Meine Frau und ich. Sonniger Alterssitz. Sie hatte das hier geerbt.«

Er verstummte, stopfte die Fäuste in die Hosentaschen, legte den Kopf in den Nacken, betrachtete die Wolken. »Und jetzt ist es eben meins. Weiß nicht, was ich damit soll. Unkraut rupfen. Sonntags. Manchmal.«

Er drehte sich zu Elena um. In seinen Augenwinkeln glitzerte es. »Gehen wir«, er trottete durch das Gras am Straßenrand auf das Haus zu.

»Ich hatte vergessen, dass ich Gigi in einer schwarzen Stunde von dem Haus erzählt habe, wegen des Weins. Wir sind sogar einmal kurz hier gewesen. Ist schon länger her.«

Sie standen vor der verwitterten Hausmauer. »Schau an, er hat das Schloss geknackt«, murmelte Cozzoli, aber er pochte trotzdem höflich an das Holztor. »Gigi! Mach auf! Elena und ich sind hier. Komm schon, *amico mio!*«

Stille. Eine Lerche trillerte. Hinter der Tür war ein Scharren zu vernehmen, etwas Schweres wurde beiseitegeschoben. Die Tür quietschte. Gigi schaute durch den Spalt.

»Ihr seid allein?«, raunte er.

»Natürlich, *zio!* Was denkst du denn? Wie geht es dir?«, rief Elena, zwängte sich ungeduldig durch die Tür und umarmte ihn.

»Das mobile Einsatzkommando kommt gleich, die sind noch bei der Weinprobe«, knurrte Cozzoli, aber dann brach die Erleichterung aus ihm heraus: »*Ehi* Gigi! *Ma che cavolo stai combinando?*« Er boxte seinen Freund an die Schulter. »Komm, wir fahren nach Hause. Mittagszeit. Ich habe Hunger.«

Cozzoli verhielt sich, als wolle er seinen Kumpel vor einem Vulkanausbruch retten. Nichts wie weg. Keine Minute länger als nötig an diesem Ort bleiben, von dem er einst mit seiner Frau geträumt hatte.

Elena hätte sich gerne länger umgeschaut. Diese vollkommen zugewachsene Ruine, verwilderte Terrassen voller Gestrüpp und Kakteen, hier hatte seit Jahrzehnten niemand mehr gewohnt. Hinter dem Haus senkte sich das

Grundstück Richtung Meer. Vermutlich eine feine Lage für Wein. Ein Stück weiter unten stand der alte Trullo – »hier im Salento heißt das *pagliara*«, korrigierte Gigi seine Nichte –, das runde Steinhäuschen, in dem einst Landarbeiter Unterschlupf gefunden hatten, Geräte für die Feldarbeit und die Ernte gelagert worden waren.

Cozzoli raffte Gigis Klamotten eilig zusammen, die Tasche war schnell gepackt, der Schlafsack eingerollt, das Feldbett zusammengeklappt.

Elena verstaute Brotreste, Käse, Wasser und Wein in einer Plastiktüte und spottete: »Wie lange wolltest du es mit diesen Köstlichkeiten aushalten?«

»Keine Ahnung, ich habe versucht, dich anzurufen, aber ...«, er gähnte, hatte offensichtlich kaum geschlafen, »auf dieser Pritsche hätte ich keine weitere Nacht überlebt.«

Cozzoli drängelte. Schob Gigi und Elena vor sich her, nahm eine Kette und ein neues Vorhängeschloss, das er mitgebracht hatte, und verschloss aufwendig das Tor.

Elena zog Gigi am Ärmel. »Komm, wir gehen schon mal vor.«

»Ich habe so einen Blödsinn gemacht«, seufzte Gigi. »Wie früher, frag Benedetta, ich war ein Rüpel.«

»Ich habe Benedetta gefragt, *zio.* Sie erinnert sich gut, an alles.«

Gigi senkte schuldbewusst den Kopf.

»Ich war heute Morgen im Dorf, habe caffè getrunken und Zeitung gelesen. Hatte schon Angst, dass ich mein Fahndungsfoto drin finde.«

»Morgen wäre eins drin gewesen«, hörten sie Cozzoli von hinten. Er klang ernst. »Gigi, gib mir die Autoschlüssel! Elena fährt deinen Wagen zurück, du steigst bei mir ein. Sicher ist sicher. Deine Nichte Elena ist zurzeit mal wieder anfällig für Extratouren.«

Cozzoli sprach wieder in seinem Commissario-Ton, der keinen Widerspruch duldete.

»Dann sitze ich aber hinten, Pantaleo, deinen Blick ertrage ich noch nicht, und ich bin hundemüde«, bat Gigi, »außerdem sitzen alle anständigen Verdächtigen hinten, nicht wahr, Commissario?«

»Das siehst du vollkommen richtig, Gigi. Du hast noch eine Stunde Zeit, um dich auf die Vernehmung durch mich, Elena und vermutlich auch Michele vorzubereiten. Also, ruh dich aus. Wir fahren direkt zu dir. Bis auf Weiteres stehst du nämlich unter Hausarrest.«

»Meinst du das ernst, Pantaleo?«, fragte Gigi. Auch Elena war sich nicht sicher, aber Cozzoli sah gerade nicht nach Scherzen aus.

»Zu deiner eigenen Sicherheit. Ich rufe Dottoressa Matilde an. Sie soll vorbeikommen und dir Blut abnehmen. Mit Glück kann sie noch K.-o.-Tropfen bei dir nachweisen.«

29

K.-o.-Tropfen – er hätte Elena gestern Abend welche verpassen sollen, dachte Cozzoli, während Gigi auf der Rückbank schlief und er ständig im Rückspiegel kontrollierte, ob Elena ihnen auch tatsächlich folgte. Ihre Alleingänge waren unberechenbar. Kein Mensch konnte ahnen, was in diesem Krauskopf gerade wieder ausgebrütet wurde.

Ein paar Tröpfchen nur und er hätte dieses Desaster am Vormittag verhindern können – vor ihm bei einem Hauptverdächtigen aufkreuzen und mit diesem Foto rumwedeln! Überraschungseffekt verpufft, Cozzoli war wie ein Praktikant hinterhergedackelt. Der alte Bocca hatte ihn kühl auflaufen lassen: Er könne ihn gerne vorladen, wenn er Fragen habe. Und Bocca junior war irgendwo in den Weinfeldern verschwunden. Eine gemeinsame Befragung wäre interessant gewesen: der Alte, der den Commissario zappeln ließ, zusammen mit seinem offenherzigen Sohn, der mit seiner Ehrlichkeit möglicherweise auch nur die Flucht nach vorne angetreten hatte.

Aber bevor Cozzoli den jungen Winzer ausfindig machen konnte, hatte Giacomo angerufen, Gigi war geortet worden.

Nun gut, wenigstens an dieser Front ein Erfolg. Jetzt musste er nur noch reden. Cozzoli hoffte, dass Gigis Aussage Elena nicht zu erneuten Ausflügen inspirieren würde.

Wenn das seine einzige Befürchtung gewesen wäre,

aber nein, er war ein Vollidiot, hatte es selbst vermasselt. Elena hatte am Abend zuvor doch tief geschlafen, er war sich sicher. Sie hatte nichts mehr gehört von seinem fahrlässigen Geschwätz, seinen Andeutungen, die die Giftmüll-Affäre betrafen. Über ein weiteres Total-Desaster mochte Cozzoli nicht nachdenken. Er sollte Abende mit Elena prinzipiell nur noch mit K.-o.-Tropfen in der Tasche verbringen.

Seit dem Telefonat mit Parodi über möglichen Giftmüll im Salento und über Marcello Lazzari, der Rodolfos ermordeter Kontaktmann gewesen war, fürchtete Cozzoli, dass diese alte Weingeschichte nur das Vorspiel zu einer viel größeren Nummer war. Nur durfte von diesem Skandal noch niemand erfahren. Am allerwenigsten Elena.

Sie fuhr brav hinter ihm auf der Superstrada, sehr schön. Er würde von nun an strikt Regie führen. Cozzoli fummelte sein telefonino aus der Tasche und rief Matilde an. Sie sollte nicht nur ihr Besteck für die Blutabnahme mitbringen, sondern auch etwas Essbares. Pizza, Focaccia, irgendwas. Für fünf Erwachsene, wenn sie selbst auch mitessen wollte. Vier davon mit Bärenhunger.

Es klappte tatsächlich alles wie am Schnürchen. Elena war die ganze Strecke hinter ihm geblieben und in der Wohnung ihrem Michele in die Arme gefallen. Der hatte zwar etwas gemurmelt, dass sich anhörte wie »... irgendwie anders vorgestellt heute Morgen ...«, aber er schien noch immer sehr verliebt zu sein in diese eigenwillige Elena. Gut so. Er sollte sie bis auf Weiteres ablenken.

Matilde hatte die Kantine des Krankenhauses, in der die Pathologie untergebracht war, geplündert. Pizza, wo sollte sie mittags Pizza herkriegen? Vor abends heizte niemand seinen Holzkohleofen an, das sollte Cozzoli doch wissen! Es war ihm egal, Hauptsache, es gab für alle etwas zu essen. Das schaffte Vertrauen.

Cozzoli wollte sich zu den anderen an den Tisch setzen, als sein Handy klingelte.

»Commissario Cozzoli? *Buona sera,* hier spricht De Cataldo, der Vater von Elisabetta De Cataldo.«

Cozzoli traute seinen Ohren nicht. Was verschaffte ihm die Ehre?

»*Buona sera,* Signor De Cataldo. Einen Moment, bitte.«

»Störe ich Sie?«

Eine höfliche, aber überflüssige Frage. Wenn Signor De Cataldo am Telefon war, war man nicht gestört. Cozzoli verließ Gigis *open-space-eeh* und ging durch die Schiebetür in Elenas Wohnung. Für dieses Gespräch würde er Ruhe brauchen.

»*Pronto?* Signor De Cataldo? Bitte, sprechen Sie.«

»Hören Sie, Commissario, ich mache es kurz. Ich hatte gerade ein kleines informelles Mittagessen mit meinem geschätzten Freund Lorenzo Paglia, Ihrem Chef. Mir ist bekannt, dass Sie beide ein nicht ganz unbeschwertes Verhältnis haben. Ich habe mir erlaubt, in diesem Fall zu vermitteln. Ich denke, Sie haben nichts dagegen.«

»Wie darf ich das verstehen?«, fragte Cozzoli. Wäre De Cataldo nicht Elisabettas Vater gewesen, hätte Cozzoli jetzt vermutlich aufgelegt.

»Lorenzo kann mit Ihnen nicht offen sprechen. Er steckt in gewissen Zwängen.«

»Das ist nicht zu übersehen, Signor. Könnten Sie genauer werden?«

»Gerne. Er wird zwei Tage Urlaub nehmen und seine Schwiegereltern auf Sizilien besuchen. In dieser Zeit sollten

Sie genügend Beweise finden können, die unseren Freund Gigi Mazzotta von jeglichem Verdacht befreien. Ich hörte, Sie wissen inzwischen, wo er sich aufhält? Damit wäre ja bereits viel gewonnen.«

»Sicher. Ich tue, was ich kann. Aber der Fall entwickelt sich komplizierter als erwartet. Wie so oft täuscht der erste Eindruck.«

»Sie haben vollkommen recht. Ich kann Ihnen nur raten, um die Ecke zu schauen. Ich weiß zwar nicht, wer hier wen und schon gar nicht warum umgebracht hat, aber Paglia wirkte überaus nervös. Er würde Ihnen gerne alle Freiheiten bei Ihren Ermittlungen lassen, glauben Sie mir, aber ...« De Cataldo seufzte. »Er kann nicht so, wie er möchte. Es gibt Leute, die der Meinung sind, er solle seinen Commissario bändigen, wenn ich das mal so direkt sagen darf.«

»Signor De Cataldo, darf ich direkt zurückfragen, ob der Name Dario De Vittorio in diesem oder einem etwas weiteren Zusammenhang gefallen ist?«

Cozzoli war klar, dass er sich weit aus dem Fenster lehnte, aber De Cataldo schien ihm vertrauenswürdig.

»Das könnte man so sagen. Ich persönlich vermute offen gestanden, dass Sie gut daran täten, ein Auge auf Dario zuwerfen. Wissen Sie, so ein lokales Beziehungsgeflecht ist ein fragiles Gleichgewicht. Wenn einer darin zu viel Unfug treibt, sollte er möglicherweise aus dem Spiel genommen werden.«

»Verstehe.«

»Gut. Dann an die Arbeit. Wenn Paglia aus Sizilien zurückkehrt, wird er aktiv werden müssen.«

»Ich denke, das erübrigt sich. Ich danke Ihnen.«

Dass dieses Gespräch nie stattgefunden hatte, brauchte keiner von beiden zu erwähnen.

Cozzoli kehrte zum Esstisch zurück. Matilde nahm Gigi gerade Blut ab. Sie wollte keine Zeit verlieren, aber riet Gigi, seine stoppelkurzen Haare bis auf Weiteres nicht zu schneiden.

»Im Blut werde ich wahrscheinlich kaum noch etwas finden. Aber deine Symptome deuten auf K.-o.-Tropfen hin. In einer Haarprobe kann ich die mit etwas Glück auch in vier Wochen noch nachweisen.«

Matildes Verdacht auf K.-o.-Tropfen hatte Gigi erleichtert. War es doch nicht nur der Alkohol gewesen? »Aber wer tut so etwas?«, fragte Gigi, »und warum?«

Die Unsicherheit darüber, was in dieser Nacht geschehen war. Das schwarze Loch in der Erinnerung. Der Kontrollverlust. Die Angst vor sich selbst. Gigi war in einen Strudel gestürzt und kannte sich selbst nicht mehr.

»Sehr einfach, Gigi: Jemand will dir einen Mord anhängen und ist dabei ziemlich erfolgreich«, erklärte Cozzoli ihm seine Situation.

Er hatte diese Reaktion schon bei anderen Opfern von K.-o.-Tropfen erlebt und hätte wirklich selbst auf diese Möglichkeit kommen können, wäre sein Hirn mehr auf Commissario als auf weinseliger Kumpel programmiert gewesen. Aber nun sollte Gigi bitte endlich erzählen.

»Ich weiß nicht, was ich getan habe. Ob ich etwas getan habe. Es macht mich wahnsinnig, immer noch«, jammerte Gigi. »Was auch immer geschehen ist, es ist meine Schuld.«

Cozzoli stöhnte, *»Gigi, basta!«*, und warf sein Döschen Pfefferminzpastillen auf den Tisch. »Hat noch jemand Bedarf?« Bitte nicht die Mitleidstour, bitte nicht. Die konnte Cozzoli gar nicht ertragen.

Zumindest hatte Gigi im Laufe der ungemütlichen

Nacht auf dem Feldbett anscheinend die Erkenntnis gewonnen, dass er reden und seinem Freund Pantaleo vertrauen musste, wenn er nicht viele weitere ungemütliche Nächte auf Gefängnispritschen verbringen wollte.

»Könntest du uns bitte erklären, warum du gestern panisch verschwunden bist?«, bat Cozzoli freundlich und beherrscht.

»Also bitte«, empörte sich Gigi. »Erst rufst du an, erzählst mir, nicht nur George Lille, sondern auch Marcello Lazzari sei ermordet worden, und fragst, was ich - ich! - damit zu tun hätte. Ausgerechnet du als mein Freund. Dann will ich Elena und Elisabetta zum Essen holen und höre, dass Michele sich in Saint Emilion umgehört hat und Elena mich schon im Gefängnis sieht, weil dir der Fall entzogen wird. Da kann man schon mal Panik kriegen, wenn man sich sowieso an nichts mehr erinnert und an seinem Verstand zweifelt, oder?«, schnaubte Gigi.

»*Va bene, zio, tranquillo.* Eins nach dem anderen«, griff Elena besänftigend ein, aber Cozzoli platzte der Kragen. »Elena, wir spielen hier nicht ›Guter Bulle - böser Bulle‹! Gigi soll verdammt noch mal seinen Mund aufmachen. Sonst wird mir der Fall nämlich wirklich entzogen. Ich habe noch genau zwei Tage. Bitte, Gigi, dein Auftritt. Was weißt du über George Lille?«

»Alles. Wer George Lille war. Wer sein Vater gewesen ist. Von Anfang an und noch bevor ich uns zum Weinseminar angemeldet habe«, begann Gigi niedergeschlagen. »Ich habe in der Enoteca Pellegrino das Plakat für das Seminar gesehen. Das fand ich zunächst mäßig interessant. Aber dann erzählte Luca von einem berühmten französischen Sommelier und Weinjournalisten, der dort als Referent auftreten sollte, eine wahre Kapazität. Ich frage, wer das sein soll, und Luca sagt, ›George Lille‹. In dem Moment wusste ich, dass ich den Sohn von Mario Lillo hergeholt hatte.«

Alle schauten ihn fragend an, aber niemand sagte etwas. Elena griff nach den Pfefferminzpastillen, Cozzoli beherrschte sich. Das hörte sich nicht nach Entlastung an.

Gigi erinnerte sich an alles. Bis zum Grappa.

Es begann mit Marcello Lazzari, der an einem sonnigen Vormittag im Juni in den Bücherkisten vor Gigis Laden kramte. Er interessierte sich für alte Fotos und Bücher über die Geschichte des Salento.

Sie begannen zu plaudern. Marcello kam aus Scansano, Gigi erinnerte sich an seine Sommerferien dort und an die Weinernte bei seinem Cousin. Marcello erzählte, dass seine Großmutter ihm vom Aufstand der Weinbauern berichtet habe und dass er sich für diese Geschichte interessiere. Er mache Interviews mit Zeitzeugen und bat auch Gigi um ein Gespräch. »Kein Problem«, sagte Gigi naiv, und die beiden verabredeten sich.

Einige Tage später fuhr Gigi nach Scansano. Zum ersten Mal nach bald fünfzig Jahren. Er traf Marcello auf der Piazza del Popolo, sie spazierten durch die Gassen, fuhren hinaus in die Felder. Gigi hatte den Duft des Mostes wieder in der Nase, dieses würzige, frische Aroma von gerade gepressten Trauben, den Duft seiner Jugend. Die aufregende Reise aus Lecce nach Scansano, in eine andere Welt, die den Höhepunkt und gleichzeitig das Ende der langen Sommerferien und der großen Freiheit markiert hatte. Aber vorher gab es noch die Weinernte, ein Fest, das den Zyklus eines Jahres beendete. Für Gigi ein Abenteuer. Im Jahr 1960 verdiente er dort sogar sein erstes kleines Geld. Außerdem war da Leonardo, sein großer Cousin, den er schon immer bewundert hatte und der ihn in diesem September verwirrte.

Sie erwachten im warmen Dunkel der Sommernacht, zogen in der Dämmerung mit den anderen Erntehelfern auf die Felder. Die Frauen mit Kopftüchern und Scheren schnitten die Trauben, sangen ihre Lieder, Witze wurden gerissen, es gab Anzüglichkeiten, wenn die Jungs die vollen Körbe austauschten und in den Karren leerten. Jeder Muskel tat weh, wenn Gigi mittags vom Feld kam, verschwitzt und dreckig und klebrig vom Saft, der aus den Trauben lief. Wenn sie für den Vater von Leonardo geerntet hatten, stampften sie nachmittags barfuß die Trauben, ein Gefühl unter den Fußsohlen, das Gigi nie vergessen würde. Arm in Arm lachend mit Leonardo, mit dem er in diesem Sommer plötzlich auf Augenhöhe war, fast zumindest.

Es war alles wieder da, als Gigi mit Marcello Lazzari redete. All seine Gefühle krochen durch die Ritzen der gut eingemauerten Erinnerung. Die Bilder, die Gerüche, die Stimmen. Und auch der Nachmittag auf der Piazza del Popolo, an dem alles für immer endete. An dem Gigi den Cousin leblos in einer Blutlache fand.

»An dem Tag habe ich beschlossen, den Salento zu verlassen. Ich weiß es noch genau, auch wenn ich erst Jahre später gegangen bin. Ich war ja erst vierzehn. Aber an dem Tag habe ich zum ersten Mal gedacht, ich will weg. Weit weg.«

Wäre Elena nicht in Hamburg gewesen und Ettore nicht bei seinen letzten Konzerten in Genua, vielleicht hätte Gigi sein Herz ausgeschüttet und die Erinnerung hätte sich danach wieder in eine versteckte Ecke seines Hirns verkrümelt. Aber so blieb alles lebendig.

Gigi hatte auch Mario Lillo, dieses Großmaul, während

der Arbeit auf den Feldern kennengelernt, und er hatte gesehen, wie er nach den Schüssen über das Dach geflüchtet war. Natürlich hatte er ihn, wie alle anderen auch, für den Provokateur gehalten, verantwortlich für die drei Toten. Aber auch Gigi gab es irgendwann auf, seinen Eltern mit dem, was er gesehen hatte, auf den Wecker zu fallen. Sie hatten ihn umgehend aus dem widerständigen Scansano abgeholt, und damit war dieses Kapitel in der Familie offiziell geschlossen. Niemand mochte sich mehr an diesen tragischen September erinnern. Niemand hatte die Geduld und den Mut, sich die Geschichte eines Vierzehnjährigen anzuhören und mit ihm zu trauern.

Aber Gigi war schon immer ein Sammler gewesen. Er hatte noch alle Geschehnisse aus der Zeit präsent, als Marcello ihn danach fragte. Und er hatte natürlich auch die Zeitungsartikel, die Fotos und Todesanzeigen von damals noch in einer Schachtel.

Michele hatte Gigi gerade erst einige Kniffe mit dem neuen Computer gezeigt, also probierte der Onkel eines Nachts eine kleine Recherche im Internet. Einige Klicks genügten, Google fragte: »Meinen Sie *Lille* statt *Lillo?*«, und ein Weinladen in Saint Emilion, dessen Besitzer auch als Großhändler agierte, war gefunden. Gigis privates Scharmützel, seine miese kleine Rache nahm ihren Lauf.

Er erzählte niemandem davon, hütete dieses Geheimnis. Es war ihm abgrundtief peinlich.

Er kopierte die Todesanzeigen, Fotos und Zeitungsartikel und schickte sie zusammen mit Drohbriefen an Mario Lillo nach Saint Emilion. Nicht nur einmal. Er schickte Tag für Tag eine weitere kleine Gehässigkeit. »Wir wissen, wo du dich mit deinen Kindern versteckst!«, schrieb Gigi. Niemand habe die Toten vergessen. Sie würden gerächt werden. Zum fünfzigsten Jahrestag! Er unterschrieb mit »die *ragazzi* des September 1960«. Tag für Tag ein Brief. Der Countdown lief. Was Gigi am Jahrestag tun wollte? Vielleicht nach Saint Emilion reisen und »*assassino!*«, »Mörder!«, an die Weinhandlung sprühen. Mit dunkelrotem Lack. Oder Schweineblut. Oder Rotwein. Bis dahin würde Gigi noch etwas einfallen. Aber Mario Lillo sollte keinen weiteren Tag seines Lebens ohne einen Gedanken an die Toten verbringen dürfen.

Doch dann erfuhr Gigi von dem Weinseminar, und Luca Pellegrino warb mit dieser Kapazität namens George Lille. In diesem Moment wusste Gigi, dass er George Lille in die Heimat seines Vaters gelockt hatte.

Gigi konnte nicht wissen, dass Mario Lillo kurz zuvor gestorben war und die Post bei seinem Sohn im Briefkasten landete. Der hatte die Briefe und Todesanzeigen gelesen und war den Spuren seines Vaters gefolgt.

»Ihr könnt euch nicht vorstellen, wie unendlich peinlich mir meine kleine Rache war«, beendete Gigi sein Geständnis. »Ich konnte das einfach nicht erzählen. Schon gar nicht, nachdem George Lille ermordet worden war, mich alle plötzlich schräg anschauten und ich mit diesem schwarzen Loch im Kopf rumlief.«

Cozzoli lehnte sich erschöpft zurück. »Danke, Gigi. Jetzt wissen wir wenigstens, was mit dir in den vergangenen Tagen los war.«

Als Gigi endlich angefangen hatte zu reden, konnte er fast kein Ende mehr finden. Das war beruhigend.

»Eine letzte Frage noch«, ergänzte Cozzoli. »Als Lanzilotto zum Grappa rief, hast du mit George Lille am Turm gestanden und ihn angeblich beschimpft. Worum ging es? Was wollte George Lille von dir?«

Gigi schaute Cozzoli verwirrt an, fuhr sich mit den Händen über den Kopf und schwieg. Alle warteten auf Gigis Erklärung, niemand traute sich, etwas zu sagen. Aber Gigi blieb stumm. Die Stille zog wie eine dunkle Wolkenfront hoch, bis Gigi schließlich seufzte. »Ich – ich erinnere mich nicht.«

Eine entlastende Aussage hörte sich anders an.

30

Cozzoli schaute auf die Uhr. »*Ragazzi*, es reicht für heute Nachmittag. Ich muss los.«

Er schob seinen Stuhl zurück und erhob sich. »Macht keinen Blödsinn, ruht euch aus. Ich gehe inzwischen ermitteln. Irgendjemand muss diesen Lille ja geköpft haben, und irgendwer muss diesen jemand finden. Von Lazzaris Mörder ganz zu schweigen. *Ci sentiamo*.«

Cozzoli klopfte Gigi zum Abschied freundschaftlich auf die Schultern. Der Commissario fühlte sich ratlos und felsenschwer. Inzwischen sagte ihm nur noch sein sicheres Gefühl, dass Gigi kein Mörder war. Dessen Aussage war zwar ehrlich gewesen, wenigstens das, aber Cozzoli nahm sie besser nicht zu Protokoll.

Der Commissario ging zur Haustür. Es gab zu viele Spuren und Geschichten, die alle etwas miteinander zu tun hatten. Diese beiden Morde hingen irgendwie zusammen, aber wie? Das Problem begann schon damit, dass Cozzoli sich nicht vorstellen konnte, welcher der freundlichen Menschen, die auf der Masseria De Vittorio zusammen Wein getrunken hatten, zwischendurch den Franzosen massakriert hatte. Höchstens Alberto Bocca, der alte Giftzwerg, aber der wäre mit seinem Rollstuhl ja nicht mal in den Keller gekommen.

Ging es tatsächlich um Rache wegen dieser alten Weingeschichte? Oder um Ruhm, Ehre und vor allem die Verkaufserfolge der neuen apulischen Weine? Vielleicht war auch der Giftmüll, der möglicherweise irgendwo im Salento verbuddelt worden war, das Motiv?

Cozzoli konnte das Gesamtbild nicht erkennen. Sobald er ein Detail betrachtete, verschwamm der Rest in einem konturlosen Mischmasch. Er musste Abstand gewinnen. Mit Giacomo reden und mit Matilde, die hatte immer einen etwas anderen Blick auf die Dinge. Auf jeden Fall erst mal weg von Elena und Gigi.

Er legte seine Hand auf die Türklinke

»Ich begleite Sie noch nach unten«, Elena stand plötzlich neben ihm und zog sich eilig ihre Jacke über. Bevor Cozzoli etwas sagen konnte, drehte sie sich um, rief: »Ich bringe den Müll weg!«, und schwenkte den zugebundenen Sack. Gigi nickte, Michele - sah Cozzoli das richtig? - schaute ihr genervt hinterher. War er die Rosen noch nicht losgeworden?

Sie gingen schweigend nebeneinander den Arkadengang entlang und die geschwungene Treppe in den Innenhof hinunter, Cozzoli öffnete das Hoftor, ließ Elena den Vortritt und zog es hinter sich zu.

»Nun, Signora Elena, was haben Sie mir zu sagen?«, begann er. »Der Müllcontainer steht übrigens neben Ihnen.«

Elena schaute amüsiert, warf den Müllbeutel in den Container und knöpfte ihre Jacke zu. Seit dem Regen am Morgen war es kühler geworden.

»Ich schulde Ihnen noch eine Erklärung: die Sache mit den Scherben in der Küche bei Bocca.«

»*Bene, avanti!*«, forderte Cozzoli sie auf.

»Aber versprechen Sie mir, dass es keine strafrechtlichen Konsequenzen hat.«

Cozzoli schüttelte den Kopf. »Passen Sie lieber auf Ihren Onkel auf, damit der keine strafrechtlichen Konsequenzen fürchten muss!« Er konnte es nicht fassen. Sie war naiv, nicht genial. »Nun erzählen Sie schon.«

Cozzoli machte sich auf den Weg zu seinem Auto, Elena folgte ihm. »Liliana war bei Alberto Bocca. Sie hatte sich in der Küche versteckt und wollte ...«, Elena bremste sich. »Ich weiß nicht genau, was sie wollte, jedenfalls hat sie sich erschrocken, als sie mich sah – daher die Scherben –, und ist geflüchtet.«

»Wer hat sie gesehen?«

»Nur ich.«

»Natürlich«, seufzte Cozzoli, »und dann sind Sie hinterher.«

»Nicht sofort. Erst standen Sie ja noch in der Tür.«

»Ich stand im Weg«, präzisierte Cozzoli, »aber dann haben Sie Ihre Freundin Elisabetta überredet und sind zu Liliana gefahren.«

Elena nickte. »So ungefähr. Woher wissen Sie ...?«

Cozzoli schüttelte nur den Kopf und wiegelte mit der Hand ab. »Elena, Sie sind berechenbar.«

Sie standen vor Cozzolis Wagen. »Also gut, gehen wir noch ein Stück«, murmelte der Commissario. Er brauchte Bewegung und neue Pfefferminzpastillen.

Elena erzählte von Liliana und Alberto Bocca, von dem Gespräch mit George Lille und dem Verdacht, dass es nicht einer, sondern zwei Provokateure gewesen waren. Dass Mario Lillo zwar die Handgranate geworfen, aber Alberto Bocca geschossen hatte.

Cozzoli blieb stehen und triumphierte. »Den kaufen wir uns.«

Vielleicht war Elena doch ein wenig genial und nicht nur

naiv. Zumindest schien ihre Theorie der Wahrheit zu entsprechen: Mario Lillo hatte nicht geschossen.

Also Alberto Bocca. Cozzoli hatte es vermutet, seitdem er das Foto von Mario und seinem Freund in Lilles Kalender gefunden hatte. Aus gutem Grund hatte er es Elena nicht verraten. Der Ärger vom Vormittag begann wieder in ihm zu brodeln. Eigentlich interessierten ihn diese fünfzig Jahre zurückliegenden Morde nicht, aber wenn sich die Gelegenheit gerade ergab, nebenbei den Täter von damals zu verhaften, dann wollte er das sehr gerne erledigen.

»Es gibt nur ein Problem: Wir haben keine Beweise. George Lille kann uns leider keine mehr liefern. Wir brauchen einen Zeugen. Und den suchen wir uns jetzt. Kommen Sie.«

Cozzoli überlegte nicht lange, er ging zurück zum Auto, öffnete die Beifahrertür und befahl grinsend: »Einsteigen!«

Elena setzte sich auf den Beifahrersitz. »Was haben Sie vor?«

Cozzoli startete den Wagen, kurbelte, setzte vor und zurück, bis er auf der engen Piazza gewendet hatte, dann antwortete er: »Wir machen eine Ortsbesichtigung der Piazza del Popolo in Scansano, dazu brauchen wir Liliana. Könnten Sie sie anrufen? Sie scheint Ihnen zu vertrauen. Ich würde dafür auch sämtliche strafrechtlichen Konsequenzen vergessen. Falls bei Lilianas Überraschungsbesuch bei Bocca beispielsweise Waffen im Spiel waren, Küchenmesser oder so.«

Elena zeigte keine Reaktion, nur eine zarte Röte flog über ihr Gesicht. Sie wühlte in ihrer Jackentasche. »Könnten Sie mir Ihr telefonino leihen? Meins liegt noch zu Hause. Ich wollte ja nur den Müll wegbringen.«

Cozzoli schmunzelte. »Andere Leute gehen Zigaretten holen ...«, er reichte ihr sein Handy.

Elena beruhigte zunächst Gigi, »*Non ti preoccupare!* Wir fahren nur kurz in Scansano vorbei, ich bin gleich wieder da, du schläfst dich aus ...«, dann Michele, mit dem gleichen Text, nur weicher im Tonfall und mit einigen »*Si, amore ...*« versetzt sowie dem Hinweis »Pass auf Gigi auf, der soll sich ausruhen und nicht durch die Gegend laufen.«

Auch Michele schien nicht begeistert von Elenas Engagement bei den Ermittlungen mit Pantaleo Cozzoli.

Liliana und Paola warteten bereits auf der Piazza del Popolo vor der *Bar dello Sport.* Die Männer an den Tischen schauten höchst interessiert, als sie Cozzoli, dem sie doch vor einigen Tagen erst den Weg zur Herzogin erklärt hatten, in Begleitung von Paola De Vittorio höchstpersönlich, Liliana und einer weiteren Signora erblickten.

Die vier liefen über die Piazza zur Kirche, die der Bar gegenüberlag. In dem Viertel dahinter befand sich Lilianas Elternhaus. Das achtjährige Mädchen war damals ahnungslos aus einer Seitengasse auf die Piazza gelaufen, genau in den breiten Korridor, der sich zwischen Demonstranten und Polizisten vor der Bank gebildet hatte. Sie hörte lautes Stimmengewirr, Parolen werden gerufen, sie sah Menschen, so viele Menschen überall und Polizisten, und mittendrin, in dem Freiraum, lief plötzlich ihre Mutter auf sie zu. Dann die Explosion der Handgranate, die Schüsse, Schreie, Menschen stieben auseinander, ihre Mutter flog ihr entgegen – stürzte und ...

Liliana blieb ruhig. Sie zeigte, wo genau ihre Mutter gelegen hatte und wo Mario Lillo gesehen worden war: auf dem flachen Dach eines Palazzo neben der *Bar dello Sport.*

Ein doppelstöckiges Haus, dessen flaches Dach von einer Balustrade umgeben war. Von dort oben war geschossen worden. Wenn der Schütze sich flach hingelegt hatte, war er nicht zu sehen gewesen.

»Diese Handgranate hat wie durch ein Wunder niemanden getötet, aber mehrere Menschen schwer verletzt«, erinnerte sich Cozzoli an die Angaben aus dem Polizeibericht von 1960. Lilianas Mutter, Gigis Cousin und der Großvater von Marco Lazzari waren erschossen worden, mit derselben Waffe.

»Stellen wir uns vor, sie waren zu zweit dort oben«, sinnierte Cozzoli, »Alberto und Mario, bewaffnet mit Handgranate und Pistole. Erst fliegt die Handgranate, explodiert in der Luft über den Köpfen der Demonstranten. Alberto schießt fast gleichzeitig, das hat zumindest George Lille behauptet.«

Liliana nickte. »Sein Vater hatte es ihm vor seinem Tod so erzählt.«

»Glauben wir ihm einfach mal«, sagte Cozzoli, »dann wäre es so gewesen: Alberto schießt auf die Frau, die Mario geliebt hat. Sie stürzt, Mario springt entsetzt auf, Demonstranten schauen in die Richtung, aus der die Schüsse kamen, und sehen Mario. Er flüchtet. Alberto dagegen bleibt einfach hinter der Balustrade liegen. Alle haben Mario gesehen. Niemand Alberto«, schloss Cozzoli. »Dafür gibt es aber keine Beweise.« Der Commissario drehte sich zu Liliana, der großen, korpulenten und doch so weichen Frau, um. Sie tat ihm leid. »Denken Sie mal nach. Sie kennen doch das ganze Dorf, wir brauchen einen Zeugen.«

Liliana blieb stumm und schaute den Commissario an, als verlange er ein Wunder.

»Wer wohnte damals in dem Palazzo?«, fragte Elena. »Wie waren die Jungs dort überhaupt hinaufgekommen?«

»Vielleicht über die Terrassen anderer Häuser«, vermutete Paola, »die sind hier im *centro storico* ja alle eng verschachtelt.«

»Laut Polizeibericht wurden alle Bewohner der umliegenden Häuser befragt. Wenn überhaupt, wurde nur Mario Lillo gesehen«, sagte der Commissario.

»Natürlich!«, schäumte Liliana plötzlich und stürmte in die *Bar dello Sport.* Die Männer vor der Tür schauten ihr erstaunt hinterher. »*Ma* Liliana? *Cos'è sucesso?*«, rief einer belustigt. Sie drehte sich wütend um.

»Was passiert ist?«, herrschte sie den Mann an und deutete auf den Platz. »Vor fünfzig Jahren – du erinnerst dich doch! Der heroische Aufstand der Weinbauern! Und was ist da passiert? Hier, auf der Piazza, *eh?*«, sie beugte sich zu dem Mann hinunter, dessen zerfurchtes Gesicht von vielen Jahren der Arbeit auf den Feldern erzählte. Er zuckte erschrocken vor der Wucht zurück, mit der Liliana ihn und das ganze Dorf anklagte. »Wie die Hasen seid ihr verschwunden, als die Polizei wissen wollte, wer da oben war! Sag mir, wer war auf dieser Terrasse? Wer hat geschossen?«

Sie wartete keine Antwort ab, sondern rauschte in die Bar. »Enzo!«, rief sie und schlug ungeduldig mit der Hand auf den Tresen. »Enzo! *Vieni qua!* Wo ist dein Vater, wo ist Carlo?«

Cozzoli, Elena und Paola waren verdattert auf der Piazza stehen geblieben, doch nun folgte Cozzoli eilig Liliana.

»Wer ist Enzo?«, fragte Elena, während auch sie und Paola die halbdunkle Bar betraten. Hinter dem langen Tresen hingen die Wimpel apulischer Fußballvereine und von Inter Mailand, in der Ecke stand ein Kicker, neben der Kasse entdeckte Cozzoli erleichtert eine Auswahl an Kaugummis und Bonbons, darunter auch seine derzeit bevorzugte Marke, schlichte zuckerfreie Minzpastillen, ohne Lakritz-, Zitronen- oder Waldbeeraromen.

»Enzo ist der Barbesitzer«, hörte Cozzoli Paola leise antworten. »Er hat die Bar von Carlo, seinem Vater, übernommen. Eine Institution im Dorf.«

Hinter einem Vorhang trat Enzo hervor, ein gut genährter Mann Mitte vierzig in Jeans und T-Shirt.

»*Ehi*, Liliana! Was ist los?«, rief er. Cozzoli deutete neben die Kasse, dort hatte er ein paar Münzen für seine Minzpastillen hingelegt.

»Wo ist dein Vater? Wir müssen Carlo sprechen, sofort«, drängte Liliana, »hier ist ein Commissario, er hat ein paar Fragen zu einer alten Geschichte.«

Cozzoli warf sich verwundert zwei Pastillen ein, während er die Szene beobachtete, er fühlte sich wie in einem Wildwestsaloon. Nur dass er sich Liliana eher mit einem Küchenmesser als mit einem Revolver vorstellen konnte.

»Wenn er nicht draußen sitzt, ist er noch drüben«, Enzo nickte Richtung Palazzo. Er nahm Cozzolis Münzen und warf sie in die Kasse.

»Sie sind der Commissario?«, die müden Augen des Wirts musterten Cozzoli. »Worum geht's denn eigentlich?«

»Wie Liliana schon sagte, eine alte Geschichte. Vermutlich sind Sie zu jung dafür. Ist Ihr Vater da?«

»Kommen Sie.«

Sie folgten Enzo durch den Vorhang in eine kleine Küche. Er öffnete eine Tür, und sie betraten einen Raum, der früher vielleicht einmal ein Wohnzimmer gewesen war, aber nun mit Getränkekisten, Tischen und Stühlen als Lager für die Bar diente – das Erdgeschoss des benachbarten Palazzo.

»Papà?«, rief Enzo eine Treppe hinauf.

»Si? Che c'è?«, antwortete eine Stimme von oben.

»Hier ist Liliana mit einem Commissario, der dich sprechen will.«

»Er soll hochkommen.«

Cozzoli machte Elena ein Zeichen, mit Paola und Liliana draußen auf ihn zu warten, und stieg die Treppe hinauf. Am Treppenabsatz wartete Carlo, ein rundlicher alter Mann mit schlohweißen Haaren und Gehstock. Es sah aus, als hätte er mit dem Commissario gerechnet, und war nicht erstaunt, als Cozzoli darum bat, die Dachterrasse zu besichtigen.

Tatsächlich, sie bot einen hervorragenden Blick über die Dächer und die Piazza, die hüfthohe Balustrade war der perfekte Schutz, um von unten nicht gesehen zu werden. Cozzoli ging den Rand der Terrasse ab – mit einem mutigen Sprung hätte man auf einem der flachen Nachbardächer landen können. Und von dort weiter.

Cozzoli stellte sich vor, wie Mario Lillo vorsichtig über den Rand der Balustrade geschaut und gesehen hatte, wie seine geheime Liebe auf der Piazza tödlich getroffen worden und zusammengesackt war, wie er aufsprang, sich vielleicht auf Alberto stürzen wollte und gleichzeitig seinen Namen hörte. Panisch über die Dächer türmte. Die Schreie von der Piazza im Nacken. Sie hatten ihn erkannt. Das Entsetzen, die Wut der Menge jagten ihn ... Und viel zu spät begriff er, dass sein bester Freund Alberto nicht zufällig die Frau getroffen hatte, die er verehrte, vielleicht liebte, sondern dass Alberto ihn ans Messer geliefert hatte. Alberto war flach auf dem Dach liegen geblieben und hatte abgewartet. Niemand hatte ihn gesehen.

Doch für Mario Lillo gab es nur eine Rettung: weg. Er musste weit weg. Das Dorf, Apulien, Italien verlassen. Hatte ihm jemand geholfen?

Als der Commissario von der Terrasse herunterkam, erwartete ihn der alte Carlo im Wohnzimmer.

»Ich weiß, weshalb Sie hier sind.«

Wochen zuvor war bereits Marcello Lazzari da gewesen, und Carlo hatte beschlossen, ihm die Wahrheit anzuvertrauen – endlich.

An jenem Tag im September 1960 hatte er nicht bemerkt, dass zwei junge Männer durch die Bar auf sein Dach geschlichen waren. Das ganze Dorf war auf den Beinen gewesen, und die Bar fungierte als Nachrichtenzentrale. Am Tresen stand ein öffentliches Telefon, hier kamen die Neuigkeiten aus den benachbarten Dörfern an, über Straßenblockaden und Protestaktionen bei den Weinproduzenten.

Gerade hatte der alte Lazzari der Piazza lauthals verkündet: »Auch in San Mescolo demonstrieren die Bauern!«, als zwischen Hauswänden Schüsse knallten, Schreie, Menschen wollten sich retten, drängten in die Bar, besinnungslose Momente, pures Durcheinander, ohne dass Carlo begriff, dass die Schüsse von seiner Dachterrasse abgefeuert worden waren. Erst als er Alberto auf der Treppe im Lagerraum erwischte, verstand er. Der junge Mann versuchte, die Pistole unauffällig unter sein Hemd zu schieben und sich unter die Leute zu mischen. Von dieser Begegnung hatte Carlo jahrzehntelang nichts erzählt.

»Warum?«, fragte Cozzoli, doch er wusste bereits, dass diese Frage vollkommen überflüssig war.

»Alberto hat bezahlt. Einmal mit einer größeren Summe

und danach immer mal wieder, wenn ich in Schwierigkeiten war. Glauben Sie mir, so eine Bar in einem Kaff voller Bauern und Tagelöhner ist keine Goldgrube. Viele Jahre lang ging das so mit dem Geld. Irgendwann hörte es auf, die Geschichte interessierte niemanden mehr.«

Als Marcello Lazzari vor einigen Wochen anklopfte, hatte Carlo beschlossen, dass es Zeit war, sein Gewissen zu reinigen. Marcello hatte vor, ein Buch zu schreiben, wenn es veröffentlicht worden wäre, hätte sich Carlo ohnehin den Fragen der Polizei stellen müssen. Mord verjährt nicht.

Als der Commissario die Treppe in den Lagerraum hinunterstieg, hörte er von hinten noch einmal die Stimme des alten Carlo.

»Ich glaube, das Geld kam nicht von Alberto. Er hat es nur überbracht.«

Cozzoli drehte sich noch einmal um. »Und von wem stammte ...?«, aber Carlo war bereits verschwunden.

Das alles hatte Marcello Lazzari gewusst, die ganze Wahrheit über den Aufstand der Weinbauern. Wusste er auch, wer den Mörder bezahlt hatte?

Cozzoli rief den Staatsanwalt an. Der Haftbefehl für Alberto Bocca wurde noch am Abend ausgestellt.

Dieses war der erste Streich.

31

Elena betrachtete, wie Cozzoli langsam über die Piazza zur Kirche herüberkam, wo sie ihn mit Paola und Liliana erwartete. Telefonino am Ohr, gemächliche Schritte, aber energische Gesten, die leicht zu übersetzen waren: Cozzoli machte seiner Truppe in Lecce gerade ordentlich Stress.

»Überprüft das, Giacomo. Pinto soll sich um diesen Alberto Bocca kümmern. Ich will Ergebnisse, heute Abend. Ich komme später noch in die Questura. *Ciao, ci vediamo, a dopo!*«

Er schob das telefonino in seine Hosentasche, knipste ein - für seine Verhältnisse - freundliches Gesicht an und begrüßte die Frauen vor der Kirche.

»*Signore,* ich danke für Ihre Geduld, ich danke vor allem Liliana: Sie haben den entscheidenden Hinweis geliefert, mit dem nach fünfzig Jahren höchstwahrscheinlich ein dreifacher Mord aufgeklärt werden kann. Ich habe einen Haftbefehl gegen Alberto Bocca beantragt.«

Liliana erhob sich schwerfällig von den Kirchenstufen, ein trauriges Lächeln zog über ihr Gesicht. Sie nahm die Hand des Commissario und sagte leise und rau: *»Grazie!«*.

»Bene«, seufzte Cozzoli. Er wirkte tatsächlich ein wenig gerührt, fand Elena. Interessant. Er wandte sich Paola zu. »Sagen Sie, wie erreiche ich Ihren Bruder Dario? Ich meine

direkt, unkompliziert, ohne Sekretärin oder sonstige Institutionen dazwischen, die Politiker vor unangenehmen Fragen schützen.«

Paola blickte skeptisch. »Sie wissen, dass mein Verhältnis zu Dario nicht unbedingt herzlich ist.«

»Aber wenn Sie unangenehme Schlagzeilen im Zusammenhang mit dem Namen Ihrer Familie und Ihrer Weine vermeiden könnten?«

Der Commissario schaute sie eindringlich an.

»*Ho capito.* Ich probier's.« Sie nahm ihr telefonino, entfernte sich einige Schritte, führte ein kurzes Gespräch und kam wieder zurück. »Er kommt morgen Mittag zum Essen auf der Masseria vorbei. 13 Uhr, seien Sie pünktlich, er hat nie viel Zeit.«

»*Grazie.* Ich werde da sein«, er verabschiedete Paola und Liliana mit einem Händedruck. *»A domani, arrivederci.«* Elena nahm Liliana kurz in den Arm, bevor diese mit Paola zum Auto ging.

Der Commissario und Elena blieben vor der Kirche stehen. *»Allora«,* begann Cozzoli zögerlich, »ich müsste in Scansano noch etwas erledigen ..., eigentlich hätte ich Pinto gebeten, Sie abzuholen, aber der soll jetzt Alberto Bocca verhaften. Könnte Michele Sie vielleicht ...?«

»Der sollte besser auf Gigi aufpassen, meinen Sie nicht?«, wandte Elena ein.

Cozzoli stöhnte. »Sie haben recht. Also gut, kommen Sie mit. Aber dass Sie mich bei Ermittlungen begleiten, bleibt unter uns. Sonst lasse ich Sie beim nächsten Dorfbullen unter Hausarrest setzen, bis auch der letzte Mörder des Salento gefasst wurde.«

Elena grinste. »Wo geht's hin?«

»Eins nach dem anderen. Der nächste Tote auf meiner

Liste ist Marcello Lazzari. Sein Vater verschweigt etwas, vielleicht kennt er die Waffe, zumindest hat er schlechte Nerven, und die werde ich jetzt etwas strapazieren.«

Sie hielten vor dem Elternhaus von Marcello Lazzari. Der Commissario stieg aus und klingelte. Marco Lazzari öffnete, Cozzoli redete auf ihn ein, Lazzari wich zurück, Cozzoli zeigte auf seine Uhr und das Auto, schließlich folgte Lazzari dem Commissario widerwillig und setzte sich auf die Rückbank.

»In einer halben Stunde sind wir wieder zurück«, versprach Cozzoli. »So lange haben wir noch Licht. Ich will Ihnen nur kurz etwas zeigen.«

Der Tag endete so grau und ungemütlich, wie er begonnen hatte. Schwer lagerten dunkle Wolken über den Häusern am Rand von Scansano, die wie verlorene riesige Pappkartons dalagen. Elena hatte keine Ahnung, was Cozzoli vorhatte, aber traute sich nicht, die Stille im Wagen zu unterbrechen. Marco Lazzari starrte stumm aus dem Fenster. Sie fuhren aus dem Dorf hinaus und bogen in eine schmale Straße zwischen Olivenhain und altem Steinbruch ein. Cozzoli parkte neben einem grauen verlassenen Fabrikgebäude an den Bahngleisen.

»Kommen Sie!«, er öffnete Lazzari die Tür und führte ihn zum Fabriktor, das die Kollegen verschlossen und versiegelt hatten. Elena folgte in leichtem Abstand.

»Wissen Sie, wo wir sind?« Cozzoli zeigte auf eine Stelle im Gestrüpp. »Dort haben wir Marcello gefunden.«

Marco Lazzari stand stocksteif neben dem Commissario. Dann drehte er sich weg und vergrub das Gesicht in den Händen.

»Warum hier, Lazzari ? Es sollte wie ein Selbstmord aussehen. Warum wurde Ihr Sohn hier ermordet?«

»Was weiß ich?«, brüllte Lazzari und riss empört die Hände hoch.

»Hat es mit dem Weindepot zu tun? Kennen Sie diesen Ort?«, die laute, eindringliche Stimme des Commissario war wie eine Fessel, aus der sich Lazzari nicht befreien konnte.

»*Certamente!* Das Weindepot, mein Großvater hat hier seine Trauben dem *toscano* verkauft. Dem gehörte das hier alles.«

»Wem?«

»Er kam aus der Toskana, habe ich doch gesagt. Hier hat er seinen Wein gemacht.«

»Hören Sie, Lazzari. Wir haben wahrscheinlich den Mörder, der 1960 Ihren Großvater erschossen hat.«

»Lillo? Sie haben diesen Lillo noch gekriegt?«, er lachte böse und applaudierte hämisch. »Bravo! Nach fünfzig Jahren!«

»Vermutlich hat Lillo gar nicht geschossen«, sagte Cozzoli. »Aber es könnte sein, dass Ihr Sohn mit derselben Waffe getötet wurde. Das haben Sie doch auch gedacht, oder?«

Lazzari erschrak, rang nach Luft und polterte schließlich: »Das Bild von dieser Waffe hat mir mein Vater oft genug gezeigt. Er und ein paar Freunde aus dem Dorf haben damals versucht, selbst rauszukriegen, mit was für einer Pistole Lillo geschossen hatte. Bei der Polizei hat sich kaum einer ernsthaft dafür interessiert, bis auf ein Kumpel meines Vaters. Der hat heimlich den Untersuchungsbericht rausgeschmuggelt und einen Waffenkatalog organisiert, in dem die Pistole abgebildet war. Aber dieses Modell hatte niemand im Dorf jemals gesehen. Die kam von außerhalb. Und ich, ich kannte sie nur von diesem Foto, das mein Vater mir gezeigt hat.«

»Warum haben Sie das nicht früher gesagt?«

»Warum? Weil wir unsere Ruhe haben wollen! So einfach, Commissario!«

»Lazzari! Warum?«, fuhr Cozzoli auf.

»Hören Sie, mein Großvater ist vor fünfzig Jahren erschossen worden, und niemand wurde dafür verurteilt. Es gab und gibt Leute, die das genau so wollten.«

»Welche Leute und warum hier? Warum sollte Ihr Sohn sich ausgerechnet hier umgebracht haben? Warum, verdammt noch mal?«

»Mein Sohn war ein Klugscheißer, und seine Schnüffelei hat mich genervt. Aber anderen war er ein richtiger Dorn im Auge. Und wenn es dieselbe Waffe war, dann waren es vielleicht auch dieselben Leute. Und jetzt lassen Sie mich endlich in Ruhe!«

Er wollte den Commissario zur Seite schieben, doch der griff Lazzari am Hemdkragen, schüttelte ihn und glotzte ihn an, als wolle er ihn mit den Augen verschlingen.

»Sie werden bedroht! Richtig?«

Lazzari zuckte zurück. Sein Blick fror ein.

»Marcello hat per E-Mail Morddrohungen bekommen«, zischte Cozzoli, »eine haben wir noch auf seinem Computer gefunden. Die war in einem Ordner mit Gedichten gelandet, jemand hat sie übersehen, als er Marcellos Computer von unangenehmen Daten säuberte. *Nach* seiner Ermordung, Lazzari! Wir fragen uns noch, wer sich daran zu schaffen gemacht hat. Es wird etwas dauern, aber wir werden die Festplatte wieder herstellen. Und Sie? Wurden Sie am Telefon beschimpft? Blutgetränkte Briefe im Postkasten? Tote Katzen auf der Fußmatte? Reden Sie endlich! Dort …«, Cozzoli zeigte auf die Blutspritzer an der Mauer des Weindepots, »dort musste Ihr Sohn auf Knien seinen

Abschiedsbrief schreiben. Dann wurde er abgeknallt! Hingerichtet! Reden Sie, Lazzari! Es hört sonst nie auf!«

Elena sah, wie dieser wuchtige Mann zu zittern begann, nach Halt suchte, zum Auto wankte und auf den Kotflügel stürzte. Cozzoli trat neben ihn, griff seinen Arm und zerrte ihn hoch.

»Wer hat Sie bedroht?«

Lazzari schüttelte nur benommen den Kopf.

»Kommen Sie, erzählen Sie mir vom *toscano,* wer war das?«

»Ihm gehörte das hier, alles.« Er wies mit der Hand über das Brachland hinter den Gleisen, das Weindepot, den Olivenhain, den Steinbruch. »Angeblich eine alte salentinische Familie, die aber seit einigen Generationen in der Toskana lebte. Sie hatten hier noch Land, kauften unsere Trauben und produzierten *vino da taglio,* Verschnittwein, wie viele andere auch. Diktierten die Preise. Kein kleiner Familienbetrieb, sondern eine große *azienda,* ein Unternehmen, und die hätten nach den Unwettern im Sommer 1960 ohne unseren Wein dichtmachen können. Das hat Marcello herausgefunden und auch den Touristen erzählt, die sich für unseren Wein und unser Land interessierten.«

»Ist er mit denen auch hierhergefahren und hat ihnen dieses Weindepot gezeigt?«

Lazzari zuckte mit den Achseln. »Kann sein. Keine Ahnung. Ich wollte damit nichts mehr zu tun haben.«

»Früher wurde hier Wein angebaut, richtig?«, Cozzoli zeigte auf das Brachland mit den Gewächshäusern in der Ferne. Marco Lazzari nickte. »Die Reben wurden irgendwann ausgerissen, waren schon lange nicht mehr bearbeitet worden. Aber dann zahlte die EU dafür. Gab ja zu viel Wein in Europa. Da hat jemand noch mal gut kassiert.«

»Aber das ist doch alles lange her. Wurden Sie deshalb bedroht?«

»Keine Ahnung. Erst waren es nur Anrufe. Mitten in der Nacht. Immer wieder. Wir sollten auf Marcello aufpassen. Er würde enden wie sein Großvater. Dann wurde unser Hund vergiftet. Marcello kam immer seltener nach Hause. Versteckte sich irgendwo, bei Freunden vielleicht.«

»Erinnern Sie sich an Ihr letztes gemeinsames Essen an diesem Sonntag. Was hat er erzählt? Wollte er sich später noch mit jemandem treffen?«

»Weiß ich nicht. Wir haben uns gestritten, weil er wieder mit einer seiner großen Geschichte ankam. Großes Geheimnis! Großer Journalist! Aber es ging nicht mehr um diesen Aufstand der Weinbauern. Er hatte irgendetwas Neues, er fuhr ja dauernd herum. Ich konnte es nicht mehr hören, er sollte sich eine anständige Arbeit suchen. Aber Marcello meinte, er sei an einer großen Sache dran, bald würde sich alles auflösen. Wir sollten uns keine Sorgen machen, seine Informationen seien an einem sicheren Ort, und er wolle jemanden von der Polizei treffen«, Lazzaris Stimme wurde bitter. »*Grazie mille,* Signor Commissario!«, höhnte er. »Fahren Sie mich jetzt bitte nach Hause.«

Nachdem sie Marcello Lazzari wieder nach Hause gebracht hatten, surrten Elena und Cozzoli auf der Schnellstraße durch die Dunkelheit nach Lecce.

»Ich finde, das hörte sich nach Feuer und Wasser an. Marcello mit seinen sprühenden Ideen, der Vision vom investigativen Journalismus, und dagegen dieser Vater, der in ihm nur den Klugscheißer sah«, sagte Elena.

»Mmmh«, grummelte der Commissario, aber Elena spann ihre Idee weiter. »Marcello: arbeitslos, zu schlau, zu engagiert für einen idiotischen Job in einem Callcenter oder einer Autowerkstatt. Ein Denker, der in seinem Garagenzimmer Ideen ausbrütete, zurückgezogen lebte, wenig Freunde hatte, sich forttragen ließ, beseelt von einer spannenden Geschichte, der ...«

»Elena ...«, brummte der Commissario, »wollen Sie mir erklären, dass dieser etwas stumpfe Vater seinen Sohn umgebracht hat, weil er ihm auf die Nerven ging?«

»Zumindest hat er nichts von dem verstanden, was seinen Sohn interessierte. Marcello hat sein Herzblut in diese Recherche über den Aufstand der Weinbauern gesteckt und die ganze Wahrheit herausgefunden. Er wusste, dass nicht Mario Lillo geschossen hatte, sondern Alberto Bocca. Aber dieser Vater nennt seinen Sohn nur einen Klugscheißer – das ist doch unerträglich!«

Der Commissario antwortete nicht. Er schien mit seinen Gedanken in anderen Sphären zu schwirren. Sie erreichten Lecce. Elena wollte nach Hause. Zu Gigi, zu Michele – endlich. Andererseits, sie wäre gerne mit dem Commissario in die Questura weitergezogen, zu der Besprechung mit den Spurensuchern und -sicherern, mit Matilde und Pinto. Elena seufzte, sie ließ sich von diesen beiden Mordfällen forttragen, dabei hatte sie doch nur ihren *zio* Gigi schützen wollen.

»*Grazie,* Elena«, sagte Cozzoli. Er hielt vor der Porta San Biagio, wo sie aussteigen wollte. »Ich denke, Ihnen gebührt die Ehre für die Festnahme von Alberto.«

»Sie wissen genau, dass die eher ein Kollateralschaden war. Es geht doch in Wahrheit um etwas ganz anderes.« Elena sah ihn in der Dunkelheit an. »Richtig?«

Der Commissario wandte sich langsam zu ihr und fragte leise: »Wie meinen Sie das, *cara* Elena?«

»Mal ehrlich, finden Sie nicht, dass dieser Mord an Marcello Lazzari vor Symbolik trieft? Der Ort des arrangierten Selbstmordes am Weindepot. Die gleiche Waffe, mit der auch sein Großvater getötet wurde. Die ordentlich platzierten Texte über den Aufstand der Bauern, die Sie im Chaos auf seinem Schreibtisch gefunden haben.«

»Die ich dort finden sollte«, präzisierte Cozzoli. »Sie haben vollkommen recht. Auch Marcellos Computer wurde für mich präpariert: Es wurden nur bestimmte Dateien gelöscht. Ich weiß nicht, ob wir sie wiederherstellen können. Giacomo versucht es.«

»Aber wer hatte Zugang zu dem Computer? Meinen Sie etwa, der Vater hat daran herumgefummelt?«

»Nein, nein, der Vater repariert Autos und geht sonntags jagen, der hat keine Ahnung von Computern. Es war jemand anderes, vermutlich der Mörder, und der konnte in aller Ruhe vorbereiten, was wir finden sollten und was nicht. Er hatte freien Zugang zu Marcellos Garagenzimmer.«

»Er ist eingebrochen?«, vermutete Elena.

»Viel eleganter. Er hatte Marcellos Schlüssel und eine Woche Zeit, konnte jede gefährliche Information beseitigen, im Zimmer, auf dem Computer. So lange lag die Leiche vor dieser Ruine im Gestrüpp. Wir haben bei Marcello keinen Schlüsselbund gefunden. Der steckte im Zündschloss der Vespa, die wir wiederum erst zwei Tage nach Marcellos Leiche entdeckt haben.

Giacomo und Fabio haben frische Fuß- und Reifenspuren gefunden, vor und im Weindepot. Die passten weder zu mir noch zu Pinto. Alle anderen Spuren in der Nähe der Leiche hatte der Regen kurz nach dem Mord weggewaschen. Was sagt uns das? Der Mörder hat die Schlüssel nachträglich ins Zündschloss gesteckt. Er wollte sie vermutlich dem toten Marcello zurück in die Hosentasche schieben. Aber den hatten wir ja inzwischen abtransportiert. Zu spät, jeder macht Fehler.«

»Worum geht es in diesem Fall wirklich?«

»Das kann ich Ihnen nicht sagen«, Cozzoli blickte sie an, ernst, ohne jedes Spielchen. »Nur so viel, Elena: Wir sollten nur die Weingeschichte sehen. Es war alles arrangiert. Alles.«

Cozzolis Mobiltelefon klingelte, als Elena ausstieg. Sie war schon fast unter der Porta San Biagio, als sie noch ein sattes, unflätiges *»Merda!«* hörte.

Gigi und Michele fläzten sich zusammen auf dem Sofa vor dem Fernseher und beachteten Elena kaum, als sie reinkam.

»Ciao ragazzi!«, rief sie betont gut gelaunt und küsste Michele.

»Gleich, *bella,* gleich«, er zog sie an sich. »Sei mal eben still ...«

Was war denn nun los? Beim *TeleGiornale,* den Abendnachrichten, durfte doch sonst immer gestört werden.

Sonnige Landschaftsaufnahmen aus Apulien wurden gezeigt, weit geschwungene Weizenfelder, silbrig grün schimmernde Olivenhaine, Hügel, auf denen sich Reben in langen grünen Wellen bis zum Horizont schwangen, doch unter diesen Postkartenbildern hetzte die Stimme eines Reporters: »... soll der Kronzeuge, ehemals Mitglied der Camorra, auch von Transporten nach Apulien gesprochen haben. Um welche Art von Giftmüll es sich handelte, welche Mengen oder wo er abgeladen wurde, ist angeblich unbekannt.« Dann erfolgte ein Schnitt in das Büro von Dario

De Vittorio. Der Assessor für regionale Entwicklung saß in einem gediegenen Lederstuhl hinter seinem Schreibtisch.

»Paolas Bruder!«, rief Elena.

Ob diese Nachricht nicht auch ein Schock für die Entwicklung Apuliens sei, wurde er gefragt. De Vittorio wiegelte ab. Erst mal müsse die Glaubwürdigkeit dieses Kronzeugen überprüft werden. Für bessere Haftbedingungen würden gerne schwer nachprüfbare Aussagen gemacht. »Ich gebe Entwarnung«, beruhigte der Assessor, Apulien sei nicht Kampanien oder Neapel, wo solche dreckigen Geschäfte mit der Mafia gängige Praxis seien. »Ich sehe bei uns keine Lkw, die illegalen Giftmüll durch die Landschaft fahren.«

Ende des Beitrags, es folgte die Wettervorhersage.

»Mein lieber Commissario …«, murmelte Elena, warum hatte er sich so dringend und informell für morgen mit Dario verabredet?

»Wenn an dieser Meldung etwas dran ist …«, Michele schüttelte fassungslos den Kopf, und Gigi beendete sarkastisch, »dann werden wir davon garantiert nichts mehr erfahren.«

»Was sagt denn dein Commissario dazu?«, fragte Michele mit leichter Schärfe in der Stimme.

»Ich glaube, genau dazu wollte er nichts sagen«, murmelte Elena mehr zu sich selbst, und in Richtung Michele sagte sie: »Außerdem ist er nicht *mein* Commissario.«

»Ah ah ah! Da sah heute Morgen aber anders aus«, rief Michele, das sollte wohl locker klingen, ging aber daneben.

»Er hat die Nacht auf der Chaiselongue verbracht und auf Gigi gewartet«, gab Elena bissig zurück. »Das war's.«

Michele sah sie kritisch von der Seite an. »*Scusa,* Elena, was würdest du denken? Ich höre in Frankreich diese Geschichte vom toten Sommelier, Gigi unter Mordverdacht, da brauche ich keine Kristallkugel, um zu wissen, dass du hier auf Mörderjagd gehst. Ich lasse also die Guzzi in Saint Emilion stehen, fliege nach Italien, verbringe die Nacht in einem überfüllten stickigen Zug, komme frühmorgens endlich hier an, und du bist bereits auf Undercover-Mission. Dafür stolpere ich über einen frisch geduschten Commissario, der die Nacht mit dir in dieser Wohnung verbracht hat.«

»*Ma che dici?* Auf der Chaiselongue! Auf der Chaiselongue!«, rief Elena dazwischen.

»Dann tauchst du auf«, giftete Michele weiter, »und verschwindest ohne jede Erklärung zum nächsten Einsatz – *mit* dem Commissario!« Michele fuchtelte mit der Hand durch die Luft. »Was meinst du eigentlich, wer du bist? Cozzolis private Ermittlerin?«

»Lächerlich!«, schnaubte Elena.

»Immer mit der Ruhe«, rief Gigi nun. »Wir sind alle müde, das ist meine Schuld. Aber jetzt ist Elena ja hier, vollkommen unbeschädigt. Alles gut.«

Gigi versuchte sich als Vermittler. Hatte Michele ihm sein Herz ausgeschüttet? Was war mit dem eigentlich los? Einen eifersüchtigen, zehn Jahre jüngeren italienischen Liebhaber – diese Sorte von Romantik war das Letzte, wonach Elena sich sehnte.

»Hast du schon gegessen, *bella mia?*«, fuhr Gigi eilig fort, bevor Elena und Michele weiterzanken konnten. »Ich mach uns allen schnell eine *frittata* mit Zucchini, wie ist das? Tomatensalat dazu? Michele hat uns aus Frankreich einen Pomerol mitgebracht, den könnten wir ja mal probieren. Stammt zwar aus dem Dorf von diesem Schnösel, aber in Gedenken ...«

Der Onkel machte auf gute Laune und schnippelte an der Kochinsel bereits Zucchini und Zwiebeln.

Michele beruhigte sich damit, den Rotwein zu öffnen und unter Gigis kritischem Blick diesen »Fremdwein« in Gläser zu schenken. Gigi nahm ein Glas, betrachtete die Farbe und schnüffelte daran. »Im Pomerol sollte ja nur Merlot drin sein – eine Allerweltstraube –, aber wer weiß, vielleicht pflegen sie eine gute alte, geheime Tradition und mischen ihren feinen Pomerol mit ein paar Fässchen von unserem Primitivo auf?«, er gluckste spöttisch, und Elena war beruhigt, wieder das vertraute Onkel-Lachen zu hören.

»Hoffen wir, dass Cozzoli schnell die wahren Mörder schnappt«, hob Michele versöhnlich an und legte Elena den Arm um die Schultern. *»Salute!«,* sie stießen an.

»Nicht schlecht, leicht, fruchtig, aber doch strukturiert«, schlaubergerte Gigi.

»War auch nicht billig«, gab Michele an und grinste frech. Die Stimmung war gerettet.

»Der erste Mörder wird heute Abend übrigens verhaftet«, platzte Elena mit der Neuigkeit heraus und erzählte nun doch von ihrem Nachmittag mit Cozzoli in Scansano.

»Aber wisst ihr, was ich mich frage? Wenn Cozzoli sagt, dass alles arrangiert gewesen wäre, hat dann der Mörder auch den Zeitpunkt bestimmt, an dem Pinto und Cozzoli die Leiche finden? Angeblich hat sich eine anonyme Anruferin bei Pinto gemeldet und ihn an diesen total verlassenen Ort gelockt. Da ist sonst kein Mensch, Marcello hätte dort Jahre weiter verwesen können. Aber genau an diesem Abend findet diese Frau ihn angeblich, Pinto ruft Cozzoli, der verlässt die Masseria, Gigi bleibt *natürlich* bei der Weinprobe mit George Lille – und hat am nächsten Morgen ein Problem.«

Stille an der Kochinsel. Beide Männer schauten Elena

staunend an. »Cozzoli sollte verschwinden, damit man Gigi problemlos den Mord in die Schuhe schieben konnte.«

Gigi erhob sein Glas. »Du bist genial, *bella mia!*«

»Das findet Cozzoli auch«, feixte Elena. Michele lächelte gequält. Sie knuffte ihn in die Seite – der war aber auch humorlos an diesem Abend. Hatte er nicht rote Rosen mitgebracht?

Gigi warf die Zucchini zu den Zwiebeln und dem Knoblauch in die Pfanne, schlug Eier in eine Glasschüssel und verrührte sie. »Michele, hast du die Tomaten schon aufgeschnitten? Und süße rote Zwiebeln dazu, hauchdünne Ringe!«

Michele schob die Tomatenscheiben vom Brett auf einen Teller, streute ein wenig Salz darüber und beträufelte sie mit Olivenöl. Dann griff er wieder zum Gemüsemesser. Rote Zwiebeln, feine Ringe – er vertiefte sich ergeben in Gigis Order. Er sieht müde aus, dachte Elena, wir alle haben letzte Nacht schlecht geschlafen und sollten behutsam miteinander umgehen.

Trotzdem konnte sie sich nicht zurückhalten: »Erinnerst du dich wirklich nicht an deinen letzten Streit mit George Lille unter dem Turm? Bevor es den Grappa gab?«

Jetzt verlor Gigi sein heiteres Gemüt, er knallte die Schüssel mit den Eiern auf die Platte.

»Ich weiß nichts mehr!«, antwortete er gereizt. »Da ist dieses Loch im Kopf!« Er goss die Eier über die Zucchini-Zwiebel-Mischung, zerpflückte unsanft Basilikumblätter über der Pfanne und grummelte: »Die Dottoressa meint, die Erinnerung könne wiederkommen. Man soll sich zu dem Ort begeben, wo sie ausgesetzt habe, das könne helfen.«

»Dann machen wir beide morgen früh mal einen Ausflug«, sagte Elena leise. Gigi lächelte dankbar.

Elena war schon fast eingeschlafen, als sich Michele unter die Decke schob. Sie schnupperte Rosen, Michele strich mit einer Blüte über ihr Gesicht. Also doch, warum rote Rosen?

»*Principessa,* ich dachte, Rosen wären angemessen, wenn man fragt ...«

Nein. Nicht jetzt, nicht so. Elena drückte seine Hand. »Keine Rosen, Geliebter. Die sind nicht dein Stil – ehrlich. Es ist alles gut mit uns. So, wie es ist.«

Und dann schlief sie vorsichtshalber ein, bevor er weitersprechen konnte.

32

Cozzoli ärgerte sich nur im ersten Moment. Während er Elena durch die Porta San Biagio verschwinden sah, fluchte Parodi in Rom laut ins Telefon. Ein Journalist hatte sich nicht an die Absprache gehalten, das *TeleGiornale* am Abend würde einen kurzen Beitrag über die Giftmüll-Aussage des Kronzeugen senden. Damit war das Rennen unter den Pressekollegen eröffnet: Wer zuerst mehr Details wusste, würde sie bringen. Eine Frage der Auflage, der Einschaltquoten. Es würde heiß hergehen. Es sei denn, jemand »von oben« hielt den Daumen drauf.

Im zweiten Moment wurde Cozzoli angriffslustig. Vielleicht war es gar nicht so schlecht, dass ein Teil der Aussage durchgesickert war. Wer auch immer hier seine Finger im Spiel hatte, würde nervös werden. Schutz suchen. Sich bewegen. Sich zeigen.

Morgen würde er Dario De Vittorio auf den Zahn fühlen. Glaubte man dem Kronzeugen, hatte er Kontakte zur Sacra Corona Unita gehabt, der apulischen Mafia. Es ging um die Neunzigerjahre, damals war er zwar schon politisch aktiv, aber noch eine ziemlich funzelige Leuchte aus der Provinz gewesen. Inzwischen strahlte er in der Region und machte sich Hoffnungen auf einen Posten in Rom. Da drängte sich natürlich die Frage auf, wer sein Steigbügelhalter gewesen war. Und warum hatte sein Vater eigentlich ihm, dem Ältesten, weder die Landwirtschaft noch das Weingut vererbt?

Aber nun erst mal in die Questura! *Avanti!* Cozzoli war in seinem Element, als er die Treppe hinaufstürmte. Sollte er zuerst Alberto Bocca vernehmen oder die Kollegen zusammentrommeln? Die wollten nach Hause, Bocca hatte Zeit. Viel Zeit.

»Die schlechte Nachricht zuerst, Commissario«, nuschelte Pinto. Er drängte sich mit Dottoressa Matilde, Giacomo und dessen Mitarbeiter Fabio in Cozzolis Büro. Anhand dieser Stimmlage wusste Cozzoli inzwischen, dass sein frisch beförderter Assistent irgendetwas vergeigt hatte. Es war bald halb neun, Cozzolis Schreibtischlampe beleuchtete das Durcheinander der Notizen und Fotos aus Marcellos Garage, Pintos Berichte über Befragungen und Alibis der Winzer, die, wie erwartet, allesamt nichtssagend waren, und einen Karton mit privaten Gegenständen von George Lille: Schlüsselbund, Ausweis, Portemonnaie, Sonnenbrille, Flugticket, Mietwagen-Vertrag, Kalender, Handy, Reiseführer Apulien.

»Raus damit, Pinto!«, ermutigte Cozzoli seinen Assistenten.

»Alberto Bocca ist nicht in Haft, sondern zu Hause. Wir hatten keine Chance. Er hat eigentlich gar nichts gesagt, sondern nur seinen Anwalt angerufen und mir das Telefon hingehalten. Der *avvocato* erklärte mir, dass Signor Bocca nicht haftfähig sei, wir könnten es gerne auf eine Beschwerde ankommen lassen, ich solle aber lieber meinen Feierabend genießen.«

Diese arrogante Ratte, dachte Cozzoli, damit war zu rechnen gewesen.

»Wen auch immer du am Telefon hattest, Pinto, erinnerst du dich an seinen Namen?«, bohrte Cozzoli. Pinto schüttelte den Kopf.

Va bene, pazienza. Pinto war noch frisch im Geschäft, aber Alberto Bocca, ein Weinbauer, war definitiv nicht der Typ, der aus dem Nichts einen Anwalt zur Hand hatte. Der Alte hatte geahnt, was ihm blühte, und sich vorbereitet. Cozzoli würde morgen früh zu ihm fahren, um ihm auf den Zahn zu fühlen, fertig.

»Er steht also unter Hausarrest. Sind Kollegen dort?«

Pinto nickte. Na bitte, ging doch.

»Kommen wir zu Marcello Lazzari«, Cozzoli schaute Giacomo und Fabio an. »Wer war die Frau, die angeblich seine Leiche gefunden und Pinto angerufen hat? Konntet ihr den Anruf zurückverfolgen?«

»Nicht möglich. Unbekannt, eine geklaute Prepaidkarte, vermutlich aus Neapel«, referierte Spurensucher Fabio.

»Perfetto!« Cozzoli schlug mit der flachen Hand auf seinen Schreibtisch und rief triumphierend: »Ich wusste es! Alles arrangiert. Kein Zufall!«

Von der anderen Seite des Schreibtisches schauten ihn vier erstaunte Augenpaare an.

»Dieser Anruf war gestellt! Die Leiche dieses angeblichen Selbstmörders hätte noch Jahre dort im Gestrüpp herumliegen können, ohne dass sie jemand findet. Aber er sollte gefunden werden, und zwar genau an diesem Abend, während George Lille umgebracht wird. Pinto und ich wurden dorthin gelotst, damit Gigi allein, ohne meine treue Fürsorge, bei der Weinprobe mit George Lille blieb und auf der Masseria – vermutlich dank einiger K.-o.-Tropfen – übernachtete. Direkt am Tatort. Alles deutet auf ihn als Täter hin, aber es ist alles arrangiert. Die letzte Gewissheit könnte uns der Nachweis von K.-o.-Tropfen in Gigis Blut liefern. Wie sieht's aus, Dottoressa?«

Matilde schüttelte den Kopf. »Kein Nachweis mehr möglich, zumindest nicht auf die gängigen Substanzen. Ein *trial-and-error*-Spielchen, wenn man nicht genau weiß, welche man sucht«, sie machte eine kurze Pause und lächelte Cozzoli an. »Manchmal hilft natürlich der Zufall – im Labor wie im Leben, nicht wahr, Commissario?«

Cozzoli räusperte sich. »Ich danke für den Ausflug in die Weisheiten des Lebens, Dottoressa. Besteht gar keine Chance, die K.-o.-Tropfen noch nachzuweisen?«

»Wenn Gigi in drei bis vier Wochen ein paar Haare gewachsen sind und er sie mir überlässt, teste ich noch mal. Ich kenne mich mittlerweile ziemlich gut aus mit den gängigen K.-o.-Varianten ...«

»Im Labor wie im Leben«, vollendete Cozzoli freundlich. »Ich komme bei Bedarf darauf zurück.«

»He he he«, gackerte Pinto, aber verschluckte sich, als Cozzolis strenger Blick ihn traf. Der hatte gerade wirklich gar keinen Grund zur Heiterkeit.

Matilde wurde nachdenklich. »Wenn deine Theorie stimmt, Pantaleo, hängen beide Morde definitiv zusammen. Wir suchen also ein gemeinsames Motiv.«

»Ein Motiv – ein Mörder«, stimmte Cozzoli zu.

»Nein, zwei Mörder«, widersprach Matilde. Ein *Déjà-vu,* Cozzoli vergrub sein Gesicht in den Händen. Natürlich, die weibliche Stilfrage, Elena würde triumphieren, und wie erwartet bestätigte Matilde: »Wer einen Schuss aufsetzt, wird niemanden mit so einem eleganten Schnitt fast köpfen.«

Bene, bene, Cozzoli ging nicht weiter darauf ein und nahm noch eine Minzpastille. »Können wir bitte bei Marcello Lazzari bleiben? Was gibt's noch?«

Giacomo und Fabio hatten Probleme, die gelöschten Dateien auf Lazzaris Computer wiederherzustellen. »Nicht unmöglich, aber wir brauchen Zeit.« Sicher war nur, dass Dateien nach dem Tod gelöscht worden waren, sehr selektiv.

»Über Wein, den Salento, wichtige Weingüter und deren Geschichte finden wir dagegen allerhand«, sagte Giacomo, »auch über diesen Aufstand der Weinbauern. Außerdem ist er ausgiebig auf Google Earth durch den Salento gekurvt. Wollte er nicht Reiseleitungen übernehmen?« Cozzoli nickte, sagte aber nichts weiter dazu.

»Haben nun beide Morde mit dieser Weingeschichte zu tun?«, fragte Fabio.

»Könnte sein. Marcello hatte die Wahrheit über das Ende des Aufstandes herausgefunden: Nicht Mario Lillo, sondern Alberto Bocca hatte geschossen. Das wusste auch George Lille, und vielleicht hatten die beiden sogar den Auftraggeber gefunden«, rekapitulierte Cozzoli. »Dieses Wissen ist bislang das Einzige, was George Lille und Marcello Lazzari verbindet. Aber ist das tatsächlich ein Mordmotiv? Selbst wenn Lazzari darüber ein Buch veröffentlicht hätte?«, Cozzoli blieb vage bei der Weingeschichte, an die er selbst kaum noch glaubte. Trotzdem erteilte er einen weiteren Rechercheauftrag. »Überprüft, wem 1960 dieses Weindepot und das Land drum herum gehörte und wie es genutzt wurde. Der Vater von Marcello Lazzari erwähnte einen *toscano,* dem die Bauern dort früher ihre Trauben verkauften. Ich vermute, es handelt sich um einen toskanischen Weinproduzenten. Im Jahr des Aufstands hatte es in der Toskana eine miserable Ernte gegeben, die waren dringend auf den apulischen Verschnittwein angewiesen, aber haben die Preise unter Produktionskosten gedrückt. Die Spur zum Auftraggeber der Provokation könnte also in die Toskana weisen.«

Giacomo und Fabio machten sich Notizen und nickten.

»Noch etwas?«, fragte Cozzoli.

»Ein Zusatz zu Lazzaris Telefonverbindungen«, meldete Fabio. »Marcello hat auch zweimal auf der Masseria De Vittorio angerufen.«

»Gut, ich frage morgen nach, mit wem er dort gesprochen hat«, sagte Cozzoli. »Ich bin ohnehin noch einmal da. *Grazie, ragazzi. Buona serata.*«

Die Besprechung war beendet. Im Hinausgehen hielt Cozzoli allerdings Matilde zurück. »Haben Sie noch einen Moment?«

»Ich dachte schon, du rückst überhaupt nicht mehr mit der Wahrheit raus«, sie drehte sich um, schloss die Bürotür und setzte sich wieder. »Worum geht es wirklich, Pantaleo?«

Cozzoli ging um seinen Schreibtisch herum und öffnete eine Schublade. Er zog eine Weinflasche hervor und zwei Gläser. »Primitivo di Manduria von 2008, Empfehlung von Gigi, der soll das Denken befördern.«

»Wenn das so ist«, Matilde kramte ein Päckchen Zigaretten und ein Feuerzeug aus ihrem großen bunten Beutel, stand auf und öffnete das Fenster.

»Stört dich doch nicht, oder?«

»*Prego,* wir verbringen hier ja gewissermaßen unsere Freizeit.« Wo war der Korkenzieher, verdammt?

»*Avanti,* Cozzoli! Mafiascheiß oder was ist los mit dir?«

»Sagt dir der Name Rodolfo Manna etwas?«, Cozzoli lehnte an seinem Schreibtisch und roch den Duft ihrer Zigarette.

»Sicher, einer unserer letzten Helden der Anti-Mafia, Experte für Giftmüll, kürzlich gestorben.«

»Verreckt, Matilde, verreckt«, Cozzoli schluckte, holte

Luft, dann konnte er weitersprechen: »Marcello Lazzari hat nicht nur die ganze Wahrheit über den Aufstand der Weinbauern herausgefunden. Er war an einer Geschichte dran, die zu gefährlich und zu groß für ihn war. Deswegen hat er mit Rodolfo Manna Kontakt aufgenommen, und der fand die Sache zumindest so wichtig, dass er sich in diesen Tagen mit Marcello hier treffen wollte.«

»Warum hast du den anderen nichts davon erzählt, sondern beschäftigst sie weiter mit dieser Weinnummer?«

»Ich bin nicht sicher, ob sie dichthalten, wenn morgen die Journalisten hier herumtanzen.«

Cozzoli erzählte von dem Kronzeugen, den Giftmülltransporten und dass Lazzari vermutlich Beweise dafür gehabt hatte. »*Das* ist das wahre Mordmotiv, Matilde. Dieser heroische Aufstand der Weinbauern und ihre Märtyrer in allen Ehren, aber ich bin sicher, dass Lazzari nicht deswegen gestorben ist.«

Matilde drückte ihre Zigarette außen an der Mauer aus und schnippte die Kippe auf die Straße. »Ich brauche einen Schluck Wein, Pantaleo, ich muss denken.«

Sie schloss das Fenster, Cozzoli riss auf der Suche nach einem Korkenzieher alle Schubladen auf, wurde jedoch nicht fündig. Matilde schritt derweil mit leerem Glas um den Schreibtisch herum und sinnierte.

»Ich frage mich, wie unser Sommelier in dieses giftige Szenario passt? Deine Abwesenheit war arrangiert, ich bin mir sicher, dass Gigi K.-o.-Tropfen eingeflößt wurden – den Nachweis liefere ich dir noch. Hat sich Gigi jemals zusammen mit dir so betrunken?«

»Nein, er verträgt eine gute Flasche Wein, aber er hat sich immer im Griff«, Cozzoli war unter den Schreibtisch abgetaucht, »und weiß, wann er besser nach Hause geht.«

»Ich habe gehört, dein Freund, der Questore, gibt dir noch zwei gnädige Tage?«

»Der soll die Füße stillhalten. Wenn er das ernst meint, kann er seine Pension einreichen. Morgen kümmere ich mich um seinen Freund Dario De Vittorio. *Cavolo,* wo ist der Korkenzieher?«

»Nimm das nicht so locker, Pantaleo. Ist dir schon mal aufgefallen, dass sich alle Beteiligten der Weinprobe gegenseitig ein Alibi geben? Lanzilotto, Pellegrino und Dario De Vittorio? Emanuele Bocca hat zwar kurz seinen Vater weggebracht, aber Paola und er decken sich gegenseitig für die Tatzeit, und als sich der harte Kern der Weinverkoster auflöst, ist Lille längst tot. Nur Gigi guckt in die Röhre. Kein Alibi, er war ohne Erklärung eine Weile verschwunden. Keiner weiß, wo. Für den Mord an Lille hat er vielleicht kein echtes Motiv, aber er hätte die nötigen Emotionen gehabt. Mord im Affekt, warum nicht? Er kannte auch Marcello, ein hübscher Knabe, und wer weiß, was für einen Strick sie deinem schwulen Freund daraus ...«

»Ma che cazzo stai dicendo«, explodierte Cozzoli. »Was redest du für einen Schwachsinn?«

»*Ehi,* Commissario! Immer mit der Ruhe! Ich will dich nur warnen. Wenn Dario De Vittorio im Giftmüll-Geschäft drinhängt, solltest du auf der Hut sein. Zieh dich warm an.«

Sie stand ihm gegenüber und ließ ihren Blick über das Chaos schweifen. »Hier ist übrigens ein Korkenzieher.«

Sie griff in die Kiste mit George Lilles Kleinkram und hielt dessen Schlüsselanhänger hoch – der wie ein kleiner Korkenzieher mit einem kurzen eingeklappten Messer aussah.

»Aah«, seufzte Cozzoli erleichtert. Er klappte das Messer aus. Kein Messer. Ein USB-Stick.

Er hielt ihn hoch und sah in Matildes blaue Augen. Dieser stilvoll getarnte Datenspeicher war in keinem Untersuchungsbericht vermerkt. »Hat den jemand überprüft?«, fragte Cozzoli. Matilde schüttelte den Kopf und zog ihren Laptop aus dem großen Lederbeutel.

Auf den ersten Blick waren es vor allem Fotos. Satellitenbilder, Landkarten, Fotos von Steinbrüchen, Feldern, Müllkippen. Doch da waren auch E-Mails, die Marcello Lazzari an George Lille weitergeleitet hatte. Sie enthielten die Analyseberichte eines Labors in Bologna, das in Bodenproben eine erhöhte Konzentration von Schwermetallen und Asbest nachgewiesen hatte.

Bologna, dort studierte Marcellos Schwester. Warum hatte sie Cozzoli am Telefon nichts davon gesagt? War sie schon bei ihren Eltern angekommen?

Eines der Satellitenfotos ortete Cozzoli sofort, ohne Beschriftung und GPS-Koordinaten. Die helle Fläche eines Steinbruchs, eine schnurgerade Straße, ein Olivenhain, Brachland. Ein altes Fabrikgebäude an einer Bahnlinie.

33

Cozzoli erwachte mit einem Adrenalinschub. Noch zwei Tage, bis der Questore wieder aufkreuzte. Matilde hatte vollkommen recht gehabt mit ihrem Szenario. Gigi musste als Bauernopfer herhalten, damit Cozzoli abserviert werden konnte. Er selbst war das eigentliche Ziel. Der Questore sah seine Chance, ihn loszuwerden, andere »ehrenwerte« Leute wollten verhindern, dass einer von der Anti-Mafia ihre Felder umpflügte.

Zwei Tage, Cozzoli musste notfalls einen glaubwürdigen Verdächtigen aus dem Hut ziehen. Niemals würde er zulassen, dass Gigi ans Messer geliefert wurde. Eher wollte er sich auf seinen Hügel setzen, mit Gigi Trauben ernten und Wein machen. Aber vorher wäre der Questore fällig.

Er hatte gestern am späten Abend noch Marcellos Schwester in Bologna erreicht. Sie packte gerade ihre Tasche, um zur Beerdigung nach Scansano zu reisen. »Bleiben Sie, wo Sie sind«, bat Cozzoli, »hier unten kann ich nicht für Ihre Sicherheit garantieren. Wurden Sie bedroht?«

Angela Lazzari hatte sofort verstanden. Sie wusste von den Drohungen, die ihre Eltern und Marcello in den vergangenen Wochen mehrfach erhalten hatten. Bei ihr in Bologna war bislang alles ruhig geblieben.

Marcello, der davon träumte, Journalist zu werden, war auf der Suche nach einer richtig guten Story über den Salento gewesen. Die fand er, während er mit seiner Vespa herumknatterte und Weinfelder und Kellereien für seine alternativen Weintouren besuchte. Er hatte viel über die Öko-Mafia gelesen, über verseuchte Böden rund um Neapel und den Handel mit Giftmüll, über Mafiosi, die hochgiftige Abfälle für vergleichsweise geringe Preise »entsorgten«. Ein Millionengeschäft. Marcello hatte sich schlicht überlegt, warum nicht auch im Salento? Auf dieser Halbinsel im tiefen Süden, die seit jeher niemanden wirklich interessierte. Weit weg von Rom, eine Art Kolonie, der Wurmfortsatz von Italien.

Auf seinen Touren stieß Marcello auf verlassene Müllkippen. Er befragte Bauern, Winzer, Umweltschutzgruppen und nahm Bodenproben an verdächtigen Stellen. Angela ließ sie in Bologna analysieren, im Labor eines Freundes. Niemand wusste davon, die Ergebnisse wurden direkt an ihren Bruder geschickt.

»Marcello war ein einsamer Wolf, ein Einzelkämpfer. Aber vor einigen Wochen hat er Angst bekommen«, erzählte Angela. »Ich wollte wissen, was los war. Er habe Kontakt zu jemandem von der Anti-Mafia in Rom, sagte er. Ich habe gedacht, er spinnt.«

Immer diese Abenteurer, diese einsamen Helden, die mit der Mafia Räuber und Gendarm spielen wollen und am Ende mit einer Kugel im Kopf irgendwo verwesen. Cozzoli kannte viele solcher Geschichten und konnte sie nicht mehr hören.

Dottoressa Matilde hatte Hilfe angeboten. Gerichtsmedizin hin und her, aber sie wollte sich persönlich um den *toscano* kümmern, den damaligen Besitzer des Weindepots und des Landes drum herum. Nichts, nicht die geringste Andeutung sollte von Lazzaris Giftmüllrecherche nach außen dringen. Giacomo und Fabio durften stattdessen am Computer spielen und Lazzaris sorgsam gelöschte Dateien wiederherstellen. Cozzoli und Matilde waren allerdings überzeugt, dass sie die wichtigsten bereits auf dem USB-Stick gefunden hatten.

Marcello Lazzari und George Lille hatten nicht nur das Wissen um den Aufstand der Bauern geteilt, sondern auch um den geheimen Giftmüll im Salento. Der junge Marcello hatte dem Franzosen seine Daten anvertraut. Sollte George Lille sie nur in Sicherheit bringen oder auch veröffentlichen?

Bevor sich Cozzoli um die Drecksgeschäfte kümmern konnte, musste er diese Weingeschichte zu Ende bringen. Er hatte Alberto Bocca früh am Morgen angerufen: Um zehn Uhr käme er zum Verhör auf das Weingut, ein Anwalt könne nicht schaden.

Pinto hatte Cozzoli zu Hause abgeholt, noch rasch einen caffè an der Bar, Minzpastillen, nein, keine Zigaretten, obwohl er gestern Nacht eine von Matilde geschnorrt hatte, die Dottoressa war jedoch vertrauenswürdig.

Mehr noch. Cozzoli hatte sich am Abend eingestanden, dass Matilde die Einzige in seiner Truppe war, der er in jeder Hinsicht fest vertraute. Sie war erfahren, im Leben und im Job, war eigenwillig und hatte die nötigen Wurzeln, die verhinderten, dass sie bei Gegenwind einknickte. Außerdem mochte er sie.

Der Kreisel von Scansano, die Landstraße durch die Weinfelder, der weiße Turm der Masseria De Vittorio, der aus dem Grün in den Himmel voll aufgeplusterter Wolken ragte. Cozzoli ließ seinen Gedanken freien Lauf, versuchte sie einzusammeln und zu bündeln Pinto hielt glücklicherweise die Klappe, er kannte die Launen seines Chefs. Cozzoli konnte bereits die Hecke sehen, die die Kellerei und das Wohnhaus von Bocca & figlio umgaben.

»Stop, Pinto! Halt mal eben an!«, bremste er plötzlich seinen Assistenten. »Der Lkw, dem du neulich hier fast reingeknallt wärst, fahr mal die Strecke, die er damals genommen hat!« Der Commissario zeigte auf den breiten, ausgefahrenen Feldweg.

Pinto schüttelte verständnislos den Kopf, bog aber ab.

»Fahr einfach mal, Pinto. Ein Versuch.«

Der Feldweg führte über flaches, ungenutztes Land. Reste von Verpackungen, Plastikflaschen, Kartons flogen herum, als ob der Wind den Inhalt einer Mülltonne großflächig verteilt hätte. Ein Wäldchen begrenzte die Fläche, davor zog sich quer ein hoher Drahtzaun über das Feld. Der Weg endete an einem offenen Gatter. Cozzoli erkannte die Szenerie: Marcello Lazzari war hier gewesen und hatte fotografiert.

»Weiter, Pinto!« Sie fuhren durch das Gatter, schaukelten durch die tiefen Spuren, die viele Lkw in den Boden gewühlt hatten, bis sich eine gigantische Grube vor ihnen öffnete.

Cozzoli und Pinto stiegen aus, es stank entsetzlich. Sie stellten sich an den Rand und starrten hinunter in die monströse Müllkippe, die sich unter ihren Füßen öffnete. Ein Bagger stand dort, aber kein Mensch war zu sehen.

»Hier verschwindet also unser aller Müll«, sagte Pinto lakonisch, »sieht aus wie einer dieser alten Steinbrüche, aus denen unser schöner Lecceser Sandstein geholt wurde.«

Cozzoli schaute sich um. Außer diesem lächerlichen Zaun mit offenem Gatter deutete nichts auf die Müllgrube hin. Niemand kontrollierte, wer hier was reinkippte. Hochgiftiger Müll brauchte noch nicht einmal aufwendig zu Hausmüll umdeklariert zu werden.

Von der Straße aus war die Müllkippe nicht zu sehen, auf einem Satellitenfoto vielleicht. So lange, bis die Grube eines Tage zugeschüttet werden würde. Was verrottete hier bereits unter seinen Füßen?

»Hast du von den angeblichen Giftmülltransporten gehört, Pinto?«

»Sicher. War ja nicht zu überhören heute Morgen, auf allen Sendern. Meinen Sie, da ist was dran?«

»Boh?« Cozzoli zuckte mit den Schultern und murmelte: »War vor meiner Zeit hier unten. Damals war ich damit beschäftigt, aufzupassen, dass gewisse Leute nicht abgeknallt werden. War auch kein Spaß.«

»Ah«, staunte Pinto, als ob er eine Stimme aus einem fernen Universum gehört hätte. »Heute regen sich alle auf, morgen dreht der Wind, und niemand riecht mehr den Gestank. Ist doch immer so. Hier braucht sich niemand Sorgen zu machen.«

»Mmmh«, brummte Cozzoli, er war sich in diesem Fall nicht so sicher. 20 000 Lkw-Ladungen, wenn man dem Kronzeugen glauben durfte. Wohin waren die verschwunden? Die Möglichkeit, dass radioaktive Schlacken darunter gewesen waren, hatte glücklicherweise noch niemand öffentlich gemacht.

»Können wir gehen, Commissario?«, bat Pinto. »Mir wird übel.«

»Dai, andiamo!«, beschloss Cozzoli und ging zum Auto zurück.

Alberto Bocca saß vorm Fernseher, als Cozzoli eintrat. Rosaria, die Betreuerin, räumte die Küche auf. Der Commissario nutzte die Gelegenheit und fragte noch einmal, wann Emanuele am Sonntagabend seinen Vater nach Hause gebracht hatte. Um Viertel vor elf sei das gewesen, und er sei sofort wieder auf die Masseria gefahren.

Zur Tatzeit hatte er sich also vor Ort befunden. Falls Cozzoli dem Questore oder Staatsanwalt einen alternativen Mörder präsentieren musste, wäre Emanuele die erste Wahl.

»Vermissen Sie übrigens ein Messer in der Küche?«, fragte Cozzoli im Herausgehen.

Rosaria war überrascht. »Woher wissen Sie das?«

»Groß?«

Sie nickte. »Und scharf. Das Fleischmesser. Wie kommen Sie darauf, Commissario?«

»*Grazie,* Signora«, er ging zu Bocca und Pinto ins Wohnzimmer.

»*Buon giorno,* Signor Bocca. Sie verzichten auf einen Anwalt?«, Cozzoli setzte sich zu Pinto an den Glastisch und zog ein Aufnahmegerät aus der Tasche.

Bocca nickte, nahm die Fernbedienung und schaltete den Ton der amerikanischen Polizeiserie aus. Er wirkte müde.

»Also, beginnen wir. Sie werden beschuldigt, am 7. September 1960 drei Menschen erschossen zu haben.«

»Es war keine Absicht, ich hatte nie zuvor einen Revolver in der Hand gehabt. Das Ding ist einfach losgegangen. Wir sollten nur etwas Stress verbreiten.«

Alberto Bocca leugnete nichts. Er schilderte kühl die Ereignisse jenes Tages, bestätigte, was Cozzoli inzwischen bereits erfahren hatte. Ein glattes Geständnis. Von den Schüssen über die glückliche Fügung, dass Mario wie ein Kaninchen weggerannt war und er nur entspannt liegen bleiben musste, bis zu den kleinen Zuwendungen, mit denen er sich über Jahre das Schweigen des Wirtes erkauft hatte.

Das alles war lange her, es schien Alberto Bocca egal zu sein.

»Signor Bocca, ich danke Ihnen für die offene Zusammenarbeit. Darf ich fragen, warum Sie sich zu dieser umfassenden Aussage entschlossen haben?«

»Es ändert sich nichts für mich, ob ich hier unter Hausarrest stehe oder einfach so herumsitze. Hin und wieder kommt dieser Carlo immer noch vorbeigehumpelt und will Geld. Ich gebe ihm schon lange nichts mehr. Aber er geht mir auf die Nerven. Nun wird er mich in Ruhe lassen.«

»Vermutlich«, sagte Cozzoli. »Andere Frage: Wer hat Ihnen den Auftrag gegeben und Sie bezahlt?«

Die dünnen Lippen des alten Mannes verzogen sich zu einem feinen Lächeln, und er genoss nun jedes einzelne Wort. »Daran kann ich mich beim besten Willen nicht erinnern.« Es war klar, dass er nichts weiter dazu sagen würde. Eine bissige Provokation.

Cozzoli hatte Mühe, seinen Atem, seine Stimme, seinen Körper unter Kontrolle zu halten. Jede Reaktion hätte nur Boccas boshaftes Spielchen weitergetrieben. Wie hatte Emanuele Bocca diesen Vater überlebt? Warum fehlten nicht mehr Messer in der Küche?

Atmen, Cozzoli, mit den Armen wedeln, Hängematte – er lehnte sich zurück.

»Die Pistole, mit der Sie damals geschossen haben, gehörte die Ihnen?«

»Nein, natürlich nicht.«

»Was haben Sie mit ihr gemacht, nachdem Sie drei Menschen damit getötet hatten?«

»Zurückgegeben.«

»Dem *toscano*«, warf Cozzoli ein. Bocca zuckte mit dem Kopf. War das, aus Versehen, ein kurzes Nicken gewesen?

»Zurückgegeben. Und dort lagerte die Waffe, bis ein junger Mann vor Kurzem damit umgebracht wurde, weil er zu viel über den Aufstand von 1960 wusste.«

Bocca reagierte nicht. Kein Zucken, nichts. Eine faltige Hülle im Rollstuhl, reglos.

Commissario Cozzoli entspannte sich und faltete die Hände auf dem Bauch. Seine Lider fielen auf halbe Höhe. Er hörte Pinto neben sich nervös schmatzen und raunte: »Pinto, geh schon mal raus.«

Es blieb eine Weile still im Wohnzimmer, dann krächzte Bocca: »War's das jetzt?«

»Nein, noch nicht ganz«, sagte Cozzoli leise und räkelte sich. »Was ich nicht verstehe, wirklich nicht verstehe: Sie haben sich während der Degustation bei De Vittorio offensichtlich vorzüglich mit George Lille unterhalten. Gut, Sie haben zusammen über die junge Herzogin und ihre Bio-Weine hergezogen, aber das liegt wohl an diesem ätzenden Naturell, das Ihnen beiden gemein war. Aber George Lille war in den Salento gereist, um Sie zu finden. Er hat allen erklärt, dass Sie es waren, und nicht sein Vater, der die drei Menschen auf der Piazza del Popolo getötet hatte. Sie sind für diese Morde gut bezahlt worden, mit Land und einer Lizenz zum Tabakanbau. Mario Lillo dagegen konnte nie wieder zurückkommen in sein Dorf, musste sich sein Leben lang verstecken. Hätte George Lille Sie dafür nicht verabscheuen müssen?«

»Nein, nein, wir haben uns sehr schnell geeinigt«, erklärte Bocca. »Er war seinem Vater sehr ähnlich – ein Großmaul. Aber pragmatischer als Mario. Er wusste sehr genau, was er wollte. Wäre sein Vater nicht geflüchtet, hätte ich mir mit ihm diese paar Hektar Land teilen müssen. In gewisser Weise gehörte George also die Hälfte. Ich habe ihm angeboten, ihm seinen Teil des Landes zu überschreiben.«

Cozzoli konnte nicht glauben, was er da gerade gehört hatte, aber dieses feine Lächeln in Albertos zerfallenem Gesicht, diese hinterhältige Freude waren eindeutig.

»Sie sprechen von dem Land, auf dem Ihr Sohn Emanuele seine herausragenden Weine anbaut?«

»*Seine* Weine? Auf *meinem* Land! Ich bitte Sie, Commissario!«, Bocca lachte heiser. »Ich weiß nicht einmal, ob er tatsächlich mein Sohn ist! So wie seine Mutter herumgehurt hat, bevor sie sich dort drüben in einem Pfirsichbaum aufgehängt hat. Ich habe ihn aufgezogen, aber, verdammt, ich bin ihm nichts schuldig«, keuchte Bocca, er war außer Atem.

»Wusste Ihr Sohn von dieser Abmachung mit George Lille?«

»Aber sicher! Er war nicht erfreut, das können Sie mir glauben.«

Cozzoli stand auf. »Signor Bocca, Sie stehen bis auf Weiteres unter Hausarrest. Über Ihre Haftfähigkeit wird ein Richter entscheiden. Letzte Frage: Wo hält sich Ihr Sohn gerade auf?«

Keine Antwort, Bocca hatte den Ton des Fernsehers wieder angestellt.

Cozzoli hatte keine Lust, durch die Weinfelder zu laufen, um Emanuele Bocca zu suchen. Er ließ sich von der Haushälterin Rosaria die Handynummer geben und erreichte den jungen Winzer im Auto. Heute Vormittag, während der Ernte, unterwegs? Er sei auf dem Weg zu Paola De Vittorio.

»*Ottimo!* Wir sehen uns dort«, bestimmte Cozzoli. Er war ja ohnehin mit Dario De Vittorio verabredet.

Alberto Bocca und der Aufstand der Weinbauern waren abgehakt, nun konnte sich Cozzoli dem wahren Motiv dieser Morde widmen, dem Giftmüll, und der damit einhergehenden merkwürdigen Allianz zwischen Marcello Lazzari, der sich als investigativer Journalist versucht hatte, und George Lille, dem umtriebigen Weinexperten, der Lazzaris Vertrauen gewonnen hatte und die brisante Recherche vermutlich nach Frankreich in Sicherheit bringen wollte. Ganz uneigennützig? Cozzoli stolperte über diesen Gedanken.

»Pinto, ruf einen Streifenwagen als Verstärkung zur Masseria De Vittorio. Für alle Fälle. Sie sollen auf dem Parkplatz auf weitere Anweisungen warten.«

Cozzoli breitete eine Landkarte auf der Motorhaube aus. Die wilde Müllhalde, die er und Pinto gefunden hatten, lag exakt zwischen Boccas Land und dem Anwesen De Vittorio.

34

Als Elena in die Küche kam, saß ihr Onkel schon vor seinem Cappuccino und las die Lokalzeitung *Osservatore di Lecce.* Elena nahm sich eine Tasse caffè und Milch und schaute Gigi über die Schulter. Der Giftmüll war die Titelgeschichte, aber die Glaubwürdigkeit des Kronzeugen wurde schwer in Zweifel gezogen. Dario De Vittorio hatte im Fernsehbeitrag das richtige Stichwort zur Entwarnung gegeben. Alles halb so wild?

»Ich glaube, Cozzoli vermutet, dass diese Morde etwas mit den illegalen Giftmülltransporten zu tun haben«, sagte sie, noch etwas verschlafen.

»Und ich glaube, Cozzoli hat Sehnsucht nach seiner Anti-Mafia«, murmelte Gigi. »Aber Giftmüll, von dem niemand weiß, wo er rumliegt und ob er überhaupt hier irgendwo rumliegt, das ist gruselig. Stell dir vor, das Zeug sickert ins Grundwasser, unser Gemüse, unser Wein – kann man doch alles nicht mehr essen und trinken.«

»Zumindest stinkt Giftmüll deutlich mehr nach Mordmotiv als Wein. Hast *du* eigentlich einen Verdacht, *zio?* Wer könnte so einen Doppelmord planen und dich reinreiten wollen?«

Gigi schüttelte den Kopf. »Nicht die leiseste Ahnung.« Er faltete die Zeitung zusammen und stand auf. *»Allora, sei pronta?«*

Elena verstand nicht. »Fertig – wofür? Ein zweiter caffè?«

Gigi guckte beleidigt. »Wir wollten zusammen einen Ausflug unternehmen, um meine Erinnerung zu beleben.«

Stimmt, Elena hatte es ihm abends versprochen. Sie zögerte, Michele war noch nicht wach, sollte sie ihn …? Sie ließ ihn lieber schlafen.

»Den zweiten caffè kriegen wir bestimmt bei Paola«, frohlockte Gigi, als sie sich dem weißen Turm der Masseria näherten.

»Die wird sich um ihre Trauben kümmern, solange das Wetter hält. Ich habe gelernt, dass Regen bei der Ernte nicht nur die Erntehelfer nervt, sondern auch den Wein verwässert«, erklärte Elena gut gelaunt. Ihr Onkel schien aus dem finsteren Loch zu krabbeln, in das er nach der Mordnacht gefallen war. Elena war erleichtert, übermorgen kam ihr Sohn zurück. Zumindest Gigis Laune sollte bis dahin wiederhergestellt sein. Es musste nur noch der wahre Mörder gefunden werden.

Gigis telefonino klingelte, er lachte laut. *»Si, certamente, hahaha!* Sicher erinnere ich mich an dich, Lanzilotto! So schlimm war es nun auch nicht. Demenz kommt dann in ein paar Jahren, mit der richtigen Dosis an Rotwein vielleicht auch gar nicht.« Gigi lehnte entspannt auf dem Beifahrersitz und hörte, was Lanzilotto zu sagen hatte.

»Volentieri!«, stimmte er zu, »ich bringe meine Nichte mit, wir sind noch auf einen Sprung bei De Vittorio, danach kommen wir gerne vorbei. *A dopo, grazie, ciao, ciaociao!*«

Er schob das telefonino zufrieden in seine Jackentasche. »Mittagessen ist gesichert. Beim Schlossherrn, inklusive Besichtigung des Weinkellers und Kostprobe – wie gefällt dir das?«

»Bello«, sagte Elena, eigentlich hatte sie keine große Lust, vielleicht konnte sie Gigi absetzen und zurück zu Michele

fahren? Aber was wusste sie eigentlich über Lanzilotto, außer dass er diesen blöden Weinkurs organisiert, ein Schloss und eine zarte französische Frau hatte? Das sollte sich heute ändern, beschloss Elena, und wenn es außerdem Gigis Erinnerung auf Trab brachte, *volentieri.*

Sie betraten den lichten Hof mit dem unebenen Pflaster und den jahrhundertealten Häusern, die sich wehrhaft aneinanderdrängten, dem knorrig verwachsenen Olivenbaum in der Mitte, der vielleicht gepflanzt worden war, als die ersten Gebäude der Masseria errichtet wurden.

In seinem Schatten saßen Sofia und Adele an einem Gartentisch und zankten sich mit Bruno, der gerade den Silberknauf seines Gehstocks hochriss und drohend etwas rief.

»An den Signor mit dem silbernen Gehstock erinnere ich mich«, sagte Gigi, »ein selten schönes Exemplar, dieser Stock. Den Signor habe ich im Hof getroffen, als George Lille im Salon seine Dummheiten über Boccas Wein verbreiten durfte. Unerträglich, ich musste den Saal dringend verlassen und machte Bekanntschaft mit diesem netten Herrn, der durch die Dunkelheit spazierte.«

»*Buon giorno!* Welche Freude!«, rief Adele nun, sie hatte Elena und Gigi entdeckt und winkte sie heran.

»*Buon giorno,* wir wollten nicht stören«, entschuldigte sich Elena.

»Oh, ich höre die Signora mit dem charmanten leicht deutschen Akzent«, Bruno drehte sich um und starrte Elena an. »Ja, nun erkenne ich Sie, und Sie sind ...«, er kniff die Augen hinter seiner dicken Brille zusammen.

»Wir haben uns am Abend der Weinprobe im Hof getroffen«, half Gigi ihm auf die Sprünge.

»Aber sicher! Wir haben über Gehstöcke geplaudert«, Bruno lachte. »Haben Sie schon entschieden, ob Sie sich auch einen zulegen? Sie hatten recht, es erhöht den Respekt, der einem entgegengebracht wird. Sogar bei diesen *ragazze* hier«, er zeigte kichernd mit dem Gehstock auf Sofia und Adele und fuhr lehrerhaft fort: »Man muss ihnen manchmal ein wenig die Welt erklären.«

»Aaaah, Bruno! Wir sind nicht blöd! Stellen Sie sich vor, er wollte uns weismachen, dass eine Müllkippe den ganzen Wein unserer Paola vergiftet haben könnte!«, zeterte Adele wieder los.

»Sie haben die Nachrichten vom Giftmüll im Salento gehört?«, fragte Elena.

»Natürlich ist man erst mal erschrocken!«, rief Adele, »zumindest, wenn man sich nicht richtig informiert, aber wir ...«

»... haben ja unseren Dario«, ergänzte Sofia, »der ganz richtig gesagt hat: Man sollte so einem Schwerverbrecher nicht einfach glauben. Kann ja jeder daherkommen und sonst was erzählen.«

»Ragazze!«, rief Bruno dazwischen, und offensichtlich führten die drei diesen Dialog nicht zum ersten Mal, denn Sofia verdrehte die Augen, machte Elena ein Zeichen und wisperte lächelnd: »Caffè?« Elena und Gigi nickten gleichzeitig freudig, und Sofia stand auf. Brunos Blick strafte sie angesichts dieser Respektlosigkeit, aber er hob unbeirrt mahnend seinen Gehstock und rief: *»Ragazze!* Ich weiß, was ich gehört habe! Und am Abend dieser Weinprobe – haben Sie das nicht auch mitbekommen?« Bruno schaute Gigi an.

»Nein, ich ...«, stotterte Gigi, aber Bruno fiel ihm schon ins Wort: »Nein, Sie können das auch gar nicht mitbekommen haben, da hatte dieser Lanzilotto Sie ja schon zum Grappa entführt – der Ihnen dann ja nicht so gut bekommen ist, nicht wahr?«

»An dem Grappa war nichts auszusetzen, aber man hat ...«

»... und was haben Sie nun gehört?«, unterbrach Elena vorsichtshalber Gigi.

»Bitte glauben Sie nicht, dass ich andere Leute belausche, aber der Herrgott hat mich nun mal mit einem feinen Gehör gesegnet. Als ich an diesem Abend zum Turm hinübergegangen bin, ich wohne doch neben unserer Paola, war dieser Streit einfach nicht zu überhören. Rocco und dieser Franzose mit seinem katastrophalen Italienisch, Gott hab ihn selig, er sprach von Giftmüll, bei uns im Salento, er hätte Beweise, und Paola sollte – das habe ich nicht mehr verstanden, weil Rocco, unser Rocco hat ja ein kräftiges Organ, und er beschimpfte diesen Franzosen wirklich unangenehm, die Wortwahl möchte ich nicht wiederholen. Aber wenn so ein Franzose schon mit Beweisen prahlt, warum sollte ein Kronzeuge der Mafia dann lügen?«

Bruno öffnete die Arme und schaute fragend in die Runde, doch in diesem dramatischen Moment kam Sofia mit Tassen und stellte eine dampfende *caffettiera* auf den Tisch.

Brunos Logik erschloss sich Elena zwar nicht vollständig, aber zwei Details machten sie stutzig: Warum hatte Lille etwas über Giftmüll im Salento gewusst? Interessant, nicht wahr, Commissario Cozzoli? Oder war der bereits im Bilde?

Aber vor allem: Hatte dieser Lanzilotto nicht ausgesagt, dass sich Gigi mit Lille am Turm gestritten hatte? Von Rocco war keine Rede gewesen. Nur von Gigi und vom Grappa, der im Salon degustiert werden sollte.

Elena nippte an ihrem caffè, stellte sich neben Bruno

und fragte leise: »Hat sich mein Onkel nicht auch mit dem Franzosen gestritten?«

Bruno schüttelte den Kopf. »Ich habe nichts gehört. Er ist zum Grappa in den Salon gegangen, leider. Rocco und Lille haben sich noch eine Weile beharkt, noch beim Zähneputzen habe ich sie am Fenster gehört. Rocco kann einfach nicht aufhören, furchtbar. Der war schon als Kind so.«

Elena nahm Gigi am Arm. »Komm wir drehen eine Runde, um deine Erinnerung auf Trab zu bringen.«

Sie liefen über den Hof, am Turm vorbei, Richtung Haupthaus. Rocco verschwand gerade zwischen den Säulen des Eingangsportals. Die Fenster im Erdgeschoss waren geöffnet. Rosa saß am Computer, und Rocco rief ihr zu: »Rosa, hast du den Assessor in der Stadtverwaltung angerufen?«

»Sicher, aber er hatte keine Zeit. Natürlich nicht, nach *diesen* Nachrichten. Heute Nachmittag sei er wieder im Büro, sagte seine Sekretärin.«

»*Madonna mia*, was denkt der sich? Dass der Heilige Geist diesen Dreck in Gold verwandelt? Die sollen diese verdammte Müllhalde endlich zumachen.«

»Lass uns besser zu ihm hinfahren, Rocco. Am Telefon weicht er doch nur aus. Wir haben keine Zeit mehr. Unsere Bio-Zertifikate werden demnächst überprüft«, Rosa stand auf, und Elena hörte sie noch sagen: »Nach den Schlagzeilen von heute werden die Prüfer sich sehr genau umsehen.«

Elena und Gigi schauten sich an und gingen langsam weiter. »Die haben ein Problem«, sagte Elena.

»Zweifellos. Weißt du mehr von diesem Giftmüll?«

»Ich nicht, aber Cozzoli garantiert«, murmelte sie ein

wenig beleidigt. »Aber wir beide kümmern uns jetzt erst mal um deine Erinnerung. Irgendwelche Lichtblicke?«

Sie waren vor dem Tor des *frantoio* angekommen, das mit einem Polizeisiegel gesichert war.

»George Lille wollte etwas mit dir klären«, begann Elena.

»Das sagte er zumindest, als wir hier aus dem *frantoio* hinaufstiegen. Aber ich kann mich wirklich nicht daran erinnern, dass wir uns noch einmal allein getroffen haben.« Diese Lücke ließ Gigi noch immer verzweifeln.

Sie betraten den Salon. Schauten von den Tischen hinüber zu der Sitzecke mit dem Sofa.

»Irgendeine Erleuchtung?«, fragte Elena.

»Nichts Neues«, sagte Gigi, schaute sich um und ging zu dem Tisch, an dem er gesessen hatte. »Bis zum Grappa ist alles klar. Danach saßen wir nur noch in kleiner Runde hier am Tisch. Ich erinnere mich noch an die große Geste, mit der Lanzilotto seine Riserva entkorkte und in neue Gläser ausschenkte. Ich rieche noch die reife Pflaume, schmecke die Tabaknote - sehr ausgewogen, Negroamaro, Jahrgang ... -, da verschwimmt es. Dann bin ich aufgestanden, wollte ins Bad und ...«, Gigi ging durch den Raum zu dem Regal, das die Sitzecke abtrennte, »am nächsten Morgen erwache ich hier auf dem Sofa. Das war's«, und ließ sich auf die Polster fallen.

»Gut, also wie gehabt«, fasste Elena zusammen. »Aber die gute Nachricht ist doch: Du erinnerst dich an keinen weiteren Streit mit diesem Schnösel, weil es keinen weiteren Streit gegeben hat, *zio*«, Elena klopfte ihrem Onkel aufmunternd auf die Schulter. »Rocco hat sich mit Lille am Turm gestritten, nicht du«, sagte Elena. »Du warst brav im Salon und hast Grappa getrunken.«

»Meinst du wirklich?«, fragte Gigi ungläubig. »Aber

Lanzilotto hat doch gesagt, dass ich ... hat er mich verwechselt?«

»Keine Ahnung«, antwortete Elena vorsichtig.

»Vielleicht war er auch ein wenig verwirrt?«, scherzte der Onkel. »Aber das fragen wir ihn besser selbst.«

Elena bezweifelte, dass das eine gute Idee war. Aber Gigi von dem Besuch mit Mittagessen und Weinprobe abzuhalten war unmöglich. Sie machte nicht einmal den Versuch. Lieber begleitete sie ihren Onkel und passte auf ihn auf.

Sie schrieb Michele noch eine SMS, dann fuhren sie los. Am Ende der schmalen Zufahrtsstraße zur Masseria kam ihnen ein Polizeiwagen entgegen, Cozzoli und Pinto. Sie hielten neben ihnen, Pinto ließ das Fenster herunter.

»*Buon giorno,* Pantaleo!«, rief Gigi vergnügt vom Beifahrersitz quer durch den Wagen. »Du errätst nicht, wo ich heute zu Mittag esse!«

»Hoffentlich zu Hause, Gigi!«, der Commissario war nicht gut aufgelegt. »Warum treibst du dich überhaupt hier herum?«

»Ratschlag der Dottoressa! Zurück zum Ort des Geschehens, die Erinnerung ankurbeln!«

»Gigi, *non ci credo!* Natürlich mit Elena persönlich an der Kurbel, ich fasse es nicht. Hat es wenigstens was gebracht?«

»Nicht so direkt ...«, druckste Gigi. Elena versuchte irgendwie den Sinn dieses Ausflugs noch zu retten und berichtete von Brunos feinem Gehör, Roccos Streit mit Lille und der Aufregung um die Giftmüll-Nachrichten auf der Masseria.

»Gibt es denn in der Nähe eine Müllkippe?«, fragte Elena harmlos und sah, wie Cozzoli auf dem Beifahrersitz die Arme nach oben warf. »Fahren Sie nach Hause, Signora

Elena!«, polterte er. Also ja, dachte Elena, hier ist eine Müllkippe. Ins Schwarze getroffen.

»*Va bene, va bene*«, versuchte Gigi seinen Freund zu beruhigen. »Wir fahren nur noch kurz bei Lanzilotto vorbei, ich habe es ihm versprochen.«

»Gigi«, knirschte Cozzoli, »das habe ich nicht gehört. Du stehst unter Mordverdacht. Ich will über jeden deiner Schritte informiert werden, hast du das verstanden? Ihr fahrt nach Hause und bleibt auch da. Wir sehen uns später, *ciao!*«

Er machte Pinto ein Zeichen, das Seitenfenster glitt hoch, sie fuhren weiter.

»Ein bisschen überspannt, unser Pantaleo«, sagte Gigi.

»*Zio,* Cozzoli versucht dich rauszuhauen«, widersprach Elena. »Der riskiert seinen Job für dich. Lass uns lieber nach Hause fahren«, versuchte sie ihren Onkel zu überzeugen.

»*Bella mia,* Lanzilotto hat sich ernsthaft Sorgen um mich gemacht. Nur auf einen Sprung, ein Blick ins Schloss und in den Weinkeller, dann verschwinden wir wieder.«

Also gut. Elena konnte nicht widerstehen. Die Neugierde war übermächtig. Sie wollte selbst wissen, wer dieser Lanzilotto eigentlich war.

Claire öffnete die schwere Tür zum Schlosshof, gekleidet in einen schwarz glänzenden, fließenden Tai-Chi-Anzug. Ein stilles Lächeln im Gesicht. Sie wirkt wie ein Lufthauch, dachte Elena ein bisschen neidisch. Hinter Claire klang verhaltenes Lachen und französisches Geplauder aus dem Garten. Riccardo Lanzilotto eilte heran. »Lass deine Gruppe nicht warten, *amore*«, er schob sie sanft zur Seite, »ich mache das schon.«

»Wir wollten gerade auf der Terrasse Mittagspause machen«, sagte Claire und wandte sich zu Elena und Gigi: »Möchten Sie mitessen?«

»Nein danke, wir bleiben nicht lange«, Elena winkte eilig ab, bevor Gigi die Einladung annehmen konnte. Auch Riccardo Lanzilotto insistierte nicht, im Gegenteil.

»Ich denke, ihr Tai-Chi-Leute knabbert eure Rohkost unter euch, wir nehmen einen kleinen Imbiss in der *cantina.*«

Gigi wirkte zufrieden, sein Blick wanderte über den imposanten Innenhof mit dem angrenzenden Garten.

»Ich habe den Koch gebeten, alles vorzubereiten«, sagte Lanzilotto zu Claire. Sie stellte sich auf die Fußspitzen, küsste ihren Mann, *»Grazie, amore!«*, und schwebte davon.

»Drehen wir eine Runde durch den Garten und machen einen Abstecher zum Wein?«, schlug Lanzilotto vor.

Er ging zwischen wuchernden Ginster- und Oleanderbüschen voraus. Dahinter wurde der Weg breiter, Lanzilotto drehte sich um. »Ich sehe dich erholt und frisch, Gigi!«, freute er sich. »Du hast ausgeschlafen?«

Der Weg schlängelte sich durch einen verwilderten Park mit alten Bäumen und Rosenbeeten, einem kleinen Teich unter Pinien, an dem leise Schilf raschelte, struppigen Wiesen, verwachsenen Hecken – ein Gärtner war hier bestenfalls sporadisch unterwegs.

»Zu schade, dass du dich vermutlich nicht mehr an unseren letzten gemeinsam verkosteten Wein erinnerst«, scherzte Lanzilotto.

»Oh doch, deine Riserva ist mir unvergesslich«, antwortete Gigi.

Dieser Lanzilotto ist ein erstklassiger *small talker,* dachte Elena, während sie durch den stilvoll vernachlässigten Schlosspark schlenderten. Seine einnehmende Art war Elena schon an dem Abend aufgefallen, als sie Lanzilotto,

Claire und George Lille im Fichi d'India getroffen hatten. Eine Spur zu aufdringlich für Elenas Geschmack. Aber Gigi schien ihn toll zu finden, diesen Schlossherrn. Vielleicht war sie einfach zu norddeutsch und zu direkt für dieses heiter belanglose Geplapper.

Warum ging Lanzilotto eigentlich davon aus, dass Gigi sich nicht erinnern konnte? Von dessen schwarzem Loch wussten doch nur Michele, Elisabetta, Cozzoli und die Dottoressa. Hatte sich der betrunkene Gigi dermaßen auffällig verhalten?

»Was für ein Abend!« Lanzilotto schüttelte den Kopf. »Er begann ja schon dramatisch mit dem unerwarteten Einsatz unseres Commissario. Wegen eines Selbstmordes! Tragisch, natürlich, dieser bedauernswerte junge Mann. Weiß man inzwischen, warum er das getan hat?«

»Es war kein Selbstmord«, bemerkte Gigi leise.

»Mord?«, flüsterte Lanzilotto erschrocken. »Noch ein Mord?«

Gigi nickte ernst. Elena betrachtete den Schlossherrn: Las der keine Zeitung, sah kein Lokalfernsehen? Die Nachricht war doch hinreichend breitgetreten, und es war öffentlich über mögliche Motive spekuliert worden.

»Gibt es einen Verdacht?«, fragte Lanzilotto mit einem Blick, der offenkundig ausdrücken sollte: »*Amico mio,* alles bleibt unter uns.«

»Nicht, dass wir wüssten«, antwortete Elena schnell. »Der Commissario ist sehr diskret, was seine Ermittlungen betrifft.«

»Sicher, natürlich«, murmelte Lanzilotto mit einem Seitenblick auf Gigi, der einwandte: »Ich hätte mir einen Selbstmord bei Marcello auch nicht vorstellen können.«

»Du kanntest ihn?«

»Ich habe mich ein paarmal mit ihm getroffen.«

»*Davvero?* Was war er für ein Mensch?«, fragte Lanzilotto.

Gigi erzählte kurz von Marcellos Interessen am Aufstand der Weinbauern und von seiner eigenen Zeit als Erntehelfer in Scansano. Seinen getöteten Cousin erwähnte er nicht.

»Interessant«, sagte Lanzilotto, »hat dieser junge Marcello unangenehme Details herausgefunden, die ihm zum Verhängnis wurden?«

Gigi musterte Lanzilotto nachdenklich.

»Vielleicht hat er doch nicht übertrieben?« Gigi sinnierte leise vor sich hin: »Ich habe einige seiner Bemerkungen nicht ernst genommen, fand sie übertrieben, aber seit diesen Gerüchten über Giftmülltransporte ...«

Elena horchte auf, hatte Gigi heute doch noch eine Erleuchtung?

»*Zio,* was brummelst du dir da zusammen?«, fragte Elena seinen Blick suchend. Doch er schaute durch sie hindurch in seine Erinnerung.

»Als wir an diesem alten Weindepot waren, vor dem Arbeiter 1960 verhindert hatten, dass Trauben zu Schleuderpreisen verkauft und verarbeitet wurden, wurde Marcello etwas pathetisch. Ein revolutionäres Denkmal des Widerstandes der Bauern sei es. An diesem Ort manifestiere sich das unendliche Drama des Südens, der vom Norden als Kolonie, Reservoir für billige Rohstoffe, billige Arbeitskräfte und heute als billige Müllhalde missbraucht würde. Das gebündelte Leid des Mezzogiorno sei hautnah an dieser Ruine zwischen Olivenhain und Brachland zu verstehen. Mitten in der Pampa. Marcello behauptete, vor uns liege die frühere Müllgrube von Scansano. Sie sei irgendwann einfach zugeschüttet worden. Aber was dort eigentlich reingekippt worden wäre, wisse kein Mensch. Marcello vermutete, dass dort heimlich giftiges Zeug aus Chemiefabriken im Norden entsorgt worden sei. Ich hielt das für übertrieben, aber jetzt ...«

»Das hast du Cozzoli nicht erzählt, *zio,* warum?«, fragte Elena.

»Ich hatte es vergessen, ich war so verwirrt, es ging immer nur um George Lille, ich habe immer nur an das schwarze Loch gedacht, aber was mir Marcello erzählt hat, außer das über den Aufstand der Weinbauern, hatte ich einfach nicht mehr präsent«, versuchte sich Gigi zu rechtfertigen.

»Schrecklich, die Gerüchte um den Giftmüll. Aber lassen wir uns den schönen Tag nicht verderben«, sagte Lanzilotto aufmunternd. Sie waren hinter den Pinien an einer haushohen Mauer angekommen, die den Schlosspark begrenzte. Lanzilotto stieß ein schmiedeeisernes Tor auf. Das Land fiel hier sanft ab. Weinreben rankten sich in akkuraten Reihen an langen Drähten entlang.

»Hier wachsen meine Trauben«, präsentierte Lanzilotto seinen Wein, »Negroamaro, auf knapp zwei Hektar, leichte Hanglage, gegen Süden, wunderbarer Boden – dicht unter der Erde liegt Sandstein, die Wurzeln haben es hier nicht leicht, sie müssen sich hineinarbeiten, doch in diesem porösen Stein finden sie immer irgendwo kleine Wasserspeicher, so nehmen sie Mineralien auf, die dem Wein eine Struktur geben. Dazu die Sonne, die Wärme, die Vielfalt an einheimischen Trauben – ideale Bedingungen für Spitzenweine«, der Hobby-Winzer geriet ins Schwärmen. Gigi hatte den Giftmüll vergessen, er war hingerissen, und Lanzilotto setzte noch einen drauf: »Wie sagte George Lille in einer schwachen Stunde sehr treffend: ›Wir Franzosen verstehen unter guten Bedingungen exzellente Weine zu machen. Im Salento habt ihr unter exzellenten Bedingungen nicht einmal mäßige Weine hingekriegt – zumindest bis vor wenigen Jahren. Aber das ändert sich ja nun radikal.‹«

Er war stolz zwischen die Reben getreten, riss hier und da überschwänglich einen Trieb ab und nahm liebevoll eine Traube in die Hand.

»Warum hast du nur zwei Hektar?«, fragte Gigi.

»Das reicht mir als Hobby. Diese zwei Hektar gehörten zum Schloss, mein Vater hat es vor vielen Jahren aus einer Laune heraus gekauft, eigentlich geschenkt bekommen. Es stand jahrzehntelang leer, niemand wollte es haben. Als Claire und ich beschlossen, uns hier einzurichten, waren da diese zwei Hektar Wein, also habe ich es probiert – und eine verborgene Leidenschaft entdeckt. Vielleicht die Spätfolgen meiner Kindheit in der Toskana. Hier, direkt am Schloss, kann ich meine Trauben jeden Tag besuchen und mich nach ihrem Wohlergehen erkundigen«, er lächelte verliebt. »Wir ernten erst übernächste Woche, ich lasse sie gerne noch etwas reifen. Mein Önologe hat mir dazu geraten.«

Elena wurde ungeduldig, suchte Gigis Blick, doch der hing an Lanzilottos Lippen.

»Den Önologen hast du aus der Toskana gleich mitgebracht?«

»Wir kennen uns von früher. Mein Vater hat mit ihm im Chianti zusammengearbeitet. Er hat sich gefreut, im Salento mal etwas Neues ausprobieren zu können. Wagen wir einen Schluck?«, fragte er endlich.

»Sehr gerne«, sagte Elena und trat direkt den Rückweg an. Ihr Maß an eitlem Weingeschwätz war mal wieder voll. Einen Schluck probieren, zwei Fragen stellen und ab nach Hause.

»Aber wie kommst du zu deinem Namen?«, bohrte Gigi weiter. »Lanzilotto ist doch ein salentinischer Name. Eigentlich kommen alle Lanzilottos doch aus unserem hübschen Dorf Cursi.«

»*Bravo,* Gigi, du bist ein wahrer Lokalpatriot!«, lachte Lanzilotto. »Mein Ur- oder sogar schon Ururgroßvater ist in den Norden gegangen. Jedenfalls lebt meine Familie seit zwei oder drei Generationen in der Toskana. Ich selbst wiederum bin als Jugendlicher mit meiner Mutter ins traumschöne Sorrent an den Golf von Neapel gezogen.«

»Aber dein Vater hat in der Toskana Wein produziert? Oder mit Wein gehandelt?«, Gigi wollte ganz offensichtlich auf etwas hinaus.

»Ja«, sagte Lanzilotto misstrauisch.

»Also kaufte er salentinischen Verschnittwein?«, fragte Gigi.

Lanzilotto schien die letzte Frage überhört zu haben. Sie waren am Schloss angekommen, er öffnete die Tür zu seiner Kellerei, einem hohen, kühlen Lagerraum mit großen Holzfässern und zwei Edelstahltanks. In der Mitte befand sich ein langer, derber Holztisch mit Bänken. Darauf standen Teller mit Oliven, Teigkringeln, *taralli,* und Pizzastückchen, es gab aufgeschnittene Salami, Käse, verschiedene marinierte Gemüse und Brot. Außerdem hatte Lanzilotto für eine Karaffe Wasser, Gläser und drei Flaschen Wein gesorgt.

»Ja, der Weinhandel. Er war die Nabelschnur, die meinen Vater an den Salento gebunden hat. Und mich, mit einiger Verspätung, in gewisser Weise auch wieder. Mein Vater war übrigens ein guter Freund vom alten De Vittorio. Er hätte sich sehr gewünscht, dass ich in den Handel eingestiegen wäre. Aber Wein hat mich früher überhaupt nicht interessiert. Nur die Freundschaft zur Familie De Vittorio hat überdauert.«

Elena blieb am Eingang stehen, sie versuchte ihre Gedanken zu sortieren: Marcello Lazzaris Vater, das Weindepot, das Brachland, auf dem Wein angebaut worden war, die angebliche Müllkippe, der *toscano,* der die Trauben zu Hungerlöhnen gekauft hatte, die verdorbene Ernte im September 1960, die Proteste, die Provokateure, die drei Toten, die Waffe, die irgendwo fünfzig Jahre unbeschadet gelagert hatte. Steckte hinter all dem Lanzilottos Vater? War er der *toscano* gewesen? Dann gehörte ihm doch das ganze Land.

Elena registrierte, dass Gigis Lächeln eine Spur frostiger geworden war, doch Lanzilotto strahlte sie beide wie ein Showmaster an. »Mein kleines Weinlager ist übrigens dort drüben, Gigi. Wenn du noch einen Blick hineinwerfen möchtest?«

Er ging durch den Raum, schloss eine Gittertür auf und knipste das Licht an. Weinregale bis unter die Decke, einige Hundert Flaschen. »Auch ich bin ein Sammler.«

Gigi betrat den Lagerraum, diese heilige Halle kostbarer Weine, und ein glücklicher Seufzer entfuhr ihm.

»Sag mal, Riccardo«, sagte Gigi unschuldig, während er einzelne Flaschen herauszog und die Etiketten betrachtete. »Hast du mich eigentlich in der Nacht der Weinprobe bei De Vittorio verwechselt?«

»Ich? Dich verwechselt?«, Lanzilotto lachte kurz auf. »Warum sollte ich?«

»Vor dem Grappa hat sich George Lille mit jemandem am Turm gestritten. Du hast dem Commissario gesagt, das sei ich gewesen. Aber es war Rocco. Ich war längst im Salon.«

»Mag sein, es war dunkel, der Hof ist schlecht beleuchtet.«

Lanzilotto ging zum Tisch, entkorkte einen Rosato.

»Und die Wahrscheinlichkeit war hoch, dass ihr euch mal wieder in den Haaren liegt«, rief er über die Schulter in das Weinlager.

Er schnüffelte am Korken, legte ihn zur Seite, goss sich einen Schluck ein, probierte und nickte zufrieden.

»Besaß Ihr Vater tatsächlich nur diese zwei Hektar Land hier im Salento?«, fragte Elena.

Lanzilotto goss den Rosato in zwei weitere Gläser. Er nahm eine Rotweinflasche, entfernte die Banderole, drehte den Korkenzieher, doch antwortete nicht auf Elenas Frage. Hörte er sie überhaupt?

»Wussten Sie, dass Lille von dem Giftmüll erfahren hatte?«, Elena ging zu dem langen Holztisch, wo Lille den nächsten Korken gezogen hatte, daran roch. »Hat er Ihnen nichts davon erzählt?«, sie beugte sich über den Tisch, es konnte doch nicht sein, dass Lanzilotto sie nicht verstand. »Lille hat bei Ihnen im Schloss gewohnt, Sie waren mit ihm unterwegs, wochenlang, haben Sie nur über diesen verdammten Wein palavert? Woher ...«

Sie registrierte noch Lanzilottos Blick, voller Panik, voller Wut – den Arm, der ausholte, dann nur ein dumpfer Donner, ihr Kopf flog zur Seite, sie verlor jeden Kontakt zum Boden. Alles versank.

35

Was sollte er tun? Cozzoli war nicht einmal mehr verzweifelt. Sämtliche Drohgebärden und Warnungen schienen lächerlich. Elena, nun auch noch in Tateinheit mit Gigi, tanzte ihm munter vor der Nase herum und sammelte nebenbei mit leichter Hand die entscheidenden Hinweise.

Gut, gut, dann war es eben jetzt sein Job, das Puzzle zusammenzusetzen. Die letzten fehlenden Teile fanden sich in der Regel von allein.

»Der Commissario!«, rief Sofia freudig, als er mit Pinto den Hof betrat. Es klang wie bei einem Opernball, wenn die neu ankommenden Gäste ausgerufen wurden.

»Welche Ehre!«, Bruno verneigte sich leicht vor den beiden Polizisten.

»Wünschen Sie caffè?«, fragte Adele.

»Sehr gerne«, antwortete Cozzoli höflich. Ihm gefiel diese Dreier-Bande außerordentlich.

Während der kleinen Pause unter dem Olivenbaum bestätigte Bruno ihm, was er von Elena bereits gehört hatte. Erstens: George Lille hatte tatsächlich nicht uneigennützig und nicht aus Liebe zur Wahrheit die Daten von Marcello Lazzari an sich genommen. Zweitens: Die Bio-Masseria hatte ein Problem. Drittens: Gigi konnte sich an den letzten Streit mit Lille nicht erinnern, weil er sich gar nicht gestritten hatte, sondern Rocco. Sehr beruhigend.

»Wo ist Signora Paola?«, fragte der Commissario.

»Es ging ihr heute Morgen nicht gut, leichtes Fieber, sie ist im Turm«, berichtete Adele. »Wir haben ihr bereits Salbeitee gekocht.«

»Aber nun ist ihr Freund gekommen, von dem wir natürlich nicht wissen, dass es ihr Freund ist«, ergänzte Sofia, und Bruno grinste.

»Emanuele Bocca?«, fragte Cozzoli, und alle drei lachten überrascht auf.

Dann waren ja alle beisammen. »Ich werde mal nach ihr sehen, mir stellen sich noch einige Fragen«, verriet der Commissario. »Könnte einer von Ihnen nach Rocco und Rosa schauen und sie zu uns hochschicken?«

»Selbstverständlich«, erbot sich Bruno und machte sich auf den Weg.

»Und wenn Dario auftaucht, darf er gerne dazustoßen«, sagte Cozzoli und winkte Pinto, mitzukommen.

Paola saß in eine Decke eingehüllt und mit einem Teebecher in der Hand auf ihrem Sofa. Emanuele hockte ihr gegenüber mit einem aufgeklappten Laptop auf dem Schoß.

»*Buon giorno,* Commissario. Gut, dass Sie kommen«, sagte Paola. »Haben Sie Informationen über diese angeblichen Giftmülltransporte? Sind es nur Gerüchte? Oder ist der Kronzeuge glaubwürdig? Wir sind sehr beunruhigt.«

Pinto postierte sich neben dem Eingang, auch Cozzoli nahm nicht Platz, sondern durchmaß den Raum mit ruhigen Schritten und warf zwei Minzpastillen ein. Sein Kopf musste für dieses Gespräch auf Zack sein.

»Signora Paola, machen Sie mir nichts vor. Sie wussten längst von der Möglichkeit, dass in der Nähe Ihrer Bio-Felder Giftmüll abgelagert wurde – und wird.«

Sie sah tatsächlich elend aus, die junge Herzogin mit

den blauen Augen und langen blonden Haaren. *Basta,* Cozzoli, werd auf deine alten Tage bloß nicht mitleidig.

»Zwischen Ihren Bio-Feldern und den Weinreben Ihres Freundes Emanuele Bocca befindet sich eine wilde Müllkippe. Der junge Marcello Lazzari hat Bodenproben genommen, die darauf hindeuten, dass dort, sagen wir es vorsichtig, nicht nur Hausmüll liegt. Das wussten Sie, alle beide. Lazzari hatte doch Kontakt zur Masseria aufgenommen. Richtig, Rosa?«

Rocco und seine Frau standen in der Tür. »Setzen Sie sich bitte, damit wir diese Angelegenheit und möglicherweise auch ein oder zwei Morde klären können.«

Emanuele blickte erschrocken von seinem Laptop hoch, Cozzoli ging auf ihn zu. »Und Sie klappen bitte Ihren Computer zu. Ich möchte nichts unterstellen, aber Dario De Vittorio wollte kommen und sollte es sich aufgrund einer Warnung per E-Mail nicht noch anders überlegen.«

Emanuele Bocca schüttelte verständnislos den Kopf, aber legte den Computer zur Seite.

»Also, Rosa, bitte. Sie erinnern sich doch an Marcello Lazzari. Sie sitzen im Büro der Masseria und managen den Laden.«

Rosa nickte. »Er hatte sich vor einigen Wochen gemeldet und uns in Kenntnis gesetzt. Seitdem bemühen wir uns, mit der Stadtverwaltung eine Regelung zu finden. Das ist nicht einfach, aber Lazzari war sehr fair, er wollte die Daten noch nicht veröffentlichen. Er wusste, dass uns als Bio-Masseria so ein Skandal das Genick brechen könnte.«

»Ich danke Ihnen für Ihre Ehrlichkeit. Aber konnten Sie sich wirklich auf Marcello Lazzari verlassen? Offensichtlich nicht, denn er zog ausgerechnet diesen Franzosen George Lille ins Vertrauen. Marcello Lazzari und seine Eltern waren bedroht worden, mit E-Mails und auch unappetitlicher. Deshalb hatte der junge Mann beschlossen, seine Daten in Sicherheit zu bringen, wie echte investigative Journalisten das tun. Für diese ritterliche Aufgabe suchte er sich ausgerechnet den Tausendsassa George Lille aus. Der war unter anderem auch Journalist. Aber vor allem ein Schlitzohr und nutzte die Daten nicht ganz uneigennützig. Womit hat er Sie erpresst, Paola?«

Sie stellte den Teebecher auf ein Tablett und zog die Decke enger um sich. Cozzoli wartete, ungeduldig.

»Er wollte hier einsteigen, im großen Stil«, sagte sie endlich, um Beherrschung ringend, aber ihre Stimme wurde lauter, »gönnerhaft mit mir zusammen Wein produzieren. Er! Mit mir!« Sie wurde puterrot im Gesicht, blickte von einem zum anderen, umklammerte die Knie und zischte: »Und allein den Vertrieb übernehmen – mit den entsprechenden Prozenten natürlich. Für uns unterbelichtete Süditaliener wären mal wieder nur Brotkrumen übrig geblieben – *›merci bien!‹*«

»Ehi, amore, tranquilla«, beruhigte Emanuele seine Freundin und setzte sich neben sie. Die Arroganz dieses Franzosen, der versucht hatte, sich in ihr Lebensprojekt einzumischen, machte sie noch immer wütend.

»Es war vollkommen klar, dass selbst im schlimmsten Fall nur ein Teil unserer Produktion betroffen wäre«, mischte Rocco sich ein, »unser Land ist ja groß genug. Aber sobald eine Meldung über Giftmüll im Zusammenhang mit unserer Masseria an die Öffentlichkeit kommt, kann Paola die Weinfelder planieren. Es gibt viele, die genau darauf warten, glauben Sie mir.«

Cozzoli nickte, Rocco stellte sich an die Seite seiner Schwester.

»Deshalb haben Sie während der Weinprobe mit George Lille gestritten, hier unten am Turm. Stimmt das?«

»Absolut. Ich war wütend, er blieb kühl bei seinem Angebot. *Che stronzo!* Aber ich habe ihn nicht umgebracht.«

»Das sagt sich leicht«, sagte Cozzoli. »Aber die Trauer nach dem Mord hält sich, verständlicherweise, bei Ihnen allen in Grenzen. Jeder von Ihnen hätte die Gelegenheit gehabt, George Lille an seinem letzten Abend noch schnell zu beseitigen. Stilvoll mit diesem Säbel - kann übrigens jemand von Ihnen fechten? Es stand außer Frage, dass Lille gehässig genug war, Marcellos Recherche wirksam zu publizieren. Sie geben sich alle gegenseitig ein Alibi, keines davon ist sehr glaubwürdig. Es riecht nach einem gemeinsam abgesprochenen Mord, finden Sie nicht?«

Schweigen lastete im Raum. Keiner wagte dem anderen in die Augen zu schauen. Cozzolis Szenario war nicht absurd, das schien allen klar zu sein.

Der Commissario ging zum Fenster und blickte in den Hof. Von hier aus hatte man einen perfekten Überblick, der Salon, wo die Degustation stattgefunden hatte, und der Eingang zum *frantoio* lagen direkt gegenüber. Hatte Paola wirklich so früh im Bett gelegen, in die Sterne geguckt und nichts mitbekommen? Wahrscheinlicher war, dass sie ihren Emanuele schützen wollte.

»Signor Bocca, ich muss allerdings zugeben, dass Sie mit Abstand die stärksten Motive gehabt hätten. Warum haben Sie nicht erzählt, dass Ihr Vater vorhatte, Sie zu enterben und George Lille das Land Ihres Weingutes zu überschreiben?«

»Bitte was?«, Emanuele sprang auf, das klang ehrlich

empört. »*Was* hatte er vor?« Cozzoli wiederholte ruhig Wort für Wort, Bocca schüttelte fassungslos den Kopf. Er war einiges gewöhnt, aber von dieser Bosheit seines Vaters schien er tatsächlich nichts gewusst zu haben.

»Hören Sie, Commissario, ich hätte viele Gründe gehabt, George Lille umzubringen. Aber glauben Sie mir, ich hätte noch bessere Gründe, meinen Vater endlich zu ermorden, und bei seiner Konstitution wäre es ein Leichtes, einen natürlichen Tod vorzutäuschen. Aber ich bin kein Mörder. Leider.«

Cozzoli wiegte den Kopf, das klang überzeugend. Aber Kinder liebten ihre Eltern, selbst wenn die grausam und brutal waren.

»Kommen wir zu dem Mord an Marcello Lazzari. Er musste sterben, weil er nicht mehr zuverlässig den Mund hielt. Wenn er schon diesem Lille die Daten weitergegeben hatte, dann wollten Sie sich weitere Szenarien gar nicht erst ausmalen. Haben Sie ihn deshalb bedroht, Signor Bocca?«

»Wie kommen Sie darauf, Commissario?«, empörte sich Emanuele.

»Ihre Weinfelder, und das sind nur acht kleine Hektar und nicht hundert, liegen noch deutlich dichter an der wilden Müllkippe.«

Cozzoli griff nach Boccas Laptop und übergab ihn Pinto. »Wir müssen ihn untersuchen. Das Gleiche gilt für sämtliche Computer hier auf der Masseria.«

»Sie werden nichts finden«, versicherte der junge Winzer.

»Signor Bocca, die Waffe, mit der Ihr Vater 1960 drei Menschen erschoss, hat auch Marcello Lazzari getötet. Es ist wahrscheinlich, dass diese Pistole die ganze Zeit über im Haus Ihres Vater gelegen hatte. Vielleicht würde das Ihr

Vater sogar bestätigen, wenn er wüsste, dass diese Aussage Sie ins Gefängnis bringt.«

»Es reicht, Commissario«, Emanuele Bocca hatte ein dickes Fell, aber langsam begriff er, dass es eng für ihn wurde. »Wir sollten das Gespräch mit einem Anwalt weiterführen.«

Cozzolis telefonino klingelte.

»Wo ist übrigens Signor Dario? Wollte er nicht um diese Zeit hier auftauchen?«, Cozzoli blickte fragend zu Paola, doch die hockte in ihre Decke eingehüllt da und zuckte nur schwach mit den Schultern.

Dottoressa Matilde. Cozzoli nahm das Gespräch an.

»Pantaleo, wo bist du? Kannst du dich einen Moment hinsetzen? Ich weiß, wer der *toscano* war. Und vor allem: wer sein Sohn ist.«

Cozzoli entschuldigte sich und stieg auf die Dachterrasse des Turms.

Matilde redete zehn Minuten lang. Danach verwarf Cozzoli das gerade zusammengesetzte Puzzle. Er hätte sich von Alberto Bocca nicht irritieren lassen, sondern seinem ursprünglichen Verdacht trauen sollen.

Er stieg hinunter in Paolas Wohnzimmer, blickte in die schweigsame Runde. Was erwarteten sie von ihm? Dass er sie von den Verdächtigungen, die er unter ihnen gesät hatte, wieder befreite? Einen von ihnen schuldig sprach? Trauten sie sich gegenseitig so einen grausamen Mord zu? Sie mussten Lille wirklich verabscheut haben.

Cozzoli schaute auf die Uhr. »Paola, rufen Sie Ihren Bruder Dario an und erinnern ihn an das Mittagessen«, drängte Cozzoli. »Erwähnen Sie mich nicht, sagen Sie ihm, dass Sie mit ihm reden müssen. Wegen der Gerüchte um den Giftmüll. Er soll herkommen, sofort.«

In Paolas fiebrigen Augen lag Entsetzen. »Machen Sie schon«, drängelte Cozzoli. »Glauben Sie mir, es ist auch in Ihrem eigenen Interesse.«

Cozzoli ging mit Pinto hinaus auf den Parkplatz zu den beiden Kollegen im Streifenwagen und wartete dort auf Dario De Vittorio. Sie hatten keine Zeit mehr zu verlieren. Matilde hatte erstklassige Arbeit geleistet.

Das Weindepot und das Land drum herum, einschließlich des Olivenhaines und ehemaligen Steinbruchs, waren Teil eines Latifundiums. Die Großgrundbesitzer lebten allerdings seit mehreren Generationen nicht mehr im Salento, sondern in der Toskana.

»Deshalb erinnert man sich in Scansano vermutlich nur an den *toscano*«, vermutete Matilde. Der kam jedes Jahr im Herbst in den Süden, kaufte den Bauern, denen er seine Felder verpachtet hatte, die Trauben ab und verarbeitete sie in den riesigen Betontanks im Weindepot. Diesen Wein lieferte er zum Verschnitt vorzugsweise in den Chianti, aber auch in den Piemont oder nach Frankreich.

Der größte Teil des Latifundiums lag nördlich des Salento, der südliche Teil grenzte an den Besitz von De Vittorio. Die Landreform der Fünfzigerjahre, die im Salento nur halbherzig umgesetzt wurde, knabberte in den Sechzigerjahren ein wenig am Landbesitz.

»Acht Hektar gingen an Bocca, wie wir inzwischen wissen«, erklärte Matilde. »Die wilde Müllkippe im Steinbruch, die du heute Morgen entdeckt hast, gehörte auch dazu. Marcello Lazzari hat dort fotografiert.«

»Das hätte er vermutlich besser bleiben lassen sollen«, sagte Cozzoli. »Wem gehört das Land heute?«

»Dem Unternehmen Vinora mit Sitz in Florenz. Handeln mit Wein, Im- und Export, bauen selbst auch Wein an.

Stiller Teilhaber ist, du ahnst es, unser smarter Riccardo Lanzilotto, der Sohn des *toscano.*«

»Matilde, Sie sind großartig!«

»Nein, nein, ich habe nur eine gute Freundin, die sich mal intensiv mit der Agrarreform im Salento befasst hat. Blumen bitte an sie schicken.«

»Haben Sie noch etwas über Riccardo Lanzilotto?«

»*Yessss*«, zischelte die Dottoressa. »Er stand in den Neunzigerjahren im Verdacht, Geld für die Mafia zu waschen. Damals ging es um Investitionen im Tourismus am Golf von Neapel. Ihm konnte allerdings nichts nachgewiesen werden.«

»Was nicht ist, könnte noch werden.«

»Warten Sie, das Beste kommt zum Schluss: Ich bin die Spuren beider Mordfälle noch einmal durchgegangen und habe die Schuhabdrücke, die Giacomo bei der Vespa gefunden hat, mit dem Rest eines Abdrucks verglichen, der im Bad der Masseria De Vittorio gefunden worden war. Giaco konnte Blutspuren von George Lille darin identifizieren. Diese beiden Abdrücke, aus dem Bad und aus dem Weindepot, waren ...«

»Identisch!«, rief Cozzoli.

»Fast!«, gluckste Matilde. »Aber: gleiche Schuhgröße und gleiche Marke. Und nicht irgendeine Marke. Kennst du dich mit teuren Herrenschuhen aus? Vermutlich nicht, ich helfe dir: Die gesuchten Modelle kosten in einem Laden in Lecce um die 300 Euro. Sportlich, lässiger Stil und auf der Sohle ein großes rundes H, Hogan. Markenbewusstsein hinterlässt Spuren«, sie lachte spöttisch, »und jetzt bist du dran, Pantaleo.«

»Ein Motiv, ein Mörder, eine Marke!«, triumphierte Cozzoli. »*Grazie mille,* Matilde. Ich melde mich.«

Endlich rollte eine dunkle Limousine auf den Parkplatz. Dario De Vittorio stieg aus. Eleganter Anzug, glänzende Lederschuhe, sicher auch teuer, aber weder sportlich noch lässig.

»Signor De Vittorio, *buon giorno*«, Cozzoli ging auf ihn zu und reichte ihm die Hand. »Commissario Cozzoli, wie Sie vermutlich wissen. Darf ich Sie bitten, mich zu begleiten? Ich habe einige Fragen an Sie, es ist dringend.«

»Ich bin zum Mittagessen mit meiner Schwester ...«

»Ich weiß. Kommen Sie bitte mit, ich muss Sie sonst vorladen«, drängte Cozzoli.

»Sie werden gar nichts«, stoppte ihn De Vittorio, drehte sich um und ging zurück zu seinem Wagen.

»Dario De Vittorio, Ihr Name taucht an prominenter Stelle in der Aussage eines Kronzeugen der Mafia auf, die mir vorliegt. Ich persönlich halte diese Aussage für sehr glaubwürdig. Und ich denke, wir sollten das klären. Steigen Sie bitte ein.«

»Haben Sie einen Haftbefehl? Eine Vorladung?«

»Noch nicht.«

»Dann besorgen Sie sich so einen Zettel. *Buon giorno!*«

»Sie waren in den Neunzigerjahren zuständig für die Genehmigung von Müllkippen«, insistierte Cozzoli.

»Das ist richtig. Wo liegt das Problem?«

»Dass ein Kronzeuge der Mafia sich an Sie als Kontaktmann für Apulien erinnert. Sie sollen sehr kooperativ gewesen sein, als es damals darum ging, unauffällig Giftmüll verschwinden zu lassen. Ein dreckiges Millionengeschäft der Mafia, und wie Sie wissen, sind diese Jungs meine persönliche Spezialität. Die Hausmüllgrube von Scansano auf dem ehemaligen Weinfeld und ein Steinbruch mit einer Müllkippe gehörten Ihrem Freund Riccardo Lanzilotto.

Bodenproben aus der Umgebung weisen alarmierende Werte von Schwermetallen auf. Ist das Zufall? Zumindest machen sich solche Zufälle nicht gut, wenn man gerade Staatssekretär werden möchte.«

Dario De Vittorio drehte sich um und kam langsam zurück.

»Seien Sie vorsichtig, Cozzoli. Machen Sie Ihre Arbeit, ich mache meine. Laden Sie mich vor, wenn Sie das Bedürfnis haben. Meine Sekretärin wird Ihnen die Telefonnummer meines Anwaltes mitteilen.«

»Das werde ich tun. Aber bis dahin, De Vittorio, gaukeln Sie bitte dem Questore nicht vor, er könne mich loswerden, ohne persönlich Schaden zu nehmen. Bevor ich gehe, wird aufgeräumt – in jeder Hinsicht. Und wir beide sehen uns vorher wieder. *Arrivederci!*«

Cozzoli scheuchte die Polizisten in den Streifenwagen und wies sie an, Pinto und ihm zu folgen, bevor er auf dem Beifahrersitz seines Assistenten Platz nahm.

»Zu Lanzilotto!«

Cozzoli versuchte vergeblich Gigi anzurufen, dann Elena, keine Antwort. Also Michele. Der klang schwer genervt. Er hatte von Elena eine SMS bekommen: Sie begleite Gigi zu Lanzilotto ins Schloss, könne ihn nicht allein lassen. Natürlich nicht.

Porca miseria, fluchte Cozzoli. »Beeilung, Pinto!«

36

»Wo entlang?«, fragte Pinto.

»Links, an der Müllkippe und an Boccas *cantina* vorbei, dahinter kreuzt die Straße nach Ravallo.«

Pinto hatte freie Fahrt, sie brausten die Landstraße hinunter. Cozzoli versuchte weiterhin, Gigi oder Elena zu erreichen, links flog der Feldweg zur Müllkippe vorbei, Cozzoli sah aus dem Augenwinkel ein silbernes Auto hinter der Anhöhe verschwinden. Elena? Nicht schon wieder. Wo war Lanzilottos Telefonnummer, verdammt? Cozzoli zerrte sein zerfleddertes Notizbuch aus der Tasche, na bitte, Lanzilottos Visitenkarte fiel heraus. Mit einer Festnetznummer. Es meldete sich eine weibliche Stimme.

»Claire?«, rief Cozzoli ins Telefon.

»*Si, buon giorno.* Wer spricht da?«

»Commissario Cozzoli, entschuldigen Sie bitte die Störung. Aber ich versuche, meinen Freund Gigi Mazzotta und seine Nichte zu erreichen.«

»Die waren eben hier. Sie müssten noch in der *cantina* sein. Warten Sie, ich sehe nach.«

Es kam Cozzoli wie eine Ewigkeit vor, ehe er wieder Claires Stimme vernahm. »Es tut mir leid, sie sind nicht mehr hier. Niemand ist hier, Riccardo auch nicht, ich verstehe das nicht.«

»Claire, könnten Sie nachschauen, ob vor dem Schloss ein silberner VW mit deutschem Kennzeichen parkt?«

»Moment.«

»Pinto, anhalten, umdrehen. Zur Müllkippe«, ordnete Cozzoli an. »Beeilung!«

»Commissario? Nein, da ist kein Wagen.«

»Danke, Claire. Wenn Sie Ihren Mann sehen, richten Sie ihm bitte aus, dass er sich sofort bei mir melden soll.«

»Kein Problem, Commissario. Aber er verschwindet doch nicht, ohne etwas zu sagen.«

»Wir hören uns später, Claire. Entschuldigen Sie die Störung. Ah, doch noch etwas, trägt Ihr Mann gerne Hogan-Schuhe?«

Cozzoli blickte nach hinten, der Streifenwagen folgte ihnen. Er hatte vorhin Elenas Wagen gesehen, Cozzoli war sich sicher. Pinto bretterte den Feldweg hinauf, Cozzoli sah den Zaun, das offene Tor. Ein Lkw mit leerer Ladefläche kam ihnen entgegen. Pinto wich aus, fuhr endlich durch das Tor und auf den Rand der Grube zu. Gegenüber führte eine Rampe in den ehemaligen Steinbruch. Dort rollte ein silberner VW hinunter.

»*Cazzo*, das ist Elenas Auto! Was tut sie da? Von allen guten Geistern ... Hinterher, Pinto! Da sitzt nicht Elena am Steuer, das ist Lanzilotto!« Cozzoli brüllte ins Funkgerät: »Anhalten! Pinto und ich fahren hinterher! Waffe ziehen! Ihr sichert von hier!«

Pinto gab Vollgas, der Wagen schlingerte auf den Rand der Grube zu, fing sich und holperte weiter Richtung Rampe. Lanzilotto hatte sie entdeckt, bremste und tat das Einzige, was er tun konnte: Die Müllkippe war eine Sackgasse, also preschte er die Rampe rückwärts wieder herauf.

»Vorsicht, Pinto, halt an, der ist wahnsinnig geworden!

Wir stoppen ihn hier«, rief der Commissario und ließ sich aus dem Auto fallen.

Oben angekommen riss Lanzilotto das Steuer herum, der Wagen drehte sich, der Motor heulte auf. Cozzoli lag mit gezogener Waffe auf dem Boden. Er sah Lanzilottos irren Blick, der Schlossherr bretterte direkt auf ihn zu. Cozzoli schoss, traf die Reifen, die Räder drehten durch, Matsch spritzte aus den Pfützen, aber das Auto bewegte sich nicht mehr, stand blockiert zwischen tiefen Spurrillen.

Cozzoli hechtete zum Wagen, riss die Fahrertür auf, packte Lanzilotto, warf ihn auf den Boden, verdrehte ihm einen Arm, drückte ihm sein Knie in den Nacken und die Pistole an die Schläfe.

Pinto stand hinter ihm. Handschellen klickten. »Ich hab ihn, Chef!« Cozzoli erhob sich.

Wo war Elena? Gigi? Er riss die hinteren Türen auf. Alle beide lagen zusammengesackt auf der Rückbank, bewusstlos, Elena hatte eine Wunde am Kopf, er fühlte die Halsschlagader. Sie lebten. Lebten.

Cozzoli stemmte sich aus dem Auto, ihm schwindelte und ihm war übel, er hörte nichts mehr, spürte seine Beine nicht mehr, und dann wurde die Welt um ihn herum ausgeknipst.

37

Er war der Sohn des *toscano*. Riccardo Lanzilottos Vater hatte im September 1960 zwei junge Männer bezahlt, als Provokateure aufzutreten. Dabei hatten sie drei Menschen getötet. Aber der *toscano* hatte die Geschichte geradegebogen. Einige Polizisten und ein Staatsanwalt waren geschmiert worden, dann war die Sache vom Tisch gewesen, die Ernte und der Jahrgang gerettet.

Riccardo war damals acht Jahre alt. Er erfuhr von dieser Geschichte erst später, viel später, als George Lille auftauchte und er Marcello Lazzari kennenlernte. Aber das war in Riccardos zweitem Leben, dem Leben mit Claire im Schloss.

In seinem ersten Leben wuchs er in der Toskana auf, im Chianti. Als Jugendlicher zog er mit seiner Mutter in ihre Heimat zurück, nach Sorrento, in die Nähe von Neapel.

Sein Vater war nie zimperlich gewesen. Weder in seinen Geschäftsmethoden noch mit seiner Frau oder seinen Kindern. Riccardo hatte von seinem Vater eisige Härte kennengelernt und von seiner Mutter geschmeidige Umgangsformen. Ein Erfolg versprechender Mix, der sich im boomenden Tourismusgeschäft an der Amalfiküste und auf Capri bezahlt machte, ihm die Türen zur Welt der Reichen und Schönen öffnete. Er wusste, wo es sich zu investieren lohnte, ob in wahnwitzige Immobilienprojekte oder ebensolche Drogengeschäfte, und als ihm jemand von einem fantastischen

Deal mit Müll erzählte, der nicht ganz unproblematisch war angesichts hysterischer Umweltgesetze, aber irgendwo deponiert werden musste, erinnerte er sich an das Land, unten im Süden, von dem ihm sein Vater noch ein paar Hektar vermacht hatte. Und an seinen Freund Dario.

Ihre Väter hatten sich oft gestritten, aber doch immer wieder Geschäfte miteinander gemacht. Zwischen den beiden Söhnen war eine ähnliche Hassliebe gewachsen. Sie besuchten sich regelmäßig, streiften durch die angesagten Bars von Bari und Neapel, Rom und Mailand. Dario wippte auf dem Sprungbrett in die Politik und war immer für Geschäfte zu haben, die ihm außerhalb seiner Provinz ein wenig Glanz und Bedeutung bescherten. Kurz: Dario war beim lukrativen Müllgeschäft dabei. Lanzilottos Land wurde zur Müllhalde, Dario sorgte für die Genehmigungen und dass niemand so genau hinguckte, welche Art von Müll da eigentlich deklariert war. Am Ende wurde die Grube zugeschüttet, und keiner erinnerte sich mehr an etwas. Man durfte nicht zimperlich sein.

Das Leben lief prächtig, bis Riccardo Lanzilotto ein ernsthaftes Problem bekam: Kokain. Die Droge hätte ihn in den Abgrund gerissen, wäre nicht Dario im richtigen Moment zur Stelle gewesen. Er besorgte ihm einen Therapieplatz, Lanzilotto ging auf Entzug. Und lernte in der Klinik Claire kennen. Die Therapeutin und Tai-Chi-Meisterin aus Frankreich. Riccardo Lanzilotto brauchte kein Koks mehr.

Claire beschloss, er könne nur gesund werden, wenn er seine Lebensumstände änderte, am besten auswandern, Afrika, Asien – Hauptsache weg. Da erinnerte sich Lanzilotto ein weiteres Mal an das Erbe seines Vaters: das verfallene Schloss. Claire verliebte sich auf den ersten Blick. Sie renovierten das alte Gemäuer, zogen ein, lebten von dem, was sie hatten – und das war, nach Riccardo Lanzilottos wenig zimperlichem früheren Geschäften, mehr als genug. Es hätte so schön sein können, bis ...

Bis George Lille auftauchte. Claire hatte sofort gespürt, dass es ihm nicht nur um Wein ging. Der Sommelier, Weinhändler und Journalist war in seiner Selbstüberschätzung schwer erträglich, sogar für Claire. Dann begann Lille sich einzumischen, bedrängte Paola, Alberto Bocca, riss das Seminar für Hobby-Sommeliers an sich; er wäre am liebsten ins Schloss eingezogen und hätte mit Lanzilotto zusammen Wein angebaut. Lille erzählte von seinem verstorbenen Vater aus dem Salento, vom September 1960, nicht ahnend, dass Riccardo der Sohn des *toscano* war. Er freundete sich mit Marcello Lazzari an, dem jungen Historiker, der Journalist werden wollte, nahm sogar an einer von dessen alternativen Weintouren teil.

George Lille gab Lazzaris Erkenntnisse weiter und plauderte auch über die Giftmüll-Vermutungen. Er verlängerte seinen Aufenthalt und rückte Lanzilotto immer stärker auf die Pelle. Es war nur eine Frage der Zeit, bis Lille auch herausfinden würde, wem das Land gehörte, auf dem Marcello Giftmüll vermutet hatte. Bis er ihn, Lanzilotto, mit diesen späten Jugendsünden erpressen würde. Bis er Claire von all dem berichten würde. Bis sein neues Leben wie Glas in Tausende schillernde Scherben zerspringen würde. Claire durfte nichts erfahren, niemals. Riccardo Lanzilotto plante den ersten Mord.

Er hatte noch die Pistole des *toscano*. Eines Abends besuchte er spontan Marcello Lazzari in seiner Garage. Er sah, wie sich der Arbeitslose in seine Themen verbiss, und wusste, dass er auch die Wahrheit über die Giftmülltransporte herausfinden würde.

Er verabredete sich mit Marcello Lazzari, um ihm von dem Brachland zu erzählen, und von dem, was dort unter der Oberfläche lagerte. Zu diesem Treffen nahm er den alten Revolver mit.

Nach dem Mord durchsuchte Riccardo Lanzilotto mehrfach das Zimmer von George Lille, aber er fand keine CD, keinen USB-Stick, es gab keine Spur von den Daten. Aber Lille hatte sie. Lanzilotto war sich sicher. Er hatte keine Wahl.

Es war ein Leichtes, den zweiten Mord vorzubereiten, Gigi hätte keine bessere Inspiration liefern können. Mit K.-o.-Tropfen kannte Riccardo sich noch aus seinem anderen Leben aus. Aber Lanzilotto brauchte freie Bahn, ohne den Commissario. Also erledigte eine Bekannte aus Neapel den Anruf. Pinto meldete sich rechtzeitig, der Commissario verschwand.

Die Gelegenheit ergab sich früher als erwartet. George Lille trank keinen Grappa. Als Rocco ihn nach dem Streit am Turm endlich stehen ließ, brauchte Lanzilotto ihn nur abzupassen. Der Säbel lag schon im *frantoio*.

Es war kein Problem, den Sommelier noch ein letztes Mal in den Keller zu locken. Auf einen besonderen Schluck.

»Du wirst sehen, Riccardo, eines Tages wird mir die kleine Herzogin auf Knien hinterherrutschen und betteln, dass ich mich ihres Weines annehme.«

Mehr brauchte George Lille nicht zu sagen. Es war unerträglich. Wut, Panik, Angst – alles war auf einmal da und ließ Riccardo Lanzilotto explodieren.

Es war leicht, viel leichter als gedacht. Lanzilotto zog den Säbel, sprang auf den überraschten Franzosen zu, stach ihm gerade in den Bauch, und während Lille rückwärtstaumelte und ihn ungläubig anstarrte, hieb er den Säbel mit einem letzten Schwung unter den Kiefer.

Es war so schnell gegangen. Aber das Blut, so viel Blut überall. Lanzilotto hastete die Treppe hinauf. In dem Lagerraum über dem *frantoio* hatte er seine Tasche deponiert. Während im Salon der Grappa degustiert wurde, schlich er durch einen Hintergang in das Bad und schloss sich ein.

Er wusch sich, reinigte den Säbel und legte ihn in seine Tasche. Darum würde er sich später kümmern.

Er fühlte sich sicher. Er hatte seine Vergangenheit besiegt, sein Leben gerettet.

38

»Michele?«

»Principessa?«

»Fährst du mit mir in ein Hotel über den Wolken?«

»Wenn es in einem Rosengarten steht ...«

»Ach, *amore* ...«

Elena lächelte und schloss wieder die Augen. Die Kopfschmerzen verflogen allmählich, aber besser war es, die Augen nicht zu öffnen. Es war der Morgen des fünften oder schon sechsten? Tages nach ihrer Kamikaze-Aktion, wie Cozzoli geschimpft hatte. Sehr leise zwar, aber doch, er hatte ernsthaft geschimpft.

Elena war mit einer mächtigen Gehirnerschütterung davongekommen. Sie hatte im Krankenhaus fast drei Tage durchgeschlafen. Am vierten Tag hatte sie darauf bestanden, entlassen zu werden. Sie wollte zu Hause sein, bei Ben. Bei Michele und Gigi natürlich, und bei ihrer Mutter Gloria, die ihren Enkel nach Italien gebracht hatte. Die lief besorgt und glücklich zwischen dem Sofa, auf dem Elena lag, und der Chaiselongue mit Gigi hin und her, kümmerte sich um Tee und Pasta, brachte Ben zur Schule und besuchte ihre Schwester. Benedetta hatte unterdessen die Schulbücher besorgt und nutzte Gigis Schwäche schamlos aus, um mit Ben und Gloria Eis essen zu gehen. Michele rührte sich nicht von Elenas Seite und arbeitete an seinem neuesten Projekt, einem Kinderbuch. Fehlte nur noch Ettore, aber auch der hatte sich bereits angekündigt. Er wollte unbedingt Cozzolis Weinacker mit Meerblick inspizieren, Gigi plante die nächste Renovierung – die Familie war wieder vereint. Cozzoli würde sich wundern, er gehörte inzwischen irgendwie dazu, ob er nun wollte oder nicht.

Der Commissario war im Krankenwagen aus seiner Ohnmacht erwacht. Dottoressa Matilde hatte ihn krankgeschrieben. Zwangsweise. Riccardo Lanzilotto war verhaftet, Cozzoli konnte sich also Zeit lassen mit der Vernehmung. Die Anschuldigungen waren schwerwiegend genug, der Schlossherr würde bis auf Weiteres auf den wenigen Quadratmetern im Gefängnis erreichbar sein.

Als Cozzoli ihn endlich zum Verhör vorlud, hatte sich Lanzilotto zu einem umfassenden Geständnis entschlossen. Er hatte nichts mehr zu verlieren. Claire hatte ihn verlassen, sie war aus dem Schloss bereits ausgezogen.

Lanzilotto hatte Gigi und Elena niedergeschlagen und beiden sicherheitshalber noch K.-o.-Tropfen eingeflößt – Matilde hatte diesmal sofort Blutproben genommen. Er äußerte sich nicht dazu, was er mit Elena und Gigi vorgehabt hatte – sie tatsächlich lebendig in der Müllhalde begraben? Cozzolis Vermutung war so grauenvoll, dass er sie für sich behielt, die beiden erinnerten sich sowieso an nichts. Und das war auch gut so.

Cozzoli hatte Elena besucht, lange bei ihr gesessen und von Lanzilottos Geständnis berichtet. Als er ging, hatte er ihre Hand genommen und ihr tief in die Augen geschaut.

»Nach dieser Aktion sollte ich eigentlich das Du anbieten. Aber es ist besser für dich und Michele und auch für mich, wenn wir beim Sie bleiben.«

Elena war noch so schwindelig, sie konnte nur lächeln.

»Und noch etwas. Ich gehe zurück in die Katakomben. Zur Anti-Mafia. Ich muss da noch etwas zu Ende bringen. Es geht nicht anders. Die haben eine Sektion in Lecce. Die werde ich zusätzlich übernehmen. Nicht erschrecken. Matilde hat versprochen, dass sie auf mich aufpasst.«

Nachwort

Im September 1957 protestierten Weinbauern im nördlichen Salento gegen den spekulativen Preisverfall für ihre Trauben. Die Tage dieser Demonstrationen und Auseinandersetzungen im September 1957 endeten tragisch mit drei Toten durch Schüsse der Polizei. In ihrem Buch »La Guerra del Vino« haben Alfredo Polito und Valentina Pennetta diese Ereignisse und ihre Hintergründe ausführlich dokumentiert.

Der Roman »Vino mortale« wurde davon inspiriert, die Personen, Orte und Handlungen entstanden jedoch in meiner Fantasie, sind frei erfunden und Ähnlichkeiten zufällig.

Grazie

Den Winzern des Salento, die mir von ihren wundervollen Weinen erzählt haben! Vor allem Giovanni Petrelli für seine Zeit und Offenheit, die Leidenschaft, mit der er nicht nur vom Wein spricht, sondern gleichzeitig auch über Identität. *Sei un Salentino DOC!*

Wenche und Jan, for the fantastic summertime we spent at Masseria Coccioli with you and the girls, for your support and friendship. You always make us feel at home!

Elvira für manchen fachlichen Rat, die Faszination an diesen feinen, munteren Perlchen, die im »Champagner Italiens« sprudeln, für den Säbel und vieles mehr.

Meinem Lektor Martin Breitfeld, dem ich für seine Karnevalsschicht – mindestens – eine Kiste Rosato schulde.

Kolya für den speziellen Soundtrack am Klavier, den donnernden, oft schiefen und schrägen Akkorden und Läufen, die mich in die Nachtschichten trieben.

Luca für das zauberhafte, glückliche Lächeln nach meiner letzten Nachtschicht und die Frage: »Und? Was machst du jetzt, Mama?«

Roman schließlich für den Bänderriss auf den letzten Metern, ja doch ... geht doch ..., und dann sind wir einfach weitergelaufen.

Genova, im Februar 2015